Y0-CMH-729

Spanish Fiction Doyle.A
Doyle, Arthur Conan,
Las aventuras de Sherlock
Holmes /

Las aventuras de Sherlock Holmes

Las aventuras de Sherlock Holmes

ARTHUR CONAN DOYLE

nowtilus

Colección: Nowtilus pocket
www.nowtiluspocket.com

Título: Las aventuras de Sherlock Holmes
Autor: Arthur Conan Doyle
Edición de: Alberto Laiseca
Traducción: Jorge León Burgos Funes

Copyright de la presente edición © 2010 Ediciones Nowtilus S. L.
Doña Juana I de Castilla 44, 3º C, 28027 Madrid
www.nowtilus.com

Diseño de colección: Marine de Lafregeyre
Diseño de cubiertas: eXpresio estudio creativo

Reservados todos los derechos. El contenido de esta obra está protegido por la Ley, que establece pena de prisión y/o multas, además de las correspondientes indemniz
aciones por daños y perjuicios, para quienes reprodujeren, plagiaren, distribuyeren o comunicaren públicamente, en todo o en parte, una obra literaria, artística o científica, o su transformación, interpretación o ejecución artística fijada en cualquier tipo de soporte o comunicada a través de cualquier medio, sin la preceptiva autorización.

ISBN 13: 978-84-9763-809-8

Primera edición: abril 2010

Índice

Prólogo		9
1.	Un escándalo en Bohemia	13
2.	La Liga de los Pelirrojos	37
3.	Un caso de identidad	63
4.	El misterio de Boscombe Valley	83
5.	Las cinco semillas de naranja	109
6.	El hombre del labio retorcido	129
7.	El carbunclo azul	155
8.	La banda de lunares	177
9.	El dedo pulgar del ingeniero	205
10.	El aristócrata solterón	227
11.	La corona de esmeraldas	251
12.	El misterio de Copper Beeches	277

Prólogo

Conan Doyle jamás se repetía. Este libro de cuentos, amenísimo (a tal punto que se lee de un tirón), plantea casos por completo diversos. En algunos ni siquiera hay crimen. Cuando las fechorías son de tipo moral, la ley no puede castigarlas. Así sucede en «Un caso de identidad». Luego que Holmes resuelve el asunto se ve obligado a echar a latigazos al malhechor, de Baker Street, como única forma posible de reparación. De manera tal que el monstruo, salvo el susto que se pega, permanece impune.

«El hombre del labio retorcido» es otro caso semejante. En realidad a este buen señor sí le correspondería una pena, pero a veces Sherlock es indulgente. Lo deja ir previo hacerle jurar que no volverá a hacer más esas cosas feas. Lo notable es que el otro cumple: en primer lugar por la vergüenza y el terror de verse descubierto, pero también por comprender que le sería fatal abusar de su buena suerte.

Pero el cuento, además, nos describe el interior de un fumadero de opio, repleto de muertos vivos, y otros lugares horribles que hicieron mis delicias.

Tanto aquí, como en «Un escándalo en Bohemia», vemos la increíble capacidad de Sherlock Holmes para transformarse. Maestro del disfraz y consumado actor. Curioso que justo a él cierta investigación se le complique a causa de que el delincuente use un disfraz aún mejor que el suyo. «Confieso que no recuerdo en toda mi experiencia un caso que pareciera tan sencillo a primera vista y que, sin embargo, presentara tantas dificultades», debe admitir Holmes, caminando entre tinieblas por primera vez en su vida. Con seguridad, nuestro buen Sherlock olvidó lo que dijo en un caso anterior: «...las cosas más extrañas e insólitas no suelen presentarse relacionadas con los crímenes importantes, sino con delitos pequeños e incluso con casos en los que podría dudarse de que se haya cometido algún delito».

«La liga de los pelirrojos» es uno de mis preferidos. Ciertos delincuentes urden la patraña más increíble e improbable a fin de conseguir sus fines. Lo más notable es que les sale bien. Por lo menos al principio, hasta que llega Sherlock Holmes. Los perjudicados en sus esperanzas y buena fe son unos pobres e inofensivos pelirrojos. La beca de por vida, que creyeron haber ganado, les dura poquísimo.

En la existencia de Holmes nunca entraron mujeres. A su indiferencia sexual se sumaba su desprecio por la inteligencia femenina, que consideraba pobrísima. Sin duda, se habrá adherido calurosamente a la máxima de Arturo Schopenhauer (otro misógino): «La mujer: ese animal de pelo largo e ideas cortas».

Todo hasta que aparece Irene Adler, una de las pocas personas que se pudo jactar de haberle ganado la partida. El buen Sherlock sintió por ella algo muy profundo. Para ninguno de nosotros sería amor pero, sin embargo, era a lo más lejos que él podía llegar. Holmes se parece mucho a Egaeus, el personaje de «Berenice», a quien Poe le hace decir: «En la extraña anomalía de mi existencia, los sentimientos en mí *nunca venían* del corazón, y las pasiones *siempre venían* de la inteligencia».

No es raro entonces que, hacia el fin del caso (donde se ha llevado un lindo chasco), Sherlock sacrifique un anillo valiosísimo con tal de tener una foto de Irene en traje de noche. Por lo demás, nunca volvió a referirse a la supuesta deficiencia mental de las chicas.

Holmes siempre se quejaba de la vulgaridad de los crímenes. Algo así como que los asesinos ya no son lo que eran antes. Los cadáveres de hoy día, fabricados de manera tan chapucera, a uno lo hacen morir de tedio. No lo dice pero lo da a entender. Le comenta a Watson algo como esto: Si las cosas siguen así, Baker Street corre el riesgo de convertirse en lugar de consulta para niñas exploradoras que han perdido sus trenzas, o para ancianitas que han olvidado cómo se teje calceta.

Pero sus protestas se terminan con «La banda de lunares». Aquí el asesino comete crímenes tan fríos, sofisticados y crueles, que pueden satisfacer al paladar más exigente. Tan bueno como comer *sushi* en uno de los mejores restaurantes de Yokohama.

Pero tenemos muchas otras aventuras. Por ejemplo: gansitos que en vez de maíz les da por devorar objetos valiosos. Como castigo se los mete en el horno. Que esto les sirva de suficiente correctivo. O una corona de esmeraldas que, al partírsele un trozo (y este desaparecer), ello supone, para cierto banquero, una tragedia peor que la muerte: no podrá volver a pisar el club.

Pero en alguna de estas historias por fin toca algo al Dr. Watson, que por lo general está a la sombra de nuestro detective. Para sorpresa del lector, le basta mirar a uno de los personajes, sin necesidad de revisarlo, para saber que pronto será difunto. Con esto demuestra ser el Sherlock Holmes de la medicina.

En «El dedo pulgar del ingeniero» vemos a un desdichado ingeniero hidráulico a quien ofrecen un negocio redondo. Cincuenta guineas por unas escasas horas de trabajo. Como dijo Marlon Brando en *El padrino*: «Le hice una oferta tan buena que no la pudo rechazar». La posibilidad de privar al lector de la sorpresa enmudece mis labios. Me limitaré a decir que el ingeniero pasó una noche atroz.

Para colmo sus protestas y tribulaciones solo consiguen sacar afuera al Sherlock Holmes más cínico. Cuando el pobre hombre balbucea desesperadísimo: «¿Y qué es lo que he ganado?», el otro le contesta muriéndose de risa: «Experiencia. En cierto modo puede resultarle muy valiosa. No tiene más que ponerla en palabras para ganarse una reputación de excelente conversador para el resto de su vida».

En cuanto al método deductivo de Sherlock Holmes (exhaustivamente ilustrado en este y otros libros). Al principio, lo confieso, desconfiaba: ¿No habrá alguna exageración aquí? Pero los razonamientos y las explicaciones del detective son tan lógicos que por fin me convenció. Uno, evidentemente, no podría prestar tanta atención a los detalles y, por ellos, llegar a las causas. Pero eso no significa que otro hombre no pueda. El buen Sherlock me obligó a la humildad.

Otro platillo delicioso de estos cuentos son, como siempre, los apotegmas (que ya denominé casi teológicos) de Holmes: «Como regla general, cuanto más extravagante es una cosa, menos misteriosa suele resultar. Son los delitos corrientes, sin ningún rasgo notable, los que resultan verdaderamente desconcertantes».

«Voy a fumar. Este es un problema de tres pipas, así que le ruego que no me dirija la palabra durante cincuenta minutos».

«No existe nada tan antinatural como lo absolutamente vulgar».

«Lo fuera de lo común constituye, casi invariablemente, una pista. Cuanto más anodino y vulgar es un crimen, más difícil resulta resolverlo». (Este resulta complemento y primo hermano del primer apotegma).

Etcétera.

Para resumir: si le mandan en un sobre cinco semillas de naranja póngase pálido y haga su testamento. Si encuentra en el piso una banda de lunares, por favor no se le ocurra usarla de bufanda por más frío que haga. Por último: si le ofrecen cincuenta guineas por una hora de trabajo, llame a la policía. No le haga caso a ese malvado de Holmes que dice que si usted acepta, se volverá un conversador amenísimo.

Alberto Laiseca

1

Un escándalo en Bohemia

Para Sherlock Holmes, ella siempre sería la mujer. Rara vez le oí mencionarla de otro modo. A sus ojos, ella eclipsaba y dominaba a todas las de su sexo. Y no es que sintiera por Irene Adler nada parecido al amor. Todas las emociones y en especial esa resultaban abominables para su inteligencia fría y precisa, pero admirablemente equilibrada. Siempre lo he tenido por la máquina de observar y razonar más perfecta que ha conocido el mundo, pero como amante no se hubiera ubicado en una posición falsa. Jamás hablaba de las pasiones más tiernas, si no era con desprecio y sarcasmo. Aquellas eran cosas admirables para el observador, excelentes para descorrer el velo de los motivos y las acciones de la gente.

Pero para un razonador experto, admitir tales intrusiones en su delicado y bien ajustado temperamento, equivalía a introducir un factor de distracción capaz de sembrar la duda sobre todos sus razonamientos. Para un carácter como el suyo, una emoción fuerte era aún más perturbadora que la presencia de la arena en un instrumento delicado o la rotura de una de sus potentes lupas. Y, sin embargo, existió para él una mujer, y esta mujer fue Irene Adler, de dudoso y cuestionable recuerdo.

Últimamente, había visto poco a Holmes. Mi matrimonio nos había distanciado. Mi felicidad y los intereses hogareños que se despiertan en el hombre que se encuentra dueño, por primera vez, de su casa, bastaban para absorber toda mi atención; mientras tanto, Holmes, que odiaba cualquier forma de vida social con toda su alma bohemia, permaneció en sus aposentos de Baker Street, sepultado entre sus viejos libros y alternando una semana de cocaína, con otra de ambición, entre la ensoñación de la droga y la feroz energía de su intensa personalidad. Como siempre, le seguía atrayendo el estudio del crimen y dedicaba sus inmensas facultades y extraordinarios poderes de observación a seguir pistas y a aclarar misterios que la policía había abandonado por imposibles. De vez en cuando, me llegaba alguna vaga noticia de sus andanzas: su viaje a Odesa para intervenir en el caso del asesinato de Trepoff, el esclarecimiento de la extraña tragedia de los hermanos Atkinson en Trincomalee y, por último, la misión que tan discreta y eficazmente había llevado a cabo para la familia real de Holanda. Sin embargo, aparte de estas señales de actividad, que yo me limitaba a compartir con todos los lectores de la prensa diaria, apenas sabía nada de mi antiguo amigo y compañero.

Una noche —era el 20 de marzo de 1888— volvía de visitar a un paciente (pues de nuevo estaba ejerciendo la medicina), cuando el camino me llevó a Baker Street. Al pasar frente a la puerta que tan bien recordaba y que siempre estará asociada en mi mente con mi noviazgo y con los siniestros incidentes del *Estudio en escarlata*, se apoderó de mí un fuerte deseo de volver a ver a Holmes y saber en qué empleaba sus extraordinarios poderes. Sus habitaciones estaban completamente iluminadas y al mirar hacia arriba vi pasar dos veces su figura alta y delgada, como una oscura silueta tras la cortina. Daba rápidas zancadas por la habitación, con aire ansioso, la cabeza hundida sobre el pecho y las manos juntas en la espalda. A mí, que conocía perfectamente sus hábitos y sus humores, su actitud y comportamiento me contaban una historia. Estaba trabajando otra vez. Había salido de los ensueños de la droga y seguía de cerca el rastro de algún nuevo problema. Llamé a la puerta y me condujeron a la habitación que, en parte, había sido mía.

No estuvo muy efusivo; rara vez lo estaba, pero creo que se alegró de verme. Sin apenas pronunciar palabra, pero con una mirada de afecto, me indicó una butaca, me arrojó su caja de cigarros y señaló una botella de licor y un sifón que había en la esquina. Luego se detuvo delante del fuego y me miró de aquella manera ensimismada, tan suya.

—El matrimonio le sienta bien. Yo diría, Watson, que ha engordado usted tres kilos y medio.

—Tres —respondí.

—De hecho, yo diría que un poco más. Solo un poco más, Watson. Y veo que está ejerciendo de nuevo. No me dijo que se proponía volver a su profesión.

—Entonces, ¿cómo lo sabe?

—Lo veo, lo deduzco. Cómo sé que se ha estado mojando mucho últimamente y que tiene una sirvienta de lo más torpe y descuidada.

—Mi querido Holmes —dije—, esto es demasiado. No me cabe duda de que si hubiera vivido usted hace unos siglos le habrían quemado en la hoguera. Es cierto que el jueves di un paseo por el campo y volví a casa empapado; pero, dado que me he cambiado de ropa, no logro imaginarme cómo ha podido adivinarlo. Y respecto a Mary Jane, es incorregible y mi mujer la ha despedido; pero tampoco me explico cómo lo ha deducido.

Se rió para sus adentros y se frotó las largas y fibrosas manos.

—Es lo más sencillo del mundo —dijo—. Mis ojos me dicen que en la parte interior de su zapato izquierdo, donde da la luz de la chimenea, la suela está rayada con seis cortes casi paralelos. Evidentemente, los ha producido alguien que ha raspado sin ningún cuidado los bordes de la suela para desprender el barro adherido. Así que, ya ve: de ahí mi doble deducción de que ha salido usted con mal tiempo y de que posee un ejemplar particularmente maligno de la esclavitud londinense. En cuanto a su actividad profesional, si un caballero entra en mi habitación oliendo a cloroformo, con una mancha negra de nitrato de plata en el dedo índice derecho, y con un bulto en el costado de su sombrero de copa, que indica dónde lleva escondido el estetoscopio, tendría que ser idiota para no identificarlo como un miembro activo de la profesión médica.

No pude evitar reírme de la facilidad con la que había explicado su proceso de deducción.

—Cuando le escucho explicar sus razonamientos, todo me parece tan ridículamente simple que yo mismo podría haberlo hecho. Y sin embargo, siempre que razona me quedo perplejo hasta que me explica el proceso. Y así y todo, considero que mis ojos ven tanto como los suyos.

—Desde luego —encendió un cigarrillo y se dejó caer en una butaca—. Usted ve, pero no observa. La diferencia es evidente. Por ejemplo, usted habrá visto muchas veces los escalones que llevan desde la entrada hasta esta habitación.

—Muchas veces.

—¿Cuántas veces?
—Bueno, cientos de veces.
—¿Y cuántos escalones hay?
—¿Cuántos? No lo sé.
—¿Lo ve? No ha observado. Y eso que lo ha visto. A eso me refería. Ahora bien, yo sé que hay diecisiete escalones, porque no solo he visto, sino que he observado a la vez. A propósito, puesto que está usted interesado en estos problemas triviales, y dado que ha tenido la amabilidad de poner por escrito una o dos de mis insignificantes experiencias, quizá le interese esto —me alargó una carta escrita en papel grueso de color rosa, que descansaba abierta sobre la mesa—. Esto llegó en el último reparto del correo. Léala en voz alta.

La carta no llevaba fecha, firma, ni dirección.

> Esta noche pasará a visitarle, a las ocho menos cuarto, un caballero que desea consultarle sobre un asunto de máxima importancia. Sus recientes servicios a una de las familias reales de Europa han demostrado que se le pueden confiar asuntos cuya trascendencia difícilmente se podría exagerar. Estas referencias nos han llegado de todas partes. Esté en su habitación, entonces, a la hora convenida y no se sorprenda si su visitante lleva una máscara.

—Esto sí es un misterio. ¿Qué cree que significa?
—Aún no dispongo de esos datos. Es un error capital teorizar antes de disponer de información. Sin darse cuenta, uno empieza a deformar los hechos para que se ajusten a las teorías, en lugar de ajustar las teorías a los hechos. Pero en cuanto a la carta en sí, ¿qué deduce de ella? Examiné atentamente la escritura y el papel en el que estaba escrita.
—El hombre que la ha escrito es, probablemente, una persona de buena posición —comenté, esforzándome en imitar los procedimientos de mi compañero—. Esta clase de papel no se compra por menos de media corona el paquete. Es especialmente grueso y firme.
—Especial, esa es la palabra —dijo Holmes—. No es en absoluto un papel inglés. Míralo a contraluz.

Así lo hice y vi una E mayúscula con una g minúscula y una P y una G mayúsculas con una t minúscula, marcadas en la textura del papel.

—¿Qué le dice esto? —preguntó Holmes.

—El nombre del fabricante, sin duda; o más bien, su monograma.

—En absoluto. La G mayúscula con la t minúscula significan *Gesellschaft*, que en alemán quiere decir 'compañía'; una contracción habitual, como cuando en inglés ponemos *Co*. La P, por supuesto, significa *papier*. Vamos ahora a la Eg. Echemos un vistazo a nuestra Geografía del Continente —sacó de una estantería un pesado volumen de color marrón—. *Eglow, Eglonitz*... aquí está: Egria. Se encuentra en un país de habla alemana... en Bohemia, no muy lejos de Carlsbad. «Lugar conocido por haber sido escenario de la muerte de Wallenstein y por sus numerosas fábricas de cristal y papel». ¡Ajá, muchacho! ¿Qué me dice de esto?

Le brillaron los ojos y dejó escapar de su cigarrillo una nube triunfante de humo azul.

—Que el papel fue fabricado en Bohemia —dije.

—Exactamente. Y el hombre que escribió la nota es alemán. ¿Se ha fijado usted en la curiosa construcción de la frase: «Estas referencias nos han llegado de todas partes»? Un francés o un ruso no habría escrito tal cosa. Solo los alemanes son tan desconsiderados con los verbos. Por lo tanto, solo falta descubrir qué es lo que quiere este alemán que escribe en papel de Bohemia y prefiere ponerse un antifaz en lugar de que se le vea la cara. Y aquí llega, si no me equivoco, para resolver todas nuestras dudas.

Mientras hablaba, se oyó claramente el sonido de cascos de caballos y de ruedas que rozaban contra el cordón de la vereda, seguido de un brusco tirar de la campana. Holmes soltó un silbido.

—Un gran señor, por lo que oigo. Sí —continuó, asomándose a la ventana—, un precioso carruaje y un par de bellos caballos. Ciento cincuenta guineas cada uno. Si no hay otra cosa, al menos, hay dinero en este caso, Watson.

—Creo que lo mejor será que me vaya, Holmes.

—Nada de eso, Doctor. Quédese donde está. Estoy perdido sin mi Boswell. Y esto promete ser interesante. Sería una pena perdérselo.

—Pero su cliente...

—No se preocupe por él. Yo puedo necesitar su ayuda y acaso él también. Aquí llega. Siéntese en esa butaca, doctor, y no se pierda ningún detalle.

Unos pasos lentos y pesados, que se habían oído en la escalera y en el pasillo, se detuvieron del otro lado de la puerta. A continuación, sonó un golpe fuerte y autoritario.

—¡Adelante! —dijo Holmes.

Entró un hombre que no mediría menos de dos metros de altura, con el torso y los brazos de un Hércules. Su vestimenta era lujosa, con un lujo que en Inglaterra se habría considerado proclive en el mal gusto. Gruesas tiras de astracán adornaban las mangas y las solapas de su sobretodo, mientras la capa de color azul oscuro que llevaba sobre los hombros tenía un forro de seda roja como el fuego y se sujetaba al cuello con un broche que consistía en una única y resplandeciente esmeralda.

Un par de botas que le llegaban hasta la mitad de sus pantorrillas con el borde superior adornado de lujosa piel marrón, completaba la impresión de bárbara opulencia que inspiraba toda su figura. Llevaba en la mano un sombrero de ala ancha y la parte superior de su rostro, hasta más abajo de los pómulos, estaba cubierta por un antifaz negro, que al parecer acababa de ponerse, ya que aún se lo sujetaba con la mano al momento de entrar. A juzgar por la parte inferior de su cara, parecía un hombre de carácter fuerte, con el labio inferior grueso, un poco caído y el mentón largo y recto, que indicaba un carácter resuelto, llevado hasta los límites de la obstinación.

—¿Recibió mi nota? —preguntó con voz grave y ronca y un fuerte acento alemán—. Le dije que vendría a verlo —nos miraba a uno y a otro, como si no estuviera seguro de a quién dirigirse.

—Por favor, tome asiento —dijo Holmes—. Este es mi amigo y colaborador, el doctor Watson, que de vez en cuando tiene la amabilidad de ayudarme en mis casos. ¿A quién tengo el honor de dirigirme?

—Puede usted dirigirse a mí como conde Von Kramm, noble de Bohemia. He de suponer que este caballero, su amigo, es hombre de honor y discreción, en quien puedo confiar para un asunto de la máxima importancia. De no ser así, preferiría hablar con usted a solas.

Me levanté para irme, pero Holmes me agarró de la muñeca y me obligó a sentarme de nuevo.

—O los dos o ninguno —dijo—. Todo lo que quiera decirme a mí puede decirlo delante de este caballero.

El conde encogió sus anchos hombros.

—Entonces, debo comenzar —dijo— por pedirles a ambos que se comprometan a guardar el más absoluto secreto durante dos años, al cabo de los cuales el asunto ya no tendrá importancia. Por el momento, no exagero si les digo que se trata de un asunto de tal peso que podría afectar a la historia de Europa.

—Se lo prometo —dijo Holmes.

—Y yo.

—Tendrán que perdonar esta máscara —continuó nuestro extraño visitante—. La augusta persona a quien represento no desea que se conozca a su agente y debo confesar, desde este momento, que el título que acabo de atribuirme no es exactamente el mío.

—Ya me había dado cuenta de eso —dijo Holmes secamente.

—Las circunstancias son muy delicadas y es preciso tomar toda clase de precauciones para sofocar lo que podría llegar a convertirse en un escándalo inmenso, que comprometería gravemente a una de las familias reinantes en Europa. Hablando claramente, el asunto concierne a la Gran Casa de Ormstein, reyes hereditarios de Bohemia.

—También me había dado cuenta de eso —dijo Holmes, acomodándose en su butaca y cerrando los ojos.

Nuestro visitante se quedó mirando con sorpresa la lánguida figura recostada del hombre que, sin duda, le había sido descrito como el razonador más incisivo y el agente más enérgico de Europa. Holmes abrió lentamente los ojos y miró con impaciencia a su enorme cliente.

—Si su majestad quisiera exponer su caso —dijo—, estaría en mejores condiciones para ayudarlo.

El hombre se puso de pie en un salto y recorrió la habitación de un lado al otro, preso de una incontenible agitación. Luego, con un gesto de desesperación, se arrancó la máscara de la cara y la tiró al suelo.

—Tiene razón —exclamó—. Soy el rey. ¿Por qué habría de ocultarlo?

—¿Por qué, en efecto? —murmuró Holmes—. Antes de que su majestad pronunciara una palabra, yo ya sabía que me dirigía a Guillermo Gottsreich Segismundo von Ormstein, gran duque de *Cassel-Falstein* y rey hereditario de Bohemia.

—Pero comprenderá —dijo nuestro visitante, sentándose de nuevo y pasándose la mano por la frente blanca y despejada—, usted comprenderá que no estoy acostumbrado a realizar personalmente esta clase de gestiones. Sin embargo, el asunto era tan delicado que no podía confiárselo a un agente sin ponerme yo en sus manos. He venido de incógnito desde Praga para consultarlo.

—Entonces, consúlteme, por favor —dijo Holmes cerrando una vez más los ojos.

—Los hechos, en pocas palabras, son estos: hace unos cinco años, durante una prolongada estancia en Varsovia, conocí a la famosa aventurera Irene Adler. Sin duda, el nombre le resultará familiar.

—Hágame el favor de buscarla en mi cuaderno, doctor —murmuró Holmes, sin abrir los ojos.

Durante muchos años había seguido el sistema de coleccionar extractos de noticias sobre toda clase de personas y cosas, de manera que era difícil nombrar un tema o una persona sobre los que no pudiera aportar información al instante. En este caso, encontré la biografía de la mujer entre la de un rabino hebreo y la de un comandante de estado mayor que había escrito una monografía sobre los peces de las grandes profundidades.

—Veamos —dijo Holmes—. ¡Hum! Nacida en Nueva Jersey en 1858. Contralto... ¡Hum! La Scala... ¡Hum! Prima donna de la ópera imperial de Varsovia... ¡Ya! Retirada de los escenarios de ópera... ¡Ajá! Vive en Londres... ¡Vaya! Según creo entender, vuestra majestad tuvo un enredo con esta joven, le escribió algunas cartas comprometedoras, y ahora desea recuperarlas.

—Exactamente. Pero ¿cómo...?

—¿Hubo un matrimonio secreto?

—No.

—¿Algún certificado o documento legal?

—Ninguno.

—Entonces no lo comprendo, majestad. Si esta joven sacara a relucir las cartas, con propósitos de chantaje o de cualquier otro tipo, ¿cómo iba a demostrar su autenticidad?

—Está mi letra.

—¡Bah! Falsificada.

—Mi papel de cartas personal.

—Robado.

—Mi propio sello.

—Imitado.

—Mi fotografía.

—Comprada.

—Estábamos los dos en la fotografía.

—¡Válgame Dios! Eso está muy mal. Desde luego, su majestad ha cometido una indiscreción.

—Estaba loco... trastornado.

—Se han comprometido gravemente.

—Entonces, era solo príncipe heredero. Era joven. Ahora mismo solo tengo treinta años.

—Hay que recuperarla.

—Lo hemos intentado en vano.

—Su majestad tendrá que pagar. Hay que comprarla.

—No quiere venderla.

—Entonces, robarla.

—Se ha intentado cinco veces. En dos ocasiones, ladrones, pagados por mí, registraron su casa. Una vez extraviamos su equipaje durante un viaje. Dos veces ha sido asaltada. Nunca hemos obtenido resultados.

—¿No se ha encontrado ni rastro de la foto?

—Absolutamente ninguno.

Holmes se rió.

—Sí que es un bonito problema —dijo.

—Pero para mí es muy serio —replicó el rey en tono de reproche.

—Muy serio, es verdad. ¿Y qué quiere hacer ella con la fotografía?

—Arruinar mi vida.

—Pero, ¿cómo?

—Estoy a punto de casarme.

—Eso he oído.

—Con Clotilde Lothman von Saxe-Meningen, segunda hija del rey de Escandinavia. Quizás conozca usted los estrictos principios de su familia. Ella misma es el colmo de la delicadeza. Cualquier sombra de duda sobre mi conducta pondría fin al compromiso.

—¿Y qué dice Irene Adler?

—Amenaza con enviar la fotografía. Y lo hará. Sé que lo hará. Usted no la conoce, pero tiene un carácter de acero. Tiene el rostro de la más bella de las mujeres y la mentalidad del más decidido de los hombres. No hay nada que no esté dispuesta a hacer con tal de evitar que yo me case con otra mujer... nada.

—¿Está seguro de que no la ha enviado aún?

—Estoy seguro.

—¿Por qué?

—Porque ha dicho que la enviará el día en que se haga público el compromiso. Lo cual será el lunes próximo.

—Oh, entonces aún nos quedan tres días —dijo Holmes, bostezando—. Es una gran suerte, ya que, por el momento, tengo que ocuparme de uno o dos asuntos de gran importancia. Por supuesto, su majestad se quedará en Londres por ahora...

—Desde luego. Me encontrará en el Langham, bajo el nombre de conde von Kramm.

—Entonces le mandaré unas líneas para ponerlo al corriente de nuestros progresos.

—Hágalo, por favor. Aguardaré con impaciencia.

—¿Y en cuanto al dinero?

—Tiene carta blanca.

—¿Absolutamente?

—Le digo que daría una de las provincias de mi reino por recuperar esa fotografía.

—¿Y para los gastos del momento?

El rey sacó de debajo de su capa una pesada bolsa de piel de gamuza y la depositó sobre la mesa.

—Aquí hay trescientas libras en oro y setecientas en billetes de banco —dijo.

Holmes escribió un recibo en una hoja de su cuaderno de notas y se lo entregó.

—¿Y la dirección de *mademoiselle*? —preguntó.

—Residencia Briony, Serpentine Avenue, St. John's Wood. Holmes tomó nota.

—Una pregunta más. ¿La fotografía es de gran formato?

—Sí, lo es.

—Entonces, buenas noches, majestad, espero que pronto podamos darle buenas noticias. Y buenas noches, Watson —añadió cuando se oyeron las ruedas del carro real rodando por la calle—. Si tiene la amabilidad de volver por aquí mañana a las tres de la tarde, me encantará discutir con usted este pequeño asunto.

A las tres en punto ya estaba en Baker Street, pero Holmes aún no había regresado. La casera me dijo que había salido de su casa poco después de las ocho de la mañana. A pesar de eso, me senté junto al fuego, con intención de esperarlo, tardara lo que tardara. Sentía ya un profundo interés por el caso, pues aunque no presentara ninguno de los aspectos extraños y macabros que caracterizaban a los dos crímenes que ya he relatado en otro lugar, la naturaleza del caso y la elevada posición del cliente le daban un carácter propio. La verdad es que, independientemente de la clase de investigación que mi amigo tuviera entre manos, había algo en su manera magistral de captar las situaciones y en sus agudos e incisivos razonamientos, que hacía que para mí fuera un placer estudiar su sistema de trabajo y seguir los métodos rápidos y sutiles con los que desentrañaba los misterios más embrollados. Tan acostumbrado estaba a sus invariables éxitos, que ni se me pasaba por la cabeza la posibilidad de que fracasara.

Eran ya cerca de las cuatro cuando se abrió la puerta y entró en la habitación un mozo con pinta de borracho, desaliñado y con patillas, con la cara enrojecida y ropas impresentables. A pesar de lo acostumbrado que estaba a las asombrosas facultades de mi amigo en el uso de disfraces, tuve que mirarlo tres veces para convencerme de que, efectivamente, se trataba de él. Con un saludo desapareció adentro del dormitorio, de donde salió a los cinco minutos vestido con un traje de tweed y con un aspecto tan respetable como siempre. Se metió las manos en los bolsillos, estiró las piernas frente a la chimenea, y se empezó a reír a carcajadas durante un buen rato.

—¡Caramba, caramba! —exclamó, atragantándose y volviéndose a reír hasta quedar flojo y sin fuerzas, recostado sobre su silla.

—¿Qué pasa?

—Es demasiado gracioso. Estoy seguro de que jamás adivinaría usted en qué he empleado la mañana y lo que he terminado haciendo.

—Ni me lo imagino. Supongo que habrá estado observando los hábitos y quizá la casa de la señorita Irene Adler.

—Desde luego, pero lo raro fue lo que ocurrió a continuación. Pero voy a contárselo.

Salí de casa poco después de las ocho de la mañana, disfrazado de mozo de cuadra sin trabajo. Entre la gente que trabaja en el mundo de los caballos existe mucha camaradería, una verdadera hermandad; si eres uno de ellos, pronto te enterarás de todo lo que desees saber. No tardé en encontrar la residencia Briony. Es una villa de lujo, con un jardín en la parte de atrás, pero que por delante llega justo hasta la ruta; de dos pisos. Cerradura *Chubbs* en la puerta. Una gran sala de estar a la derecha, bien amueblada, con ventanales casi hasta el suelo y esos ridículos pestillos ingleses en las ventanas, que hasta un niño podría abrir. Más allá no había nada de interés, excepto que desde el techo de la cochera se puede llegar a la ventana del pasillo. Di la vuelta a la casa y la examiné atentamente desde todos los puntos de vista, pero no vi nada interesante.

Me dediqué entonces a caminar por la calle y, tal como había esperado, encontré unas caballerizas en un callejón pegado a una de las tapias del jardín. Ayudé a los mozos que limpiaban los caballos y recibí a cambio dos peniques, un vaso de cerveza, dos cargas de tabaco para la pipa y toda la información que buscaba sobre la señorita Adler, por no mencionar a otra media docena de personas del vecindario que no me interesaban lo más mínimo, pero cuyas biografías no tuve más remedio que escuchar.

—¿Y qué hay de Irene Adler? —pregunté.

—Bueno, tiene enloquecidos a todos los hombres de la zona. Es la cosa más bonita que se ha visto bajo un sombrero en este planeta. Eso asegura hasta el último hombre. Lleva una vida tranquila, canta en conciertos, sale todos los días a las cinco y regresa a cenar a las siete en punto. Es raro que salga en otro horario, excepto cuando canta. Solo tiene un visitante masculino, pero lo ve mucho. Es moreno, apuesto y elegante. Un tal Godfrey Norton, del

Inner Temple. Ya ve las ventajas de tener por confidente a un cochero. Le han llevado una docena de veces desde el Serpentine y lo saben todo acerca de él. Después de escuchar todo lo que tenían que contarme, me puse otra vez a recorrer los alrededores de la residencia Briony, tramando mi plan de ataque.

Evidentemente, este Godfrey Norton era un factor importante en el asunto. Es abogado; esto me sonó mal. ¿Qué relación había entre ellos y cuál era el motivo de sus repetidas visitas? ¿Era ella su cliente, su amiga o su amante? De ser lo primero, probablemente habría puesto la fotografía bajo su custodia. De ser lo último, no era tan probable que lo hubiera hecho. De esta cuestión dependía el que yo continuara mi trabajo en Briony o dirigiera mi atención a los departamentos del caballero en el Temple. Se trataba de un aspecto delicado que ampliaba el campo de mis investigaciones. Temo aburrirlo con estos detalles, pero tengo que hacerlo partícipe de mis pequeñas dificultades para que pueda usted comprender la situación.

—Lo sigo atentamente —respondí.

—Estaba todavía dándole vueltas al asunto cuando llegó a Briony un coche muy elegante, del que se bajó un caballero. Se trataba de un hombre muy apuesto, moreno, de nariz aguileña y con bigote. Evidentemente, el mismo hombre del que había oído hablar. Parecía tener mucho apuro, le gritó al cochero que esperara y pasó como una exhalación junto a la doncella, que le abrió la puerta, con el aire de quien se encuentra en su propia casa.

Permaneció en la casa una media hora y pude verlo un par de veces a través de las ventanas de la sala de estar, andando de un lado a otro, hablando con agitación y moviendo mucho los brazos. A ella no la vi. Por fin, el hombre salió, más excitado aún que cuando entró. Al subir al coche, sacó del bolsillo un reloj de oro y lo miró con preocupación.

—¡Corra como un diablo! —ordenó—. Primero a Gross & Hankey, en Regent Street y luego a la iglesia de Santa Mónica, en Edgware Road. ¡Media guinea si lo hace en veinte minutos!

Allá se fueron y yo me preguntaba si no convendría seguirlos, cuando por el callejón apareció un pequeño y bonito carruaje, cuyo cochero llevaba la levita a medio abrochar, la corbata debajo de la oreja y todas las correas salidas de las hebillas. Todavía no se había parado cuando ella salió disparada por la puerta y se metió en el coche. Solo pude echarle un vistazo rápido, pero se trataba de una mujer deliciosa, con una cara por la que un hombre se dejaría matar.

—A la iglesia de Santa Mónica, John —ordenó—. Y medio soberano si llegas en veinte minutos.

Aquello era demasiado bueno para perdérselo, Watson. Estaba dudando si hacer el camino corriendo o agarrarme a la parte trasera del carruaje, cuando apareció un coche por la calle. El cochero no parecía muy interesado en un pasajero tan andrajoso, pero yo me metí adentro antes de que pudiera poner objeciones. «A la iglesia de Santa Mónica» dije «y medio soberano si llega en veinte minutos».

Eran las doce menos veinticinco y, desde luego, estaba clarísimo lo que estaba sucediendo.

Mi cochero se apuro bastante. No creo haber ido tan rápido en toda mi vida, pero los otros habían llegado antes. El coche y el carruaje, con los caballos sudados, se encontraban ya delante de la puerta cuando nosotros llegamos. Pagué al cochero y me metí corriendo en la iglesia. No había ni un alma, con excepción de las dos personas que yo había seguido y de un clérigo con uniforme que parecía estar retándolos. Los tres estaban de pie, formando un grupito delante del altar. Avancé despacio por el pasillo lateral, como cualquier desocupado que entra en una iglesia. De pronto, para mi sorpresa, los tres del altar se volvieron a mirarme y Godfrey Norton vino corriendo hacia mí, tan rápido como pudo.

—¡Gracias a Dios! —exclamó—. ¡Usted servirá! ¡Venga, venga!

—¿Qué pasa? —pregunté yo.

—¡Venga, hombre, venga, tres minutos más y no será legal!

Prácticamente me arrastraron al altar y antes de darme cuenta de dónde estaba me encontré murmurando respuestas que alguien me susurraba al oído, dando fe de cosas de las que no sabía nada y, en general, ayudando a la unión matrimonial de Irene Adler, soltera, con Godfrey Norton, soltero. Todo se hizo en un instante y allí estaban el caballero dándome las gracias por un lado y la dama por el otro, mientras el clérigo me miraba desde adelante. Es la situación más ridícula en que me he encontrado en la vida y pensar en ello es lo que me hacía reír hace un momento. Parece que había alguna irregularidad en su licencia, que el cura se negaba rotundamente a casarlos sin que hubiera algún testigo, y que mi feliz aparición libró al novio de tener que salir a la calle en busca de un padrino. La novia me dio un soberano y pienso llevarlo en la cadena del reloj como recuerdo de esta ocasión.

—Es un giro bastante inesperado en los acontecimientos —dije—. ¿Y qué pasó luego?

—Bueno, me di cuenta de que mis planes estaban a punto de venirse abajo. Daba la impresión de que la parejita podía largarse inmediatamente, lo cual exigiría medidas instantáneas y enérgicas de mi parte. Sin embargo, en la puerta de la iglesia se separaron: él volvió al Temple y ella a su casa. «Saldré a pasear por el parque a las cinco, como de costumbre», dijo ella al despedirse. No pude oír más. Se fueron en diferentes direcciones y yo me fui a ocuparme de unos asuntos propios.

—¿Qué eran...?

—Un poco de carne fría y un vaso de cerveza —respondió, haciendo sonar la campana—. He estado demasiado ocupado para pensar en comer y, probablemente, estaré aún más ocupado esta noche. Por cierto, doctor, voy a necesitar su cooperación.

—Estaré encantado.

—¿No le importa infringir la ley?

—En lo más mínimo.

—¿Y exponerse a ser detenido?

—No, si es por una buena causa.

—¡Oh, la causa es excelente!

—Entonces, soy su hombre.

—Estaba seguro de que podía contar con usted.

—Pero ¿qué es lo que se propone?

—Cuando la señora Turner haya traído la bandeja se lo explicaré claramente. Veamos —dijo, mientras se lanzaba vorazmente sobre el sencillo almuerzo que nuestra casera había traído—. Tengo que explicárselo mientras como, porque no tenemos mucho tiempo. Ahora son casi las cinco. Dentro de dos horas tenemos que estar en el escenario de la acción. La señorita Irene, o mejor dicho, la señora, vuelve de su paseo a las siete. Tenemos que estar en villa Briony cuando llegue.

—Y entonces, ¿qué?

—Déjeme eso a mí. Ya he arreglado lo que tiene que ocurrir. Hay una sola cosa en la que debo insistir. Usted no debe interferir, pase lo que pase. ¿Entendido?

—¿Debo permanecer al margen?

—No debe hacer nada en absoluto. Probablemente se producirá algún pequeño alboroto. No intervenga. Acabará cuando me hagan entrar en la casa. Cuatro o cinco minutos después se abrirá la ventana de la sala de estar. Usted se parará cerca de esa ventana abierta.

—Sí.

—Tiene que fijarse en mí. Estaré al alcance de su vista.

—Sí.

—Y cuando yo levante la mano, así, arrojará usted al interior de la habitación una cosa que le voy a dar y al mismo tiempo lanzará el grito de «¡Fuego!». ¿Me sigue?

—Perfectamente.

—No es nada especialmente terrible —dijo, sacando del bolsillo un cilindro en forma de cigarro—. Es un cohete de humo común, de los que usan los plomeros, con una tapa en cada extremo para que se encienda solo. Su tarea se reduce a eso. Cuando empiece a gritar «¡fuego», mucha gente lo repetirá. Entonces, se dirigirá al final de la calle, donde yo me reuniré con usted a los de diez minutos. Espero haberme explicado bien.

—Tengo que mantenerme al margen, acercarme a la ventana, fijarme en usted, aguardar la señal y arrojar este objeto, gritar «¡Fuego!» y esperarlo en la esquina de la calle.

—Exactamente.

—Entonces, puede confiar plenamente en mí.

—Excelente. Creo que ya va siendo hora de que me prepare para el nuevo papel que debo representar.

Desapareció en su dormitorio, para regresar a los cinco minutos caracterizado como un amable y sencillo sacerdote protestante. Su sombrero negro de ala ancha, sus pantalones con rodilleras, su corbata blanca, su sonrisa simpática y su aire de curiosidad inquisitiva y benévola, no podrían haber sido igualados más que por el mismísimo

John Hare. Holmes no se limitaba a cambiarse de ropa; su expresión, su forma de actuar, su misma alma, parecían cambiar con cada nuevo papel que asumía. El teatro perdió un magnífico actor y la ciencia un agudo pensador cuando Holmes decidió especializarse en el delito.

Eran las seis y cuarto cuando salimos de Baker Street y todavía faltaban diez minutos para las siete cuando llegamos a Serpentine Avenue. Ya oscurecía y los faroles se iban encendiendo mientras nosotros caminábamos hacia arriba y hacia abajo por la calle, frente a la villa Briony, esperando la llegada de su inquilina. La casa era tal como yo la había imaginado por la breve descripción de Sherlock Holmes, pero el vecindario parecía menos solitario de lo que había esperado. Por el contrario, para tratarse de una calle pequeña en un barrio tranquilo, se encontraba de lo más concurrida. Había un grupo de hombres mal vestidos fumando y riendo en una esquina, un afilador con su rueda, dos guardias reales cortejando a una niñera y varios jóvenes bien vestidos que paseaban de un lado a otro con cigarros en la boca.

—¿Sabe? —comentó Holmes mientras deambulábamos frente a la casa—. Este matrimonio simplifica bastante las cosas. Ahora la fotografía se ha convertido en un arma de doble filo. Lo más probable es que ella tenga tan pocas ganas de que la vea el señor Godfrey Norton, como nuestro cliente de que llegue a los ojos de su princesa. Ahora la cuestión es: ¿dónde vamos a encontrar la fotografía?

—Eso. ¿Dónde?

—Es muy improbable que ella la lleve encima. El formato es demasiado grande como para que se pueda ocultar bien en un vestido de mujer. Sabe que el rey es capaz de hacer que la asalten y la registren. Ya se ha intentado dos veces. Debemos suponer, entonces, que no la lleva encima.

—Entonces, ¿dónde?

—Su banquero o su abogado. Existe esa doble posibilidad. Pero me inclino a pensar que ninguno de los dos la tiene. Las mujeres son por naturaleza muy dadas a los secretos y les gusta encargarse de sus propias intrigas. ¿Por qué habría de ponerla en manos de otra persona? Puede fiarse de sí misma, pero no sabe qué presiones indirectas o políticas pueden ejercerse sobre un hombre de negocios. Además, recuerde que tiene pensado utilizarla dentro de unos días. Tiene que tenerla al alcance de la mano. Tiene que estar en la casa.

—Pero la han registrado dos veces.

—¡Bah! No sabían buscar.

—¿Y cómo buscará usted?

—Yo no buscaré.

—¿Entonces...?

—Haré que ella me lo indique.

—Pero se negará.

—No podrá hacerlo. Oigo un ruido de ruedas. Es su coche. Ahora, cumpla mis órdenes al pie de la letra.

Mientras hablaba, el resplandor de las luces laterales de un coche asomó por la curva de la avenida. Era un pequeño y elegante carruaje que avanzó traqueteando hasta la puerta de la villa Briony. En cuanto se detuvo, uno de los desocupados de la esquina se lanzó con la velocidad de un rayo a abrir la puerta, con la esperanza de ganarse un penique, pero fue desplazado de un codazo por otro desocupado que se había precipitado con la misma intención. Se entabló una feroz disputa, a la que se unieron los dos guardias reales, que se pusieron de parte de uno de los desocupados y el afilador, que defendía con igual intensidad al bando contrario. Alguien recibió un golpe y, en un instante, la dama, que se había bajado del carruaje, se encontró en el centro de un pequeño grupo de acalorados combatientes que se golpeaban ferozmente con puños y bastones. Holmes se abalanzó entre ellos para proteger a la dama pero, justo cuando llegaba a su lado, soltó un grito y cayó al suelo, con la sangre corriéndole por el rostro. Al verlo caer, los guardias salieron corriendo en una dirección y los desocupados en otra, mientras unas cuantas personas bien vestidas, que habían presenciado el altercado sin tomar parte en este, se agolpaban para ayudar a la señora y atender al herido. Irene Adler, como pienso seguir llamándola, había subido a toda velocidad los escalones; pero en lo alto se detuvo, con su espléndida figura recortada contra las luces de la sala, girando para mirar hacia la calle.

—¿Está herido ese pobre caballero? —preguntó.

—Está muerto —exclamaron varias voces.

—No, no, todavía le queda algo de vida —gritó otra—. Pero habrá muerto antes de poder llevarlo al hospital.

—Es un valiente —dijo una mujer—. De no ser por él le habrían quitado el bolso y el reloj a esta señora. Son una banda y de lo peor. ¡Ah, ahora respira!

—No puede quedarse tirado en la calle. ¿Podemos meterlo en la casa, señora?

—Claro. Métanlo en la sala de estar. Hay un sofá muy cómodo. Por aquí, por favor.

Lenta y solemnemente fue introducido en la residencia Briony y acostado en el salón principal, mientras yo seguía observando el curso de los acontecimientos desde mi puesto junto a la ventana. Habían encendido las lámparas, pero sin correr las cortinas, de manera que podía ver a Holmes acostado en el sofá. Ignoro si en aquel momento él sentía algún tipo de remordimiento por el papel que estaba representando, pero sí sé que yo nunca me sentí tan avergonzado de mí mismo como entonces, al ver a la hermosa criatura contra la que estaba conspirando y la gracia y amabilidad con que atendía al herido. Y sin embargo, abandonar en aquel punto la tarea que Holmes me había confiado habría sido una traición oscura. Así, endurecí mi corazón y saqué el cohete de humo que escondía en mi sobretodo. Al fin y al cabo, pensé, no vamos a hacerle ningún daño. Solo vamos a impedirle que haga daño a otro.

Holmes se había sentado en el diván y lo vi moverse como si le faltara aire. Una doncella se apresuró a abrir la ventana. En aquel preciso instante lo vi levantar la mano y, obedeciendo a su señal, arrojé el cohete dentro de la habitación mientras gritaba: «¡Fuego!». Apenas salió la palabra de mis labios y toda la multitud de espectadores, bien y mal vestidos —caballeros, mozos de cuadra y criadas—, se unió en un clamor general de «¡Fuego!». Espesas nubes de humo se extendieron por la habitación y salieron por la ventana abierta. Pude entrever figuras que corrían y un momento después oí la voz de Holmes dentro de la casa, asegurando que se trataba de una falsa alarma. Deslizándome entre la vociferante multitud, llegué hasta la esquina de la calle y a los diez minutos tuve la alegría de sentir el brazo de mi amigo sobre el mío y de alejarme de aquella escena. Holmes caminó de prisa y en silencio durante unos pocos minutos, hasta que nos metimos por una de las calles tranquilas que llevan hacia Edgware Road.

—Lo ha hecho muy bien, doctor —dijo—. Las cosas no podrían haber salido mejor. Todo va bien.
—¿Tiene la fotografía?
—Sé dónde está.
—¿Y cómo lo averiguó?
—Ella me lo indicó, como yo le dije que haría.
—Sigo a oscuras.
—No quiero hacer un misterio de ello —dijo, riéndose—. Todo fue muy sencillo. Naturalmente, usted se habrá dado cuenta de que todos los que había en la calle eran cómplices. Estaban contratados para esta tarde.
—Me lo había imaginado.
—Cuando empezó la pelea, yo tenía un poco de pintura roja, fresca, en la palma de la mano. Corrí, caí, me llevé las manos a la cara y me convertí en un espectáculo patético. Un viejo truco.
—Eso también pude imaginármelo.
—Entonces me llevaron adentro. Ella tenía que dejarme entrar. ¿Cómo habría podido negarse? Y a la sala de estar, que era la habitación de la que yo sospechaba. Tenía que ser esa o el dormitorio y yo estaba decidido a averiguar cuál. Me acostaron en el sofá, hice como que me faltaba el aire, se vieron obligados a abrir la ventana y usted tuvo su oportunidad.
—¿Y de qué le sirvió eso?
—Era importantísimo. Cuando una mujer cree que se incendia su casa, su instinto le hace correr inmediatamente hacia lo que más quiere. Se trata de un impulso completamente insuperable y más de una vez le he sacado provecho. En el caso del escándalo de la sustitución de Darlington me resultó muy útil y también en el asunto del castillo de Arnsworth. Una madre corre en busca de su bebé, una mujer soltera echa mano a su joyero. Ahora bien, yo tenía muy claro que para la dama que nos ocupa no existía en la casa nada tan valioso como lo que nosotros andamos buscando y que correría a ponerlo a salvo. La alarma de fuego salió de maravilla. El humo y los gritos eran como para trastornar unos nervios de acero. Ella respondió a la perfección. La fotografía está en un hueco detrás de un panel corredizo, encima mismo del cordón de la campana de la derecha. Se plantó allí en un segundo y vi de reojo que empezaba a sacarla. Al gritar yo que se trataba de una falsa alarma, la

volvió a meter, miró el cohete, salió corriendo de la habitación y no la volví a ver. Me levanté, presenté mis excusas y salí de la casa. Pensé en intentar apoderarme de la fotografía en aquel mismo momento; pero el cochero había entrado y me observaba de cerca, así que me pareció más seguro esperar. Un exceso de apuro podría echarlo todo a perder.

—¿Y ahora? —pregunté.

—Nuestra búsqueda prácticamente ha concluido. Mañana iré a visitarla con el rey y con usted, si es que quiere acompañarnos. Nos harán pasar a la sala de estar a esperar a la señora, pero es probable que cuando llegue no nos encuentre ni a nosotros ni a la fotografía. Será una satisfacción para su majestad recuperarla con sus propias manos.

—¿Y cuándo piensa ir?

—A las ocho de la mañana. Aún no se habrá levantado, de manera que tendremos el campo libre. Además, tenemos que darnos prisa, porque este matrimonio puede significar un cambio completo en su vida y sus costumbres. Tengo que telegrafiar al rey sin perder tiempo.

Habíamos llegado a Baker Street y nos detuvimos en la puerta. Holmes estaba buscando la llave en sus bolsillos cuando alguien que pasaba dijo:

—Buenas noches, señor Holmes.

Había en aquel momento varias personas en la vereda, pero el saludo parecía venir de un joven delgado con impermeable que había pasado de prisa a nuestro lado.

—Esa voz la he oído antes —dijo Holmes, mirando fijamente la calle mal iluminada—. Me pregunto quién podrá ser.

Aquella noche dormí en Baker Street y estábamos tomando nuestro café con tostadas cuando el rey de Bohemia entró en la habitación.

—¿Es verdad que la tiene? —exclamó, agarrando a Sherlock Holmes por los hombros y mirándole ansiosamente a los ojos.

—Aún no.

—Pero, ¿tiene esperanzas?

—Tengo esperanzas.

—Entonces, vamos. No puedo contener mi impaciencia.

33

—Tenemos que conseguir un coche.
—No, mi carruaje está esperando.
—Bien, eso simplifica las cosas.

Bajamos y nos pusimos otra vez en marcha hacia la villa Briony.

—Irene Adler se ha casado —comentó Holmes.
—¿Se ha casado? ¿Cuándo?
—Ayer.
—Pero, ¿con quién?
—Con un abogado inglés apellidado Norton.
—¡Pero no es posible que lo ame!
—Espero que sí lo ame.
—¿Por qué espera tal cosa?
—Porque eso libraría a su majestad de todo temor a futuras molestias. Si ama a su marido, no ama a su majestad. Si no ama a su majestad, no hay razón para que interfiera en sus planes.
—Es verdad. Y sin embargo... ¡En fin!... ¡Ojalá ella hubiera sido de mi condición! ¡Qué reina habría sido!

Y con esto se hundió en un silencio taciturno que no se rompió hasta que nos detuvimos en Serpentine Avenue. La puerta de la villa Briony estaba abierta y había una mujer mayor de pie en los escalones de la entrada. Nos miró con ojos sarcásticos mientras bajábamos del carruaje.

—El señor Sherlock Holmes, supongo —dijo.
—Yo soy el señor Holmes —respondió mi compañero, dirigiéndole una mirada interrogante y algo sorprendida.
—En efecto. Mi señora me dijo que era muy probable que viniera. Se fue esta mañana con su marido, en el tren de las cinco y cuarto de Charing Cross, rumbo al continente.
—¿Cómo? —Sherlock Holmes retrocedió tambaleándose, poniéndose blanco de sorpresa y consternación—. ¿Quiere decir que se ha ido de Inglaterra?
—Para no volver.
—¿Y los papeles? —preguntó el rey con voz ronca—. ¡Todo se ha perdido!
—Veremos.

Holmes pasó junto a la sirvienta y se precipitó en la sala, seguido por el rey y por mí. Los muebles estaban desparramados en todas direcciones, con estanterías desmontadas y cajones abiertos, como si la señora los hubiera vaciado a toda prisa antes de escapar. Holmes corrió hacia el cordón de la campana, arrancó una tablilla corrediza y, metiendo la mano, sacó una fotografía y una carta. La fotografía era de la propia Irene Adler en traje de noche; la carta estaba dirigida a «Sherlock Holmes, Esq. Para guardar hasta que la reclamen». Mi amigo la abrió y los tres la leímos juntos. Estaba fechada la medianoche anterior y decía lo siguiente:

> Estimado Sherlock Holmes:
> La verdad es que lo hizo usted muy bien. Me tomó completamente por sorpresa. Hasta después de la alarma de fuego, no sentí la menor sospecha. Pero después, cuando comprendí que me había delatado, me puse a pensar. Hace meses que me habían advertido de usted. Me dijeron que si el rey contrataba a un agente, ese sería sin duda usted. Hasta me habían dado su dirección. Y a pesar de todo, usted me hizo mostrarle lo que quería saber. Aun después de sospechar, se me hacía difícil pensar mal de un viejo clérigo tan simpático y amable. Pero, como sabe, tengo experiencia como actriz. Las ropas de hombre no son nada nuevo para mí. Con frecuencia me aprovecho de la libertad que ofrecen. Ordené a John, el cochero, que lo vigilara, corrí al piso de arriba, me puse mi ropa de paseo, como yo la llamo y bajé justo cuando usted salía.
> Bien; lo seguí hasta su puerta y así me aseguré de que, en efecto, yo era objeto de interés para el célebre Sherlock Holmes. Entonces, un tanto imprudentemente, le deseé buenas noches y me dirigí al Temple para ver a mi marido.
> Los dos estuvimos de acuerdo en que, cuando te persigue un antagonista tan formidable, el mejor recurso es la huida. Así pues, cuando llegue usted mañana se encontrará el nido vacío. En cuanto a la fotografía, su cliente puede quedar tranquilo. Amo y soy amada por un hombre mejor que él. El rey puede hacer lo que quiera, sin encontrar obstáculos por parte de alguien a quien él ha tratado injusta y cruelmente. La conservo solo para protegerme y para disponer de un arma que me mantendrá a salvo de cualquier medida que él

pueda adoptar en el futuro. Dejo una fotografía que tal vez le interese poseer. Y a usted, querido señor Sherlock Holmes, le mando cordiales saludos.
Irene Norton, née Adler.

—¡Qué mujer! ¡Pero qué mujer! —exclamó el rey de Bohemia cuando los tres leímos la carta—. ¿No le dije lo despierta y decidida que era? ¿Acaso no habría sido una reina admirable? ¿No es una pena que no sea de mi clase?

—Por lo que he visto de la dama, parece, verdaderamente, pertenecer a una clase muy diferente a la de su majestad —dijo Holmes fríamente—. Lamento no haber sido capaz de llevar el asunto de su majestad a una conclusión más feliz.

—¡Al contrario, querido señor! —exclamó el rey—. No podría haber terminado mejor. Me consta que su palabra es inviolable. La fotografía es ahora tan inofensiva como si la hubiesen quemado.

—Me alegra que su majestad diga eso.

—He contraído con usted una deuda inmensa. Dígame, por favor, de qué manera puedo recompensarle. Este anillo... —se sacó del dedo un anillo de esmeraldas en forma de serpiente y se lo extendió en la palma de la mano.

—Su majestad posee algo que para mí tiene mucho más valor —dijo Holmes.

—No tiene más que decirlo.

—Esta fotografía.

El rey se le quedó mirando, asombrado.

—¡La fotografía de Irene! Desde luego, si es lo que desea.

—Gracias, majestad. Entonces, no hay nada más que hacer en este asunto. Tengo el honor de desearles un buen día.

Hizo una inclinación, se dio la vuelta sin prestar atención a la mano que el rey le tendía y se fue conmigo a sus habitaciones.

Y así fue como se evitó un gran escándalo que pudo haber afectado al reino de Bohemia y cómo los planes más perfectos de Sherlock Holmes se vieron derrotados por el ingenio de una mujer. Él solía hacer bromas acerca de la inteligencia de las mujeres, pero últimamente no lo he oído hacerlo. Y cuando habla de Irene Adler o menciona su fotografía, lo hace siempre bajo el honroso título de «la mujer».

2

La Liga de los Pelirrojos

Un día de otoño, el año pasado, me acerqué a visitar a mi amigo Sherlock Holmes y lo encontré en profunda conversación con un caballero de edad madura, muy corpulento, de rostro encarnado y cabello rojo como el fuego. Pidiendo disculpas por mi intromisión, me disponía a retirarme cuando Holmes me hizo entrar bruscamente de un tirón y cerró la puerta a mis espaldas.

—No podría haber llegado en mejor momento, querido Watson —dijo cordialmente.

—Temí que estuviera ocupado.

—Lo estoy y mucho.

—Entonces, puedo esperar en la habitación de al lado.

—Nada de eso. Señor Wilson, este caballero ha sido mi compañero y colaborador en muchos de mis casos más afortunados y no me cabe duda de que también me será de la mayor ayuda en el suyo.

El corpulento caballero se levantó de su silla y saludó con un gruñido, que acompañó con una rápida mirada inquisidora de sus pequeños ojos.

—Pruebe el sofá —dijo Holmes, dejándose caer de nuevo en su butaca y juntando las puntas de los dedos, como solía hacer siempre que se sentía reflexivo—. Me consta, querido Watson, que comparte mi inclinación por todo lo que sea raro y se salga de los convencionalismos y la monótona rutina de la vida cotidiana. Lo ha demostrado a través del entusiasmo que lo llevó a escribir su crónica y, si me permite decirlo, a embellecer, en cierto modo, muchas de mis pequeñas aventuras.

—La verdad, es que sus casos me han parecido de lo más interesantes —respondí.

—Recordará Watson que el otro día, justo antes de que nos metiéramos en el sencillísimo problema planteado por la señorita Mary Sutherland, le comenté que si queremos efectos extraños y combinaciones extraordinarias, debemos buscarlos en la vida misma, que siempre llega mucho más lejos que cualquier esfuerzo de la imaginación.

—Un argumento que me tomé la libertad de poner en duda.

—Así fue, doctor, pero aun así, tendrá usted que aceptar mi punto de vista, pues de lo contrario le presentaré hecho tras hecho, hasta que sus argumentos se sometan y se vea obligado a darme la razón. Pues bien, el señor Jabez Wilson, aquí presente, ha tenido la amabilidad de venir a visitarme esta mañana y ha empezado a contarme una historia que promete ser una de las más curiosas que he escuchado en mucho tiempo. Usted ya me ha oído comentar, que las cosas más extrañas e insólitas no suelen presentarse relacionadas con los crímenes importantes, sino con delitos pequeños e incluso con casos en los que podría dudarse de que se haya cometido algún delito. Por lo que he oído hasta ahora, me resulta imposible saber si en este caso hay delito o no, pero desde luego el desarrollo de los hechos es uno de los más extraños que he oído en la vida. Quizá, señor Wilson, tenga usted la bondad de empezar de nuevo su relato. No se lo pido solo porque mi amigo el doctor Watson no ha oído el principio, sino también porque el carácter insólito de la historia me tiene ansioso por escuchar de su boca hasta el último detalle. Como regla general, en cuanto percibo la más ligera indicación del curso de los acontecimientos, suelo ser capaz de guiarme por los miles de casos semejantes que acuden a mi memoria. En este caso, me veo en la obligación de reconocer que los hechos son, hasta donde alcanza mi conocimiento, algo nunca visto.

El corpulento cliente hinchó el pecho con algo parecido a un ligero orgullo y sacó del bolsillo interior de su sobretodo un periódico sucio y arrugado. Mientras recorría con la vista la columna de anuncios, con la cabeza inclinada hacia adelante, eché un buen vistazo, esforzándome por interpretar, como hacía mi compañero, cualquier indicio que pudiera ofrecer su indumentaria o su apariencia.

Sin embargo, mi inspección no me dijo gran cosa. Nuestro visitante contaba con todas las características del típico comerciante británico: obeso, pomposo y algo torpe.

Llevaba pantalones grises a cuadros con enormes rodilleras, una levita negra no demasiado limpia, desabrochada por delante y un chaleco gris-amarillento con una gruesa cadena metálica de la que colgaba, a modo de adorno, una pieza de metal con un agujero cuadrado. Junto a él, en una silla, había un sombrero de copa gastado y un abrigo marrón descolorido, con cuello de terciopelo bastante arrugado. En conjunto, y por mucho que lo mirase, no encontraba nada notable en aquel hombre, con excepción de su cabellera pelirroja y de la expresión de inmenso pesar y disgusto que se leía en sus facciones.

Mis esfuerzos no pasaron desapercibidos para los atentos ojos de Sherlock Holmes, que movió la cabeza, sonriendo, al adivinar mis miradas inquisitivas.

—Aparte del hecho, evidente, de que en alguna época ha realizado trabajos manuales, que toma rapé, que es masón, que ha estado en China y que últimamente ha escrito muchísimo, soy incapaz de deducir nada más —dijo.

Jabez Wilson dio un salto en su silla, manteniendo el dedo índice sobre el periódico, pero con los ojos clavados en mi compañero.

—¡En nombre del cielo! ¿Cómo sabe usted todo eso, Holmes? —preguntó—. ¿Cómo ha sabido, por ejemplo, que he trabajado con las manos? Es tan cierto como el Evangelio que empecé siendo carpintero de barcos.

—Sus manos, señor mío. Su mano derecha es bastante más grande que la izquierda. Ha trabajado usted con ella y los músculos se han desarrollado más.

—Está bien, pero ¿y lo del rapé y la masonería?

—No pienso ofender su inteligencia explicándole cómo he sabido eso, especialmente teniendo en cuenta que, contraviniendo las estrictas normas de su orden, lleva usted un alfiler de corbata con un arco y un compás.

—¡Ah, claro! Lo había olvidado. ¿Y lo de escribir?

—¿Qué otra cosa podría significar el que el puño de su manga derecha se vea tan lustroso mientras que el de la izquierda está rozado cerca del codo, donde se apoya sobre el escritorio?

—Bien, ¿y China?

—El pez que lleva tatuado justo encima de la muñeca derecha solo pudo haber sido hecho en China. Tengo realizado un pequeño estudio sobre tatuajes e incluso he contribuido a la literatura sobre el tema. Ese truco de teñir las escamas con una delicada tonalidad rosa es exclusivo de los chinos. Además, si veo una moneda china colgando de la cadena de su reloj, la cuestión resulta todavía más sencilla.

Jabez Wilson río sonoramente.

—¡Quién lo iba a decir! —exclamó—. Al principio me pareció que había hecho usted algo muy inteligente, pero ahora me doy cuenta de que, después de todo, no tiene ningún mérito.

—Empiezo a pensar, Watson —dijo Holmes—, que me equivoco al dar explicaciones. Ya sabe que *Omne ignotum pro magnifico* y mi pobre reputación naufragará si sigo siendo tan ingenuo. ¿Encontró el anuncio, señor Wilson?

—Sí, ya lo tengo —respondió Wilson, con su dedo grueso y colorado plantado a mitad de una columna—. Aquí está. Todo empezó por aquí. Léalo usted mismo.

Tomé el periódico de sus manos y leí lo siguiente:

> A LA LIGA DE LOS PELIRROJOS. En virtud de la última voluntad del difunto Ezekiah Hopkins, de Lebanon, Pennsylvania, EE.UU., se ha producido otra vacante que da derecho a un miembro de la Liga a percibir un salario de cuatro libras a la semana por servicios puramente nominales. Todos los varones pelirrojos, sanos de cuerpo y de mente, mayores de veintiún años son candidatos al puesto. Presentarse en persona el lunes a las once a Duncan Ross, en las oficinas de la Liga, 7 Pope's Court, Fleet Street.

—¿Qué significa esto? —exclamé después de haber leído dos veces el extraño anuncio.

Holmes se rió por lo bajo y se reacomodo en su silla, como solía hacer cuando estaba de buen humor.

—Se sale un poco del camino trillado, ¿no es verdad? —dijo—. Y ahora, señor Wilson, empiece por el principio y cuéntenos todo acerca de usted, su familia y el efecto que este anuncio tuvo sobre su vida. Pero primero, doctor, tome nota del periódico y la fecha.

—Es el *Morning Chronicle* del 27 de abril de 1890. Hace exactamente dos meses.

—Muy bien. Vamos, señor Wilson.

—Bueno, como ya le he dicho, señor Holmes —dijo Jabez Wilson secándose la frente—, poseo una pequeña casa de préstamos en Coburg Square, cerca de la City. No es un negocio importante y en los últimos años me ha dado lo justo para vivir. Antes podía permitirme tener dos empleados, pero ahora solo tengo uno; y tendría dificultades para pagarle si no fuera porque está dispuesto a trabajar por media paga, mientras aprende el oficio.

—¿Cómo se llama ese muchacho tan voluntarioso? —preguntó Sherlock Holmes.

—Se llama Vincent Spaulding y no es tan joven. Resulta difícil calcular su edad. No podría haber encontrado un ayudante más eficaz, señor Holmes, y estoy convencido de que podría mejorar de posición y ganar el doble de lo que yo puedo pagarle. Pero si él está satisfecho, ¿por qué habría de ponerle esas ideas en la cabeza?

—Desde luego, ¿por qué habría de hacerlo? Creo que ha tenido mucha suerte al encontrar un empleado más barato que los precios del mercado. No todos los patrones pueden decir lo mismo en estos tiempos. No sé qué es más extraordinario, si su ayudante o su anuncio.

—Bueno, también tiene sus defectos —dijo el señor Wilson—. Jamás he visto a nadie tan aficionado a la fotografía. Siempre está de aquí para allá con su cámara, cuando debería estar cultivando su mente, y luego se zambulle en el sótano como un conejo en su madriguera para revelar las fotos. Ese es su principal defecto; pero en conjunto es un buen trabajador. Y no tiene vicios.

—Todavía sigue con usted, supongo.

—Sí. Él y una chica de catorce años, que cocina un poco y se encarga de la limpieza. Eso es todo lo que tengo en casa, ya que soy viudo y no tengo descendencia. Llevamos una vida muy tranquila y nos dábamos por satisfechos con tener un techo y pagar nuestras deudas. Fue el anuncio lo que nos descoloco. Hace justo ocho semanas, Spaulding bajó a la oficina con este mismo periódico en la mano diciendo:

—¡Ay, señor Wilson, ojalá fuera yo pelirrojo!

—¿Y eso porqué? —pregunté.

—Mire —dijo—: hay otra vacante en la Liga de los Pelirrojos. Eso significa una pequeña fortuna para el que la consiga y tengo entendido que hay más vacantes que personas para ocuparlas, de manera que los albaceas andan como locos sin saber qué hacer con el dinero. Si mi pelo cambiara de color, este puesto sería perfecto para mí.

—Pero, ¿de qué se trata? —pregunté—. Verá, Spaulding, yo soy un hombre muy casero y como mi negocio viene a mí, en lugar de tener que ir yo a él, muchas veces pasan semanas sin que ponga los pies más allá del felpudo de la puerta. Por eso no estoy muy enterado de lo que ocurre afuera y siempre me agrada recibir noticias.

—¿Es que nunca ha oído hablar de la Liga de los Pelirrojos? —preguntó Spaulding, abriendo mucho los ojos.

—Nunca.

—¡Me sorprende mucho, ya que usted podría perfectamente postularse como candidato para ocupar la vacante!

—¿Y qué beneficios obtendría?

—Un par de cientos al año, pero el trabajo es mínimo y apenas interfiere con el resto de las ocupaciones habituales.

Como podrá imaginar, aquello me hizo estirar las orejas, pues el negocio no iba demasiado bien en los últimos años y doscientas libras de más me habrían venido muy bien.

—Cuénteme todo lo que sepa —le dije.

—Como puede ver —dijo, enseñándome el anuncio—, existe una vacante en la Liga y aquí está la dirección en la que deben presentarse los aspirantes. Por lo que yo sé, la Liga fue fundada por un millonario americano, Ezekiah Hopkins, un hombre bastante excéntrico. Era pelirrojo y sentía una gran simpatía por todos los pelirrojos, de manera que cuando murió se supo que había dejado toda su enorme fortuna en manos de unos albaceas, con instrucciones de que invirtieran los intereses en proporcionar empleos cómodos a personas con ese color de pelo. Según he oído, la paga es espléndida y apenas hay que hacer nada.

—Pero tiene que haber millones de pelirrojos que soliciten uno de esos puestos —dije.

—Menos de los que usted cree —respondió Holmes—. La oferta está limitada a londinenses y hombres adultos. Este americano había comenzado a amasar su fortuna en Londres siendo muy joven, y quería devolverle algo a la vieja ciudad. Además, he oído que es inútil presentarse si uno tiene el pelo rojo claro o rojo oscuro, o de cualquier otro tono que no sea rojo auténtico, intenso y brillante como el fuego. Pero si usted se presentara, señor Wilson, le aceptarían de inmediato. Aunque quizá no valga la pena la molestia de salirse de la rutina solo por unas pocas libras.

—Ahora bien, es un hecho, como pueden ver por sí mismos, que mi cabello es de un tono rojo muy intenso, de manera que me pareció que, por mucha competencia que hubiera, yo tenía tantas posibilidades como cualquier otro. Vincent Spaulding parecía estar tan informado sobre el asunto que pensé que podría serme útil, de modo que le dije que cerrara por el resto del día y me acompañara. Lo alegro la idea de un día libre, así que cerramos el negocio y partimos hacia la dirección que indicaba el anuncio.

No creo que vuelva a ver en mi vida un espectáculo semejante. Desde todos los puntos cardinales, cualquier hombre cuyo cabello presentara alguna tonalidad rojiza se había presentado en la City. Fleet Street se encontraba abarrotada de pelirrojos y Pope's Court parecía el carro de un vendedor de naranjas. Jamás pensé que hubiera en el país tantos pelirrojos como los que reunió aquel anuncio. Los había de todos los matices: rojo pajizo, limón, naranja, ladrillo, setter irlandés, rojo hígado, rojo arcilla. Pero, como había dicho Spaulding, no había muchos que presentaran la auténtica tonalidad rojo fuego. Cuando vi que eran tantos, me desanimé y me hubiera dado por vencido de no ser por la insistencia de Spaulding. No me explico cómo se las arregló, pero a base de empujar, tirar y embestir, consiguió hacerme atravesar la multitud y llegar hasta la escalera que llevaba a la oficina. En la escalera había dos hileras de hombres: los que subían esperanzados y los que bajaban rechazados. Nos abrimos paso como pudimos hasta la oficina.

—Una experiencia de lo más interesante —comentó Holmes, mientras su cliente hacía una pausa y se refrescaba la memoria con una buena dosis de rapé—. Le ruego que continúe.

—En la oficina no había más que un par de sillas de madera y una mesita, detrás de la cual se sentaba un hombre menudo, con una cabellera incluso más roja que la mía. Cambiaba un par de palabras con cada candidato que se presentaba, para encontrar después algún defecto que los descalificara. Conseguir el puesto no era tan sencillo como parecía. Sin embargo, cuando nos llegó el turno, el hombrecito se mostró mucho más favorable conmigo que con ningún otro y cerró la puerta en cuanto entramos, para poder hablar con nosotros en privado.

—Este es el señor Jabez Wilson —dijo mi empleado— y aspira a ocupar la vacante en la Liga.

—Parece admirablemente dotado para ello —respondió el otro—. Cumple todos los requisitos. No recuerdo haber visto nada tan perfecto.

Dio un paso atrás, torció la cabeza hacia un lado y me miró el pelo hasta avergonzarme. Después se adelanto de pronto, me estrechó la mano y me felicitó calurosamente por mi éxito.

—Sería una injusticia dudar —dijo—, pero estoy seguro de que me perdonará por tomar una precaución obvia —me agarró del pelo con las dos manos y tiró hasta hacerme gritar de dolor—. Veo lágrimas en sus ojos —comentó al soltarme—, lo cual indica que todo es como debe ser. Tenemos que ser muy cuidadosos, porque ya nos han engañado dos veces con pelucas y una con tintura. Podría contarle historias sobre tinturas para zapatos que le harían aborrecer la condición humana —se acercó a la ventana y gritó, con toda la fuerza de sus pulmones, que la vacante estaba cubierta. Desde abajo nos llegó un gruñido de desilusión y la multitud se dispersó hasta que no quedó una sola cabeza pelirroja a la vista, exceptuando la mía y la del gerente.

—Me llamo Duncan Ross —dijo— y soy uno de los pensionistas a los que beneficia el legado de nuestro noble benefactor. ¿Está usted casado? ¿Tiene familia?

Le respondí que no e inmediatamente cambió la expresión de su cara.

—¡Válgame Dios! —exclamó muy serio—. Esto es muy grave. Lamento oírlo decir eso. El legado, naturalmente, tiene como objetivo la propagación y expansión de los pelirrojos, no solo su mantenimiento. Es un terrible inconveniente que sea soltero.

Mi cara se alargó al oír eso, pensando que después de todo no conseguiría el puesto; pero después de pensarlo unos minutos, el gerente dijo que no importaba.

—Si fuera otro —dijo—, la objeción habría podido ser fatal, pero creo que debemos ser un poco flexibles con un hombre con un pelo como el suyo. ¿Cuándo podría asumir sus nuevas obligaciones?

—En este momento sería un poco difícil ya que poseo un negocio propio —dije.

—¡No se preocupe por eso, señor Wilson! —dijo Vincent Spaulding—. Yo puedo ocuparme del negocio por usted.

—¿Cuál sería el horario? —pregunté.

—De diez a dos.

El negocio de prestamista se hace principalmente por las tardes, señor Holmes, sobre todo los jueves y viernes, días anteriores a la paga; de manera que ganar algún dinero extra por las mañanas no me venía nada mal. Además, me constaba que mi empleado era un buen hombre y que se encargaría de lo que pudiera presentarse.

—Me viene muy bien —contesté—. ¿Y la paga?

—Cuatro libras a la semana.

—¿Y el trabajo?

—Es puramente nominal.

—¿A qué se refiere con puramente nominal?

—Tiene que estar en la oficina, o al menos en el edificio durante su horario de trabajo. Si se ausenta, pierde para siempre el puesto. El testamento es muy claro al respecto. Si abandona la oficina durante ese tiempo, falta usted al compromiso.

—No son más que cuatro horas al día y no pienso ausentarme —afirmé.

—No se aceptaría ninguna excusa —insistió el señor Duncan Ross—. Ni enfermedad, ni negocios, ni cualquier otro motivo. Tiene usted que estar aquí o pierde el empleo.

—¿Y el trabajo?

—Consiste en copiar la Enciclopedia Británica. En ese estante está el primer volumen. Deberá traer la tinta, las plumas y el papel secante; nosotros le proporcionamos la mesa y la silla. ¿Puede empezar mañana?

—Desde luego.

—Entonces, hasta mañana, señor Jabez Wilson y permítame felicitarlo una vez más por el puesto que ha tenido la suerte de conseguir.

Se despidió de mí con una reverencia y yo me volví a casa con mi empleado, sin bien saber qué decir ni qué hacer, tan satisfecho me sentía de mi buena suerte.

Me pasé todo el día pensando en el asunto y por la noche volvía a sentirme deprimido, pues había logrado convencerme de que todo aquello tenía que ser una gigantesca estafa o un fraude, aunque no podía imaginar qué se proponían con ello. Parecía increíble que alguien dejara un testamento semejante y que se pagara aquella suma por hacer algo tan sencillo como copiar la Enciclopedia Británica. Vincent Spaulding hizo todo lo que pudo por animarme, pero a la hora de acostarme yo ya había decidido desentenderme del asunto. A la mañana siguiente pensé que valía la pena probar, así que compré un tintero de un penique, me hice con una pluma y siete pliegos de papel y me encaminé a Pope's Court.

Para mi sorpresa todo salió según había sido dispuesto. Encontré la mesa ya preparada y al señor Duncan Ross esperando a ver si me presentaba puntualmente al trabajo. Me dijo que empezara por la letra A y me dejó solo, aunque pasaba de vez en cuando para comprobar que todo iba bien. A las dos de la tarde se despidió de mí, me felicitó por lo mucho que había escrito y cerró la puerta de la oficina cuando salí.

Todo siguió igual día tras día, señor Holmes. El sábado se presentó el gerente y me entregó cuatro soberanos por el trabajo de la semana. Lo mismo ocurrió a la semana siguiente y la otra. Yo llegaba cada mañana a las diez y me iba a las dos de la tarde. Poco a poco, el señor Duncan Ross se limitó a aparecer una sola vez en toda la mañana y, con el tiempo, dejó de presentarse. Aun así, no me atreví a ausentarme de la habitación ni un instante, pues no estaba seguro de cuándo podría aparecer y el empleo era tan bueno que no quería arriesgarme a perderlo.

De este modo transcurrieron ocho semanas, durante las cuales escribí todo lo referente a Abad, Armadura, Arquería, Arquitectura y Ática. Esperaba que mi dedicación me permitiera llegar muy pronto a la B. Había gastado algún dinero en papel y ya tenía un estante casi lleno de hojas escritas cuando de repente todo terminó.

—¿Terminó?

—Sí, esta misma mañana. Como de costumbre, llegué a mi trabajo a las diez en punto, pero encontré la puerta cerrada con llave y una pequeña cartulina clavada en la madera con una chinche. Aquí la tiene, puede leerla usted mismo.

Extendió un trozo de cartulina blanca, del tamaño aproximado de una hoja de papel. En ella estaba escrito lo siguiente:

> LA LIGA DE LOS PELIRROJOS
> HA SIDO DISUELTA
> 9 de octubre, 1890

Sherlock Holmes y yo examinamos aquel conciso anuncio y la cara afligida que había detrás, hasta que el aspecto cómico del asunto dominó tan completamente las demás consideraciones que nos echamos a reír a carcajadas.

—No sé qué les hace tanta gracia —exclamó nuestro cliente, sonrojándose intensamente—. Si lo mejor que saben hacer es reírse de mí, mejor que recurra a otros.

—No, no —exclamó Holmes, empujándolo de nuevo hacia la silla de la que casi se había levantado—. Le aseguro que no dejaría escapar su caso por nada del mundo. No podría ser más reconfortante ni insólito. Pero, si me disculpa, el asunto presenta algunos aspectos bastante graciosos. Dígame, por favor: ¿cuáles fueron sus pasos después de encontrar esta tarjeta en la puerta?

—Me quedé atónito. No sabía qué hacer. Entré en las oficinas de al lado, pero en ninguna de ellas parecían saber nada del asunto. Por último, me dirigí al administrador, un contable que vive en la planta baja y le pregunté si sabía qué había pasado con la Liga de los Pelirrojos. Me respondió que jamás había oído hablar de semejante sociedad. Entonces le pregunté por el señor Duncan Ross. Me dijo que era la primera vez que oía ese nombre.

—Bueno —dije yo—, me refiero al caballero del número 4.

—¿El pelirrojo?

—Sí.

—Se llama William Morris —me dijo—. Es abogado y estaba utilizando el local como despacho provisional mientras acondicionaba sus nuevas oficinas. Ayer se fue.

—¿Dónde puedo encontrarlo?

—En sus nuevas oficinas. Me dio la dirección: King Edward Street, número 17, cerca de San Pablo.

Fui en seguida, pero cuando llegué a esa dirección me encontré con que se trataba de una fábrica de rodilleras y que allí nadie había oído hablar de William Morris ni de Duncan Ross.

—¿Y qué hizo entonces? —preguntó Holmes.

—Volví a mi casa en Saxe-Coburg Square y pedí consejo a mi empleado. Pero no pudo darme ninguna solución, aparte de decirme que, si esperaba, acabaría por recibir noticia por carta. Pero aquello no me bastaba. No estaba dispuesto a perder un puesto tan bueno sin luchar y como había oído que usted tenía la amabilidad de aconsejar a la pobre gente necesitada, vine directamente a verlo.

—Hizo usted muy bien —dijo Holmes—. Su caso es de lo más notable y me agradará mucho investigarlo. Por lo que me ha contado, me parece muy posible que estén en juego cosas más graves que lo que parece a simple vista.

—¡Ya lo creo que son graves! —exclamó Jabez Wilson—. ¡Me he quedado sin cuatro libras a la semana!

—En lo que a usted se refiere —le hizo notar Holmes—, no veo que tenga motivos para quejarse de esta extraordinaria Liga. Por el contrario, tal como yo lo veo, ha salido usted ganando unas treinta libras y eso sin mencionar los detallados conocimientos que ha adquirido sobre todos los temas que empiezan por la letra A. No ha perdido nada.

—No, señor. Pero me gustaría averiguar algo sobre ellos, saber quiénes son y qué se proponían al hacerme esta broma pesada... si es que de eso se trata. La broma les ha salido bastante cara, ya que les ha costado treinta y dos libras.

—Procuraremos poner en claro esos puntos. Pero antes, una o dos preguntas, señor Wilson. Ese empleado suyo, el que le hizo fijarse en el anuncio... ¿cuánto tiempo llevaba con usted?

—Entonces llevaba como un mes más o menos.

—¿Cómo lo contrató?

—En respuesta a un anuncio.
—¿Fue el único aspirante?
—No, recibí una docena.
—¿Y por qué lo eligió a él?
—Porque parecía listo y se ofrecía barato.
—A mitad de salario, ¿no es así?
—Eso es.
—¿Cómo es este Vincent Spaulding?
—Bajo, corpulento, de movimientos rápidos, e imberbe, aunque no tendrá menos de treinta años. Tiene una mancha blanca de ácido en la frente.

Holmes se incorporó en su asiento visiblemente excitado.

—Me lo había figurado —dijo—. ¿Se ha fijado en si tiene las orejas perforadas, como para llevar pendientes?

—Sí. Me dijo que se las había agujereado una gitana cuando era muchacho.

—¡Hum! —exclamó Holmes, sumiéndose en profundas reflexiones—. ¿Sigue aún con usted?

—¡Oh, sí! Acabo de dejarle.

—¿Y el negocio ha estado bien atendido durante su ausencia?

—No tengo ninguna queja. Nunca hay mucho trabajo por las mañanas.

—Con eso bastará, señor Wilson. Tendré el gusto de darle una opinión sobre el asunto dentro de uno o dos días. Hoy es sábado; espero que para el lunes hayamos llegado a una conclusión.

—Bien, Watson —dijo Holmes en cuanto nuestro visitante se hubo ido—. ¿Qué opina de todo esto?

—Nada —respondí con franqueza—. Es un asunto de lo más misterioso.

—Como regla general —dijo Holmes—, cuanto más extravagante es una cosa, menos misteriosa suele resultar. Son los delitos corrientes, sin ningún rasgo notable, los que resultan verdaderamente desconcertantes, del mismo modo que un rostro vulgar resulta más difícil de identificar. Tengo que ponerme inmediatamente en acción.

—¿Qué piensa hacer? —pregunté.

—Fumar —respondió—. Es un problema de tres pipas, así que le ruego que no me dirija la palabra durante cincuenta minutos.

Se acurrucó en su sillón con sus flacas rodillas alzadas hasta su nariz de halcón y allí se quedó, con los ojos cerrados y la pipa de arcilla negra sobresaliendo como el pico de algún pájaro extraño.

Había llegado a la conclusión de que Holmes se había quedado dormido y yo mismo comenzaba cabecear, cuando de pronto saltó de su asiento con el gesto de quien acaba de tomar una resolución y dejó la pipa sobre la repisa de la chimenea.

—Esta noche toca Sarasate en el St. James Hall —comentó—. ¿Qué le parece, Watson? ¿Podrán sus pacientes prescindir de usted durante unas horas?

—No tengo nada que hacer hoy. Mi trabajo nunca es muy absorbente.

—Entonces, póngase el sombrero y venga. Antes tengo que pasar por la City y podemos comer algo por el camino. He visto que hay en el programa mucha música alemana, que resulta más de mi gusto que la italiana o la francesa. Es introspectiva y a mí me conviene para concentrarme. Vamos.

Viajamos en el metro hasta Aldersgate y una corta caminata nos llevó a Saxe-Coburg quare, escenario de la singular historia que habíamos escuchado por la mañana. Era una placita insignificante, pobre, pero de aspecto digno, con cuatro hileras de desvencijadas casas de ladrillo, de dos pisos, rodeando un jardincito vallado, donde un montón de hierbas sin cuidar y unas pocas matas de laurel ajado mantenían una dura lucha contra la atmósfera hostil y cargada de humo. En la esquina de una casa, tres bolas doradas y un rótulo marrón con las palabras «JABEZ WILSON» en letras de oro anunciaban el local donde nuestro pelirrojo cliente tenía su negocio. Sherlock Holmes se detuvo ante la casa, con la cabeza ladeada y la examinó atentamente, con los ojos brillándole bajo los párpados fruncidos. A continuación, caminó despacio calle arriba y calle abajo, sin dejar de examinar las casas. Por último, regresó frente a la tienda del prestamista y, después de dar dos o tres fuertes golpes en el suelo con el bastón, se acercó a la puerta y llamó. Abrió al instante un joven con cara de listo y bien afeitado, que le invitó a entrar.

—Gracias —dijo Holmes—. Solo quería preguntar por dónde se va desde aquí al Strand.

—La tercera a la derecha y la cuarta a la izquierda —respondió sin vacilar el empleado, cerrando a continuación la puerta.

—Un tipo listo —comentó Holmes mientras nos alejábamos—. En mi opinión, es el cuarto hombre más inteligente de Londres; y en cuanto a audacia, creo que podría aspirar al tercer puesto. Ya he tenido noticias suyas anteriormente.

—Es evidente —dije yo— que el empleado del señor Wilson desempeña un importante papel en este misterio de la Liga de los Pelirrojos. Estoy seguro de que usted le ha preguntado el camino solo para poder verlo.

—No a él.

—Entonces, ¿a qué?

—A las rodilleras de sus pantalones.

—¿Y qué es lo que vio?

—Lo que esperaba ver.

—¿Para qué golpeó el asfalto?

—Mi querido doctor, lo que hay que hacer ahora es observar, no hablar. Somos espías en territorio enemigo. Ya sabemos algo de Saxe-Coburg Square. Exploremos ahora las calles que hay detrás.

La calle en la que nos metimos al doblar en la esquina de la recóndita Saxe-Coburg Square presentaba con esta tanto contraste como el derecho de un cuadro con el revés. Se trataba de una de las principales arterias por donde discurre el tráfico de la City hacia el norte y hacia el oeste. La calle estaba bloqueada por el inmenso río de tráfico comercial que fluía en ambas direcciones y las veredas repletas de un apretado grupo de peatones. Al contemplar la hilera de tiendas elegantes y oficinas lujosas, nadie habría pensado que desembocaba en la solitaria y descolorida plaza que acabábamos de abandonar.

—Veamos —dijo Holmes, parándose en la esquina y mirando la hilera de edificios. Me gustaría recordar el orden de las casas. Una de mis aficiones es tener un conocimiento exacto de Londres. Aquí está Mortimer's, la tienda de tabacos, el puesto de diarios, la sucursal de Coburg del City and Suburban Bank, el restaurante vegetariano y las cocheras McFarlane. Esto nos lleva directamente a la siguiente manzana. Y ahora, doctor, nuestro trabajo está hecho y ya es hora de que nos recreemos un poco. Algo para comer, una taza de café, y después a la tierra del violín, donde todo es dulzura, delicadeza y armonía y donde no hay clientes pelirrojos que nos fastidien con sus rompecabezas.

Mi amigo era un entusiasta de la música, no solo un intérprete muy dotado, sino también un compositor de méritos fuera de lo común. Se pasó toda la velada sentado en su butaca, sumido en la más absoluta felicidad, marcando suavemente el ritmo de la música con sus largos y afilados dedos. Tenía la sonrisa apacible y unos ojos lánguidos y soñadores que se parecían muy poco a los de Holmes el sabueso, Holmes el implacable, Holmes el astuto e infalible azote de los criminales.

La curiosa dualidad de la naturaleza de su carácter se manifestaba alternativamente. Su exagerada exactitud y su gran astucia representaban, muchas veces lo he pensado, una reacción contra el humor poético y contemplativo que de vez en cuando predominaba en él. Estas oscilaciones de su carácter lo llevaban de la languidez extrema a la energía devoradora y jamás se mostraba tan formidable como después de pasar días enteros en su sillón, sumido en sus improvisaciones y en sus libros antiguos. Entonces, repentinamente se apoderaba de él el instinto cazador y sus brillantes dotes de razonador se elevaban hasta el nivel de la intuición, al punto de que aquellos que no estaban familiarizados con sus métodos se le quedaban mirando asombrados, como se mira a un hombre que posee un conocimiento superior al de los demás mortales. Cuando lo vi aquella tarde, tan absorto en la música del St. James Hall, sentí que nada bueno les esperaba a aquellos a los que se disponía cazar.

—Sin duda querrá ir a su casa, doctor —observó en cuanto salimos.

—Sí, ya va siendo hora.

—Y yo tengo que hacer algo que me llevará unas horas. Este asunto de Coburg Square es grave.

—¿Por qué es grave?

—Se está preparando un delito importante. Tengo toda clase de razones para creer que llegaremos a tiempo para impedirlo. Pero el hecho de que hoy sea sábado complica las cosas. Necesitaré su ayuda esta noche.

—¿A qué hora?

—A las diez estará bien.

—Estaré en Baker Street a las diez.

—Muy bien. ¡Otra cosa, doctor! Puede que haya algo de peligro, así que le recomiendo que lleve su revólver del ejército en el bolsillo.

Se despidió con un gesto de la mano, dio media vuelta y en un instante desapareció entre la multitud.

Confío en no ser más torpe que el resto de los hombres y, sin embargo, siempre que trataba con Sherlock Holmes me sentía como agobiado por una sensación de estupidez. Yo había oído lo mismo que él, había visto lo mismo que él y sin embargo, a juzgar por sus palabras, era evidente que él veía con claridad no solo lo que había sucedido, sino incluso lo que iba a suceder, mientras que para mí todo el asunto seguía igual de confuso y grotesco. Mientras me dirigía a mi casa en Kensington reflexioné acerca todo, desde la extraordinaria historia del pelirrojo copiador de enciclopedias hasta la visita a Saxe-Coburg Square y las ominosas palabras con que Holmes se había despedido de mí.

¿Qué era aquella expedición nocturna y por qué tenía que ir armado? ¿Dónde íbamos a ir y qué íbamos a hacer? Holmes había dado a entender que aquel imberbe empleado del prestamista era un hombre capaz de juegos peligrosos. Traté de descifrar el embrollo, pero acabé por darme por vencido y decidí dejar de pensar hasta que la noche aportase alguna explicación.

A las nueve y cuarto salí de casa, atravesé el parque y recorrí Oxford Street hasta llegar a Baker Street. Había dos coches aguardando en la puerta y al entrar en el vestíbulo oí voces arriba. Al penetrar en la habitación encontré a Holmes en animada conversación con dos hombres, a uno de los cuales identifiqué como Peter Jones, agente de policía; el otro era un hombre de cara alargada, delgado y triste, con un sombrero muy lustroso y una levita abrumadoramente respetable.

—¡Ajá! Nuestro equipo está completo —dijo Holmes, abotonándose su chaqueta de marinero y tomando del perchero su pesado látigo de caza—. Watson, creo que ya conoce al señor Jones, de Scotland Yard. Permítame que le presente al señor Merryweather que nos acompañará en nuestra aventura nocturna.

—Como ve, doctor, otra vez vamos de caza por parejas —dijo Jones con su modo habitual—. Aquí nuestro amigo es único organizando cacerías. Solo necesita un perro viejo que le ayude a coger la presa.

—Espero que al final no resulte que hemos cazado fantasmas —comentó el señor Merryweather en tono sombrío.

—Puede depositar una considerable confianza en el señor Holmes, caballero —contestó el policía con altanería—. Tiene sus métodos particulares que son, si me permite decirlo, un poco teóricos y fantasiosos, pero hay que reconocer que tiene dotes de detective. No exagero al decir que en una o dos ocasiones, como en aquel caso del crimen de los Sholto y el tesoro de Agra, ha llegado a acercarse más a la verdad que la policía oficial.

—Bien, si usted lo dice, señor Jones, por mí de acuerdo —dijo el desconocido con deferencia—. Aun así, confieso que extraño mi partida de cartas. Es la primera noche de sábado en veintisiete años que no juego mi partida.

—Creo que pronto comprobará —dijo Sherlock Holmes— que esta noche juega una apuesta mucho más alta que nunca y que el partido será mucho más apasionante. Para usted, señor Merryweather, la apuesta es de unas treinta mil libras; y para usted, Jones, el hombre al que tanto desea ponerle la mano encima.

—John Clay, asesino, ladrón, estafador y falsificador. Es un hombre joven, señor Merryweather, pero se encuentra ya en la cumbre de su profesión y tengo más ganas de ponerle las esposas a él que a ningún otro criminal de Londres. Un individuo notable, este joven John Clay. Es nieto de un duque de sangre real y ha estudiado en Eton y en Oxford. Su cerebro es tan ágil como sus manos y aunque encontramos rastros suyos a cada paso, nunca sabemos dónde encontrarlo a él. Esta semana puede reventar una casa en Escocia y a la siguiente puede estar recaudando fondos para construir un orfanato en Cornualles. Llevo años siguiéndole la pista y jamás he logrado ponerle los ojos encima.

—Espero tener el placer de presentárselo esta noche. Yo también he tenido un par de pequeños roces con el señor John Clay y estoy de acuerdo con que se encuentra en la cumbre de su profesión. No obstante, son ya más de las diez y va siendo hora de que nos pongamos en marcha. Si toman el primer coche, Watson y yo los seguiremos en el segundo.

Sherlock Holmes no se mostró muy comunicativo durante el largo trayecto y se reclinó en su asiento tarareando las melodías que había escuchado por la tarde. Avanzamos al trote a través de un interminable laberinto de calles iluminadas por faroles de gas, hasta que salimos a Farringdon Street.

—Ya nos vamos acercando —comentó mi amigo—. Este Merryweather es director de un banco y el asunto le interesa de manera personal. Me pareció conveniente que también nos acompañase Jones. No es mala persona, aunque profesionalmente sea un perfecto estúpido. Pero posee una virtud positiva: es valiente como un bulldog y tan tenaz como una langosta cuando cierra sus garras sobre alguien. Ya hemos llegado y nos están esperando.

Nos encontrábamos en la misma calle concurrida en la que habíamos estado por la mañana. Despedimos nuestros coches y, guiados por el señor Merryweather, nos metimos por un estrecho pasadizo y penetramos por una puerta lateral que Merryweather nos abrió. Recorrimos un pequeño pasillo que terminaba en una puerta de hierro muy pesada. También esta se abrió, dejándonos pasar a una escalera de piedra que terminaba en otra puerta formidable. El señor Merryweather se detuvo para encender una linterna y luego nos siguió por un oscuro corredor que olía a tierra hasta llevarnos, tras abrir una tercera puerta, a una enorme bóveda o sótano, en el que se amontonaban por todas partes grandes cajas y cajones.

—No son ustedes muy vulnerable por arriba —comentó Holmes, levantando la linterna y mirando a su alrededor.

—Ni por abajo —respondió el señor Merryweather, golpeando con su bastón las baldosas en el suelo—. Pero...

¡Válgame Dios! ¡Esto suena a hueco! —exclamó, alzando sorprendido la mirada.

—Debo rogarle que no haga tanto ruido —dijo Holmes con tono severo—. Acaba de poner en peligro el éxito de nuestra expedición. ¿Puedo pedirle que tenga la bondad de sentarse en uno de esos cajones y no interferir?

El solemne señor Merryweather se instaló sobre un cajón, con cara de sentirse muy ofendido, mientras Holmes se arrodillaba en el suelo y, con ayuda de la linterna y de una lupa, empezaba a examinar atentamente las rendijas que había entre las baldosas. A los pocos segundos se dio por satisfecho, se puso de nuevo en pie y guardó la lupa en el bolsillo.

—Disponemos por lo menos de una hora —dijo—, porque ellos no podrán hacer nada hasta que el bueno del prestamista se haya ido a la cama. Entonces no perderán ni un minuto, pues cuanto antes hagan su trabajo, más tiempo tendrán para escapar. Como sin duda habrá adivinado, doctor, nos encontramos en el sótano de la sucursal en la City de uno de los principales bancos de Londres. El señor Merryweather es el presidente del consejo de dirección y le explicará qué razones existen para que los delincuentes más atrevidos de Londres se interesen tanto en su sótano estos días.

—Se trata de nuestro oro francés —susurró el director—. Ya hemos tenido varios avisos de que pueden intentar robarlo.

—¿Su oro francés?

—Sí. Hace unos meses creímos conveniente reforzar nuestras reservas y solicitamos al Banco de Francia un préstamo de treinta mil napoleones de oro. Se ha filtrado la noticia de que no hemos tenido tiempo de desembalar el dinero y de que aún se encuentra en nuestro sótano. El cajón sobre el que estoy sentado contiene dos mil napoleones empaquetados en hojas de plomo. En estos momentos, nuestras reservas de oro son mucho mayores de lo que se suele guardar en una sola sucursal y los directores se sienten intranquilos al respecto.

—Y no les falta razón —comentó Holmes—. Y ahora, es el momento de poner en orden nuestros planes. Calculo que el movimiento empezará dentro de una hora.

Mientras tanto, señor Merryweather, conviene que tapemos la luz de esa linterna.

—¿Y quedarnos a oscuras?

—Me temo que sí. Traía en el bolsillo un mazo de cartas y había pensado que, puesto que somos cuatro, podría jugar su partido después de todo. Pero, por lo que he visto, los preparativos del enemigo están tan avanzados que no podemos arriesgarnos a tener una luz encendida. Antes que nada, tenemos que tomar posiciones. Esta gente es muy osada y, aunque los tomemos por sorpresa, podrían lastimarnos si no andamos con cuidado. Yo me pondré detrás de este cajón y ustedes escóndanse detrás de aquéllos.

Cuando yo los ilumine con la linterna, rodéenlos inmediatamente. Y si disparan, Watson, no tenga reparos en utilizar su arma.

Coloqué el revólver, amartillado, encima de la caja de madera detrás de la que me había agazapado. Holmes tapó la pantalla de la linterna y nos dejó en la más negra oscuridad, la oscuridad más absoluta que yo jamás había experimentado. Solo el olor del metal caliente nos recordaba que la luz seguía ahí, preparada para brillar en el instante preciso. Para mí, que tenía los nervios de punta por la espera, había algo de deprimente y ominoso en aquellas súbitas tinieblas y en el aire frío y húmedo de la bóveda.

—Solo tienen un camino de retirada —susurró Holmes—. Consiste en regresar, a través de la casa y salir por Saxe-Coburg Square. Espero que haya hecho lo que le pedí, Jones.

—Tengo un inspector y dos agentes esperando delante de la puerta.

—Entonces, hemos tapado todos los agujeros. Y ahora, a callar y esperar.

¡Qué larga me pareció la espera! Comparando notas más tarde, resultó que solo había durado una hora y cuarto, pero a mí me parecía que ya tenía que haber transcurrido casi toda la noche y que por encima de nosotros debía estar amaneciendo ya. Tenía las piernas doloridas y acalambradas, porque no me atrevía a cambiar de postura, pero mis nervios habían alcanzado el límite máximo de tensión y mi oído se había vuelto tan agudo que no solo podía oír la suave respiración de mis compañeros, sino que podía distinguir la nota frágil del director del banco del tono grave y pesado que tenían las inspiraciones del corpulento Jones. Desde mi posición podía mirar por encima del cajón el piso de la bóveda. De pronto, mis ojos captaron un destello de luz.

Al principio no fue más que una chispa brillando sobre el pavimento de piedra. Luego se fue alargando hasta convertirse en una línea amarilla; y entonces, sin previo aviso ni sonido, pareció abrirse una grieta y apareció una mano, una mano blanca, casi de mujer, que tanteó a su alrededor en el centro de la pequeña zona de luz. Durante un minuto, o quizá más, la mano de dedos inquietos siguió sobresaliendo del suelo. Luego se retiró tan de golpe como había aparecido y todo volvió a oscuras, excepto por el débil resplandor que indicaba una rendija entre las piedras.

Sin embargo, la desaparición fue momentánea. Con un fuerte chasquido, una de las grandes losas blancas giró sobre uno de sus lados y dejó un hueco cuadrado del que salía proyectada la luz de una linterna. Por la abertura asomó un rostro juvenil y atractivo, que miró atentamente a su alrededor y luego, con una mano a cada lado del hueco, se fue izando, primero hasta los hombros y luego hasta la cintura, hasta apoyar una rodilla en el borde. Un instante después estaba de pie junto al agujero, ayudando a subir a un compañero, pequeño y ágil como él, con cara pálida y una mata de pelo de color rojo intenso.

—Todo está tranquilo —susurró—. ¿Tienes el escoplo y las bolsas? ¡Qué es esto! ¡Salta, Archie, salta, yo me las arreglaré!

Sherlock Holmes había saltado sobre el intruso, agarrándole por el cuello de la chaqueta. El otro se zambulló de cabeza en el agujero y pude oír el sonido de la tela rasgada cuando Jones se aferró a su ropa. Brilló a la luz el cañón de un revólver, pero el látigo de Holmes se abatió sobre la muñeca del hombre y el revólver rebotó con ruido metálico sobre el suelo de piedra.

—Es inútil, John Clay —dijo Holmes suavemente—. No tiene usted ninguna posibilidad.

—Ya veo —respondió el otro con absoluta sangre fría—. Confío en que mi colega esté a salvo, aunque veo que se han quedado ustedes con los faldones de su chaqueta.

—Hay tres hombres esperándole en la puerta —dijo Holmes.

—¡Ah, vaya! Parece que no se le escapa ningún detalle. Tengo que felicitarlo.

—Y yo a usted —respondió Holmes—. Esa idea de los pelirrojos ha sido de lo más original y astuto.

—Pronto volverá a ver a su amigo —dijo Jones—. Es más rápido que yo saltando por agujeros. Extienda las manos para que le ponga las esposas.

—Le ruego que no me toque con sus sucias manos —dijo el prisionero mientras las esposas se cerraban en torno a sus muñecas—. Quizá ignora que por mis venas corre sangre real. Y cuando se dirija a mí tenga la bondad de decir siempre «señor» y «por favor».

—Está bien —dijo Jones, mirándolo fijamente y con una risita contenida— ¿Tendría el señor la bondad de subir por la escalera para que podamos tomar un coche en el que llevar a vuestra alteza a la comisaría?

—Así está mejor —respondió John Clay serenamente. Nos saludó a los tres con una inclinación de cabeza y salió tranquilamente, custodiado por el policía.

—La verdad, Holmes —dijo el señor Merryweather mientras salíamos del sótano tras ellos—, no sé cómo podrá el banco agradecerle y recompensarlo por esto. No cabe duda de que ha descubierto y frustrado uno de los intentos de robo a un banco más audaces que ha conocido mi experiencia.

—Tenía un par de cuentas pendientes con John Clay —dijo Holmes—. El asunto me ha ocasionado algunos pequeños gastos, que espero que el banco me reembolse, pero aparte de eso me considero pagado de sobra con haber tenido una experiencia tan extraordinaria en tantos aspectos y con haber oído la increíble historia de la Liga de los Pelirrojos.

—Como ve, Watson —explicó Holmes a primeras horas de la mañana, mientras tomábamos un vaso de whisky con soda en Baker Street—, desde un principio estaba perfectamente claro que el único objeto posible de esta fantástica maquinación del anuncio de la Liga y el copiar la Enciclopedia era quitarse de encima durante unas cuantas horas al día a nuestro no demasiado brillante prestamista. Para conseguirlo, recurrieron a un procedimiento bastante extravagante, pero la verdad es que sería difícil encontrar otro mejor. Sin duda, fue el color del pelo de su cómplice lo que inspiró la idea al ingenioso cerebro de Clay. Las cuatro libras a la semana eran una cebo que no podía dejar de atraerlo, ¿y qué significaba esa cantidad para ellos, que andaban metidos en una jugada de varios miles? Ponen el anuncio; uno de ellos alquila temporalmente la oficina, el otro incita al prestamista a que se presente y juntos se las arreglan para que esté ausente todas las mañanas. Desde el momento en que oí que ese empleado trabajaba por medio salario, comprendí que tenía algún motivo muy poderoso para ocupar aquel puesto.

—Pero ¿cómo pudo adivinar cuál era ese motivo?

—De haber habido mujeres en la casa, habría sospechado una intriga más vulgar. Sin embargo, eso quedaba descartado. El negocio del prestamista era modesto y en su casa no había nada que pudiera justificar unos preparativos tan complicados y unos gastos como los que estaban haciendo. Por tanto, tenía que tratarse de algo que estaba fuera de la casa. ¿Qué podía ser? Pensé en la afición del empleado a la fotografía y en su manía de desaparecer en el sótano. ¡El sótano! Allí estaba el extremo del enmarañado ovillo.

Entonces hice algunas averiguaciones acerca de este misterioso empleado y descubrí que se trataba de uno de los delincuentes más calculadores y audaces de Londres.

Algo estaba haciendo en el sótano... algo que le ocupaba varias horas al día durante meses y meses. ¿Qué podía ser?, repito. Lo único que se me ocurrió es que estaba excavando un túnel hacia algún otro edificio.

Hasta aquí había llegado cuando fuimos a visitar el escenario de los hechos. Lo sorprendí, Watson, al golpear el pavimento con el bastón. Estaba comprobando si el sótano se extendía hacia delante o hacia atrás de la casa. No estaba por delante. Entonces llamé a la puerta y, tal como había esperado, abrió el empleado. Habíamos tenido alguna que otra escaramuza, pero nunca nos habíamos visto el uno al otro. Apenas le miré la cara; lo que me interesaba eran sus rodillas. Se habrá fijado en lo sucias, arrugadas y gastadas que estaban. Eso demostraba las muchas horas que había pasado excavando. Solo quedaba por averiguar para qué excavaban. Al doblar la esquina y ver el edificio del City and Suburban Bank pegado espalda con espalda al local de nuestro amigo, consideré resuelto el problema. Mientras usted volvía a su casa después del concierto, hice una visita a Scodand Yard y otra al director del banco, con el resultado que ha podido ver.

—¿Y cómo pudo saber que intentarían dar el golpe esta noche? —pregunté.

—Bueno, el que clausuraran la Liga era señal de que ya no les preocupaba la presencia del señor Jabez Wilson; en otras palabras, tenían ya terminado el túnel. Pero era esencial que lo utilizaran en seguida, antes de que lo descubrieran o de que trasladaran el oro a otra parte. El sábado era el día más adecuado, puesto que les dejaría dos días para escapar. Por todas estas razones, esperaba que vinieran esta noche.

—Lo ha razonado todo maravillosamente —exclamé sin disimular mi admiración—. Una cadena tan larga y, sin embargo, cada uno de sus eslabones suena a verdad.

—Me salvó del aburrimiento —respondió, bostezando—. ¡Ay, ya lo siento abatirse de nuevo sobre mí! Mi vida se consume en un prolongado esfuerzo por escapar de las vulgaridades de la existencia. Estos pequeños problemas me ayudan a conseguirlo.

—Y además, en beneficio de la raza humana —añadí.
Holmes se encogió de hombros.

—Bueno, es posible que, a fin de cuentas, tenga alguna pequeña utilidad —comentó—. *L'homme c'est ríen, l'oeuvre c'est tout,* como le escribió Gustave Flaubert a George Sand.

3

Un caso de identidad

—Querido amigo —dijo Sherlock Holmes mientras nos sentábamos a uno y otro lado de la chimenea en su residencia de Baker Street—. La vida es infinitamente más extraña que cualquier cosa que pueda inventar la mente humana. No nos atreveríamos a imaginar ciertas cosas que en realidad son de lo más comunes. Si pudiéramos salir volando por esa ventana, tomados de la mano, sobrevolar esta gran ciudad, levantar con cuidado los tejados y espiar todas las cosas raras que están pasando, las extrañas coincidencias, las intrigas, los engaños, las prodigiosas series de circunstancias que se extienden de generación en generación y terminan llevando a los resultados más extravagantes, nos parecería que las historias de ficción, con sus convencionalismos y sus conclusiones previsibles, son algo pasado de moda e inútil.

—Pues yo no estoy convencido de eso —repliqué—. Los casos que salen a la luz en los periódicos son, en general, bastante comunes y vulgares. En los informes de la policía podemos ver el realismo llevado a sus últimos límites y, sin embargo, debemos confesar que el resultado no tiene nada de fascinante ni de artístico.

—Para lograr un efecto realista es necesario ejercer una cierta selección y discreción —contestó Holmes—. Esto falta en los informes policiales, donde se tiende a poner más énfasis en las obviedades del magistrado que en los detalles, que para una persona observadora encierran toda la esencia vital del caso. Puede creerme, no existe nada tan antinatural como lo absolutamente vulgar.

Sonreí y negué con la cabeza.

—Entiendo perfectamente que piense así. Por supuesto, dada su posición de asesor extraoficial, que presta ayuda a todo el que se encuentre absolutamente desorientado, a lo largo de tres continentes, entra usted en contacto con todo lo extraño y fantástico. Pero veamos —recogí del suelo el periódico de la mañana—, vamos a hacer un experimento práctico. El primer titular con el que me encuentro es: «Crueldad de un marido con su esposa». Hay media columna de texto, pero sin necesidad de leerlo ya sé que todo me va a resultar familiar. Tenemos, naturalmente, a la otra mujer, la bebida, el insulto, la bofetada, las lesiones, la hermana o la casera comprensiva. Ni el más simple de los escritores podría haber inventado algo tan obvio.

—Pues sucede que ha elegido un ejemplo que no favorece nada a su argumentación —dijo Holmes, tomando el periódico y echándole un vistazo—. Se trata del proceso de separación de los Dundas y da la casualidad de que yo intervine en el esclarecimiento de algunos pequeños detalles relacionados con el caso. El marido era abstemio, no existía otra mujer y el comportamiento del que se quejaba la esposa consistía en que el marido había adquirido la costumbre de terminar todas las comidas quitándose la dentadura postiza y arrojándosela a su esposa, lo que, estará usted de acuerdo, no es la clase de escena que se le suele ocurrir a un novelista común. Tome una pizca de rapé, doctor, y reconozca que me he marcado un tanto.

Me alcanzó una cajita de rapé de oro viejo, con una gran amatista en el centro de la tapa. Su esplendor contrastaba de tal modo con las costumbres hogareñas y la vida sencilla de Holmes que no pude evitar un comentario.

—¡Ah! —dijo—. Olvidaba que llevamos varias semanas sin vernos. Es un pequeño recuerdo del rey de Bohemia, como pago por mi ayuda en el caso de los documentos de Irene Adler.

—¿Y el anillo? —pregunté, mirando un precioso brillante que refulgía sobre su dedo.

—Es de la familia real de Holanda, pero el asunto en el que presté mis servicios era tan delicado que no puedo confiárselo ni siquiera a usted, el bondadoso cronista de uno o dos de mis pequeños misterios.

—¿Y ahora tiene entre manos algún caso?

—Diez o doce, pero ninguno presenta aspectos interesantes. Ya me entiende, son importantes, pero sin ser interesantes. Precisamente he descubierto que, en general, en los asuntos menos importantes hay mucho más campo para la observación y para el rápido análisis de causas y efectos, que es lo que le da su encanto a estas investigaciones. Los delitos más importantes suelen ser sencillos, porque cuanto más grande es el crimen, más evidente son, como regla general, los motivos. En estos casos y salvo un asunto bastante complicado que me han mandado de Marsella, no hay nada que presente interés. Sin embargo, es posible que me llegue algo interesante antes de que pasen unos minutos porque, si no me equivoco, esa es una cliente.

Se había levantado de su asiento y estaba de pie entre las cortinas separadas, observando la gris y monótona calle londinense. Mirando por encima de su hombro, vi en la acera de enfrente a una mujer grandota, con una gruesa boa de piel alrededor del cuello y una gran pluma roja ondulada en un sombrero de ala ancha que llevaba inclinado sobre la oreja, a la manera coqueta de la duquesa de Devonshire. Bajo esta especie de armadura, la mujer miraba con nerviosismo y duda hacia nuestra ventana, mientras su cuerpo oscilaba de adelante hacia atrás y sus dedos jugaban con los botones de sus guantes. De pronto, con un arranque parecido al del nadador que se tira al agua, cruzó con apuro la calle y oímos el fuerte repicar de la campana.

—Conozco bien esos síntomas —dijo Holmes, tirando su cigarrillo a la chimenea—. La oscilación en la acera significa siempre un *affaire du coeur*. Necesita consejo, pero siente que el asunto es demasiado delicado como para confiárselo a otro. Sin embargo, hasta en esto podemos hacer distinciones. Cuando una mujer ha sido gravemente perjudicada por un hombre, ya no titubea y un síntoma habitual es el cordón de la campana roto. En este caso, podemos estar seguros de que se trata de un asunto de amor, pero la doncella no está verdaderamente indignada, sino más bien perpleja o dolida. Pero aquí llega en persona para sacarnos de dudas.

No había acabado de hablar cuando sonó un golpe en la puerta y entró la casera anunciando a la señorita Mary Sutherland, mientras la dama mencionada aparecía por detrás de ella, como un barco mercante, con todas sus velas desplegadas, detrás de una pequeña lancha. Sherlock Holmes la recibió con la espontánea cortesía que lo caracterizaba y, después de cerrar la puerta e indicarle con un gesto que se sentara en una silla, la examinó de aquella manera minuciosa y a la vez abstraída, tan propia de él.

—¿No le parece —dijo— que siendo corta de vista es un poco molesto escribir tanto a máquina?

—Al principio, sí —respondió ella—, pero ahora ya sé dónde están las letras sin necesidad de mirarlas.

Entonces, advirtiendo de pronto el peso de las palabras de Holmes, se estremeció violentamente y levantó la mirada, con el miedo y el asombro reflejados en su cara amplia y amigable.

—¡Ha oído hablar de mí, señor Holmes! —exclamó—. ¿Cómo, si no, podría saber eso?

—No le dé importancia —dijo Holmes, riendo. Saber cosas es mi oficio. Es muy posible que me haya entrenado para ver cosas que los demás pasan por alto. De no ser así, ¿por qué vendría usted a consultarme?

—He acudido a usted, señor, porque me lo mencionó la señora Etherege, a cuyo marido localizó usted con tanta facilidad cuando la policía y todo el mundo le daban ya por muerto. ¡Oh, señor Holmes, ojalá pueda hacer lo mismo por mí! No soy rica, pero dispongo de una renta de cien libras al año, más lo poco que saco con la máquina y lo daría todo por saber qué ha sido del señor Hosmer Angel.

—¿Por qué ha venido a consultarme con tanto apuro? —preguntó Sherlock Holmes, juntando las puntas de los dedos y con los ojos fijos en el techo.

De nuevo, una expresión de sobresalto cubrió el rostro algo inexpresivo de la señorita Mary Sutherland.

—Sí, salí de casa corriendo —dijo— porque me puso furiosa ver con qué tranquilidad se lo tomaba todo el señor Windibank, es decir, mi padre. No quiso ir a la policía, no quiso acudir a usted y por fin, en vista de que no quería hacer nada y seguía diciendo que no había pasado nada, me enfurecí y vine directamente a verlo con lo que tenía puesto en aquel momento.

—¿Su padre? —dijo Holmes—. Sin duda, querrá usted decir su padrastro, puesto que el apellido es diferente.

—Sí, mi padrastro. Le llamo padre, aunque la verdad es que suena raro, porque solo tiene cinco años y dos meses más que yo.

—¿Vive su madre?

—Oh, sí, mamá está perfectamente bien. Verá, señor Holmes, no me hizo demasiada gracia que se volviera a casar tan pronto, después de morir papá y con un hombre casi quince años más joven que ella. Papá era plomero en Tottenham Court Road y al morir dejó un negocio muy próspero, que mi madre siguió manejando con ayuda del señor Hardy, el capataz; pero cuando apareció el señor Windibank, la convenció de que vendiera el negocio, puesto que el suyo era mucho mejor: viajante de vinos. Obtuvieron cuatro mil setecientas libras por el traspaso y los intereses, mucho menos de lo que habría conseguido sacar papá de haber estado vivo.

Yo había esperado ver a Sherlock Holmes impaciente ante ese relato vago e incoherente, pero vi que, por el contrario, escuchaba con absoluta concentración.

—Esos pequeños ingresos suyos —preguntó—, ¿vienen del negocio en cuestión?

—Oh, no señor, es algo aparte, un legado de mi tío Ned, el de Auckland. Son valores neozelandeses. El total es de dos mil quinientas libras, pero yo solo puedo cobrar los intereses, que son del cuatro y medio por ciento

—Eso es sumamente interesante —dijo Holmes—. Disponiendo de una suma tan elevada como son cien libras al año, más lo que gana con la máquina, no me cabe duda de que viajará usted mucho y se concederá toda clase de caprichos. En mi opinión, una mujer soltera puede darse una gran vida con unos ingresos de sesenta libras.

—Yo podría vivir con muchísimo menos, señor Holmes, pero comprenderá que mientras siga en casa no quiero ser una carga para ellos, así que mientras vivamos juntos son ellos los que administran el dinero. Por supuesto, eso es solo por el momento. El señor Windibank cobra mis intereses cada trimestre, le da el dinero a mi madre y yo me arreglo bastante bien con lo que gano escribiendo a máquina. Gano dos peniques por página y hay muchos días en que escribo quince o veinte páginas.

—Ha expuesto su situación con mucha claridad —dijo Holmes—. Le presento a mi amigo el doctor Watson, ante el cual puede hablar con tanta libertad como ante mí mismo. Ahora, le ruego que nos explique todo lo referente a su relación con el señor Hosmer Angel.

El rubor cubrió el rostro de la señorita Sutherland, que empezó a pellizcar nerviosamente el borde de su chaqueta.

—Lo conocí en el baile de los instaladores del gas —dijo—. Cuando vivía papá, siempre le enviaban invitaciones y después se siguieron acordando de nosotros y se las mandaron a mamá. El señor Windibank no quería que fuéramos. Nunca ha querido que vayamos a ninguna parte. Se ponía como loco cuando yo quería ir a una fiesta de la escuela dominical. Pero esta vez yo estaba decidida a ir y nada me lo iba a impedir. ¿Qué derecho tenía de impedírmelo? Dijo que esa gente no era adecuada para nosotras, cuando en realidad iban a estar todos los amigos de mi padre. Dijo también que yo no tenía un vestido adecuado, pero tenía uno violeta precioso, que prácticamente no había sacado del armario. Al final, sin cambiar de opinión, se fue a Francia por asuntos de negocios, pero mamá y yo fuimos al baile con el señor Hardy, nuestro antiguo capataz, y fue ahí en donde conocí al señor Hosmer Angel.

—Supongo —dijo Holmes— que cuando el señor Windibank regresó de Francia, se tomó muy mal que ustedes dos hubieran ido al baile.

—Al contrario, se lo tomó bastante bien. Se echó a reír, se encogió de hombros y dijo que era inútil negarle algo a una mujer porque siempre se saldría con la suya.

—Ya veo. Y en el baile de los instaladores del gas conoció a un caballero llamado Hosmer Angel, si he entendido bien.

—Así es. Lo conocí aquella noche y al día siguiente nos visitó para ver si habíamos llegado a casa sin problemas y después lo encontramos... es decir, señor Holmes, me encontré dos veces con él, salimos de paseo, pero luego volvió mi padre y el señor Hosmer Angel ya no vino más por casa.

—¿No?

—Bueno, ya sabe, a mi padre no le gustan esas cosas. Si de él dependiera, no recibiría ninguna visita. Siempre dice que una mujer debe sentirse feliz en su propio círculo familiar. Pero, como le digo a mi madre, para eso se necesita tener un círculo propio y yo todavía no tenía el mío.

—¿Y qué fue del señor Hosmer Angel? ¿No intentó verla?

—Bueno, mi padre tenía que volver a Francia una semana después y Hosmer me escribió para decir que sería mejor y más seguro que no nos viéramos hasta que se hubiera ido. Mientras tanto, podíamos escribirnos y de hecho me escribía todos los días. Yo buscaba las cartas por la mañana y así mi padre no se enteraba.

—¿Para entonces ya se había comprometido con ese caballero?

—Oh, sí, señor Holmes. Nos comprometimos después del primer paseo que dimos juntos. Hosmer... el señor Angel... era cajero en una oficina de Leadenhall Street... y...

—¿Qué oficina?

—Eso es lo peor del caso, señor Holmes; no lo sé.

—¿Y dónde vive?

—Dormía en sus oficinas de trabajo.

—¿Y no conoce la dirección?

—No... Solo sé que estaban en Leadenhall Street.

—Entonces, ¿adónde le enviaba las cartas?

—A la casilla de correos de Leadenhall Street, donde él las retiraba. Me decía que si las mandaba directamente a la oficina, todos los demás empleados se burlarían de él por cartearse con una dama, así que me ofrecí a escribirlas a máquina, como hacía él con las suyas, pero se negó, diciendo que si yo las escribía él sentía que venían de mí, pero si estaban mecanografiadas sentiría que la máquina se interponía entre nosotros. Esto le demostrará lo mucho que me quería, señor Holmes, y cómo se fijaba en los pequeños detalles.

—Es muy interesante —dijo Holmes—. Siempre he sostenido el axioma de que los pequeños detalles son lo más importante. ¿Podría recordar algún otro pequeño detalle acerca del señor Hosmer Angel?

—Era un hombre muy tímido, señor Holmes. Prefería pasear conmigo de noche y no a la luz del día, porque decía que no le gustaba llamar la atención. Era muy discreto y caballeroso. Hasta su voz era suave. De joven, según me dijo, había sufrido anginas e inflamación en las amígdalas y eso le había dejado la garganta débil y una forma de hablar vacilante, como en susurros. Siempre estaba bien vestido, muy pulcro y discreto, pero era corto de vista, como yo, y usaba anteojos negros para protegerse de la luz fuerte.

69

—Bien, ¿y qué sucedió cuando su padrastro, el señor Windibank, volvió a irse a Francia?

—El señor Hosmer Angel vino otra vez a mi casa y me propuso que nos casáramos antes de que regresara mi padre. Se mostró muy ansioso y me hizo jurar, con las manos sobre los Evangelios que, ocurriera lo que ocurriera, siempre le sería fiel. Mi madre dijo que tenía derecho a pedirme aquel juramento y que aquello era una muestra de su pasión. Desde un principio mi madre lo estimó, e incluso parecía hacerlo más que yo. Entonces, cuando se habló de casarnos aquella misma semana, pregunté qué opinaría mi padre, pero me dijeron que no me preocupara por mi padre, que ya se lo diríamos luego y mamá dijo que ella lo arreglaría todo. Aquello no me gustó para nada, señor Holmes. Era raro tener que pedir su autorización, no siendo más que unos pocos años mayor que yo, pero no quería hacer nada a escondidas, así que escribí a mi padre a Burdeos, donde su empresa tenía sus oficinas en Francia, pero la carta me fue devuelta la mañana misma de la boda.

—¿Así que la carta no le llegó?

—Así es, porque había partido hacia Inglaterra justo antes de que esta llegara.

—¡Ajá! ¡Una verdadera lástima! De manera que su boda quedó fijada para el viernes. ¿Iba a ser en la iglesia?

—Sí, señor, pero en privado. Nos casaríamos en San Salvador, cerca de King's Cross y luego desayunaríamos en el hotel St. Pancras. Hosmer vino a buscarnos en un coche, pero como solo había lugar para dos personas, nos metió a nosotras y él tomó un carruaje cerrado, que parecía ser el único coche de alquiler en toda la calle. Llegamos primeras a la iglesia y esperamos que llegara el segundo carruaje, esperando que bajara mi prometido, pero no bajó. Cuando el cochero se bajó del pescante y miró al interior, ahí no había nadie. El cochero dijo que no tenía la menor idea de lo que había sido de él, habiéndole visto con sus propios ojos subir al coche. Esto sucedió el viernes pasado, señor Holmes y desde entonces no he visto ni oído nada que arroje alguna luz sobre su paradero.

—Me parece que la han tratado a usted de un modo vergonzoso —dijo Holmes.

—¡Oh, no señor! Era demasiado bueno y considerado como para abandonarme así. Durante toda la mañana no paró de insistir en que, pasara lo que pasara, yo tenía que serle fiel y que, si algún imprevisto nos separaba, yo tenía que recordar siempre que estaba comprometida con él y que tarde o temprano él vendría a reclamar ese compromiso. Era raro hablar de esas cosas en la mañana de tu boda, pero lo que después sucedió hace que todo cobre sentido.

—Desde luego que sí. ¿Usted opina que le ha ocurrido alguna catástrofe imprevista?

—Sí, señor. Creo que él intuía algún peligro, porque de lo contrario no habría hablado así. Y creo que lo que él temía sucedió.

—Pero no tiene idea de lo que puede haber sido.

—Ni la menor idea.

—Una pregunta más: ¿cómo se lo tomó su madre?

—Se puso furiosa y dijo que yo no debía volver a hablar jamás del asunto.

—¿Y su padre? ¿Se lo contó?

—Sí y parecía pensar, como yo, que algo había ocurrido y que volvería a tener noticias de Hosmer. Según él, ¿para qué iba alguien a llevarme hasta la puerta de la iglesia y luego abandonarme? Si me hubiera pedido dinero prestado o si se hubiera casado conmigo y hubiera puesto mi dinero a su nombre, podría haber un motivo; pero Hosmer era muy independiente en cuestiones de dinero y jamás tocaría un solo chelín mío. Pero entonces, ¿qué había ocurrido? ¿Y por qué no me escribió? ¡Oh, me enloquece pensar en eso! No puedo pegar ojo por las noches.

Sacó de su manguito un pañuelo y sollozó ruidosamente en él.

—Examinaré el caso por usted —dijo Holmes, levantándose— y estoy seguro de que llegaremos a algún resultado concreto. Deje en mis manos el asunto y no piense más en él. Y por encima de todo, procure que el señor Hosmer Angel desaparezca de su memoria, como ha desaparecido de su vida.

—Entonces, ¿cree que no lo volveré a ver?

—Me temo que no.

—Pero, ¿qué le ha ocurrido, entonces?

—Deje el asunto en mis manos. Me gustaría disponer de una buena descripción de él, así como de todas las cartas suyas que pueda usted proporcionarme.

—Puse un anuncio pidiendo noticias suyas en el *Chronicle* del sábado pasado —dijo ella—. Aquí está el recorte y aquí tiene cuatro cartas suyas.

—Gracias. ¿Y su dirección?

—Lyon Place 31, Camberwell.

—¿Dónde trabaja su padre?

—Es viajante de Westhouse & Marbank, los grandes importadores de vino de Fenchurch Street.

—Gracias. Ha expuesto usted el caso con mucha claridad. Deje aquí los papeles y acuérdese del consejo que le he dado. Considere todo el incidente como un libro cerrado y no deje que afecte su vida.

—Es usted muy amable, señor Holmes, pero no puedo hacer eso. Seré fiel a Hosmer. Me encontrará esperándole cuando vuelva.

A pesar de su ridículo sombrero y de su rostro inexpresivo, había un aire de nobleza que imponía respeto en la sencilla fe de nuestra visitante. Dejó sobre la mesa su montoncito de papeles y se fue prometiendo volver en cuanto la llamáramos.

Sherlock Holmes permaneció sentado y en silencio durante unos cuantos minutos, con las puntas de los dedos juntas, las piernas estiradas hacia adelante y la mirada fija en el techo. Luego tomó del estante la vieja y grasienta pipa que le servía de consejera y, después de encenderla, se recostó en su sillón, soplando densos espirales de humo azulado, con una expresión de infinita languidez en el rostro.

—Interesante personaje, esa muchacha —comentó—. Me ha parecido más interesante ella que su pequeño problema que, dicho sea de paso, es de lo más vulgar. Si consulta usted mi índice, encontrará casos similares en Andover, año 77 y otro bastante parecido en La Haya el año pasado.

—Parece que ha visto en ella muchas cosas que para mí fueron invisibles —le hice notar.

—Invisibles no, Watson, inadvertidas. No sabía usted dónde mirar y se le pasó por alto todo lo importante. Nunca he conseguido convencerlo de la importancia de las mangas, de lo sugerentes que son las uñas de los pulgares, de las graves conclusiones que pueden desprenderse de un cordón de zapato. Veamos, ¿qué dedujo usted del aspecto de esa mujer? Descríbala.

—Pues bien, llevaba un sombrero de paja de ala ancha y de color pizarra, con una pluma rojo ladrillo. Chaqueta negra, con adornos negros y cuentas de azabache. Vestido marrón, bastante más oscuro que el café, con terciopelo morado en el cuello y los puños. Guantes tirando a grises, con el dedo índice de la mano derecha muy desgastado. En los zapatos no me fijé. Llevaba pendientes de oro, pequeños y redondos y en general tenía el aspecto de una persona bastante bien acomodada, con un estilo de vida común, cómodo y sin preocupaciones.

Sherlock Holmes aplaudió suavemente y emitió una risita.

—¡Por mi vida, Watson, está haciendo maravillosos progresos! Lo ha hecho muy bien, de verdad. Claro que se le ha escapado todo lo importante, pero ha dado con el método y tiene buena vista para los colores. No se fie nunca de las impresiones generales, concéntrese en los detalles. Lo primero que miro en una mujer son siempre las mangas. En un hombre, probablemente, es mejor fijarse antes en las rodilleras de los pantalones. Como bien ha dicho, esta mujer tenía terciopelo en las mangas, un material sumamente útil para descubrir rastros. La doble línea justo por encima de las muñecas, donde la mecanógrafa se apoya en la mesa, estaba perfectamente definida. Una máquina de coser del tipo manual deja una marca semejante, pero solo en el lado izquierdo y en el lado más alejado del pulgar, en vez de cruzar la manga de lado a lado, como en este caso. Luego le miré la cara y, advirtiendo las marcas de unos anteojos a ambos lados de su nariz, arriesgué aquel comentario acerca de escribir a máquina siendo corta de vista, que tanto pareció sorprenderla.

—También me sorprendió a mí.

—Pero era bien evidente. A continuación, miré hacia abajo y quedé muy sorprendido e interesado al notar que, aunque sus zapatos se parecían mucho, en realidad eran dispares: uno tenía un pequeño adorno en la punta y el otro era de punta lisa. Y de los cinco botones de cada zapato, uno tenía abrochados solo los dos de abajo y el otro el primero, el tercero y el quinto. Ahora bien, cuando uno ve que una joven impecablemente vestida ha salido de su casa con los zapatos desparejos y a medio abotonar, no tiene nada de extraordinario inferir que salió a toda prisa.

—¿Y qué más? —pregunté vivamente interesado, como siempre, por los incisivos razonamientos de mi amigo.

—Advertí, de pasada, que antes de salir de casa, pero después de haberse vestido del todo, había escrito una nota. Usted ha observado que el guante derecho tenía roto el dedo índice, pero no se fijó en que tanto el guante como el dedo estaban manchados de tinta violeta. Había escrito con apuro y metió demasiado la pluma en el tintero. Ha tenido que ser esta mañana, pues de no ser así la mancha no estaría tan viva en el dedo. Todo esto es entretenido, aunque bastante elemental, pero hay que ponerse en marcha, Watson. ¿Le importaría leerme la descripción del señor Hosmer Angel que se da en el anuncio?

Acerqué a la luz el pequeño recorte impreso.

> Desaparecido, en la mañana del día 14 un caballero llamado Hosmer Angel. Estatura, cinco pies y siete pulgadas aproximadamente; complexión robusta, piel pálida, cabello negro con una pequeña calva en el centro, patillas largas y bigote negro; anteojos oscuros, leve defecto en el habla. La última vez que se le vio vestía levita negra con solapas de seda, chaleco negro, reloj con cadena de oro y pantalones grises de paño. Se sabe que ha trabajado en una oficina de Leadenhall Street. Quien pueda aportar noticias…

—Con eso basta —dijo Holmes—. En cuanto a las cartas… —continuó, echándoles un vistazo— son de lo más común. No hay en ellas ninguna pista que nos lleve al señor Angel, salvo que en una ocasión cita a Balzac. Sin embargo, presentan un aspecto muy notable, que sin duda le llamará la atención.

—Que están escritas a máquina —dije yo.

—No solo eso, hasta la firma está a máquina. Fíjese en el pequeño y pulcro «Hosmer Angel» escrito al pie. Y, como verá, figura la fecha pero no la dirección completa, solo «Leadenhall Street», que es algo muy poco concreto. Lo de la firma resulta muy sugerente... casi podría decirse que es algo concluyente.

—¿De qué?

—Querido amigo, ¿es posible que no vea la importancia que esto tiene en el caso?

—Mentiría si dijera que la veo... a no ser que lo hiciera para poder negar que la firma era la suya, en caso de que se le demandara por ruptura de compromiso.

—No, no se trata de eso. Sin embargo, voy a escribir dos cartas que dejarán zanjado el asunto. Una, para una firma de la City; y la otra, para el padrastro de la joven, el señor Windibank, pidiéndole que venga a visitarnos mañana a las seis de la tarde. Ya es hora de que tratemos con los varones de la familia. Y ahora, doctor, no hay nada que hacer hasta que lleguen las respuestas a las cartas, así que podemos desentendernos del problema por el momento.

Había tenido tantas razones para confiar en los poderes deductivos y en la extraordinaria energía de mi amigo, que supuse que debía existir una base sólida para la tranquila y segura actitud con que encaraba el extraño misterio que se le había llamado a develar. Solo una vez lo había visto fracasar, en el caso del rey de Bohemia y la fotografía de Irene Adler, pero si me ponía a pensar en el misterioso caso de *El signo de los cuatro* o en las extraordinarias circunstancias del *Estudio en escarlata,* me convencía de que no había misterio, por más complicado que fuera, que él no pudiera resolver.

Lo dejé, pues, fumando su pipa de arcilla negra, con el convencimiento de que, cuando volviera por ahí al día siguiente, encontraría ya en sus manos todas las pistas que conducirían a la identificación del desaparecido novio de la señorita Mary Sutherland. Un caso profesional de extrema gravedad ocupaba por entonces mi atención y pasé todo el día siguiente junto a la cama del enfermo. Eran ya casi las seis cuando quedé libre y pude subir a un coche que me llevara a Baker Street, con el miedo de llegar demasiado tarde para asistir al desenlace del pequeño misterio. Sin embargo, encontré a Sherlock Holmes solo, medio dormido, con su larga y delgada figura acurrucada en su sillón. Un formidable despliegue de frascos y tubos de ensayo, más el olor picante e inconfundible del ácido clorhídrico, me indicaban que había pasado el día entregado a los experimentos químicos que tanto le gustaban.

—Y bien, ¿lo resolvió usted? —pregunté al entrar.

—Sí. Era el bisulfato de bario.

—¡No, no! ¡Me refiero al misterio! —exclamé.

—¡Ah, eso! Creía que se refería a la sal con la que he estado trabajando. No hay misterio alguno en este asunto, como ya le dije ayer, aunque tiene algunos detalles interesantes. El único inconveniente es que me temo que no existe ninguna ley que pueda castigar a este rufián.

—Pues, ¿de quién se trata? ¿Qué se proponía al abandonar a la señorita Sutherland?

Apenas había salido la pregunta de mi boca y Holmes aún no había abierto los labios para responder, cuando oímos fuertes pisadas en el pasillo y unos golpes en la puerta.

—Aquí está el padrastro de la chica, el señor James Windibank —dijo Holmes—. Me escribió diciéndome que vendría a las seis. ¡Adelante!

El hombre que entró era corpulento, de estatura media, de unos treinta años de edad, bien afeitado y de piel cetrina, con modales suaves e insinuantes y un par de ojos grises extraordinariamente agudos y penetrantes. Nos dirigió una mirada inquisitiva, dejó su brillante sombrero de copa sobre la cómoda y, con una ligera inclinación, se sentó en la silla más próxima.

—Buenas tardes, señor James Windibank —dijo Holmes—. Creo que es usted quien me ha enviado esta carta mecanografiada, citándose conmigo a las seis.

—Sí, señor. Me temo que llego un poco tarde, pero no soy dueño de mi tiempo, como usted comprenderá. Lamento mucho que la señorita Sutherland le haya molestado con este asunto, porque creo que es mucho mejor no lavar en público los trapos sucios. Vino en contra de mis deseos, pero es una muchacha muy excitable e impulsiva, como ya habrá notado y no es fácil controlarla cuando se le ha metido algo en la cabeza. Naturalmente, no me importa tanto tratándose de usted, que no tiene nada que ver con la policía oficial, pero no es agradable que se comente fuera de casa una desgracia familiar como esta. Además, se trata de un gasto inútil, porque, ¿cómo iba usted a poder encontrar a ese Hosmer Angel?

—Por el contrario —dijo Holmes tranquilamente—, tengo toda clase de razones para creer que lograré encontrar al señor Hosmer Angel.

El señor Windibank se sobresaltó violentamente y se le cayeron los guantes.

—Me alegra mucho oír eso —dijo.

—Es muy curioso —comentó Holmes— que una máquina de escribir tenga tanta individualidad como quien la usa. A menos que sean completamente nuevas, no hay dos máquinas que escriban igual. Algunas letras se gastan más que otras y algunas se gastan solo por un lado. Por ejemplo, señor Windibank, como puede ver en esta nota suya, la «e» siempre queda borrosa y hay un pequeño defecto en la cola de de la «r». Existen otras catorce características, pero estas son las más evidentes.

—Con esta máquina escribimos toda la correspondencia en la oficina y es lógico que esté un poco gastada —dijo nuestro visitante, mirando fijamente a Holmes con sus ojos brillantes.

—Y ahora le voy a enseñar algo que constituye un estudio verdaderamente interesante, señor Windibank —continuó Holmes—. Uno de estos días pienso escribir una pequeña monografía acerca de la máquina de escribir y su relación con el crimen. Es un tema al que he dedicado cierta atención. Aquí tengo cuatro cartas presuntamente remitidas por el desaparecido. Todas están escritas a máquina. En todos los casos, no solo las «es» están borrosas y las «erres» no tienen cola, sino que podrá observar, si mira con mi lupa, que también aparecen las otras catorce características de las que le hablaba antes.

El señor Windibank saltó de su silla y cogió su sombrero.

—No puedo perder el tiempo hablando de fantasías, señor Holmes —dijo—. Si puede atrapar al hombre, atrápelo y hágamelo saber cuando lo tenga.

—Desde luego —dijo Holmes, parándose y cerrando la puerta con llave—. En tal caso, le hago saber que ya lo he atrapado.

—¿Cómo? ¿Dónde? —exclamó el señor Windibank, palideciendo hasta los labios y mirando a su alrededor como una rata atrapada en una trampa.

—Vamos, eso no le servirá de nada, de verdad que no —dijo Holmes con suavidad—. No podrá librarse de esta, señor Windibank. Es todo demasiado transparente y no me hizo usted ningún cumplido al decir que me resultaría imposible resolver un asunto tan sencillo. Eso es, siéntese y hablemos.

Nuestro visitante se desplomó en una silla, con el rostro pálido y un brillo de sudor en la frente.

—No... No constituye delito —balbuceó.

—Mucho me temo que no. Pero, entre nosotros, Windibank, ha sido una jugarreta cruel, egoísta y despiadada, llevada a cabo del modo más ruin que jamás he visto. Ahora, permítame exponer el curso de los acontecimientos y contradígame si me equivoco.

El hombre se hundió en su asiento, con la cabeza sobre el pecho, como quien se siente completamente aplastado. Holmes levantó los pies, apoyándolos en una esquina de la repisa de la chimenea, se echó hacia atrás con las manos en los bolsillos y comenzó a hablar, con aire de hacerlo más para sí mismo que para nosotros.

—Un hombre se casó con una mujer mucho mayor que él, por su dinero —dijo— y también se beneficiaba del dinero de la hija mientras esta viviera con ellos. Se trataba de una suma considerable para gente de su posición y perderla habría representado una fuerte diferencia. Valía la pena hacer un esfuerzo por conservarla. La hija tenía un carácter alegre y comunicativo y además era cariñosa y sensible, de manera que resultaba evidente que, con sus buenos atractivos personales y su pequeño ingreso, no duraría mucho tiempo soltera. Ahora bien, su matrimonio significaba, sin lugar a dudas, perder cien libras al año. ¿Qué hace entonces el padrastro para impedirlo? Adopta la postura más obvia: retenerla en casa y prohibirle que frecuente la compañía de gente de su edad. Pero pronto se da cuenta de que eso no le servirá durante mucho tiempo. Ella se rebela, reclama sus derechos y por fin anuncia su firme intención de asistir a cierto baile. ¿Qué hace entonces el astuto padrastro? Se le ocurre una idea que honra más a su cerebro que a su corazón. Con la complicidad y ayuda de su esposa, se disfraza, ocultando con anteojos oscuros esos ojos penetrantes, enmascarando su rostro con un bigote y un par de pobladas patillas, disimulando el timbre claro de su voz con un susurro insinuante... Y, doblemente seguro a causa de la miopía de la chica, se presenta como el señor Hosmer Angel y ahuyenta a los posibles pretendientes, asumiendo él mismo el papel de enamorado.

—Al principio era solo una broma —gimió nuestro visitante—. Nunca creímos que se lo tomara tan en serio.

—Probablemente, no. Fuese como fuese, lo cierto es que la muchacha se lo tomó muy en serio; y, puesto que estaba convencida de que su padrastro se encontraba en Francia, ni por un instante se le pasó por la cabeza la sospecha de una traición. Se sentía halagada por las atenciones del caballero y la impresión se vio incrementada por la admiración que la madre manifestaba. Entonces el señor Angel empezó a visitarla, pues era evidente que, si se querían obtener resultados, había que llevar el asunto tan lejos como fuera posible. Hubo encuentros y un compromiso que evitaría definitivamente que la muchacha dirigiera su afecto hacia ningún otro. Pero el engaño no se podía mantener indefinidamente. Los supuestos viajes a Francia resultaban bastante engorrosos. Evidentemente, lo que había que hacer era llevar el asunto a una conclusión tan dramática que dejara una impresión permanente en la mente de la joven, impidiéndole mirar a ningún otro pretendiente durante bastante tiempo. De ahí esos juramentos de fidelidad pronunciados sobre el Evangelio y de ahí las alusiones a la posibilidad de que ocurriera algo la misma mañana de la boda. James Windibank quería que la señorita Sutherland quedara tan atada a Hosmer Angel y tan insegura respecto de lo que le pudo haber sucedido a este, que durante diez años, por lo menos, no prestara atención a ningún otro hombre. La llevó hasta las puertas mismas de la iglesia y luego, como ya no podía seguir fingiendo, desapareció de manera convincente, con el viejo truco de entrar en un coche por una puerta y salir por la otra. Creo que este fue el encadenamiento de los hechos, señor Windibank.

Mientras Holmes hablaba, nuestro visitante había recuperado parte de su compostura y al llegar a este punto se levantó de la silla con una fría sonrisa en su pálido rostro.

—Puede que sí y puede que no, señor Holmes —dijo—. Pero si es usted tan listo, debería saber que ahora mismo es usted y no yo quien está infringiendo la ley. Desde el principio, yo no he hecho nada condenable, pero mientras mantenga usted esa puerta cerrada se expone a una demanda por agresión y retención ilegal.

—Como bien ha dicho, la ley no puede tocarlo —dijo Holmes, girando la llave y abriendo la puerta de par en par—. Sin embargo, nadie ha merecido jamás un castigo tanto como lo merece usted. Si la joven tuviera un hermano o un amigo, este debería cruzarle la espalda con un látigo. ¡Por Júpiter! —exclamó acalorándose al ver el gesto de burla en la cara del otro—. Esto no forma parte de mis obligaciones para con mi cliente, pero tengo a mano un látigo de caza y creo que me voy a dar el gusto de...

Dio dos rápidas zancadas hacia el látigo, pero antes de que pudiera agarrarlo se oyeron unos fuertes pasos en la escalera, la puerta de la entrada se cerró de golpe y pudimos ver por la ventana al señor Windibank corriendo calle abajo a toda velocidad.

—¡Ahí va un rufián con verdadera sangre fría! —dijo Holmes, riéndose mientras se dejaba caer de nuevo en su sillón—. Ese tipo irá subiendo de delito en delito hasta que haga algo muy grave y termine en la cárcel. En ciertos aspectos, el caso no carecía por completo de interés.

—Todavía no veo muy claros todos los pasos de su razonamiento —dije yo.

—Pues, desde luego, en un principio era evidente que este señor Hosmer Angel tenía alguna buena razón para su extraño comportamiento y estaba igualmente claro que el único hombre que salía beneficiado del incidente, hasta donde nosotros sabíamos, era el padrastro. Luego estaba el hecho, muy sugerente, de que nunca se hubieran visto juntos a los dos hombres, sino que el uno aparecía siempre cuando el otro estaba fuera. Igualmente sospechosos eran los anteojos oscuros y la voz susurrante, factores ambos que sugerían un disfraz, lo mismo que las pobladas patillas. Mis sospechas se vieron confirmadas por ese detalle tan curioso de firmar a máquina, que por supuesto indicaba que la letra era tan familiar para la joven que esta reconocería cualquier minúscula muestra de la misma. Como ve, todos estos hechos aislados, junto con otros muchos de menor importancia, señalaban en la misma dirección.

—¿Y cómo se las arregló para comprobarlo?

—Habiendo identificado a mi hombre, resultaba fácil conseguir la corroboración. Sabía en qué empresa trabajaba ese hombre. Tomé la descripción publicada, eliminé todo lo que pudiera ser de un disfraz —las patillas, los anteojos, la voz— y se la envié a la empresa en cuestión, solicitando que me informaran de si alguno de sus viajantes coincidía con la descripción. Me había fijado ya en las particularidades de la máquina y escribí al propio sospechoso a su oficina, rogándole que viniera aquí. Tal como había esperado, su respuesta me llegó escrita a máquina y mostraba los mismos defectos triviales pero característicos. En el mismo correo me llegó una carta de Westhouse & Marbank, de Fenchurch Street, comunicándome que la descripción coincidía en todos sus aspectos con la de su empleado James Windibank. *Voilà tout*!

—¿Y la señorita Shutherland?

—Si se lo cuento, no me creerá. Recuerde el antiguo proverbio persa: «Tan peligroso es quitarle su cachorro a un tigre como arrebatarle a una mujer una ilusión». Hay tanta sabiduría y tanto conocimiento del mundo en Hafiz como en Horacio.

4

El misterio de Boscombe Valley

Estábamos una mañana desayunando mi esposa y yo cuando la sirvienta trajo un telegrama. Era de Sherlock Holmes y decía lo siguiente: «¿Dispone de un par de días libres? Me han telegrafiado desde el oeste de Inglaterra a propósito de la tragedia de Boscombe Valley. Me agradaría que pudiera acompañarme. Atmósfera y paisaje maravillosos. Salgo de Paddington en el tren de las 11.15».

—¿Qué te parece, querido? —preguntó mi esposa, mirándome—. ¿Vas a ir?

—No sé qué decir. En este momento tengo una lista de pacientes bastante larga.

—Oh, Anstruther se encargará de ellos. Últimamente se te ve un poco pálido. El cambio te vendrá bien y, además, siempre te han interesado mucho los casos de Sherlock Holmes.

—Sería un desagradecido si no me interesaran, en vista de lo que he ganado con uno solo de ellos —respondí—. Pero si voy a ir, tendré que preparar mi equipaje ahora mismo, porque solo me queda media hora.

Mi experiencia en la campaña de Afganistán me había convertido, por lo menos, en un viajero rápido y bien predispuesto. Mis necesidades eran pocas y sencillas, de modo que, en menos de la mitad del tiempo mencionado, ya estaba en un coche de alquiler con mi valija, en dirección a la estación de Paddington. Sherlock Holmes paseaba de una punta a otra del andén y su alta y sombría figura parecía aún más alta y sombría a causa de su larga capa gris de viaje y de su ajustada gorra de paño.

—Ha sido muy amable al venir, Watson. Para mí es considerablemente mejor tener al lado a alguien en quien poder confiar. La ayuda que se encuentra en el lugar de los hechos, o no sirve para nada o es demasiado parcial.

Guarde por favor los dos asientos del rincón mientras saco los pasajes.

Teníamos todo el compartimento para nosotros, salvo por la inmensa cantidad de periódicos que Holmes había traído consigo. Estuvo hojeándolos y leyéndolos, con intervalos dedicados a tomar notas y a meditar, hasta que dejamos atrás Reading. Entonces formó de pronto una bola gigantesca con ellos y la arrojó al portaequipajes.

—¿Ha leído algo acerca del caso? —preguntó.

—Ni una palabra. No he leído un periódico en días.

—La prensa de Londres no ha publicado informes muy detallados. Acabo de repasar todos los periódicos recientes en busca de detalles. Por lo que he visto, parece tratarse de uno de esos casos sencillos que resultan extraordinariamente difíciles.

—Eso suena un poco a paradoja.

—Pero es una gran verdad. Lo fuera de lo común constituye, casi invariablemente, una pista. Cuanto más anodino y vulgar es un crimen, más difícil resulta resolverlo. Sin embargo, en este caso parece haber pruebas contundentes en contra del hijo del asesinado.

—Entonces, ¿se trata de un asesinato?

—Bueno, eso se supone. Yo no aceptaré nada como seguro hasta que haya tenido ocasión de investigar el caso en persona. Voy a explicarle en pocas palabras la situación, tal y como la he entendido.

Boscombe Valley es un distrito rural de Herefordshire no muy lejos de Ross en Herefordshire. El principal terrateniente de la zona es un tal John Turner, que hizo fortuna en Australia y regresó al país hace algunos años. Una de las granjas de su propiedad, la de Hatherley, la tenía arrendada al señor Charles McCarthy, que era también un ex colono australiano. Se habían conocido en las colonias, por lo que no tiene nada de raro que, al establecerse definitivamente, procuraran estar lo más cerca posible. Según parece, Turner era el más rico de los dos, así que McCarthy se convirtió en su arrendatario, pero manteniéndose, al parecer, en términos de absoluta igualdad, pues se los veía mucho juntos. McCarthy tenía un hijo, un muchacho de dieciocho años y Turner una hija única de la misma edad, pero ambos eran viudos.

Por lo visto evitaban el trato con las familias inglesas de los alrededores y llevaban una vida retirada, aunque los dos McCarthy eran aficionados al deporte y se les veía asistir con frecuencia a las carreras de la zona. Tenían dos personas a su servicio: un hombre y una muchacha. Turner, en cambio, disponía de una servidumbre considerable, por lo menos media docena. Esto es todo lo que he podido averiguar sobre las familias. Ahora pasemos a los hechos.

El 3 de junio —es decir, el lunes pasado—, McCarthy salió de su casa de Hatherley a eso de la tres de la tarde y fue caminando hasta el estanque de Boscombe, un pequeño lago formado por el ensanchamiento del arroyo que corre por el valle de Boscombe. Por la mañana había estado con su criado en Ross y le había dicho que tenía que apresurarse porque a las tres tenía una cita importante. Una cita de la que no regresó vivo.

Desde la casa de Hatherley hasta el estanque de Boscombe hay alrededor de un cuarto de milla, y dos personas le vieron en el camino. Una fue una anciana, cuyo nombre no se menciona y la otra fue William Crowder, un guardabosque que está al servicio del señor Turner. Los dos testigos aseguran que el señor McCarthy iba caminando solo. El guardabosque añade que a los pocos minutos de haber visto pasar al señor McCarthy vio pasar a su hijo en la misma dirección, con una escopeta bajo el brazo. En su opinión, el padre todavía estaba a la vista y el hijo iba siguiéndole. No volvió a pensar en el asunto hasta que por la tarde se enteró de la tragedia que había ocurrido.

Hubo alguien más que vio a los dos McCarthy después de que William Crowder, el guardabosque, les perdió de vista. El estanque de Boscombe está rodeado por un bosque cerrado, con solo un pequeño reborde de hierba y juncos alrededor. Una muchacha de catorce años, Patience Moran, hija del guardián de la finca de Boscombe Valley, se encontraba en uno de los bosques juntando flores. Ha declarado que, mientras estaba allí, vio en el borde del bosque y cerca del estanque al señor McCarthy y a su hijo que parecían estar discutiendo. Oyó al mayor de los McCarthy dirigirle a su hijo palabras muy fuertes y vio a este levantar la mano como para pegar a su padre. La violencia de la escena la asustó tanto que se fue corriendo y cuando llegó a su casa le contó a su madre que había visto a los dos McCarthy discutiendo junto al estanque de Boscombe y que tenía miedo de que fueran a pelearse. Apenas había terminado de hablar cuando el joven McCarthy llegó corriendo al pabellón, diciendo que había encontrado a su padre muerto en el bosque, y solicitó la ayuda del guardián. Venía muy excitado, sin escopeta ni sombrero y vieron que traía la mano y la manga derechas manchadas de sangre fresca. Fueron con él y encontraron el cadáver del padre, tendido sobre la hierba junto al estanque. Le habían aplastado la cabeza a golpes con algún objeto pesado y contundente. Eran heridas que podrían perfectamente haberse infligido con la culata de la escopeta del hijo, que se encontró tirada en la hierba a pocos pasos del cuerpo. Dadas las circunstancias, el joven fue detenido inmediatamente, el martes la investigación dio como resultado un veredicto de asesinato intencionado y el miércoles compareció ante los magistrados de Ross, que han remitido el caso a la próxima sesión del tribunal. Estos son los hechos principales del caso, según se desprende de la investigación judicial y el informe policial.

—El caso no podría presentarse peor para el joven —comenté—. Pocas veces se han dado tantas pruebas circunstanciales que acusasen tan insistentemente al criminal.

—Las pruebas circunstanciales son muy engañosas —respondió Holmes, pensativo—. Puede parecer que indican claramente una cosa, pero si cambias tu punto de vista, puedes encontrarte con que indican, con igual claridad, algo completamente diferente. Sin embargo, hay que confesar que el caso se presenta muy mal para el joven y es muy posible que verdaderamente sea culpable. No obstante, existen varias personas en la zona y entre ellas la señorita Turner, la hija del terrateniente, que creen en su inocencia y que han contratado a Lestrade, al que recordará de cuando intervino en el *Estudio en escarlata*, para que investigue el caso en beneficio del joven. Lestrade, un poco perplejo, me remitió el caso y esta es la razón por la que dos caballeros de mediana edad viajan ahora rumbo al oeste, a cincuenta millas por hora, en lugar de digerir tranquilamente el desayuno en sus casas.

—Me temo —dije— que los hechos son tan evidentes que este caso no le dará mucho crédito.

—No hay nada tan engañoso como un hecho evidente —respondió riendo—. Además, bien podemos tropezar con algún otro hecho evidente que no le resultara tan evidente al señor Lestrade. Me conoce usted lo suficientemente bien como para pensar que me jacto al decir que soy capaz de confirmar o destruir su teoría valiéndome de medios que él es totalmente incapaz de emplear, e incluso de comprender. Por usar el ejemplo más a mano, puedo advertir con toda claridad que la ventana de su cuarto está situada a la derecha y dudo mucho que el señor Lestrade se hubiera fijado en un detalle tan evidente como ese.

—¿Cómo puede...?

—Mi querido amigo, le conozco bien. Conozco la pulcritud militar que le caracteriza. Se afeita usted todas las mañanas. En esta época del año se afeita a la luz del sol. Como su afeitado va siendo cada vez menos perfecto a medida que avanzamos hacia la izquierda, hasta que deja muchísimo que desear a la altura del ángulo de la mandíbula, no puede caber duda de que es aquel el costado peor iluminado. No puedo concebir que un hombre como usted se diera por satisfecho con ese resultado, si pudiera verse ambos lados con la misma luz. Esto lo digo solo a manera de ejemplo trivial de observación y deducción. En eso consiste mi oficio y es bastante posible que pueda resultar de alguna utilidad en el caso que nos ocupa. Hay uno o dos detalles menores que salieron a relucir en la investigación y que vale la pena considerar.

—¿Como qué?

—Parece que la detención no se produjo en el acto, sino después de que el joven regresara a la granja Hatherley. Cuando el inspector de policía le comunicó que estaba detenido, repuso que no le sorprendía y que no se merecía otra cosa. Este comentario contribuyó a disipar todo rastro de duda que pudiera quedar en las mentes del jurado encargado de la instrucción.

—¡Fue una confesión! —exclamé.

—Nada de eso, porque a continuación se declaró inocente.

—Viniendo después de una serie de hechos tan condenatoria fue, por lo menos, un comentario de lo más sospechoso.

—Por el contrario —dijo Holmes—, y, por el momento, esa es la rendija más luminosa que puedo ver entre las nubes. Por muy inocente que sea, no podría ser tan imbécil como para no darse cuenta de que las circunstancias no lo favorecen. Si se hubiera mostrado sorprendido de su detención o hubiera fingido indignarse, me habría parecido sumamente sospechoso, porque tal sorpresa o indignación no habrían sido naturales, dadas las circunstancias, aunque a un hombre calculador podrían parecerle la mejor táctica a seguir. Su franca aceptación de la situación le señala o bien como a un inocente, o bien como a un hombre con mucha firmeza y dominio de sí mismo. En cuanto a su comentario de que se lo merecía, no resulta tan extraño si se piensa que estaba junto al cadáver de su padre y que no cabe duda de que aquel mismo día había olvidado su respeto filial hasta el punto de reñir con él e incluso, según la muchacha cuyo testimonio es tan importante, de levantarle la mano como para pegarle. El remordimiento y el arrepentimiento que se reflejan en sus palabras me parecen señales de una mentalidad sana y no de una mente culpable.

—A muchos los han ahorcado con pruebas bastante menos sólidas —comenté, sacudiendo la cabeza.

—Así es. Y a muchos los han ahorcado por error.

—¿Cuál es la versión de los hechos según el propio joven?

—Me temo que no muy alentadora para sus partidarios, aunque tiene un par de detalles interesantes. Aquí la tiene, puede leerla.

Sacó de entre el montón de papeles un ejemplar del periódico de Herefordshire, encontró la página y me señaló el párrafo en el que el desdichado joven daba su propia versión de lo ocurrido. Me instalé en un rincón del compartimento y lo leí con mucha atención. Decía así:

> El señor James McCarthy, hijo único del fallecido, fue llamado entonces y declaró lo siguiente: «Había estado fuera de casa tres días, que pasé en Bristol y acababa de re-

gresar la mañana del pasado lunes, día tres. Cuando llegué, mi padre no estaba en casa y la criada me dijo que había ido a Ross con John Cobb, el caballerizo. Poco después de llegar, oí en el patio las ruedas de su coche; miré por la ventana y lo vi bajarse a toda prisa, aunque no me fijé en qué dirección se fue. Tomé entonces mi escopeta y me encaminé hacia el estanque de Boscombe, con la intención de visitar las conejeras que hay al otro lado. Por el camino vi a William Crowder, el guardabosque, tal como él ha declarado; pero se equivocó al pensar que yo iba siguiendo a mi padre. No sabía que iba delante de mí. A unas cien yardas del estanque oí el grito de «¡cui!», que mi padre y yo utilizábamos normalmente como señal. Al oírlo, corrí y lo encontré de pie junto al estanque. Pareció muy sorprendido de verme y me preguntó con bastante mal humor qué estaba haciendo allí. Siguió una conversación que degeneró en voces y casi en golpes, pues mi padre era un hombre muy temperamental. En vista de que su irritación se hacía incontrolable, lo dejé y emprendí el camino de regreso a Hatherley. Pero no me había alejado ni ciento cincuenta yardas cuando oí a mis espaldas un grito espantoso, que me hizo volver corriendo. Encontré a mi padre agonizando en el suelo, con terribles heridas en la cabeza. Dejé caer mi escopeta y lo tomé en mis brazos, pero expiró casi en el acto. Permanecí unos minutos arrodillado a su lado y luego fui a pedir ayuda a la casa del guardián del señor Turner, que era la más cercana. Cuando volví junto a mi padre no vi a nadie cerca, no sé cómo se causaron sus heridas. No era una persona muy apreciada, a causa de su carácter frío y reservado, pero, por lo que yo sé, tampoco tenía enemigos declarados. No sé nada más del asunto».

Juez: ¿Le dijo su padre algo antes de morir?

Testigo: Murmuró algunas palabras, pero lo único que entendí fue algo sobre una rata.

Juez: ¿Cómo interpretó usted aquello?

Testigo: No significaba nada para mí. Creí que estaba delirando.

Juez: ¿Cuál fue el motivo de que usted y su padre sostuvieran aquella última discusión?

Testigo: Preferiría no responder.

Juez: Me temo que debo insistir.
Testigo: De verdad que me resulta imposible decírselo. Puedo asegurarle que no tuve nada que ver con la terrible tragedia que ocurrió a continuación.
Juez: El tribunal es quien debe decidir eso. No es necesario advertirle de que su negativa a responder puede perjudicar considerablemente su situación en cualquier futuro proceso que tenga lugar.
Testigo: Aun así, tengo que negarme.
Juez: Según tengo entendido, el grito de «cui» era una señal habitual entre usted y su padre.
Testigo: Así es.
Juez: En tal caso, ¿cómo es que dio el grito antes de verlo, cuando ni siquiera sabía que había regresado de Bristol?
Testigo (bastante desconcertado): No lo sé.
Un miembro del jurado: ¿No vio nada que despertara su sospecha cuando regresó al oír gritar a su padre y lo encontró herido de muerte?
Testigo: Nada concreto.
Juez: ¿Qué quiere decir con eso?
Testigo: Al salir corriendo al claro iba tan trastornado y excitado que no podía pensar más que en mi padre. Sin embargo, tengo la vaga impresión de que al correr vi algo tirado en el suelo a mi izquierda. Me pareció que era algo de color gris, una especie de capa o tal vez una manta escocesa. Cuando me levanté al dejar a mi padre miré a mi alrededor para fijarme, pero ya no estaba.
Juez: ¿Quiere decir que desapareció antes de que fuera a buscar ayuda?
Testigo: Eso es, desapareció.
Juez: ¿No puede precisar lo que era?
Testigo: No, solo me dio la sensación de que había algo allí.
Juez: ¿A qué distancia del cuerpo?
Testigo: A unas doce yardas.
Juez: ¿Y a qué distancia del lindero del bosque?
Testigo: Más o menos a la misma.
Juez: Entonces, si alguien se lo llevó, fue mientras usted se encontraba a unas doce yardas de distancia.
Testigo: Sí, pero de espaldas.

Con esto concluyó el interrogatorio del testigo.

—Por lo que veo —dije echando un vistazo al resto de la columna—, el juez instructor se ha mostrado bastante duro con el joven McCarthy en sus conclusiones. Llama la atención y con toda razón, sobre la discrepancia de que el padre lanzara la llamada antes de verlo, hacia su negativa a dar detalles de la conversación con el padre y sobre su extraño relato de las últimas palabras del moribundo. Tal como él dice, todo eso apunta contra el hijo.

Holmes se rió suavemente para sus adentros y se estiró sobre el mullido asiento.

—Tanto usted como el juez instructor —dijo— han tenido dificultades en destacar los aspectos más favorables para el muchacho. ¿No se da cuenta de que le otorgan alternativamente un exceso de imaginación o una absoluta carencia de la misma? Carencia, si no es capaz de inventarse un motivo para la pelea con el padre que le haga ganarse las simpatías del jurado; exceso, si es capaz de elaborar en su cabeza algo tan *outré* como la alusión del moribundo a una rata y el incidente de la prenda desaparecida. No señor, yo enfocaré este caso partiendo de que el joven ha dicho la verdad y veremos adónde nos lleva esta hipótesis. Y ahora, aquí tengo mi Petrarca de bolsillo y no pienso decir ni una palabra más sobre el caso hasta que lleguemos al lugar de los hechos. Comeremos en Swindon, y creo que llegaremos dentro de veinte minutos.

Eran casi las cuatro cuando por fin nos encontramos en Ross, después de haber atravesado el hermoso valle del Stroud y cruzado el ancho y reluciente Severn. Un hombre delgado, con cara de hurón y mirada furtiva y astuta, nos esperaba en el andén. A pesar del guardapolvo marrón claro y de las polainas de cuero que llevaba como concesión al ambiente campesino, no tuve dificultad en reconocer a Lestrade, de Scodand Yard. Fuimos con él en coche hasta la posada Herefors Arms, donde ya se nos había reservado una habitación.

—He pedido un coche —dijo Lestrade, mientras nos sentábamos a tomar una taza de té—. Conozco su carácter enérgico y sé que no estará a gusto hasta que haya visitado la escena del crimen.

—Es muy amable y halagador de su parte —respondió Holmes—. Pero todo depende de la presión barométrica.

91

Lestrade pareció sorprendido.

—No comprendo muy bien—dijo.

—¿Qué marca el barómetro? Veintinueve, por lo que veo. No hay viento, ni se ve una nube en el cielo. Tengo aquí una caja de cigarrillos que piden ser fumados y el sofá es muy superior a las habituales abominaciones que suelen encontrarse en los hoteles rurales. No creo probable que utilice el coche esta noche.

Lestrade dejó escapar una risa indulgente.

—Sin duda, ya ha sacado usted conclusiones de los periódicos —dijo—. El caso es tan vulgar como un palo de escoba y cuanto más profundiza uno en él, más vulgar se vuelve. Pero, por supuesto, no se le puede decir que no a una dama, sobre todo a una tan voluntariosa. Había oído hablar de usted e insistió en conocer su opinión, a pesar de que yo le repetí un montón de veces que no podría hacer nada que yo no hubiera hecho ya. ¡Dios! ¡Ese coche en la puerta es el suyo!

Apenas había terminado de hablar cuando irrumpió en la habitación una de las jóvenes más encantadoras que he visto en mi vida. Brillantes ojos color violeta, labios entreabiertos, un toque de rubor en sus mejillas, perdida toda noción de su recato natural ante el ímpetu de su agitación y preocupación.

—¡Oh, señor Sherlock Holmes! —exclamó, pasando la mirada de uno a otro, hasta que, con rápida intuición femenina, la fijó en mi compañero—. Estoy muy contenta de que haya venido. He venido a decírselo. Sé que James no lo hizo. Lo sé y quiero que empiece a trabajar sabiéndolo también. No deje que le asalten dudas al respecto. Nos conocemos desde que éramos niños y conozco sus defectos mejor que nadie; tiene el corazón demasiado blando como para lastimar a una mosca. La acusación es absurda para cualquiera que lo conozca de verdad.

—Espero que podamos demostrar su inocencia, señorita Turner —dijo Sherlock Holmes—. Puede confiar en que haré todo lo que pueda.

—Imagino que habrá leído las declaraciones. ¿Ha sacado alguna conclusión? ¿Encuentra alguna salida, algún punto débil? ¿No cree que es inocente?

—Creo que es muy probable.

—¿Lo ve? —exclamó, echando atrás la cabeza y mirando desafiante a Lestrade—. ¡Escuche! ¡Me da esperanzas!

Lestrade se encogió de hombros.

—Me temo que mi colega se ha precipitado un poco al sacar conclusiones —dijo.

—¡Pero tiene razón! ¡Sé que tiene razón! James no lo hizo. Y en cuanto a esa disputa con su padre, estoy segura de que la razón de que no quisiera hablar de ella al juez fue que esa discusión me comprometía.

—¿Y por qué motivo?

—No es momento de ocultar nada. James y su padre tenían muchas discusiones por mi causa. El señor McCarthy estaba muy interesado en que nos casáramos. James y yo siempre nos hemos querido como hermanos, pero, claro, él es muy joven y aún ha visto muy poco de la vida, y... y... bueno, naturalmente, todavía no estaba preparado para algo así. De ahí que tuvieran discusiones y esta, estoy segura, fue una más.

—¿Y su padre? —preguntó Holmes—. ¿También era partidario de ese enlace?

—No, él también se oponía. El único que estaba a favor era McCarthy.

Un súbito rubor cubrió sus frescas y juveniles facciones cuando Holmes le dirigió una de sus penetrantes miradas inquisitivas.

—Gracias por esta información —dijo—. ¿Podría ver a su padre mañana?

—Me temo que el médico no lo va a permitir.

—¿El médico?

—Sí, ¿no lo sabía? Mi pobre padre no ha estado muy bien de salud desde hace años, pero esto lo ha terminado de hundir. Tiene que permanecer en la cama y el doctor Willows dice que está muy delicado y que tiene el sistema nervioso destrozado. El señor McCarthy era el único que había conocido a papá en los viejos tiempos, en Victoria.

—¡Ah! ¡En Victoria! Eso es importante.

—Sí, en las minas.

—Por supuesto, en las minas de oro, donde, según tengo entendido, hizo su fortuna el señor Turner.

—Eso es.

—Gracias, señorita Turner. Ha sido una gran ayuda.

—Si mañana hay alguna novedad, no deje de comunicármela. Sin duda, irá a la cárcel a ver a James. Oh, señor Holmes, si lo hace dígale que sé que es inocente.

—Así lo haré, señorita Turner.

—Ahora tengo que irme porque mi padre está muy mal y me extraña si lo dejo solo. Adiós y que Dios le ayude en su tarea.

Salió de la habitación tan impulsivamente como había entrado y oímos las ruedas de su carruaje traqueteando calle abajo.

—Holmes, me avergüenza—dijo Lestrade con gran dignidad, tras unos momentos de silencio—. ¿Por qué despierta esperanzas que luego tendrá que defraudar? No soy precisamente un sentimental, pero a eso lo llamo crueldad.

—Creo que encontraré la manera de demostrar la inocencia de James McCarthy —dijo Holmes—. ¿Tiene autorización para visitarlo en la cárcel?

—Sí, pero solo para usted y para mí.

—En tal caso, reconsideraré mi decisión de no salir. ¿Tendremos todavía tiempo para tomar un tren a Hereford y verle esta noche?

—De sobra.

—Entonces, en marcha. Watson, lamento que vaya a aburrirse, pero solo estaré ausente un par de horas.

Les acompañé hasta la estación y después deambulé por las calles del pueblo. Terminé por regresar al hotel y echarme en el sofá. Intenté interesarme en una novela policial pero la trama de la historia era tan endeble en comparación con el profundo misterio en el que estábamos sumidos, que mi atención se desviaba constantemente de la ficción a los hechos. Finalmente abandoné la novela en la habitación y me entregué por completo a reflexionar sobre los acontecimientos del día. Suponiendo que la historia del desdichado joven fuera absolutamente cierta, ¿qué cosa diabólica, qué calamidad tan imprevista y extraordinaria podía haber ocurrido entre el momento en que se separó de su padre y el instante en que, atraído por sus gritos, volvió corriendo al claro? Había sido algo terrible y mortal, pero ¿qué? ¿Podrían mis instintos médicos deducir algo de la índole de las heridas? Pedí que me trajeran el periódico semanal del condado, que contenía una reseña completa de la investigación. En la declaración del forense se afirmaba que el tercio posterior del parietal izquierdo y la mitad izquierda del occipital habían sido fracturados por un fuerte golpe, proporcionado con un objeto contundente. Señalé el lugar en mi propia cabeza. Evidentemente, aquel golpe tenía que haber sido dado por detrás. Hasta cierto punto, aquello favorecía al acusado, ya que cuando se le vio discutiendo con su padre ambos estaban frente a frente. Aun así, no significaba gran cosa, ya que el padre podía haberse dado la vuelta antes de recibir el golpe. De todas maneras, quizá valiera la pena avisar a Holmes sobre el detalle. Luego teníamos la curiosa alusión del moribundo a una rata. ¿Qué podía significar aquello? No podía tratarse de un delirio. Un hombre que ha recibido un golpe mortal no suele delirar. No, lo más probable era que estuviera intentando explicar lo que le había ocurrido. Pero, ¿qué podía querer decir? Casi enloquezco en busca de una posible explicación. Y luego estaba también el asunto de la prenda gris que había visto el joven McCarthy. De ser cierto, el asesino debía haber perdido al huir alguna prenda de vestir, probablemente su abrigo y había tenido la sangre fría de volver a recuperarla en el mismo instante en que el hijo se arrodillaba, vuelto de espaldas, a menos de doce pasos. ¡Qué maraña de misterios e improbabilidades era todo el asunto! No me extrañaba la opinión de Lestrade, a pesar de lo cual tenía tanta fe en la perspicacia de Sherlock Holmes que no perdía las esperanzas, en vista de que todos los nuevos datos parecían reforzar su convencimiento de la inocencia del joven McCarthy.

Era ya tarde cuando regresó Sherlock Holmes. Venía solo, pues Lestrade se alojaba en el pueblo.

—El barómetro continúa muy alto —comentó mientras se sentaba—. Es importante que no llueva hasta que hayamos podido examinar el lugar de los hechos. Por otra parte, para un caso como este, uno tiene que estar en plena forma y bien despierto. No quiero hacerlo estando fatigado por un largo viaje. He visto al joven McCarthy.

—¿Y qué ha averiguado de él?

—Nada.

—¿No arrojó ninguna luz?

—Absolutamente ninguna. En algún momento me sentí inclinado a pensar que él sabía quién lo había hecho y estaba encubriéndolo, pero ahora estoy convencido de que está tan desorientado como cualquiera. No es un muchacho demasiado perspicaz, aunque sí buen mozo y diría que de corazón noble.

—No puedo admirar sus gustos —comenté—, si es verdad eso de que se negaba a casarse con una joven tan encantadora como esta señorita Turner.

—Ah, en eso hay una historia bastante triste. En realidad, él la quiere con locura, con desesperación, pero hace unos años, cuando no era más que un jovencito y antes de conocerla bien, porque la chica había pasado cinco años en un internado, el pobre idiota se dejó atrapar por una camarera de Bristol y se casó con ella en una oficina del registro civil. Nadie sabe una palabra del asunto, pero se imaginará lo enloquecedor que debe resultarle que le recriminen no hacer algo que daría los ojos por poder hacer, pero que es absolutamente imposible. Fue uno de esos arrebatos de locura lo que le hizo levantar las manos cuando su padre, en su última conversación, le seguía insistiendo en que le propusiera matrimonio a la señorita Turner. Por otra parte, carece de medios económicos propios y su padre, que era en todos los aspectos un hombre muy duro, lo hubiera echado de la casa si se hubiera enterado de la verdad. Con esta esposa camarera es con la que pasó los últimos tres días en Bristol, sin que su padre supiera dónde estaba. Acuérdese de este detalle. Es importante. Sin embargo, no hay mal que por bien no venga, ya que la camarera, al enterarse por los periódicos de que el chico se ha metido en un grave aprieto y es posible que lo ahorquen, ha roto con él y le ha escrito comunicándole que ya tiene un marido en el arsenal naval de Bermudas, de modo que no hay vínculo ninguno entre ellos. Creo que esta noticia ha consolado al joven McCarthy por todo lo que ha sufrido.

—Pero si él es inocente, entonces, ¿quién lo hizo?

—Eso: ¿Quién? Quiero llamar su atención muy concretamente sobre dos detalles. El primero, que el hombre asesinado tenía una cita con alguien en el estanque y que este alguien no podía ser su hijo, porque el hijo estaba fuera y él no sabía cuándo iba a regresar. El segundo, que a la víctima se le oyó gritar «cui», aunque aún no sabía que su hijo había regresado. Estos son los puntos cruciales de los que depende el caso. Y ahora, si no le importa, hablemos de George Meredith y dejemos los detalles secundarios para mañana.

Tal como Holmes había previsto, no llovió y amaneció despejado, sin nubes. A las nueve en punto, Lestrade pasó a buscarnos en coche y nos dirigimos a la granja Hatherley y al estanque de Boscombe.

—Hay malas noticias esta mañana —comentó Lestrade—. Dicen que el señor Turner, el propietario, está tan enfermo que no hay esperanzas de que viva.

—Supongo que será ya bastante mayor —dijo Holmes.

—Unos sesenta años; pero el tipo de vida llevado en las colonias deterioro mucho su salud. Además, este suceso le ha afectado mucho. Era un viejo amigo de McCarthy y podríamos añadir que su gran benefactor, pues me he enterado de que le había cedido la granja Hatherley.

—¿De veras? Esto es interesante —dijo Holmes.

—Pues, sí. Y le ha ayudado de otras maneras. Por aquí todo el mundo habla de lo bien que se portaba con él.

—¡Vaya! ¿Y no le parece curioso que este McCarthy, que parece no poseer casi nada y deber tantos favores a Turner, hable, a pesar de todo, de casar a su hijo con la hija de Turner, presumible heredera de su fortuna y, además, lo diga con tanta seguridad como si bastara con proponerlo para que todo lo demás viniera por sí solo? Y aún resulta más extraño sabiendo, como sabemos, que el propio Turner se oponía a la idea. Nos lo dijo la hija. ¿No deduce nada de eso?

—Ya llegamos a las deducciones y a las inferencias —dijo Lestrade, guiñándome un ojo—. Holmes, ya me resulta bastante difícil lidiar con los hechos, sin tener que volar persiguiendo teorías y fantasías.

—Tiene razón —dijo Holmes con fingida humildad—. Le resulta muy difícil lidiar con los hechos.

—Al menos he captado un hecho que parece costarle mucho aprehender —replicó Lestrade.

—¿Y cuál es?

—Que el señor McCarthy, padre, halló la muerte a manos del señor McCarthy, hijo, y que todas las teorías en contra no son más que puras estupideces, cosa de lunáticos.

—Bueno, a la luz de la luna se ve más que en la niebla —dijo Holmes, echándose a reír—. Pero, o mucho me equivoco, o eso de la izquierda es la granja Hatherley.

—En efecto.

Era una construcción amplia, de aspecto confortable, de dos pisos, con tejado de pizarra y grandes manchas amarillas de liquen en sus paredes. Sin embargo, las persianas bajas y las chimeneas sin humo le daban un aspecto desolado, como si aún se sintiera en el edificio el peso de la tragedia. Llamamos a la puerta y la criada, a petición de Holmes, nos enseñó las botas que su señor llevaba en el momento de su muerte y también un par de botas del hijo, aunque no las que llevaba puestas entonces. Después de haberlas medido cuidadosamente desde siete u ocho puntos diferentes, Holmes pidió que le condujeran al patio, desde donde todos seguimos el camino que llevaba al estanque de Boscombe.

Cuando seguía un rastro como aquel, Sherlock Holmes se transformaba. Los que solo conocían al tranquilo pensador y lógico de Baker Street habrían tenido dificultades para reconocerlo. Su rostro se acaloraba y se ensombrecía. Sus cejas se convertían en dos líneas negras y marcadas, bajo las cuales relucían sus ojos con brillo de acero. Llevaba la cabeza inclinada hacia abajo, los hombros encorvados, los labios apretados y las venas de su cuello largo y fibroso sobresalían como cuerdas de látigo. Los orificios de la nariz parecían dilatarse con un ansia de caza puramente animal y su mente estaba tan concentrada en lo que tenía delante que toda pregunta o comentario caía en oídos sordos o, como máximo, provocaba un rápido e impaciente gruñido de respuesta. Fue avanzando rápida y silenciosamente a lo largo del camino que atravesaba los prados y luego conducía a través del bosque hasta el estanque de Boscombe. El terreno era húmedo y pantanoso, lo mismo que en todo el distrito y se veían huellas de muchos pies, tanto en el sendero como sobre la hierba que lo bordeaba por ambos lados. A veces, Holmes apretaba el paso; otras veces, se paraba de golpe; en una ocasión dio un pequeño *détour*, en el prado. Lestrade y yo caminábamos detrás: el policía, con aire indiferente y despectivo y yo con un interés que nacía de la convicción de que todas y cada una de sus acciones tenían una finalidad concreta.

El estanque de Boscombe, que es una pequeña extensión de agua de unas cincuenta yardas de diámetro, bordeada de juncos, está situado en el límite entre los terrenos de la granja Hatherley y el parque privado de Turner. Por encima del bosque que se extendía al otro lado podíamos ver los rojos y enhiestos pináculos que señalaban el emplazamiento de la residencia del terrateniente. En el lado del estanque correspondiente a Hatherley el bosque era muy espeso y había un estrecho cinturón de hierba saturada de agua, de unos veinte pasos de ancho, entre la línea de la arboleda y los juncos de la orilla. Lestrade nos indicó el sitio exacto donde se había encontrado el cadáver y la verdad es que el suelo estaba tan húmedo que se podían apreciar con claridad la huella dejada por el cuerpo caído. A juzgar por su rostro ansioso y sus ojos inquisitivos, Holmes leía otras muchas cosas en la hierba pisoteada. Corrió de un lado a otro, como un perro de caza que sigue una pista y luego se dirigió a nuestro acompañante.

—¿Para qué se metió en el estanque? —preguntó.

—Estuve de pesca con un rastrillo. Pensé que tal vez podía encontrar un arma o algún otro indicio. Pero, ¿cómo lo...?

—¡Silencio! No tengo mucho tiempo. Ese pie izquierdo suyo, torcido hacia adentro, aparece por todas partes. Hasta un topo podría seguir sus pasos y aquí se meten entre los juncos. ¡Ay, qué sencillo habría sido todo si hubiera estado aquí antes de que llegaran todos, como una manada de búfalos, chapoteando por todas partes! Por aquí llegó el grupo del guardián, borrando todas las huellas dos metros alrededor del cadáver. Pero aquí hay tres pistas distintas de los mismos pies —sacó una lupa y se tendió sobre el impermeable para ver mejor, sin dejar de hablar, más para sí mismo que para nosotros—. Son los pies del joven McCarthy. Dos veces andando y una corriendo tan aprisa que las puntas están marcadas y los tacones apenas se ven. Esto concuerda con su relato. Echó a correr al ver a su padre en el suelo. Y aquí tenemos las pisadas del padre cuando andaba de un lado a otro. ¿Y esto qué es? Ah, la culata de la escopeta del hijo, que se apoyaba en ella mientras escuchaba. ¡Ajá! ¿Qué tenemos aquí? ¡Pisadas en punta de pie! ¡Y, además, de unas botas bastante raras, de punta cuadrada! Vienen, van, vuelven a venir... por supuesto, a recoger el abrigo. Ahora bien, ¿de dónde venían?

Corrió de un lado a otro, perdiendo a veces la pista y volviéndola a encontrar, hasta que nos adentramos bastante en el bosque y llegamos a la sombra de una enorme haya, el árbol más grande de los alrededores. Holmes siguió la pista hasta detrás del árbol y se volvió a echar boca abajo, profiriendo un leve grito de satisfacción. Se quedó allí durante un buen rato, levantando las hojas y las ramitas secas, recogiendo en un sobre algo que a mí me pareció polvo y examinando con la lupa no solo el suelo sino también la corteza del árbol hasta donde pudo alcanzar. Tirada entre el musgo había una piedra de forma irregular, que también examinó atentamente, guardándosela luego. A continuación siguió un sendero que atravesaba el bosque hasta el camino principal, donde se perdían todas las huellas.

—Ha sido un caso sumamente interesante —comentó, volviendo a su forma de ser habitual—. Imagino que esa casa gris de la derecha debe ser la del guardabosque. Creo que voy a entrar a cambiar unas palabras con Moran y tal vez escriba una breve nota. Una vez hecho eso, podemos volver para comer. Pueden ir caminando hacia el coche, me reuniré con ustedes en seguida.

Tardamos unos diez minutos en llegar hasta el coche y emprender el regreso a Ross. Holmes seguía llevando la piedra que había recogido en el bosque.

—Puede que esto le interese, Lestrade —comentó, enseñándosela—. Con esto se cometió el asesinato.

—No veo ninguna señal.

—No las hay.

—Y entonces, ¿cómo lo sabe?

—Debajo de ella, la hierba estaba crecida. Solo llevaba unos días tirada allí. No se veía que hubiera sido arrancada de ningún sitio próximo. Su forma corresponde a las heridas. No hay rastro de ninguna otra arma.

—¿Y el asesino?

—Es un hombre alto, zurdo, que cojea un poco de la pierna derecha, usa botas de caza con suela gruesa y una capa gris, fuma cigarros indios con boquilla y lleva una navaja desafilada en el bolsillo. Hay otros varios indicios, pero estos deberían ser suficientes para avanzar en nuestra investigación.

Lestrade se rió.

—Creo que continúo siendo escéptico —dijo—. Las teorías están muy bien, pero tenemos que enfrentar un jurado británico, de cabeza muy dura.

—*Nous verrons* —respondió Holmes muy tranquilo—. Usted siga su método, que yo seguiré el mío. Estaré ocupado esta tarde y probablemente regresaré a Londres en el tren de la noche.

—¿Dejando el caso sin terminar?

—No, terminado.

—¿Pero el misterio...?

—Está resuelto.

—¿Quién es, pues, el asesino?

—El caballero que le he descrito.

—Pero, ¿quién es?

—No creo que resulte tan difícil averiguarlo. Esta zona no está tan poblada.

Lestrade se encogió de hombros.

—Soy un hombre práctico y la verdad es que no puedo ponerme a recorrer los campos en busca de un caballero zurdo y rengo. Me convertiría en el hazmerreír de Scotland Yard.

—Muy bien —dijo Holmes, tranquilamente—. Ya le he dado su oportunidad. Hemos llegado a su alojamiento. Adiós. Le dejaré una nota antes de irme.

Después de dejar a Lestrade, regresamos a nuestro hotel, donde encontramos la comida ya servida. Holmes estuvo callado y sumido en reflexiones, con una expresión de pesar en el rostro, como quien se encuentra en una situación desconcertante.

—Vamos a ver, Watson —dijo cuando retiraron los platos—. Siéntese aquí, en esta silla y deje que le hable un poco. No sé qué hacer y agradecería sus consejos. Encienda un cigarro y deje que le explique.

—Hágalo, por favor.

—Pues bien, al estudiar este caso hubo dos detalles de la declaración del joven McCarthy que nos llamaron la atención al instante, aunque a mí me predispusieron a favor y a usted en contra del joven. Uno, el hecho de que el padre, según la declaración, lanzara el grito de «cui» antes de ver a su hijo. El otro, la extraña mención de una rata por parte del moribundo. Dese cuenta de que murmuró varias palabras, pero esto fue lo único que captaron los oídos del hijo. Ahora bien, nuestra investigación debe partir de estos dos puntos y comenzaremos por suponer que lo que declaró el muchacho es la pura verdad.

—¿Y qué sacamos del «cui»?

—Bueno, evidentemente, no era para llamar al hijo, porque él creía que su hijo estaba en Bristol. Fue pura casualidad que se encontrara por allí cerca. El «cui» pretendía llamar la atención de la persona con la que se había citado, quienquiera que fuera. Pero ese «cui» es un grito típico australiano, que se usa entre australianos. Hay buenas razones para suponer que la persona con la que McCarthy esperaba encontrarse en el estanque de Boscombe había vivido en Australia.

—¿Y qué hay de la rata?

Sherlock Holmes sacó del bolsillo un papel doblado y lo desplegó sobre la mesa.

—Aquí tenemos un mapa de la colonia de Victoria —dijo—. Anoche telegrafié a Bristol pidiéndolo.

Puso la mano sobre una parte del mapa y preguntó:

—¿Qué lee usted aquí?

—ARAT —leí.

—¿Y ahora? —levantó la mano.

—BALLARAT.

—Exacto. Eso dijo el moribundo, pero su hijo solo entendió las dos últimas sílabas[1]. Estaba intentando decir el nombre de su asesino. Fulano de tal, de Ballarat.

—¡Asombroso! —exclamé.

—Evidente. Con eso, como ve, quedaba considerablemente reducido el campo. La posesión de una prenda gris era un tercer punto seguro, siempre suponiendo que la declaración del hijo fuera cierta. Ya hemos pasado de la pura incertidumbre a la idea concreta de un australiano de Ballarat con un capote gris.

---

[1] «A rat» correspondería al castellano 'Una rata' y por eso Holmes afirma que el hijo solo escuchó las últimas dos sílabas del nombre completo de la mina, Ballat. En la traducción el juego fónico desaparece casi por completo (NT)

—Desde luego.

—Y que, además, andaba por la zona como por su casa, porque al estanque solo se puede llegar a través de la granja o de la finca, por donde no es fácil que pase gente extraña.

—Muy cierto.

—Pasemos ahora a nuestra expedición de hoy. El examen del terreno me reveló los insignificantes detalles que ofrecí a ese imbécil de Lestrade acerca del asesino.

—¿Pero cómo averiguó todo aquello?

—Ya conoce mi método. Se basa en la observación de minucias.

—Ya sé que es capaz de calcular la estatura aproximada por la longitud de los pasos. Y lo de las botas también se podría deducir de las pisadas.

—Sí, eran botas poco corrientes.

—Pero, ¿lo de la renguera?

—La huella de su pie derecho estaba siempre menos marcada que la del izquierdo. Cargaba menos peso sobre él. ¿Por qué? Porque rengueaba... era cojo.

—¿Y cómo sabe que es zurdo?

—A usted mismo le llamó la atención la índole de la herida, tal como la describió el forense en la investigación. El golpe fue dado de cerca y por detrás y, sin embargo, estaba en el lado izquierdo. ¿Cómo puede explicarse esto, a menos que lo proporcionara un zurdo? Había permanecido detrás del árbol durante la conversación entre el padre y el hijo. Hasta se fumó un cigarro allí. Encontré la ceniza de un cigarro, que mis amplios conocimientos sobre cenizas de tabaco me permitieron identificar como un cigarro indio. Como ya sabe, he dedicado cierta atención al tema y he escrito una pequeña monografía sobre las cenizas de ciento cuarenta variedades diferentes de tabaco de pipa, cigarros y cigarrillos. En cuanto encontré la ceniza, eché un vistazo por los alrededores y descubrí la colilla entre el musgo, donde la habían tirado. Era un cigarro indio de los que se elaboran en Rotterdam.

—¿Y la boquilla?

—Se notaba que el extremo no había estado en la boca. Por lo tanto, había usado boquilla. La punta estaba cortada, no arrancada de un mordisco, pero el corte no era limpio, de lo que deduje la existencia de una navaja desafilada.

—Holmes, ha tendido una red en torno a ese hombre, de la que no podrá escapar, y ha salvado usted una vida inocente, tan seguro como si hubiera cortado la cuerda que le ahorcaba. Ya veo en qué dirección apunta todo esto. El culpable es...

—¡El señor John Turner! —exclamó el camarero del hotel, abriendo la puerta de nuestra sala de estar y haciendo pasar a un visitante.

El hombre que entró presentaba una figura extraña e impresionante. Su paso lento y rengueante y sus hombros cargados le daban aspecto de decrepitud, pero sus facciones duras, marcadas y arrugadas, así como sus enormes miembros, indicaban que poseía una extraordinaria energía de cuerpo y carácter. Su barba enmarañada, su cabellera gris y sus cejas prominentes y lacias contribuían a dar a su apariencia un aire de dignidad y poderío, pero su rostro era blanco ceniciento y sus labios y las esquinas de los orificios nasales presentaban un tono azulado. Con solo mirarlo, pude darme cuenta de que era presa de alguna enfermedad crónica y mortal.

—Por favor, siéntese en el sofá —dijo Holmes educadamente—. ¿Recibió mi nota?

—Sí, el guardián me la trajo. Decía que quería verme aquí para evitar el escándalo.

—Me pareció que si iba a su residencia podría dar que hablar.

—¿Y por qué quería verme? —miró fijamente a mi compañero, con desesperación en sus cansados ojos, como si su pregunta ya estuviera contestada.

—Sí, eso es —dijo Holmes, respondiendo más a la mirada que a las palabras—. Sé todo lo referente a Mc Carthy.

El anciano se hundió la cara entre las manos.

—¡Que Dios se apiade de mí! —exclamó—. Pero no habría permitido que al joven MacCarthy le ocurriese nada malo. Le doy mi palabra de que hubiera confesado si las cosas se le hubieran complicado en el juicio.

—Me alegra oírle decir eso —dijo Holmes muy serio.

—Ya habría confesado de no ser por mi hija. Esto le rompería el corazón… y se lo romperá cuando se entere de que me han detenido.

—Puede que no se llegue a eso —dijo Holmes.

—¿Cómo dice?

—Yo no soy un agente de la policía. Tengo entendido que fue su hija la que solicitó mi presencia aquí y actúo en nombre suyo. No obstante, el joven McCarthy debe quedar libre.

—Soy un moribundo —dijo el viejo Turner—. Hace años que padezco diabetes. Mi médico dice que podría no durar ni un mes. Pero preferiría morir bajo mi propio techo y no en la cárcel.

Holmes se levantó y se sentó a la mesa con la pluma en la mano y un legajo de papeles delante.

—Limítese a contarnos la verdad —dijo—. Yo tomaré nota de los hechos. Usted lo firmará y Watson puede servir de testigo. Así podré, en último extremo, presentar su confesión para salvar al joven McCarthy. Le prometo que no la utilizaré a menos que sea absolutamente necesario.

—Perfecto —dijo el anciano—. Es muy dudoso que yo viva hasta el juicio, así que me importa bien poco, pero quisiera evitarle a Alice ese golpe. Y ahora, le voy a explicar todo. La acción abarca mucho tiempo, pero tardaré muy poco en contarlo.

Usted no conocía McCarthy. Era el diablo en forma humana. Se lo aseguro. Que Dios le libre de caer en las garras de un hombre así. Me ha tenido en sus manos durante estos veinte años y ha arruinado mi vida. Pero primero le explicaré cómo caí en su poder.

A principios de los sesenta, yo estaba en las minas. Era entonces un muchacho impulsivo y temerario, dispuesto a cualquier cosa; me enredé con malas compañías, me aficioné a la bebida, no tuve suerte con mi mina y, en una palabra, me convertí en lo que aquí llaman un salteador de caminos. Éramos seis y llevábamos una vida de lo más salvaje, robando de vez en cuando algún rancho, o asaltando las carretas que se dirigían a las excavaciones. Me hacía llamar Black Jack de Ballarat y aún se acuerdan en la colonia de nuestra cuadrilla, la Banda de Ballarat.

Un día partió un cargamento de oro de Ballarat a Melbourne y nosotros lo emboscamos y lo asaltamos. Había seis soldados de escolta contra nosotros seis, de manera que la cosa estaba igualada, pero a la primera descarga vaciamos cuatro de sus monturas. Aun así, tres de los nuestros murieron antes de que nos apoderáramos del botín. Apunté con mi pistola a la cabeza del conductor del carro, que era el mismísimo McCarthy. Ojalá le hubiese matado entonces, pero le perdoné aunque vi sus ojos malvados clavados en mi rostro, como si intentara retener todos mis rasgos. Escapamos con el oro, nos convertimos en hombres ricos y nos vinimos a Inglaterra sin despertar sospechas. Aquí me despedí de mis antiguos compañeros, decidido a establecerme y llevar una vida tranquila y respetable. Compré esta finca, que casualmente estaba a la venta y me propuse hacer algún bien con mi dinero, para compensar el modo en que lo había adquirido. Me casé y aunque mi esposa murió joven, me dejó a mi querida Alice. Aunque no era más que un bebé, su minúscula manita parecía guiarme por el buen camino como no lo había hecho nadie. En una palabra, pasé una página de mi vida y me esforcé por reparar el pasado. Todo iba bien, hasta que McCarthy me puso las garras encima.

Había ido a Londres por una inversión y me lo encontré en Regent Street, prácticamente sin nada que ponerse encima.

—Aquí estamos, Jack —me dijo, tocándome el brazo—. Vamos a ser como una familia para ti. Somos dos, mi hijo y yo, y tendrás que ocuparte de nosotros. Si no lo haces... bueno... Inglaterra es un gran país respetuoso de la ley y siempre hay un policía al alcance de la voz.

Así que se vinieron al oeste, sin que hubiera forma de quitármelos de encima y aquí han vivido desde entonces, en mis mejores tierras, sin pagar renta. Ya no hubo para mí reposo, paz ni posibilidad de olvidar; donde estuviera, veía a mi lado su cara astuta y sonriente. Y la cosa empeoró al crecer Alice, porque él en seguida se dio cuenta de que yo tenía más miedo a que ella se enterara de mi pasado que de que lo supiera la policía. Me pedía todo lo que se le antojaba y yo se lo daba todo sin discutir: tierra, dinero, casas, hasta que por fin me pidió algo que yo no le podía dar: me pidió a Alice.

Su hijo ya era mayor, al igual que mi hija y, como era bien sabido que yo no estaba bien de salud, se le ocurrió la gran idea de que su hijo se quedara con todas mis propiedades. Pero yo no estaba dispuesto a que su maldita estirpe se mezclara con la mía. No es que me disgustara el muchacho, pero llevaba la sangre de su padre y con eso me bastaba. Me mantuve firme. McCarthy me amenazó. Yo lo desafié a que hiciera lo peor que se le ocurriera. Quedamos citados en el estanque, a mitad de camino de nuestras dos casas, para hablar del asunto.

Cuando llegué allí, lo encontré hablando con su hijo, de modo que encendí un cigarro y esperé detrás de un árbol a que se quedara solo. Pero, mientras lo oía hablar, iba saliendo a la superficie todo el odio y el rencor que yo llevaba adentro. Estaba instando a su hijo a que se casara con mi hija, con tan poca consideración por lo que ella pudiera opinar como si se tratara de una mujerzuela de la calle. Me volvía loco al pensar que lo que más quería estaría bajo el poder de un hombre semejante. ¿No había forma de romper las ataduras? Me quedaba poco de vida y estaba desesperado. Aunque conservaba las facultades mentales y la fuerza de mis miembros, sabía que mi destino estaba sellado. Pero, ¿qué recuerdo dejaría y qué sería de mi hija? Las dos cosas podían salvarse si conseguía hacer callar aquella maldita lengua. Lo hice, señor Holmes, y volvería a hacerlo. Aunque mis pecados han sido muy graves, he vivido un martirio para purgarlos. Pero que mi hija cayera en las mismas redes que a mí me esclavizaron era más de lo que podía soportar. No sentí más remordimientos al golpearlo que si se hubiera tratado de una alimaña repugnante y venenosa. Sus gritos hicieron volver al hijo, pero yo ya me había refugiado en el bosque, aunque tuve que regresar por la capa que había dejado caer al huir. Esta es, caballeros, la verdad de todo lo que ocurrió.

—Bien, no me corresponde a mí juzgarlo —dijo Holmes, mientras el anciano firmaba la declaración escrita que acababa de realizar—. Y ruego a Dios que nunca nos veamos expuestos a semejante tentación.

—Espero que no, señor. ¿Y qué se propone hacer ahora?

—En vista de su estado de salud, nada. Usted mismo se da cuenta de que pronto tendrá que responder de sus acciones ante un tribunal mucho más alto que el de lo penal. Conservaré su confesión y, si McCarthy resulta condenado, me veré obligado a utilizarla. De no ser así, jamás la verán ojos humanos; y su secreto, tanto si vive como si muere, estará a salvo con nosotros.

—Adiós, pues —dijo el anciano solemnemente—. Cuando les llegue la hora, su lecho de muerte se les hará más llevadero al pensar en la paz que han aportado al mío. —Y salió de la habitación tambaleándose, con toda su gigantesca figura sacudida por temblores.

—¡Que Dios nos asista! —exclamó Sherlock Holmes después de un largo silencio—. ¿Por qué el destino les depara tales desventuras a los pobres gusanos indefensos? Siempre que me encuentro con un caso así, no puedo evitar acordarme de las palabras de Baxter y decir: «Allá va Sherlock Holmes, por la gracia de Dios».

James McCarthy resultó absuelto en el juicio, gracias a una serie de alegaciones que Holmes preparó y sugirió al abogado defensor. El viejo Turner aún vivió siete meses después de nuestra entrevista, pero ya ha muerto; y todo parece indicar que el hijo y la hija vivirán felices y juntos, ignorantes de la nube negra que se cierne sobre sus pasados.

5

Las cinco semillas de naranja

Cuando repaso mis notas y apuntes referidos a los casos de Sherlock Holmes entre los años 1882 y 1890, son tantos los que presentan aspectos extraños e interesantes que no es nada fácil decidir cuáles elegir y cuáles descartar. No obstante, algunos de ellos ya han recibido publicidad en la prensa y otros no ofrecían campo para las peculiares facultades que mi amigo poseía en tan alto grado y que estos escritos tienen por objetivo ilustrar. Hay también algunos que escaparon a su capacidad analítica y que, como narraciones, serían solo principios sin final; y otros quedaron resueltos solo en parte y sus explicaciones se basaron más en conjeturas y suposiciones que en la evidencia lógica absoluta a la que era tan devoto. Sin embargo, hubo uno de estos últimos que fue tan notable en sus detalles y tan sorprendente en sus resultados que me siento tentado de exponerlo brevemente, a pesar de que algunos de sus detalles nunca han estado muy claros y, probablemente, nunca lo estarán.

El año 87 nos proporcionó una larga serie de casos de mayor o menor interés, de los cuales todavía conservo notas. Entre los archivos de estos doce meses, he encontrado una crónica de la aventura de la Sala Paradol, de la Sociedad de Mendigos Aficionados, que mantenía un club de lujo en la bóveda subterránea de un almacén de muebles; los hechos relacionados con la desaparición del velero británico Sophy Anderson; la curiosa aventura de la familia Grice Patersons en la isla de Uffa; y, por último, el caso del envenenamiento de Camberwell. Como se recordará, en este último caso Sherlock Holmes consiguió, dando toda la cuerda al reloj del muerto, demostrar que se le había dado cuerda dos horas antes y que, por lo tanto, el difunto se había ido a la cama durante ese intervalo... una deducción que resultó fundamental para resolver el caso. Es posible que en el futuro termine por bosquejar todos estos casos, pero ninguno de ellos muestra características tan sorprendentes como el extraño encadenamiento de circunstancias que me propongo describir a continuación.

Nos encontrábamos en los últimos días de septiembre y las tormentas equinocciales se habían desatado con excepcional violencia. Durante todo el día, el viento había aullado y la lluvia había azotado las ventanas, de modo que incluso aquí, en el corazón del inmenso y artificial Londres, nos vimos obligados a elevar nuestros pensamientos, desviándolos por un instante de la rutina de la vida y aceptar la presencia de las grandes fuerzas elementales que rugen al género humano por entre los barrotes de su civilización, como fieras enjauladas. Mientras avanzaba la tarde, la tormenta se iba haciendo más ruidosa y el viento aullaba y gemía en la chimenea como un niño. Sherlock Holmes estaba sentado melancólicamente a un lado de la chimenea, repasando sus archivos criminales, mientras yo me sentaba al otro lado, enfrascado en uno de los hermosos relatos marineros de Clark Russell, hasta que el fragor de la tormenta ahí afuera pareció fundirse con el texto y el salpicar de la lluvia se prolongó con en el movimiento de las olas del mar. Mi esposa había ido a visitar a una tía y yo volvía a hospedarme durante unos días en mi antiguo departamento de Baker Street.

—Vaya —dije, mirando a mi compañero—. ¿Eso ha sido el timbre de la puerta? ¿Quién podrá ser a esta hora? ¿Algún amigo suyo?

—Salvo usted, no tengo ninguno —respondió—. No soy aficionado a recibir visitas.

—¿Un cliente, entonces?

—Si lo es, se trata de un caso grave. Nadie saldría en un día como este y a estas horas por algo sin importancia. Pero me parece más probable que se trate de una amiga de la casera.

Sin embargo, Sherlock Holmes erraba en esta conjetura, porque se oyeron pasos en el pasillo y unos golpes en la puerta. Holmes estiró su largo brazo para apartar de su lado la lámpara y acercarla a la silla vacía en la que se sentaría el recién llegado.

—Adelante —dijo.

El hombre que entró era joven, de unos veintidós años a juzgar por su aspecto, bien arreglado y elegantemente vestido, con cierto aire de refinamiento y delicadeza. El paraguas empapado que sostenía en la mano y su largo y reluciente impermeable hablaban del mal tiempo que había tenido que afrontar ahí afuera. Miró ansioso a su alrededor, a la luz de la lámpara y pude observar su rostro pálido y sus ojos sombríos, como los de quien está abrumado por una gran inquietud.

—Le debo una disculpa —dijo, poniéndose los anteojos—. Espero no interrumpir. Me temo que he traído algunos restos de la tormenta y la lluvia a su cálida habitación.

—Deme su impermeable y su paraguas —dijo Holmes—. Pueden quedarse aquí en el perchero hasta que se sequen. Veo que viene usted del suroeste.

—Sí, de Horsham.

—Esa mezcla de arcilla y yeso que veo en las punteras de sus zapatos es de lo más característica.

—He venido en busca de un consejo.

—Eso se consigue fácilmente.

—Y de ayuda.

—Eso no siempre es tan fácil.

—He oído hablar de usted, señor Holmes. El mayor Prendergast me contó cómo lo salvó en el escándalo del club Tankerville.

—¡Ah, sí! Fue acusado injustamente de hacer trampas con las cartas.

—Me dijo que usted es capaz de resolver cualquier problema.

—Eso es decir demasiado.

—Que jamás lo han vencido.

—Me han vencido cuatro veces: tres hombres y una mujer.

—¿Pero qué es eso comparado con el número de sus éxitos?

—Es cierto que, por lo general, he sido afortunado.

—Entonces, lo mismo puede sucederle en mi caso.

—Le ruego que acerque su silla al fuego y me relate algunos detalles.

—No se trata de un caso corriente.

—Ninguno de los que me llegan lo es. Soy como el último tribunal de apelación.

—Aun así, me permito dudar, señor, de que en toda su experiencia haya escuchado una cadena de sucesos más misteriosa e inexplicable que la que ha ocurrido en mi familia.

—Me llena de interés —dijo Holmes—. Le ruego que nos relate, para empezar, los hechos principales y luego le preguntaré acerca de los detalles que me parezcan más importantes.

El joven acercó la silla y acercó los empapados pies al fuego.

—Me llamo John Openshaw —dijo—, pero por lo que entiendo, mis propios asuntos tienen poco que ver con este terrible enredo. Se trata de una cuestión hereditaria, así que, para que se haga usted una idea de los hechos, tengo que remontarme al principio de la historia.

Debe saber que mi abuelo tuvo dos hijos: mi tío Elías y mi padre Joseph. Mi padre tenía una pequeña industria en Coventry, que pudo ampliar cuando se inventó la bicicleta.

Patentó la llanta irrompible Openshaw y su negocio tuvo tanto éxito que pudo venderlo y retirarse con una posición acomodada.

Mi tío Elías emigró a América siendo joven y explotó una plantación en Florida, donde parece que le fue muy bien. Durante la guerra sirvió con las tropas de Jackson y más tarde con las de Hood, donde alcanzó el grado de coronel. Cuando Lee depuso las armas, mi tío regresó a su plantación, donde permaneció tres o cuatro años. Hacia 1869 o 1870, regresó a Europa y compró una pequeña propiedad en Sussex, cerca de Horsham. Había amasado una considerable fortuna en los Estados Unidos y si se fue de allí fue por su rechazo a los negros y su disgusto por la política republicana de otorgarles la emancipación y el voto. Era un hombre muy particular, violento e irritable, muy malhablado cuando se enfurecía y de carácter muy retraído. Durante todos los años que vivió en Horsham, dudo que jamás pisara la ciudad. Tenía una huerta y dos o tres campos alrededor de su casa y ahí solía hacer ejercicios, aunque muchas veces no salía de su habitación por semanas. Bebía mucho brandy y fumaba sin parar, pero no hablaba con nadie y no tenía amigos; ni siquiera quería ver a su hermano.

No le molestaba verme a mí y de hecho llegué a agradarle, porque la primera vez que me vio era un niño de doce años. Esto debió ser hacia 1878, cuando ya llevaba ocho o nueve años en Inglaterra. Le pidió a mi padre que me permitiera ir a vivir con él, y, a su manera, se portó muy bien conmigo. Cuando estaba sobrio, le gustaba jugar al backgammon y a las damas y me nombró representante suyo ante los sirvientes y los comerciantes, de manera que, para cuando cumplí dieciséis años, ya era el amo de la casa. Controlaba todas las llaves y podía ir a donde quisiera y hacer lo que se me ocurriera, siempre que no invadiera su intimidad. Había, sin embargo, una curiosa excepción, porque tenía un cuartito, una especie de depósito en el ático, que siempre estaba cerrado y en el que no me permitía entrar, ni a ningún otro. Con la curiosidad propia de los chicos, yo había mirado más de una vez por la cerradura, pero nunca logré ver nada más que una colección de baúles y bultos viejos que son comunes en una habitación así.

Un día... esto fue en marzo de 1883... dejaron una carta con sello extranjero sobre la mesa del coronel. Era muy raro que recibiera cartas, porque todas sus facturas las pagaba al contado y no tenía amigos de ningún tipo.

¡De la India! —dijo al mirarla—. ¡Con sello de Pondicherry! ¿Qué puede ser esto?

La abrió con velocidad y del sobre cayeron cinco semillas de naranja secas, que tintinearon sobre la bandeja. Casi me pongo a reír, pero la risa se me borró de los labios al ver la cara de mi tío. Tenía la boca abierta, los ojos saltones, la piel del color de la cera y miraba fijamente el sobre que aún sostenía en su mano temblorosa. «K. K. K.», susurró, agregando luego: «¡Dios mío, Dios mío, mis pecados me han alcanzado al fin!»

—¿Qué es eso, tío? —exclamé.

—¡La muerte! —dijo él, levantándose de la mesa y retirándose a su habitación, dejándome estremecido de horror. Levanté el sobre y vi, garabateada en tinta roja sobre la solapa interior, encima mismo del engomado, la letra -K- repetida tres veces. No había nada más, a excepción de las cinco semillas secas. ¿Cuál podía ser la razón de su espanto? Dejé la mesa del desayuno y, al subir las escaleras, me lo encontré bajando con una llave vieja y oxidada, que debía ser la del ático, en una mano y en la otra una cajita de cobre para guardar caudales.

—¡Pueden hacer lo que quieran pero les ganaré de antemano! —dijo en un juramento—. Dile a Mary que encienda hoy la chimenea de mi habitación y llama a Fordham, el abogado de Horsham.

Hice lo que me ordenaba y cuando llegó el abogado me pidieron que subiera a la habitación. El fuego ardía con fuerza y en la rejilla había un montón de cenizas negras y esponjosas, como de papel quemado; a su lado, abierta y vacía, estaba tirada la caja de cobre. Al mirar la caja, noté sobresaltado que en la tapa estaba grabada la triple -K- que había leído en el sobre aquella mañana.

—Quiero, John, que seas testigo de mi testamento —dijo mi tío—. Dejo mi propiedad, con todas sus ventajas y sus inconvenientes, a mi hermano, tu padre, de quien, sin duda, la heredarás tú. Si puedes disfrutarla en paz, mejor para ti. Si ves que no puedes, sigue mi consejo, hijo mío, y déjasela a tu peor enemigo. Lamento dejarles un arma de doble filo como este, pero no sé qué giro tomarán los acontecimientos. Hazme el favor de firmar el documento donde el señor Fordham te indique.

Firmé el papel como se me indicó y el abogado se lo llevó. Como puede suponer, este curioso incidente me causó una profunda impresión y no hacía más que pensar en él, sin sacar nada en limpio. No lograba liberarme de una vaga sensación de miedo que dejó a su paso, aunque la sensación se fue apaciguando con el paso de las semanas y no sucedió nada que alterara la rutina habitual de nuestras vidas. Sin embargo, pude observar un cambio en mi tío. Bebía más que nunca y estaba menos sociable que de costumbre. Pasaba la mayor parte del tiempo en su habitación, con la puerta cerrada por dentro, pero a veces salía en una especie de ebrio frenesí y se lanzaba afuera de la casa para recorrer el jardín con un revólver en la mano, gritando que él no le tenía miedo a nadie y que no se dejaría acorralar, como oveja en el corral, ni por hombres ni por diablos. Sin embargo, cuando se le pasaban esos febriles ataques, corría precipitadamente a la puerta, cerrándola y trabándola, como quien ya no puede hacer frente a un terror que surge de las raíces mismas de su alma. En esas ocasiones he visto su rostro, incluso en días fríos, tan cubierto de sudor como si acabara de sacarlo del agua.

Pues bien, para acabar con esto, señor Holmes, y no abusar de su paciencia, llegó una noche en la que hizo una de aquellas salidas de borracho, pero esta vez no regresó. Cuando salimos a buscarlo, lo encontramos tirado boca abajo en un pequeño estanque cubierto de espuma verde que hay al extremo del jardín. No mostraba señales de violencia y el agua solo tenía dos pies de profundidad, de manera que el jurado, teniendo en cuenta su fama de excéntrico, emitió el veredicto de suicidio. Pero yo, que conocía su espanto ante la idea de la muerte, tuve muchas dificultades para convencerme de que había salido deliberadamente a buscarla. No obstante, el asunto quedó definitivamente zanjado y mi padre se quedó con la finca y con unas catorce mil libras que mi tío tenía en el banco.

—Un momento —lo interrumpió Holmes—. Su declaración, veo, es una de las más notables que jamás he escuchado. Permítame anotar la fecha en que su tío recibió la carta y la fecha de su supuesto suicidio.

—La carta llegó el diez de marzo de 1883. La muerte ocurrió siete semanas después, la noche del dos de mayo.

—Gracias. Continúe, por favor.

—Cuando mi padre se hizo cargo de la finca de Horsham, por indicación mía, emprendió una minuciosa inspección del ático, que siempre había estado cerrado. Encontramos allí la caja de cobre, aunque su contenido había sido destruido. En el interior de la tapa había una etiqueta de papel, con las iniciales «K. K. K.», repetidas una vez más, y las palabras «Cartas, informes, recibos y registro» escritas debajo. Supusimos que esto aludía a la naturaleza de los papeles que había destruido el coronel Openshaw. Por lo demás, no había en el ático nada de mayor importancia, además de muchísimos papeles revueltos y cuadernos con anotaciones de la vida de mi tío en América. Algunos eran de la época de la guerra y mostraban que había cumplido bien con su deber y que había ganado alguna fama como soldado valiente. Otros llevaban fecha del periodo de reconstrucción de los estados del sur y hablaban principalmente de política, resultando obvio que había participado de manera destacada en la oposición a los políticos especuladores que habían llegado del norte.

Pues bien, a principios del 84 mi padre se trasladó a vivir a Horsham y todo fue muy bien hasta enero del 85. Cuatro días después de Año Nuevo, escuché a mi padre gritar de sorpresa cuando nos disponíamos a desayunar. Allí estaba sentado, con un sobre recién abierto en una mano y cinco semillas de naranja secas en la palma extendida de la otra. Siempre se había reído de lo que él llamaba mi disparatada historia sobre el coronel, pero ahora que a él le estaba sucediendo, se le veía muy asustado y bastante desconcertado.

—Vaya, ¿qué demonios quiere decir esto, John? —tartamudeó.

A mí se me había vuelto de plomo el corazón.

—¡Es el «K. K. K.»! —dije.

Mi padre miró el interior del sobre.

—¡Eso mismo! —exclamó—. Aquí están las letras. Pero, ¿qué es lo que hay escrito encima?

—«Deja los papeles en el reloj de sol» —leí, mirando por encima de su hombro.

—¿Qué papeles? ¿Qué reloj de sol?

—El reloj de sol del jardín. No hay otro —dije yo—. Pero los papeles deben ser los que el tío destruyó.

—¡Bah! —dijo él, armándose de valor—. Aquí estamos en un país civilizado y no aceptamos esta clase de estupideces. ¿De dónde viene este sobre?

—De Dundee —respondí, mirando el sello.

—Una broma de mal gusto —dijo él—. ¿Qué tengo yo que ver con relojes de sol y papeles? No pienso hacer caso de esta tontería.

—Yo, desde luego, hablaría con la policía —dije.

—Para que se rían de mí por haberme asustado. Nada de eso.

—Entonces, deja que lo haga yo.

—No, te lo prohíbo. No pienso armar un escándalo por semejante idiotez.

De nada me valió discutir con él, porque siempre fue muy obstinado. Sin embargo, a mí se me llenó el corazón de malos presagios.

El tercer día después de la llegada de la carta, mi padre se fue de casa para visitar a un viejo amigo suyo, el mayor Freebody, que está al mando de uno de los cuarteles de Portsdown Hill. Me alegré de que se fuera, porque pensaba que cuanto más se alejara de la casa, más se alejaría del peligro. Pero en eso me equivoqué. Al segundo día de su ausencia, recibí un telegrama del mayor, rogándome que acudiera cuanto antes. Mi padre había caído en uno de los profundos pozos de cal que abundan en esa zona y se encontraba en coma, con el cráneo roto. Fui a toda prisa, pero murió sin recuperar el conocimiento. Según parece, volvía de Fareham al atardecer y como no conocía la región y el pozo estaba sin vallar, el jurado no vaciló en emitir un veredicto de «muerte por causas accidentales». Por muy detenidamente que examiné todos los hechos relacionados con su muerte, fui incapaz de encontrar nada que sugiriera la idea de asesinato. No había señales de violencia, ni huellas de pisadas, ni robo, ni se habían visto desconocidos por los caminos. Y sin embargo, no hace falta decirles que me quedé intranquilo y que estaba casi convencido de que había sido víctima de algún siniestro complot.

De esta manera tan macabra entré en posesión de mi herencia. Se preguntará por qué no me deshice de ella. La respuesta es que estaba convencido de que nuestros inconvenientes se derivaban de algún episodio de la vida de mi tío y que el peligro sería tan apremiante en una casa como en otra.

Mi pobre padre halló su fin en enero del 85 y desde entonces han transcurrido dos años y ocho meses. Durante este tiempo, he vivido feliz en Horsham y había comenzado a creer que la maldición se había alejado de la familia, habiéndose extinguido con la anterior generación. Sin embargo, me estaba apurando. Ayer por la mañana cayó el golpe, exactamente de la misma forma en que cayó sobre mi padre.

El joven sacó de su chaleco un sobre arrugado y, volcándolo sobre la mesa, dejó caer cinco pequeñas semillas de naranja secas.

117

—Este es el sobre —prosiguió—. El sello es de Londres, sector Este. Adentro están las mismas palabras que aparecían en el mensaje que recibió mi padre: «K. K. K.» y luego «Deja los papeles en el reloj de sol».

—¿Y qué ha hecho usted? —preguntó Holmes.

—Nada.

—¿Nada?

—A decir verdad —hundió la cabeza entre sus blancas y delgadas manos—, me sentí indefenso. Me sentí como uno de esos pobres conejos cuando la culebra avanza serpenteando hacia él. Me parece estar entre las garras de algún mal irresistible e inexorable, del que ninguna precaución podría salvarme.

—Alto, alto —exclamó Sherlock Holmes—. Tiene usted que actuar, o está perdido. Solo la energía le puede salvar. No es momento para entregarse a la desesperación.

—He acudido a la policía.

—¿Ah, sí?

—Pero escucharon mi relato con una sonrisa. Estoy convencido de que el inspector ha llegado a la conclusión de que lo de las cartas es una broma y que las muertes de mis parientes fueron simples accidentes, como dictaminó el jurado, y no guardan relación alguna con los mensajes.

Holmes agitó en el aire los puños cerrados.

—¡Qué increíble imbecilidad! —exclamó.

—Sin embargo, me han asignado un agente, que puede permanecer en la casa conmigo.

—¿Ha venido con usted esta noche?

—No, sus órdenes son permanecer en la casa.

Holmes volvió a gesticular en el aire.

—¿Por qué ha acudido a mí? —preguntó—. Y sobre todo: ¿por qué no vino inmediatamente?

—No sabía nada de usted. Hasta hoy, que le hablé al mayor Prendergast de mi problema y él me aconsejó que viniera.

—Lo cierto es que han pasado dos días desde que recibió la carta. Deberíamos habernos puesto en marcha antes. Supongo que no dispone de más datos que los que ha expuesto... ningún detalle sugerente que pudiera sernos de utilidad.

—Hay una cosa —dijo John Openshaw. Buscó en el bolsillo de la chaqueta y sacó un trozo de papel azulado y descolorido, que extendió sobre la mesa, diciendo—: Creo recordar vagamente que el día en que mi tío quemó los papeles, los bordes sin quemar que quedaban entre las cenizas eran de este mismo color. Encontré esta hoja en el suelo de su habitación y me inclino a pensar que puede tratarse de uno de aquellos papeles, que posiblemente se cayó de entre los otros y logró escapar al fuego. Aparte de que en él se mencionan las semillas, no creo que nos ayude mucho. Opino que se trata de una página de un diario privado. La letra es, sin lugar a dudas, la de mi tío.

Holmes cambió de lugar la lámpara y los dos nos inclinamos sobre la hoja de papel, cuyo borde rasgado indicaba que, efectivamente, había sido arrancada de un cuaderno. El encabezamiento decía «Marzo de 1869» y debajo se leían las siguientes y enigmáticas anotaciones:

4. Vino Hudson. Lo mismo de siempre.
7. Enviadas semillas a McCauley, Paramore y Swain de St. Augustine.
9. McCauley se largó.
10. John Swain se largó.
11. Visita a Paramore. Todo va bien.

—Gracias —dijo Holmes, doblando el papel y devolviéndoselo a nuestro visitante—. Y ahora, no debe perder un instante, por nada del mundo. No podemos perder tiempo ni para discutir lo que me acaba de contar. Tiene que volver a casa inmediatamente y ponerse en marcha.

—¿Y qué debo hacer?

—Solo puede hacer una cosa. Y tiene que hacerla de inmediato. Tiene que meter esta hoja de papel que nos ha mostrado en la caja de cobre que antes ha descrito. Debe incluir una nota explicando que todos los demás papeles los quemó su tío y que este es el único que queda. Debe expresarlo de una forma que resulte convincente. Una vez hecho esto, ponga la caja encima del reloj de sol, tal como le han indicado. ¿Ha comprendido?

—Perfectamente.

—Por el momento, no piense en venganzas ni en nada por el estilo. Creo que eso podremos lograrlo por medio de la ley. Pero antes tenemos que tejer nuestra red, en tanto la de ellos ya está tejida. Lo primero en lo que hay que pensar es en alejar el peligro inminente que lo amenaza. Lo segundo, en resolver el misterio y castigar a los culpables.

—Muchas gracias —dijo el joven, levantándose y poniéndose el impermeable—. Me ha devuelto la esperanza y me ha dado una nueva vida. Le aseguro que haré lo que me dice.

—No pierda un instante. Y sobre todo, tenga cuidado mientras tanto, porque no me cabe ninguna duda de que corre un peligro real e inminente. ¿Cómo piensa volver?

—En tren, desde Waterloo.

—Aún no son las nueve. Las calles estarán llenas de gente, así que confío en que estará a salvo. Sin embargo, toda precaución es poca.

—Voy armado.

—Eso está muy bien. Mañana me pondré a trabajar en su caso.

—Entonces, ¿le veré en Horsham?

—No, su secreto se oculta en Londres. Es aquí donde lo buscaré.

—Entonces, vendré yo a verlo dentro de uno o dos días y le traeré noticias de la caja y los papeles. Seguiré su consejo al pie de la letra.

Nos dio la mano y se fue. Afuera, el viento seguía rugiendo y la lluvia golpeaba y salpicaba en las ventanas. Aquella extraña y particular historia parecía habernos llegado arrastrada por los elementos enfurecidos, como si la tempestad nos hubiera arrojado a la cara un puñado de algas. Y ahora parecía que los elementos se la habían tragado de nuevo.

Sherlock Holmes permaneció un buen rato sentado en silencio, con la cabeza inclinada hacia adelante y los ojos clavados en el rojo resplandor del fuego. Luego encendió su pipa y, reclinándose en su asiento, se quedó mirando los anillos de humo azulado que se perseguían unos a otros hasta el techo.

—Creo, Watson, que entre todos nuestros casos no ha habido ninguno más fantástico que este —dijo por fin.

—Exceptuando, tal vez, el de *El signo de los cuatro*.

—Bueno, sí. Exceptuando, tal vez, ese. Aun así, me parece que este John Openshaw se enfrenta a mayores peligros que los Sholto.

—¿Pero es que ya ha sacado una conclusión concreta acerca de la naturaleza de estos peligros? —pregunté.

—No hay duda alguna sobre su naturaleza —respondió.

—¿Cuáles son, entonces? ¿Quién es este «K. K. K.» y por qué persigue a esta desdichada familia?

Sherlock Holmes cerró los ojos y apoyó los codos sobre los brazos de su butaca, juntando las puntas de los dedos.

—El razonador ideal —comentó—, cuando ha observado un solo hecho en todos sus pliegues, debería deducir de él no solo toda la cadena de acontecimientos que condujeron al hecho, sino también todos los resultados que se derivan del mismo. Así como Cuvier podía describir correctamente un animal con solo examinar un único hueso, el observador que ha comprendido a la perfección un eslabón de una serie de incidentes debería ser capaz de enumerar correctamente todos los demás, tanto anteriores como posteriores. Aún no tenemos conciencia de los resultados que se pueden obtener tan solo mediante la razón. Se pueden resolver en el estudio problemas que han derrotado a todos los que han buscado la solución con la ayuda de los sentidos. Sin embargo, para llevar este arte a sus niveles más altos, es necesario que el razonador sepa usar todos los datos que han llegado hasta él y esto implica, como fácilmente comprenderá, poseer un conocimiento total, cosa muy poco corriente, aun en estos tiempos de libertad educativa y enciclopedias. Sin embargo, no es imposible que un hombre disponga de todos los conocimientos que puedan resultarles útiles en su trabajo y esto es lo que yo he procurado hacer en mi caso. Si no recuerdo mal, en los primeros tiempos de nuestra amistad, usted definió en una ocasión mis límites de un modo muy preciso.

—Sí —respondí, riendo—. Fue un documento muy curioso. Recuerdo que en filosofía, astronomía y política, le puse un cero. En botánica, irregular; en geología, conocimientos profundos en lo que respecta a manchas de barro de cualquier zona en cincuenta millas a la redonda de Londres. En química, excéntrico; en anatomía, poco sistemático; en literatura, sensacionalista y en historia del crimen, único. Violinista, boxeador, esgrimista, abogado y lanzado al autoenvenenamiento a base de cocaína y tabaco. Creo que esos eran los aspectos principales de mi análisis.

Holmes sonrió al escuchar la última observación.

—Muy bien —dijo—. Digo ahora, como dije entonces, que uno debe amueblar el pequeño ático de su cerebro con todo lo que pueda llegar a utilizar y que el resto puede dejarlo guardado en el desván de la biblioteca, de donde puede sacarlo si lo necesita. Ahora bien, para un caso como el que nos han presentado esta noche es evidente que tenemos que poner en juego todos nuestros recursos. Alcánceme por el favor la letra -K- de la Enciclopedia americana que hay en ese estante. Gracias. Ahora, analicemos la situación y veamos lo que se puede deducir de ella. En primer lugar, podemos comenzar por la suposición de que el coronel Openshaw tenía muy buenas razones para irse de América. Los hombres de su edad no cambian de golpe todas sus costumbres, ni abandonan por voluntad propia el clima delicioso de Florida por una vida solitaria en un pueblecito inglés. Una vez en Inglaterra, su extremada tendencia a la soledad sugiere la idea de que tenía miedo de alguien o de algo, así que podemos adoptar como hipótesis de trabajo que fue el miedo a alguien o a algo lo que le hizo salir de América. ¿Qué era lo que temía? Eso solo podemos deducirlo de las misteriosas cartas que recibieron él y sus herederos. ¿Recuerda de dónde eran los sellos de esas cartas?

—El primero era de Pondicherry, el segundo de Dundee y el tercero de Londres.

—Del este de Londres. ¿Qué deduce entonces?

—Todos son puertos de mar. El que escribió las cartas estaba a bordo de un barco.

—Excelente. Ya tenemos una pista. Muy probablemente, el remitente se encontraba a bordo de un barco. Y ahora, consideremos otro aspecto. En el caso de Pondicherry, transcurrieron siete semanas entre la amenaza y su ejecución; en el de Dundee, solo tres o cuatro días. ¿Qué le sugiere eso?

—La distancia a recorrer era mayor.

—Pero también la carta venía de más lejos.

—Entonces, no lo entiendo.

—Existe, por lo menos, una posibilidad de que el barco en el que va nuestro hombre, o nuestros hombres, sea un barco de vela. Parece como si siempre enviaran su curioso aviso precediéndoles, cuando salían a cumplir su misión. Ya ve el poco tiempo transcurrido entre el crimen y la advertencia cuando esta vino de Dundee. Si hubieran venido de Pondicherry en un barco a vapor, habrían llegado al mismo tiempo que la carta. Y sin embargo, transcurrieron siete semanas. Creo que esas siete semanas representan la diferencia entre el barco a vapor que trajo la carta y el velero que trajo al remitente.

—Es posible.

—Más que eso: es probable. Y ahora comprenderá entonces la urgencia mortal de este nuevo caso y por qué insistí en que el joven Openshaw tomara precauciones. El golpe siempre se ha producido al cabo del tiempo necesario para que los remitentes recorran la distancia. Pero esta vez la carta viene de Londres y por lo tanto no podemos contar con ningún retraso.

—¡Dios mío! —exclamé—. ¿Qué puede significar esta implacable persecución?

—Es evidente que los papeles que Openshaw conservaba tienen una importancia vital para la persona o personas que viajan en el velero. Creo que está muy claro que debe ser más de uno. Un hombre solo no podría haber cometido dos asesinatos de manera que engañasen a un jurado de instrucción. Deben ser varios y tienen que ser gente decidida y de muchos recursos. Están dispuestos a quedarse con esos papeles, sea quien sea el que los tenga en su poder. Así que, como ve, «K. K. K.» ya no son las iniciales de un individuo, sino las siglas de una organización.

—¿Pero de qué organización?

—¿Nunca ha oído... —Sherlock Holmes se inclinó hacia adelante y bajó la voz— ...nunca ha oído hablar del Ku Klux Klan?

—Nunca.

Holmes pasó las hojas del libro que tenía sobre las rodillas.

—Aquí está —dijo, por fin—. «Ku Klux Klan: Palabra que se deriva del sonido producido al disparar un rifle. Esta terrible sociedad secreta fue fundada en los estados del sur por excombatientes del ejército confederado después de la guerra civil y rápidamente fueron surgiendo agrupaciones locales en diferentes partes del país, en especial en Tennessee, Louisiana, las Carolinas, Georgia y Florida. Empleaba la fuerza con fines políticos, sobre todo para aterrorizar a los votantes negros y para asesinar o expulsar del país a los que se oponían a sus ideas. Sus ataques solían ir precedidos de una advertencia que se enviaba a la víctima, bajo alguna forma extravagante, pero reconocible: en algunas partes, un ramito de hojas de roble; en otras, semillas de melón o de naranja. Al recibir el aviso, la víctima podía elegir entre arrepentirse públicamente de su postura anterior o huir del país. Si se atrevía a hacer frente a la amenaza, encontraba indefectiblemente la muerte, por lo general de alguna manera extraña e imprevista. La organización de la sociedad era tan perfecta y sus métodos tan sistemáticos, que prácticamente no se conoce ningún caso de que alguien se enfrentara a ella y quedara impune, ni de que se llegara a identificar a los autores de ninguna de las agresiones. La organización funcionó activamente durante algunos años, a pesar de los esfuerzos del gobierno de los Estados Unidos y de amplios sectores de la comunidad sureña. Pero en el año 1869 el movimiento se extinguió de golpe, aunque desde entonces se han producido algunos resurgimientos aislados de prácticas similares».

—Se habrá dado cuenta —dijo Holmes, dejando el libro— de que la repentina disolución de la sociedad coincidió con la desaparición de Openshaw, que se fue de América con sus papeles. Puede existir una relación de causa y efecto. No es extraño que él y su familia se vean acosados por agentes implacables. Como comprenderá, esos registros y diarios podrían inculpar a algunos de los personajes más destacados del sur y puede que muchos de ellos no duerman tranquilos hasta que esos documentos sean recuperados.

—Entonces, la página que hemos visto...

—Es lo que parecía. Si no recuerdo mal, decía: «Enviadas semillas a A, B y C». Es decir, la sociedad les había enviado su advertencia. Luego, en sucesivas anotaciones se dice que A y B se fueron, supongo que de la región y por último que C recibió una visita, me temo que con consecuencias funestas para el tal C. Bien, doctor, creo que podemos echar un poco de luz sobre estas tinieblas y creo que la única opción que tiene el joven Openshaw mientras tanto es la de hacer lo que le he ordenado. Por esta noche, no podemos hacer ni decir más, así que alcánceme mi violín y procuremos olvidar durante media hora el mal tiempo y las acciones, aun peores, de nuestros semejantes.

El día amaneció despejado y el sol brillaba con una luminosidad apenas atenuada por la neblina que envuelve la gran ciudad. Sherlock Holmes ya estaba desayunando cuando bajé.

—Perdone que no lo haya esperado —dijo—. Presiento que hoy voy a estar muy atareado con este asunto del joven Openshaw.

—¿Qué pasos piensa dar? —pregunté.

—Dependerá más que nada del resultado de mis primeras averiguaciones. Puede que, después de todo, tenga que ir a Horsham.

—¿Es que no pensaba empezar por ahí?

—No, empezaré por la City. Toque la campana y el ama de llaves le traerá el café.

Mientras aguardaba, cogí de la mesa el periódico, aún sin abrir y le eché una ojeada. Mi mirada se clavó en unos titulares que me helaron el corazón.

—Holmes —exclamé—. Ya es demasiado tarde.

—¡Vaya! —dijo, dejando su taza en la mesa—. Me lo temía. ¿Cómo ha sido? —hablaba con tranquilidad, pero pude darme cuenta de que estaba profundamente afectado.

—Acabo de tropezarme con el nombre de Openshaw y el titular «Tragedia junto al puente de Waterloo». Aquí está la crónica:

> Entre las nueve y las diez de la última noche, el agente de policía Cook, de la división H, de servicio en las proximidades del puente de Waterloo, escuchó un grito que pedía socorro y un chapoteo en el agua. Sin embargo, la noche era sumamente oscura y tormentosa, por lo que, a pesar de la ayuda de varios transeúntes, resultó imposible

efectuar el rescate. No obstante, se dio la alarma y, con la ayuda de la policía fluvial, se consiguió por fin recuperar el cuerpo, que resultó ser el de un joven caballero cuyo nombre, según se deduce de un sobre que llevaba en el bolsillo, era John Openshaw y que residía cerca de Horsham. Se piensa que iba corriendo para tomar el último tren de la estación de Waterloo y que, debido al apuro y a la oscuridad reinante, se salió del camino y cayó por el borde de uno de los pequeños embarcaderos para los barcos fluviales. El cuerpo no presenta señales de violencia y parece seguro que el fallecido fue víctima de un desdichado accidente, que debería servir para llamar la atención de nuestras autoridades acerca del estado en que se encuentran los embarcaderos del río.

Permanecimos sentados en silencio durante unos minutos y Holmes estaba alterado y deprimido en un nivel en el que nunca lo había visto.

—Esto hiere mi orgullo, Watson —dijo por fin—. Ya sé que es un sentimiento mezquino, pero hiere mi orgullo. Esto se ha convertido en un asunto personal y, si Dios me da salud, mi mano caerá sobre esta pandilla. ¡Pensar que acudió a mí en busca de ayuda y que yo lo envié a la muerte! —se levantó de un salto y empezó a caminar con grandes pasos por la habitación, preso de una agitación incontrolable, con sus mejillas cubiertas de rubor y sin dejar de abrir y cerrar nerviosamente sus largas y delgadas manos—. Tienen que ser astutos como demonios —exclamó al fin—. ¿Cómo se las arreglaron para llevarlo hasta allí? El embarcadero no está en el camino directo a la estación. No cabe duda de que el puente, a pesar de la mala noche, debía estar demasiado lleno de gente para sus propósitos. Bueno, Watson, ya veremos quién vence a la larga. ¡Voy a salir!

—¿A ver a la policía?

—No. Yo seré mi propia policía. Cuando haya tendido la red, podrán encargarse de las moscas, pero no antes.

Pasé todo el día dedicado a mis tareas profesionales y no regresé a Baker Street hasta bien entrada la noche. Sherlock Holmes no había vuelto aún. Eran casi las diez cuando llegó, con aspecto pálido y agotado. Se acercó al aparador, arrancó un trozo de pan de la hogaza y lo devoró vorazmente, bajándolo con un gran trago de agua.

—Viene usted hambriento —comenté.

—Muerto de hambre. Se me olvidó comer. No había tomado nada desde el desayuno.

—¿Nada?

—Ni un bocado. No he tenido tiempo de pensar en eso.

—¿Y qué tal le ha ido?

—Bien.

—¿Tiene alguna pista?

—Los tengo en la palma de la mano. La muerte del joven Openshaw no quedará sin venganza. Escuche, Watson, vamos a marcarlos con su propia marca diabólica. ¿Qué le parece la idea?

—¿A qué se refiere?

Levantó de la mesa una naranja, la hizo pedazos y exprimió las semillas. Eligió cinco de ellas y las metió en un sobre. En la parte interior de la solapa escribió «De S. H. a J. C.». Luego lo cerró y escribió la dirección: «Capitán Calhoun, Barco Lone Star, Savannah, Georgia».

—Este sobre lo estará esperando cuando llegue a puerto —dijo riendo por lo bajo—. Eso le quitará el sueño por la noche. Será un anuncio de lo que le espera, tan seguro como lo fue para Openshaw.

—¿Y quién es este capitán Calhoun?

—El jefe de la banda. Atraparé a los otros, pero primero a él.

—¿Cómo lo ha localizado?

Sacó de su bolsillo un gran pedazo de papel, completamente cubierto de fechas y nombres.

—He pasado todo el día —explicó— en los registros de Lloyd's examinando periódicos atrasados y siguiendo las andanzas de todos los barcos que pararon en Pondicherry en enero y febrero del 83. Había treinta y seis barcos de buen tonelaje que pasaron por allí durante esos meses. Uno de ellos, el Lone Star, me llamó inmediatamente la atención, porque, aunque figuraba como procedente de Londres, el nombre, «Estrella Solitaria», es el mismo que se aplica a uno de los estados de Norteamérica.

—Texas, creo.

—No sé muy bien cuál; pero estaba seguro de que el barco era de origen norteamericano.

—Y después, ¿qué?

—Busqué en los registros de Dundee y cuando comprobé que el Lone Star había estado allí en enero del 85, mi sospecha se convirtió en certeza. Pregunté entonces qué barcos estaban atracados ahora mismo en el puerto de Londres.

—¿Y...?

—El Lone Star había llegado la semana pasada. Me fui hasta el muelle Albert y descubrí que había zarpado con la marea de esta mañana, rumbo a su puerto de origen, Savannah. Telegrafié a Gravesend y me dijeron que había pasado por allí hacía un buen rato. Como sopla viento del este, no me cabe duda de que ahora debe haber dejado atrás los Goodwins y no andará lejos de la isla de Wight.

—¿Y qué va a hacer ahora?

—Oh, ya les puse la mano encima. Me he enterado de que él y los dos contramaestres son los únicos norteamericanos que hay a bordo. Los demás son finlandeses y alemanes. También he sabido que los tres pasaron la noche fuera del barco. Me lo contó el estibador que se ocupó de su cargamento. Para cuando el velero llegue a Savannah, el vapor correo habrá llevado esta carta y el telégrafo habrá informado a la policía de Savannah de que esos tres caballeros son buscados aquí por asesinato.

Sin embargo, siempre existe una grieta hasta en el plan mejor trazado: los asesinos de John Openshaw no recibirían nunca las semillas de naranja que les habrían anunciado que otra persona, tan astuta y decidida como ellos, les iba siguiendo la pista. Las tormentas de aquel año fueron muy prolongadas y violentas. Durante semanas, esperamos noticias del Lone Star de Savannah, pero no nos llegó nada.

Finalmente nos enteramos de que en algún punto del Atlántico se había avistado el codaste destrozado de una lancha, balanceándose por las olas, que llevaba grabadas las letras «L. S.» y eso es todo lo que llegamos a saber acerca del destino final del Lone Star.

6

El hombre del labio retorcido

Isa Whitney, hermano del difunto Elías Whitney, D. D., director del Colegio de Teología de San Jorge, era adicto perdido al opio. Según tengo entendido, adquirió el hábito a causa de una típica extravagancia de estudiante: tras haber leído en la universidad la descripción que hacía De Quincey de sus ensueños y sensaciones, empapó su tabaco en láudano con la intención de experimentar los mismos efectos. Descubrió, como han hecho tantos otros, que resulta más fácil adquirir el hábito que librarse de él y durante muchos años vivió esclavo de la droga, inspirando una mezcla de horror y compasión a sus amigos y familiares. Todavía me parece estarlo viendo, con la cara amarillenta y fofa, los párpados caídos y las pupilas reducidas a un punto, encogido en una butaca y convertido en la ruina de un buen hombre.

Una noche de junio de 1889 sonó el timbre de mi puerta, aproximadamente a la hora en que uno da el primer bostezo y echa una mirada al reloj. Me incorporé en mi asiento y mi esposa dejó su labor sobre el regazo con una ligera expresión de desencanto.

—¡Un paciente! —dijo—. Vas a tener que salir.

Gruñí por lo bajo, porque acababa de regresar a casa después de un día muy agotador.

Oímos que se abría la puerta de entrada, unas pocas frases apresuradas y después unos pasos rápidos sobre el linóleo. Se abrió de par en par la puerta de nuestro cuarto y una dama, vestida con prendas oscuras y con un velo negro entró en la habitación.

—Perdonen que venga tan tarde —empezó a decir; y en ese mismo momento, perdiendo de repente el dominio de sí misma, se abalanzó corriendo sobre mi esposa, le rodeó el cuello con los brazos y rompió a llorar sobre su hombro—. ¡Ay, tengo un problema tan grande! —sollozó—. ¡Necesito tanto que alguien me ayude!

—¡Pero si es Kate Whitney! —dijo mi esposa, alzándole el velo—. ¡Qué susto me has dado, Kate! Cuando entraste no tenía idea de quién eras.

—No sabía qué hacer, así que vine a verte.

Siempre ocurría lo mismo. La gente con problemas acudía a mi mujer como las moscas a la miel.

—Has sido muy amable al venir. Ahora, toma un poco de vino con agua, siéntate cómodamente y cuéntanos todo. ¿O prefieres que mande a James a la cama?

—Oh, no, no. Necesito también el consejo y la ayuda del doctor. Se trata de Isa. No ha venido a casa en dos días. ¡Estoy tan preocupada por él!

No era la primera vez que nos hablaba del problema de su marido, a mí como doctor, a mi esposa como vieja amiga y compañera de colegio. La consolamos y reconfortamos lo mejor que pudimos. ¿Sabía dónde podía estar su marido? ¿Era posible que pudiéramos hacerle volver?

Por lo visto, sí era posible. Sabía de muy buena fuente que últimamente, cuando sentía ansiedad, acudía a un fumadero de opio situado en el extremo oriental de la City. Hasta entonces, sus orgías no habían pasado de un día y siempre había vuelto a casa, sintiéndose mal y tembloroso, al caer la noche. Pero esta vez el maleficio llevaba cuarenta y ocho horas y sin duda aún yacía entre la inmundicia de los muelles, aspirando el veneno o durmiendo bajo sus efectos. Su mujer estaba segura de que se le podía encontrar en Bar of Gold, en Upper Swandam Lane. Pero, ¿qué podía hacer? ¿Cómo iba ella, una mujer joven y tímida, a meterse en semejante sitio y sacar a su marido de entre los rufianes entre los que se encontraba?

Así estaban las cosas y, desde luego, no había más que un modo de resolverlas. ¿No podría acompañarla yo? Aunque, pensándolo bien, ¿para qué tenía que venir ella? Yo era el consejero médico de Isa Whitney y, como tal, tenía cierta influencia sobre él. Me arreglaría mejor si iba solo. Le di mi palabra de que antes de dos horas se lo enviaría a casa en un coche si de verdad se encontraba en la dirección que me había dado. Y así, al cabo de diez minutos, había abandonado mi butaca y mi acogedora sala de estar y viajaba a toda velocidad en un coche de alquiler rumbo al este, dispuesto a cumplir una extraña misión, aunque solo el futuro me iba a demostrar lo extraña que era en realidad.

Sin embargo, no encontré grandes dificultades en la primera etapa de mi aventura. Upper Swandam Lane es una calle miserable, oculta detrás de los altos muelles que se extienden en la orilla norte del río, al este del puente de Londres. Entre una tienda de ropa usada y una bodega encontré el antro que estaba buscando, al que se llegaba por una empinada escalera que descendía hasta un agujero negro como la boca de una caverna. Le ordené al cochero que esperara y bajé los escalones, desgastados en el centro por el paso incesante de pies de borrachos. A la luz vacilante de una lámpara de aceite colocada encima de la puerta, encontré el picaporte y penetré en una habitación larga y de techo bajo, con la atmósfera espesa y cargada del humo pardo del opio y equipada con una serie de literas de madera, como el castillo de proa de un barco de emigrantes.

A través de la penumbra se podían distinguir a duras penas numerosos cuerpos, tendidos en posiciones extrañas y fantásticas, con los hombros encorvados, las rodillas dobladas, las cabezas echadas hacia atrás y el mentón apuntando hacia arriba; de vez en cuando, un ojo oscuro y sin brillo se fijaba en el recién llegado. Entre las sombras negras brillaban pequeños círculos de luz, encendiéndose y apagándose, según el veneno ardiera o se apagara en las bocas de las pipas metálicas. La mayoría permanecía acostada en silencio, pero algunos murmuraban para sí mismos y otros conversaban con voz extraña, apagada y monótona; su conversación surgía en ráfagas y luego se desvanecía de pronto en el silencio, mientras cada uno seguía mascullando sus propios pensamientos, sin prestar atención a las palabras de su vecino. En el extremo más apartado había un pequeño brasero de carbón y a su lado un taburete de madera de tres patas, en el que se sentaba un anciano alto y delgado, con el mentón apoyado en los puños y los codos en las rodillas, mirando fijamente el fuego.

Al verme entrar, un malayo de piel cetrina se me acercó rápidamente con una pipa y una porción de droga, indicándome una litera libre.

—Gracias, no he venido a quedarme —dije—. Hay aquí un amigo mío, el señor Isa Whitney y quiero hablar con él.

Se produjo un movimiento y una exclamación a mi derecha. Adivinando en la penumbra, distinguí a Whitney, pálido, ojeroso y desaliñado, con la mirada fija en mí.

—¡Dios mío! ¡Es Watson! —exclamó. Se encontraba en un estado lamentable, no había parte del cuerpo que no le temblara—. Oiga, Watson, ¿qué hora es?

—Casi las once.

—¿De qué día?

—Del viernes 19 de junio.

—¡Cielo santo! ¡Creía que era miércoles! ¡Y es miércoles! ¿Por qué quiere asustarme? —sepultó la cara entre los brazos y comenzó a sollozar en tono muy agudo.

—Le digo que es viernes. Su esposa lleva dos días esperándole. ¡Debería estar avergonzado de sí mismo!

—Y lo estoy. Pero se equivoca, Watson, solo llevo aquí unas horas... tres pipas, cuatro pipas... ya no sé cuántas. Pero iré a casa. ¿Ha traído un coche?

—Sí, tengo uno esperando.

—Entonces iré en él. Pero seguramente debo algo. Averigüe cuánto debo, Watson. Me encuentro incapaz. No puedo hacer nada por mí mismo.

Recorrí el estrecho pasadizo entre la doble hilera de durmientes, conteniendo la respiración para no inhalar el humo estupefaciente de la droga, y busqué al encargado. Al pasar al lado del hombre alto que se sentaba junto al brasero, sentí un tirón en el saco y una voz muy baja susurró:

—Pase de largo y después dese la vuelta para mirarme.

Las palabras sonaron con absoluta claridad en mis oídos. Miré hacia abajo. Solo podía haberlas pronunciado el anciano que tenía a mi lado y sin embargo continuaba sentado tan absorto como antes, muy flaco, muy arrugado, encorvado por la edad, con una pipa de opio caída entre sus rodillas, como si sus dedos la hubieran dejado caer de puro relajamiento. Avancé dos pasos y me volví a mirar. Necesité todo mi dominio para dejar escapar un grito de asombro. El anciano se había dado la vuelta de manera que nadie más que yo pudiera verlo. Su figura se había agrandado, sus arrugas habían desaparecido, los ojos apagados habían recuperado su fuego y allí, sentado junto al brasero y sonriendo ante mi sorpresa, estaba ni más ni menos que Sherlock Holmes. Me indicó con un ligero gesto que me aproximara y, al instante, en cuanto volvió de nuevo su rostro hacia la concurrencia, se hundió una vez más en una senilidad decrépita y babeante.

—¡Holmes! —susurré—. ¿Qué está haciendo en este antro?

—Hable lo más bajo que pueda —respondió—. Tengo un oído excelente. Si tuviera la inmensa amabilidad de librarse de ese degenerado amigo suyo, apreciaría muchísimo que conversáramos.

—Tengo un coche afuera.

—Entonces, por favor, mándelo a casa en él. Puede confiar en que en su estado no se meterá en ningún lío. Le recomiendo también que, por medio del cochero, le envíe una nota a su esposa diciéndole que se ha encontrado conmigo. Si me espera afuera, estaré con usted en cinco minutos.

Resultaba difícil negarse a las peticiones de Sherlock Holmes, porque siempre eran extraordinariamente concretas y las exponía con un tono de lo más señorial. De todas maneras, me parecía que una vez metido Whitney en el coche, mi misión había quedado prácticamente cumplida; y, por otra parte, no podía desear nada mejor que acompañar a mi amigo en una de aquellas insólitas aventuras que constituían su modo de vida.

Me bastaron unos minutos para escribir la nota, pagar la cuenta de Whitney, llevarlo hasta el coche y verlo partir a través de la noche. Muy poco después, una decrépita figura salía del fumadero de opio y yo caminaba calle abajo en compañía de Sherlock Holmes. Avanzó por un par de calles arrastrando los pies, con la espalda encorvada y el paso inseguro; y de pronto, tras echar una rápida mirada a su alrededor, enderezó el cuerpo y estalló en una alegre carcajada.

—Supongo, Watson —dijo—, que está usted pensando que he añadido el fumar opio a las inyecciones de cocaína y demás pequeñas debilidades sobre las que siempre me ha dado su valiosa opinión médica.

—Desde luego, me sorprendió encontrarlo allí.

—No más de lo que me sorprendió a mí verlo a usted.

—Vine en busca de un amigo.

—Y yo, en busca de un enemigo.

—¿Un enemigo?

—Sí, uno de mis enemigos naturales o, si se me permite decirlo, de mis presas naturales. En pocas palabras, Watson, estoy metido en una interesantísima investigación y tenía la esperanza de descubrir alguna pista entre las divagaciones incoherentes de estos adictos, como me ha sucedido otras veces. Si me hubieran reconocido en aquel antro, mi vida no habría valido ni un penique, porque ya lo he utilizado antes para mis fines y el infame del dueño, un antiguo marinero de las Indias Orientales, ha jurado vengarse de mí. Hay una escotilla en la parte trasera del edificio, cerca de la esquina del muelle de Paul's Wharf, que podría contar historias muy extrañas sobre lo que pasa a través de él en las noches sin luna.

—¡Cómo! ¡No querrá usted decir cadáveres!

—Sí, Watson, cadáveres. Seríamos ricos si nos dieran mil libras por cada pobre diablo que ha encontrado la muerte en ese antro. Es la trampa mortal más perversa de toda la ribera del río y me temo que Neville St. Clair ha entrado en ella para no volver a salir. Pero nuestro coche debería estar aquí —se metió los dos dedos índices en la boca y lanzó un penetrante silbido, una señal que fue respondida por un silbido similar a lo lejos, seguido inmediatamente por el traqueteo de unas ruedas y las pisadas de cascos de caballo.

—Y ahora, Watson —dijo Holmes, mientras un coche alto, de un caballo, salía de la oscuridad arrojando dos chorros dorados de luz amarilla por sus faroles laterales—, ¿viene conmigo o no?

—Si puedo ser de alguna utilidad...

—Oh, un camarada de confianza siempre resulta útil. Y un cronista, más aún. Mi habitación de Los Cedros tiene dos camas.

—¿Los Cedros?

—Sí, así se llama la casa del señor St. Clair. Me estoy alojando allí mientras llevo a cabo la investigación.

—¿Y dónde está?

—En Kent, cerca de Lee. Tenemos por delante un trayecto de siete millas.

—Pero estoy completamente a ciegas.

—Naturalmente. Pero en seguida va a enterarse de todo. ¡Suba aquí! Muy bien, John, ya no le necesitaremos. Aquí tiene media corona. Venga a buscarme mañana a eso de las once. Suelte las riendas y hasta mañana.

Tocó al caballo con el látigo y salimos disparados a través de la interminable sucesión de calles sombrías y desiertas, que poco a poco se fueron ensanchando hasta que cruzamos a toda velocidad un amplio puente con balaustrada, mientras las turbias aguas del río se deslizaban perezosamente por debajo. Al otro lado nos encontramos otro extenso desierto de ladrillo y cemento envuelto en un completo silencio, roto tan solo por las pisadas fuertes y acompasadas de un policía, o por los gritos y canciones de algún grupo trasnochador. Una espesa cortina negra se deslizaba lentamente a través del cielo y una o dos estrellas brillaban débilmente entre las rendijas de las nubes. Holmes conducía en silencio, con la cabeza caída sobre el pecho y toda la apariencia de encontrarse sumido en sus pensamientos, mientras yo, sentado a su lado, me consumía de curiosidad por saber en qué consistía esta nueva investigación que parecía estar poniendo a prueba sus poderes, a pesar de lo cual no me atrevía a entrometerme en el curso de sus reflexiones. Llevábamos recorridas varias millas y empezábamos a entrar en el cinturón de residencias suburbanas, cuando Holmes se desperezó, se encogió de hombros y encendió su pipa con el aire de un hombre satisfecho por estar haciéndolo lo mejor posible.

—Watson, posee el don inapreciable de saber guardar silencio —dijo—. Eso le convierte en un compañero de valor incalculable. Le aseguro que me viene muy bien tener alguien con quien hablar, pues mis pensamientos no son demasiado agradables. Me estaba preguntando qué le voy a decir a esta pobre mujer cuando salga esta noche a recibirme a la puerta.

—Está olvidando que no sé nada del asunto.

—Tengo el tiempo justo de contarle los hechos antes de llegar a Lee. Parece un caso ridículamente sencillo y, sin embargo, no sé por qué, no consigo avanzar nada. Hay mucha madeja, ya lo creo, pero no doy con el extremo del hilo. Bien, Watson, voy a exponerle el caso clara y concisamente, y tal vez pueda ver una chispa de luz donde para mí todo son tinieblas.

—Adelante, entonces.

—Hace unos años... concretamente, en mayo de 1884, llegó a Lee un caballero llamado Neville St. Clair, que parecía tener dinero en abundancia. Adquirió una gran residencia, arregló los terrenos con muy buen gusto y, en general, vivía a lo grande. Poco a poco, fue haciendo amistades en el vecindario y en 1887 se casó con la hija de un cervecero de la zona, con la que tiene ya dos hijos. No trabajaba en nada concreto, pero tenía intereses en varias empresas y venía todos los días a Londres por la mañana, regresando por la tarde en el tren de las cinco catorce desde Cannon Street. El señor St. Clair tiene ahora treinta y siete años de edad, es hombre de costumbres moderadas, buen esposo, padre cariñoso y apreciado por todos los que lo conocen. Podríamos añadir que sus deudas actuales, hasta donde hemos podido averiguar, suman un total de ochenta y ocho libras y diez chelines y que su cuenta en el banco, el Capital & Counties Bank, cuenta con doscientas veinte libras. Por tanto, no hay razón para suponer que sean problemas de dinero los que lo atormentan.

El lunes pasado, el señor Neville St. Clair vino a Londres bastante más temprano que de costumbre, comentando antes de salir que tenía que realizar dos gestiones importantes y que al regresar le traería al hijo más pequeño un juego de construcciones. Ahora bien, por pura casualidad, su esposa recibió un telegrama ese mismo lunes, muy poco después de irse él, comunicándole que había llegado un paquete muy valioso que ella estaba esperando y que podía recogerlo en las oficinas de la Compañía Naviera Aberdeen. Pues bien, si conoce Londres, sabrá que las oficinas de esta compañía están en Fresno Street, que corta con Upper Swandam Lane, donde me encontró usted esta noche. La señora St. Clair almorzó, se fue a Londres, hizo algunas compras, pasó por la oficina de la compañía, recogió su paquete y exactamente a las cuatro treinta y cinco iba caminando por Swandam Lane camino de la estación. ¿Me sigue hasta ahora?

—Está muy claro.

—Quizá recuerde también que el lunes hizo muchísimo calor. La señora St. Clair iba andando despacio, mirando por todas partes con la esperanza de ver un coche de alquiler, porque no le gustaba el barrio en el que se encontraba. Mientras bajaba por Swandam Lane, oyó de repente un grito o una exclamación y se quedó helada de espanto al ver a su marido en la ventana de un segundo piso y, según le pareció a ella, llamándola con gestos. La ventana estaba abierta y pudo verle perfectamente la cara, que según ella parecía terriblemente agitada. Le hizo gestos frenéticos con las manos y después desapareció de la ventana tan repentinamente que a la mujer le pareció que alguna fuerza irresistible había tirado de él por detrás. Un detalle curioso que llamó su femenina atención fue que, aunque llevaba puesta una especie de chaqueta oscura, como la que vestía al salir de casa, no tenía cuello ni corbata.

Convencida de que algo malo le sucedía, bajó corriendo los escalones —pues la casa no era otra que el fumadero de opio en el que me ha encontrado esta noche— y tras atravesar a toda velocidad la sala delantera, intentó subir por las escaleras que llevan al primer piso.

Pero al pie de las escaleras le salió al paso el marinero, del que le he hablado. La obligó a retroceder y, con la ayuda de un danés que le sirve de asistente, la echó a la calle. Llena de los temores y las dudas más enloquecedores, corrió calle abajo y, por una rara y afortunada casualidad, se encontró en Fresno Street con varios policías y un inspector que se dirigían a sus puestos de servicio. El inspector y dos hombres la acompañaron de vuelta al fumadero y, a pesar de la pertinaz resistencia del propietario, se abrieron paso hasta la habitación en la que St. Clair fue visto por última vez. No había ningún rastro de él. De hecho, no encontraron a nadie en todo el piso, con excepción de un inválido decrépito de aspecto repugnante. Tanto él como el propietario juraron insistentemente que en toda la tarde no había entrado nadie en aquella habitación. Su negativa era tan firme que el inspector empezó a tener dudas y casi había llegado a creer que la señora St. Clair había visto visiones cuando esta se abalanzó con un grito sobre una cajita de madera que había en la mesa y levantó la tapa violentamente, dejando caer una cascada de ladrillos de juguete. Era el regalo que él había prometido llevarle a su hijo.

Este descubrimiento y la evidente confusión que demostró el inválido, convencieron al inspector de que se trataba de un asunto grave. Se registraron minuciosamente las habitaciones y todos los resultados parecían indicar un crimen abominable. La habitación delantera estaba amueblada con sencillez como sala de estar y comunicaba con un pequeño dormitorio que daba a la parte posterior de uno de los muelles. Entre el muelle y el dormitorio hay una estrecha franja que queda seca durante la marea baja, pero que durante la marea alta queda cubierta por un metro y medio de agua, por lo menos. La ventana del dormitorio es bastante ancha y se abre desde abajo. Al inspeccionarla, se encontraron manchas de sangre en el alféizar y en el suelo de madera, varias gotas dispersas. Tiradas detrás de una cortina en la habitación delantera, se encontró toda la ropa del señor Neville St. Clair, a excepción de su saco: sus zapatos, sus medias, su sombrero y su reloj... todo estaba allí. No había señales de violencia en ninguna de las prendas, ni se encontró ningún otro rastro del señor St. Clair. Al parecer, tenían que haberlo sacado por la ventana, ya que no se pudo encontrar otra salida y las ominosas manchas de sangre en la ventana daban pocas esperanzas de que hubiera podido salvarse nadando, porque la marea estaba en su punto más alto en el momento de la tragedia.

Y ahora, hablemos de los maleantes que parecen directamente implicados en el asunto. Sabemos que el marinero es un tipo de pésimos antecedentes, pero, según el relato de la señora St. Clair, se encontraba al pie de la escalera a los pocos segundos de la desaparición de su marido, por lo que difícilmente puede haber desempeñado más que un papel secundario en el crimen. Se defendió alegando absoluta ignorancia, insistiendo en que él no sabía nada de las actividades de Hugh Boone, su inquilino, y que no podía explicar de ningún modo la presencia de la ropa del caballero desaparecido.

Esto es lo que hay respecto al marinero. Pasemos ahora al siniestro inválido que vive en la segunda planta del fumadero de opio y que, sin duda, fue el último ser humano que puso sus ojos en el señor St. Clair. Se llama Hugh Boone y todo el que va mucho por la City conoce su cara repugnante. Es mendigo profesional, aunque para evitar las medidas policiales finge vender fósforos. Puede que se haya fijado usted en que, bajando un poco por Threadneedle Street, en la vereda izquierda, hay un pequeño recodo en la pared. Allí es donde se instala cada día ese engendro, con las piernas cruzadas y su pequeño surtido de fósforos en el regazo. Ofrece un espectáculo tan lamentable que provoca una pequeña lluvia de caridad sobre la grasienta gorra de cuero que coloca delante de él. Más de una vez lo he observado, sin saber que llegaría a relacionarme profesionalmente con él, y me ha sorprendido lo mucho que recoge en poco tiempo. Tenga en cuenta que su aspecto es tan llamativo que nadie puede pasar a su lado sin fijarse en él. Una mata de cabello anaranjado, un rostro pálido y desfigurado por una horrible cicatriz que, al contraerse, ha retorcido el borde de su labio superior, una barbilla de buldog y un par de ojos oscuros y muy penetrantes, que contrastan extraordinariamente con el color de su pelo, todo ello lo hace destacarse entre el cúmulo de mendigos. Lo mismo ocurre con su ingenio, pues siempre tiene a mano una respuesta para cualquier moneda falsa que puedan arrojarle los transeúntes. Este es el hombre que, según acabamos de saber, vive en lo alto del fumadero de opio y fue la última persona que vio al caballero que andamos buscando.

—¡Pero es un inválido! —dije—. ¿Qué podría haber hecho él solo contra un hombre en la flor de la vida?

—Es inválido en el sentido de que cojea al andar; pero en otros aspectos, parece tratarse de un hombre fuerte y bien alimentado. Sin duda, Watson, su experiencia médica le habrá enseñado que la debilidad en un miembro se compensa a menudo con una fortaleza excepcional en los demás.

—Por favor, continúe con su relato.

—La señora St. Clair se desmayó al ver la sangre en la ventana y la policía la llevó en coche a su casa, ya que su presencia no podía ayudarles en las investigaciones.

El inspector Barton, que estaba a cargo del caso, examinó detenidamente el local, sin encontrar nada que arrojara alguna luz sobre el misterio. Se cometió un error al no detener inmediatamente a Boone, ya que así dispuso de unos minutos para comunicarse con el marinero, pero pronto se puso remedio a esta equivocación y Boone fue detenido y registrado, sin que se encontrara nada que pudiera incriminarle. Es cierto que había manchas de sangre en la manga derecha de su camisa, pero enseñó su dedo índice, que tenía un corte cerca de la uña y explicó que la sangre procedía de allí, añadiendo que poco antes había estado asomado a la ventana y que las manchas observadas allí procedían, sin duda, de la misma fuente. Negó hasta la saciedad haber visto en su vida al señor Neville St. Clair y juró que la presencia de la ropa en su habitación resultaba tan misteriosa para él como para la policía. En cuanto a la declaración de la señora St. Clair, que afirmaba haber visto a su marido en la ventana, alegó que estaría loca o lo habría soñado. Se lo llevaron a comisaría pese a sus protestas, mientras el inspector se quedó en la casa, con la esperanza de que la baja marea aportara alguna nueva pista.

Y así fue, aunque lo que encontraron en el barro no fue lo que temían encontrar. Lo que apareció al retirarse la marea fue el saco de Neville St. Clair y no el propio Neville St. Clair. ¿Y qué cree que encontraron en los bolsillos?

—No lo sé.

—No creo que pueda adivinarlo. Todos los bolsillos estaban repletos de peniques y medios peniques: en total, cuatrocientos veintiún peniques y doscientos setenta medios peniques. No es de extrañar que la marea no se la llevara. Pero un cuerpo humano es algo muy diferente. Hay un fuerte remolino entre el muelle y la casa. Parece bastante probable que la chaqueta se quedara allí debido al peso, mientras el cuerpo desnudo era arrastrado hacia el río.

—Pero, según tengo entendido, el resto de su ropa fue encontrado en la habitación. ¿Es que el cadáver iba vestido solo con la chaqueta?

—No, señor, los datos pueden ser muy engañosos. Suponga que Boone tira a Neville St. Clair por la ventana, sin que nadie lo vea. ¿Qué hace a continuación? Por supuesto, pensará inmediatamente en librarse de las prendas delatoras. Toma el saco y está a punto de tirarlo cuando se le ocurre que flotará en vez de hundirse. Tiene poco tiempo, porque ha escuchado lo que está ocurriendo al pie de la escalera, cuando la esposa intenta subir y puede que el marinero ya le haya avisado que la policía viene el camino. No tiene un minuto que perder. Corre hacia algún escondite secreto, donde ha ido acumulando los frutos de su mendicidad y mete en los bolsillos de la chaqueta todas las monedas que puede, para asegurarse de que se hunda. Lo tira y habría hecho lo mismo con las demás prendas de no haber oído pasos apresurados en la planta baja, de manera que solo le queda tiempo para cerrar la ventana antes de que la policía aparezca.

—Desde luego, parece factible.

—Bien, lo tomaremos como hipótesis de trabajo, a falta de otra mejor. Como ya le dije, detuvieron a Boone y lo llevaron a comisaría, pero no se le pudo encontrar ningún antecedente delictivo. Se sabía desde hacía muchos años que era mendigo profesional, pero parece que llevaba una vida bastante tranquila e inocente. Así están las cosas por el momento y nos hallamos tan lejos como al principio de la solución de las cuestiones pendientes: qué hacía Neville St. Clair en el fumadero de opio, qué le sucedió allí, dónde está ahora y qué tiene que ver Hugh Boone con su desaparición. Confieso que no recuerdo en toda mi experiencia un caso que pareciera tan sencillo a primera vista y que, sin embargo, presentara tantas dificultades.

Mientras Sherlock Holmes iba exponiendo los detalles de esta singular serie de acontecimientos, nos conducíamos a toda velocidad por las afueras de la ciudad. Así dejamos atrás las últimas casas desperdigadas y seguimos avanzando por el camino rural. Había un seto a cada lado del camino. Atravesamos dos pequeños pueblos en cuyas ventanas aún brillaban unas cuantas luces.

—Estamos a las afueras de Lee —dijo mi compañero—. En esta breve carrera hemos pisado tres condados ingleses, partiendo de Middlesex, pasando apenas por Surrey y llegando finalmente a Kent. ¿Ve aquella luz entre los árboles? Es Los Cedros y detrás de la lámpara está sentada una mujer cuyos ansiosos oídos han captado ya, sin duda alguna, el ruido de los cascos de nuestro caballo.

141

—Pero, ¿por qué no está siguiendo el caso desde Baker Street?

—Porque hay mucho que investigar aquí. La señora St. Clair ha tenido la amabilidad de poner dos habitaciones a mi disposición y puede estar seguro de que dará la bienvenida a mi amigo y compañero. Odio tener que verla, Watson, sin tener noticias de su marido. En fin, aquí estamos. ¡Soo, caballo, soo!

Nos detuvimos frente a una gran mansión construida sobre terreno propio. Un mozo de cuadras había corrido a hacerse cargo del caballo y, tras descender del coche, seguí a Holmes por un estrecho y ondulante sendero de grava que llevaba a la casa. Cuando ya estábamos cerca, se abrió la puerta y una mujer menuda y rubia apareció en el marco, con un vestido de muselina de seda con apliques de gasa rosa y esponjosa en el cuello y los puños. Permaneció inmóvil, con la silueta recortada contra la luz, una mano apoyada en la puerta, la otra a medio alzar en un gesto de ansiedad, el cuerpo ligeramente inclinado, adelantando la cabeza y la cara, con ojos impacientes y labios entreabiertos. Era la estampa viviente misma de la incertidumbre.

—¿Y bien? —gimió—. ¿Qué hay?

Y entonces, viendo que éramos dos, soltó un grito de esperanza que se transformó en un gemido al ver que mi compañero meneaba la cabeza y se encogía de hombros.

—¿No hay buenas noticias?

—No hay ninguna noticia.

—¿Tampoco malas?

—Tampoco.

—Demos gracias a Dios por eso. Pero entren. Estará cansado después de tan larga jornada.

—Le presento a mi amigo el doctor Watson. Su ayuda ha resultado fundamental en varios de mis casos y, por una afortunada casualidad, he podido incorporarlo a la investigación.

—Encantada de conocerlo —dijo ella, estrechándome afectuosamente la mano—. Estoy segura de que sabrá disculpar las deficiencias que encuentre en la casa, teniendo en cuenta la desgracia tan repentina que nos ha ocurrido.

—Querida señora —dije—. Soy un viejo soldado y, aunque no lo fuera, me doy perfecta cuenta de que no necesita disculparse. Me sentiré muy satisfecho si puedo resultar de alguna ayuda para usted o para mi compañero aquí presente.

—Y ahora, señor Sherlock Holmes —dijo la señora mientras entrábamos en un comedor bien iluminado, en cuya mesa estaba servida una comida fría—, me gustaría hacerle un par de preguntas francas y le ruego que las respuestas sean igualmente francas.

—Desde luego, señora.

—No se preocupe por mis sentimientos. No soy histérica ni propensa a los desmayos. Simplemente, quiero conocer su auténtica opinión.

—¿Sobre qué punto?

—En el fondo de su corazón, ¿cree que Neville está vivo?

Sherlock Holmes pareció incómodo ante la pregunta.

—¡Francamente! —repitió ella, de pie sobre la alfombra y mirándolo fijamente desde lo alto, mientras Holmes se acomodaba en un sillón de mimbre.

—Pues, francamente, señora: no.

—¿Cree que está muerto?

—Sí.

—¿Asesinado?

—No puedo asegurarlo. Es posible.

—¿Y qué día murió?

—El lunes.

—Entonces, señor Holmes, ¿tendría la bondad de explicar cómo es posible que haya recibido hoy esta carta suya? Sherlock Holmes se levantó de un salto, como si hubiera recibido una descarga eléctrica.

—¿Qué? —rugió.

—Sí, hoy mismo —dijo ella, sonriendo y sosteniendo en alto una hojita de papel.

—¿Puedo verla?

—Desde luego.

Se la arrebató impulsivamente y, extendiendo la carta sobre la mesa, acercó una lámpara y la examinó con detenimiento. Yo me había levantado de mi silla y miraba por encima de su hombro. El sobre era muy ordinario y traía el sello de Gravesend y fecha de aquel mismo día, o más bien del día anterior, pues ya era mucho más de medianoche.

—¡Qué mal escrito! —murmuró Holmes—. No creo que esta sea la letra de su marido, señora.

—No, pero la de la carta sí que lo es.

—Observo, además, que la persona que escribió el sobre tuvo que ir a preguntar la dirección.

—¿Cómo puede saber eso?

—El nombre, como ve, está en tinta perfectamente negra, que se ha secado sola. El resto es de un color grisáceo, que demuestra que se ha utilizado papel secante. Si lo hubieran escrito todo seguido y lo hubieran secado con secante, no habría ninguna letra tan negra. Esta persona ha escrito el nombre y luego ha hecho una pausa antes de escribir la dirección, lo cual solo puede significar que no le resultaba familiar. Por supuesto, se trata tan solo de un detalle trivial, pero no hay nada tan importante como los detalles triviales. Veamos ahora la carta. ¡Ajá! ¡Aquí dentro había algo más!

—Sí, había un anillo. El anillo con su sello.

—¿Y está usted segura de que esta es la letra de su marido?

—Una de sus letras.

—¿Una?

—Su letra de cuando escribe apurado. Es muy diferente de su letra habitual, a pesar de lo cual la conozco bien.

> Querida, no te asustes. Todo saldrá bien. Se ha cometido un terrible error, cuya rectificación tal vez demande algún tiempo. Se paciente, Neville.

—Escrito a lápiz en la guarda de un libro, formato octavo, sin marca de agua. Echado al correo hoy en Gravesend, por un hombre con el pulgar sucio. ¡Ajá! Y la soiapa la ha pegado, si no me equivoco, una persona que ha estado mascando tabaco. ¿No tiene ninguna duda de que se trata de la letra de su esposo, señora?

—Ninguna. Esto lo escribió Neville.

—Y lo han despachado hoy en Gravesend. Bien, señora St. Clair, las nubes se despejan, aunque no me atrevería a decir que ha pasado el peligro.

—Pero tiene que estar vivo, señor Holmes.

—A menos que se trate de una hábil falsificación para ponernos sobre una pista falsa. Al fin y al cabo, el anillo no demuestra nada. Se lo pueden haber quitado.

—¡No, no, es su letra, lo es, lo es, lo es!

—Muy bien. Sin embargo, puede haberse escrito el lunes y no haberse echado al correo hasta hoy.

—Eso es posible.

—De ser así, han podido ocurrir muchas cosas entre tanto.

—Ay, no me desanime, señor Holmes. Estoy segura de que se encuentra bien. Existe entre nosotros una comunicación tan intensa que si le hubiera pasado algo malo, yo lo sabría. El mismo día en que lo vi por última vez, se cortó en el dormitorio y yo, que estaba en el comedor, subí corriendo al instante, con la plena seguridad de que algo había ocurrido. ¿Cree que puedo responder a semejante trivialidad y, sin embargo, no darme cuenta de que ha muerto?

—He visto demasiado como para no saber que la intuición de una mujer puede resultar más útil que las conclusiones de un razonador analítico. Y, desde luego, en esta carta hay una prueba bien palpable que corrobora su punto de vista. Pero si su marido está vivo y puede escribirle cartas, ¿por qué no se contacta con usted?

—No lo sé. Es incomprensible.

—¿No le comentó nada el lunes antes de irse?

—No.

—Y la sorprendió verlo en Swandan Lane.

—Mucho.

—¿Estaba abierta la ventana?

—Sí.

—Entonces, él podía haberla llamado.

—Podía, sí.

—Pero, según tengo entendido, solo lanzó un grito inarticulado.

—En efecto.

—Que parecía una llamada de auxilio.

—Sí, porque agitaba las manos.

—Pero podría haberse tratado de un grito de sorpresa. El asombro, al verla de repente, podría haberle hecho levantar las manos.

—Es posible.

—Y parecía que tiraban de él desde atrás.

—Como desapareció tan bruscamente…

—Pudo haber saltado hacia atrás. Usted no vio a nadie más en la habitación.

—No, pero aquel hombre confesó que había estado allí y el marinero se encontraba al pie de la escalera.

—En efecto. Su esposo, por lo que usted llegó a ver, ¿llevaba puesta su vestimenta habitual?

—Pero sin cuello. Vi perfectamente su cuello desnudo.

—¿Había mencionado alguna vez Swandam Lane?

—Nunca.

—¿Alguna vez dio señales de haber fumado opio?

—Nunca.

—Gracias, señora St. Clair. Estos son los principales detalles que quería tener absolutamente claros. Ahora comeremos un poco y después nos retiraremos, pues mañana es posible que tengamos una jornada muy atareada.

Teníamos a nuestra disposición una habitación amplia y confortable, con dos camas, y no tardé en encontrarme entre las sábanas, pues estaba fatigado por la noche de aventuras. Sherlock Holmes, por el contrario, era un hombre que cuando tenía en la cabeza un problema sin resolver, podía pasar días y hasta una semana sin dormir, dando vueltas al asunto, reordenando los datos y examinándolos desde todos los puntos de vista, hasta que lograba resolverlo o se convencía de que los datos eran insuficientes. Pronto me resultó evidente que se estaba preparando para pasar la noche en vela. Se quitó el saco y el chaleco, se puso una amplia bata azul y empezó a caminar por la habitación, levantando almohadas de la cama y almohadones del sofá y las butacas. Con ellos construyó una especie de diván oriental, en el que se instaló con las piernas cruzadas, colocando delante de él una onza de tabaco ordinario y una caja de fósforos. Pude verlo allí sentado a la luz mortecina de la lámpara, con una vieja pipa de brezo entre los labios, los ojos ausentes, fijos en un ángulo del techo, desprendiendo volutas de humo azulado, callado, inmóvil, con la luz cayendo sobre sus facciones marcadas y aguileñas. Así se encontraba cuando me fui a dormir y así continuaba cuando una súbita exclamación suya me despertó y vi que la luz del sol ya entraba por la ventana del cuarto. La pipa seguía entre sus labios, el humo seguía elevándose en volutas y una espesa niebla de tabaco llenaba la habitación, pero no quedaba nada del paquete de tabaco que yo había visto la noche anterior.

—¿Está despierto, Watson? —preguntó.
—Sí.
—¿Listo para una excursión matutina?
—Desde luego.
—Entonces, vístase. Aún no se ha levantado nadie, pero sé dónde duerme el mozo de cuadras y pronto tendremos preparado el coche.

Al hablar, se reía para sus adentros, le centelleaban los ojos y parecía un hombre diferente del sombrío pensador de la noche anterior.

Mientras me vestía, eché un vistazo al reloj. No era de extrañar que nadie se hubiera levantado aún. Eran las cuatro y veinticinco. Apenas había terminado cuando Holmes regresó para anunciar que el mozo estaba enganchando el caballo.

—Quiero poner a prueba una pequeña hipótesis mía —dijo, mientras se ponía las botas—. Creo, Watson, que tiene delante a uno de los más completos idiotas de toda Europa. Merezco que me lleven a patadas desde aquí hasta Charing Cross. Pero me parece que ya tengo la llave del asunto.

—¿Y dónde está? —pregunté, sonriendo.
—En el baño —respondió—. No es una broma —continuó, al ver mi gesto de incredulidad—. Acabo de estar allí, la tomé y la tengo dentro de esta valija Gladstone. Venga, veremos si encaja o no en la cerradura. Bajamos lo más rápidamente posible y salimos al sol de la mañana. El coche y el caballo ya estaban en el camino, con el mozo de cuadras a medio vestir aguardando delante. Subimos al vehículo y nos dirigimos velozmente hacia Londres. Había algunos carros que llevaban verduras a la capital por el camino, pero las hileras de casas a los costados estaban tan silenciosas e inertes como si pertenecieran a una ciudad de ensueño.

—En ciertos aspectos, ha sido un caso muy curioso —dijo Holmes, poniendo el caballo al galope—. Confieso que he estado más ciego que un topo, pero más vale aprender tarde que no aprender nunca.

En la ciudad, los más madrugadores apenas empezaban a asomarse medio dormidos a la ventana cuando nosotros penetramos por las calles del lado de Surrey. Bajamos por Waterloo Bridge Road, cruzamos el río y subimos a toda velocidad por Wellington Street, para doblar allí bruscamente a la derecha y llegar a Bow Street. Sherlock Holmes era bien conocido por el cuerpo de policía y los dos agentes de la puerta lo saludaron. Uno de ellos sujetó las riendas del caballo, mientras el otro nos hacía entrar.

—¿Quién está de guardia? —preguntó Holmes.
—El inspector Bradstreet, señor.
—Ah, Bradstreet, ¿cómo se encuentra? —un hombre alto y corpulento, uniformado y con una gorra de visera había surgido por el corredor embaldosado—. Me gustaría hablar con usted, Bradstreet.
—Desde luego, señor Holmes. Pase a mi despacho.

Era un despacho pequeño, con un libro enorme encima de la mesa y un teléfono de pared. El inspector se sentó ante el escritorio.

—¿Qué puedo hacer por usted, señor Holmes?
—Se trata de ese mendigo, el que está acusado de participar en la desaparición del señor Neville St. Clair, de Lee.
—Sí. Está detenido mientras prosiguen las investigaciones.
—Lo sé. ¿Lo tienen aquí?
—En los calabozos.
—¿Está tranquilo?
—No causa problemas. Pero cuidado que es un delincuente muy sucio.
—¿Sucio?
—Sí, apenas hemos conseguido que se lave las manos, pero la cara la tiene tan negra como un fogonero. En fin, en cuanto se decida su caso, tendrá que bañarse periódicamente en la cárcel. Si lo vieran, creo que estarían de acuerdo conmigo en que lo necesita.
—Me gustaría muchísimo verlo.

—¿De veras? Eso es fácil. Venga por aquí. Puede dejar la valija.

—No, prefiero llevarla.

—Como quiera. Vengan por aquí, por favor —nos guió por un pasillo, abrió una puerta con barrotes, bajó una escalera de caracol y nos introdujo en una galería con una hilera de puertas a cada lado.

—La tercera de la derecha es la suya —dijo el inspector—. ¡Es está! —abrió sin hacer ruido una ventanilla en la parte superior de la puerta y miró al interior—. Está dormido —dijo—. Podrán verlo perfectamente.

Los dos aplicamos nuestros ojos a la abertura. El detenido estaba acostado con la cara hacia nosotros, sumido en un sueño profundo y respiraba lenta y ruidosamente. Era un hombre de estatura mediana, vestido toscamente, como correspondía a su oficio, con una camisa de colores que asomaba por las partes rotas de su saco andrajoso. Tal como el inspector había dicho, estaba muy sucio, pero la mugre que le cubría la cara no lograba ocultar su repulsiva fealdad. La marca de una vieja cicatriz le recorría la cara desde el ojo hasta el mentón que, al contraerse, había tirado del labio superior dejando al descubierto tres dientes en una perpetua mueca. Una mata de pelo rojo muy vivo le caía sobre los ojos y la frente.

—Una preciosidad, ¿no les parece? —dijo el inspector.

—Desde luego, necesita un baño —contestó Holmes—. Como se me ocurrió que podría ser así me tomé la libertad de traer el instrumental necesario —mientras hablaba, abrió la maleta Gladstone y, ante mi asombro, sacó de ella una enorme esponja de baño.

—¡Ja, ja! Es un hombre muy divertido —rió el inspector.

—Ahora, si tiene la inmensa bondad de abrir con mucho cuidado esta puerta, no tardaremos en hacerle adoptar un aspecto mucho más respetable.

—¿Por qué no? —dijo el inspector—. Es un descrédito para los calabozos de Bow Street, ¿no les parece?

Introdujo la llave en la cerradura y todos entramos sin hacer ruido en la celda. El durmiente se dio media vuelta y volvió a hundirse en un profundo sueño. Holmes se inclinó hacia el jarro de agua, mojó su esponja y la frotó con fuerza dos veces sobre la cara del preso.

—Permítame que les presente —exclamó— al señor Neville St. Clair, de Lee, condado de Kent.

Jamás en mi vida he presenciado un espectáculo semejante. El rostro del hombre se desprendió bajo la esponja como la corteza de un árbol. Desapareció su repugnante color pardusco. Desapareció también la horrible cicatriz que lo cruzaba y lo mismo el labio retorcido que formaba aquella mueca repulsiva. Los desgreñados pelos rojos se desprendieron de un tirón y ante nosotros quedó, sentado en el camastro, un hombre pálido, de expresión triste y aspecto refinado, pelo negro y piel suave, frotándose los ojos y mirando a su alrededor con asombro soñoliento. De pronto, dándose cuenta de que lo habían descubierto, lanzó un alarido y se dejó caer, hundiendo la cara en la almohada.

—¡Por todos los santos! —exclamó el inspector—. ¡Pero si es el desaparecido! ¡Lo reconozco por las fotografías!

El preso se volvió con el aire indiferente de quien se abandona en manos del destino.

—De acuerdo —dijo—. Y ahora, por favor, ¿de qué se me acusa?

—De la desaparición del señor Neville St... ¡Vamos, no se le puede acusar de eso, a menos que lo presente como un intento de suicidio! —dijo el inspector, sonriendo—. Caramba, llevo veintisiete años en el cuerpo de policía, pero esto se lleva el premio máximo.

—Si yo soy Neville St. Clair, resulta evidente que no se ha cometido ningún delito y, por lo tanto, mi detención aquí es ilegal.

—No se ha cometido delito alguno, pero sí un tremendo error —dijo Holmes—. Más le habría valido confiar en su mujer.

—No era por ella, era por los niños —gimió el detenido—. ¡Dios mío, no quería que se avergonzaran de su padre! ¡Dios santo, qué vergüenza! ¿Qué voy a hacer ahora?

Sherlock Holmes se sentó junto a él en la litera y le dio unas palmadas en el hombro.

—Si deja que los tribunales esclarezcan el caso —dijo—, es evidente que no podrá evitar la publicidad. Por otra parte, si puede convencer a las autoridades policiales de que no hay motivos para proceder en su contra, no veo razón para que los detalles de lo ocurrido lleguen a los periódicos. Estoy seguro de que el inspector Bradstreet tomará nota de todo lo que quiera declarar para ponerlo en conocimiento de las autoridades competentes. En tal caso, el asunto no tiene por qué llegar a los tribunales.

—¡Que Dios le bendiga! —exclamó el preso con fervor—. Habría soportado la cárcel, e incluso la ejecución, antes que permitir que mi miserable secreto cayera sobre mis hijos.

Son ustedes los primeros que escuchan mi historia. Mi padre era maestro de escuela en Chesterfield, donde recibí una excelente educación. De joven viajé por el mundo, trabajé en teatro y por último fui reportero en un periódico vespertino de Londres. En una oportunidad, el director quiso que se escribiera una serie de artículos sobre la mendicidad en la capital y yo me ofrecí como voluntario para hacerlo. Este fue el punto de partida de mis aventuras. La única manera de obtener datos para mis artículos era practicando como mendigo aficionado.

Naturalmente, en mi trabajo como actor había aprendido todos los trucos del maquillaje y había adquirido fama por mi habilidad en la materia. Así que decidí sacar partido de mis conocimientos. Me pinté la cara y, para ofrecer un aspecto lo más penoso posible, me hice una buena cicatriz y me retorcí un lado del labio con ayuda de un pequeño parche color carne. Y después, con una peluca roja y vestido adecuadamente, ocupé mi puesto en la zona más concurrida de la City, aparentando vender fósforos y mendigando en realidad. Desempeñé mi papel durante siete horas y cuando volví a casa por la noche descubrí, con gran sorpresa, que había acumulado nada menos que veintiséis chelines y cuatro peniques.

Escribí mis artículos y no volví a pensar en el asunto hasta que, algún tiempo después, avalé el pagaré de un amigo y de pronto me encontré con una orden de pago por el valor de veinticinco libras. Enloquecí intentando reunir el dinero hasta que tuve una idea. Solicité al acreedor una prórroga de quince días, pedí vacaciones en mi trabajo y me dediqué a pedir limosna en la City, disfrazado. En diez días había reunido el dinero y pagado la deuda.

Pues bien, se imaginarán lo difícil que me resultó someterme de nuevo a un trabajo arduo por dos libras a la semana, sabiendo que podía ganar esa cantidad en un día con solo pintarme la cara, dejar la gorra en el suelo y esperar sentado. Hubo una larga lucha entre mi orgullo y el dinero, pero al final ganó el dinero, dejé el periodismo y comencé a sentarme, día tras día, en el mismo rincón del principio, inspirando lástima con mi espantosa cara y llenándome los bolsillos de monedas. Solo un hombre conocía mi secreto: el propietario de un tugurio de Swandam Lane donde tenía alquilada una habitación. De allí salía cada mañana como un mendigo mugriento y por la tarde me transformaba en un caballero londinense bien vestido. Ese individuo, un antiguo marinero, recibía un pago magnífico por las habitaciones y yo sabía que mi secreto estaba seguro en sus manos.

Muy pronto me encontré con que estaba ahorrando sumas considerables de dinero. No pretendo decir que cualquier mendigo que ande por las calles de Londres pueda ganar setecientas libras al año —que es menos de lo que yo ganaba por término medio—, pero contaba con importantes ventajas en mi habilidad para la caracterización y también en mi facilidad para las réplicas ingeniosas, que fui perfeccionando con la práctica hasta convertirme en un personaje bastante conocido en la City. Todos los días caía sobre mí una lluvia de peniques, con alguna que otra moneda de plata intercalada, y era extraño no sacar por lo menos dos libras.

A medida que me iba haciendo rico, me fui volviendo más ambicioso: compré una casa en el campo y me casé, sin que nadie llegara a sospechar a qué me dedicaba en realidad. Mi querida esposa sabía que tenía algún negocio en la City. Poco se imaginaba en qué consistía.

El lunes pasado, había terminado mi jornada y me estaba vistiendo en mi habitación, encima del fumadero de opio, cuando me asomé a la ventana y vi, con gran sorpresa y consternación, a mi esposa parada en mitad de la calle, con los ojos clavados en mí. Solté un grito de sorpresa, levanté los brazos para taparme la cara y corrí en busca de mi confidente, el marinero, instándole a que no permitiese a nadie subir hasta donde me encontraba.

Oía la voz de mi mujer en la planta baja, pero sabía que el marinero no la dejaría subir. Rápidamente me quité mi ropa, me puse la del mendigo y me apliqué el maquillaje y la peluca. Ni siquiera los ojos de una esposa serían capaces de penetrar un disfraz tan perfecto. Pero entonces se me ocurrió que podrían registrar la habitación y mi ropa me delataría. Abrí la ventana con tal violencia que se me volvió a abrir una herida que me había hecho por la mañana en mi casa. Tomé mi saco con todas las monedas que acababa de transferir de la bolsa de cuero en la que guardaba mis ganancias. La tiré por la ventana y desapareció en las aguas del Támesis. Habría hecho lo mismo con las demás prendas, pero en aquel momento los policías subieron corriendo por la escalera y a los pocos minutos descubrí, debo confesar que con gran alivio, que en lugar de identificarme como el señor Neville St. Clair, se me detenía por su asesinato.

Creo que no queda nada por explicar. Estaba decidido a mantener mi disfraz todo el tiempo que me fuera posible y de ahí mi insistencia en no lavarme la cara. Sabiendo que mi esposa estaría terriblemente preocupada, me quité el anillo y se lo di al marinero en un momento en que ningún policía me miraba, junto con una nota apresurada, diciéndole que no había nada de lo que tener miedo.

—La nota no llegó a sus manos hasta ayer —dijo Holmes.

—¡Santo Dios! ¡Qué semana debe de haber pasado!

—La policía ha estado vigilando al marinero —dijo el inspector Bradstreet— y no me extraña que le haya resultado difícil echar la carta sin que lo vieran. Probablemente, se la entregó a algún marinero cliente suyo, que no se acordó del encargo por varios días.

—Así debió de ser, no me cabe duda —dijo Holmes, asintiendo—. Pero, ¿nunca lo han detenido por pedir limosna?

—Muchas veces; pero ¿qué significaba para mí una multa?

—Sin embargo, esto tiene que terminar aquí —dijo Bradstreet—. Si quiere que la policía termine con este asunto, Hugh Boone debe dejar de existir.

—Lo he jurado con el más solemne de los juramentos que puede hacer un hombre.

—En tal caso, creo que es probable que esto no siga adelante. Pero si volvemos a verlo, todo saldrá a relucir. Verdaderamente, señor Holmes, le estamos muy agradecidos por haber esclarecido el caso. Me gustaría saber cómo obtiene esos resultados.

—Éste lo obtuve —dijo mi amigo— sentándome sobre cinco almohadas y consumiendo una onza de tabaco. Creo, Watson, que, si nos ponemos en marcha hacia Baker Street, llegaremos justo a tiempo para el desayuno.

7

El carbunclo azul

Dos días después de Navidad, pasé a visitar a mi amigo Sherlock Holmes para felicitarlo por las festividades. Lo encontré tirado en el sillón, con una bata morada, el estante de las pipas a su derecha y un montón de diarios arrugados, recién estudiados, al alcance de la mano. Al lado del sillón había una silla de madera y de una esquina de su respaldo colgaba un sombrero de copa gastado y mugriento, raído por el uso y roto en varias partes. Una lupa y unas pinzas apoyadas sobre el asiento indicaban que el sombrero había sido colgado allí con el fin de examinarlo.

—Veo que está ocupado —dije—. ¿Lo interrumpo?

—Nada de eso. Me alegro de tener un amigo con el que poder comentar mis conclusiones. Se trata de un caso absolutamente trivial —señaló con el pulgar el viejo sombrero—, pero algunos detalles relacionados con él no carecen por completo de interés, e incluso resultan instructivos.

Me senté en su butaca y me calenté las manos en la chimenea, pues estaba cayendo una fuerte nevada y los cristales estaban cubiertos de placas de hielo.

—Supongo —comenté— que, a pesar de su aspecto inocente, ese objeto tendrá una historia terrible... o tal vez es la pista que le guiará a la solución de algún misterio y al castigo de algún delito.

—No, para nada. Nada de crímenes —dijo Sherlock Holmes, riéndose—. Tan solo uno de esos incidentes caprichosos que suelen suceder cuando tenemos cuatro millones de seres humanos apretujados en unas pocas millas al cuadrado. Entre las acciones y reacciones de un grupo humano tan numeroso, cualquier combinación de acontecimientos es posible y pueden surgir muchos pequeños problemas que resultan extraños y sorprendentes, sin ser delictivos. Ya hemos tenido experiencias de ese tipo.

—Ya lo creo —comenté—. Hasta el punto de que, de los seis últimos casos que he añadido a mis archivos, hay tres que no son delitos, desde un aspecto legal.

—Exacto. Se refiere usted a mi intento de recuperar los papeles de Irene Adler, al curioso caso de la señorita Mary Sutherland y a la aventura del hombre del labio retorcido. Pues bien, no me cabe duda de que este pequeño asunto pertenece a la misma categoría. ¿Conoce usted a Peterson, el mensajero?

—Sí.

—Este trofeo le pertenece.

—¿Es su sombrero?

—No, no, él lo encontró. Su propietario nos es desconocido. Le ruego que no lo mire como un sombrero maltrecho, sino como un problema intelectual. Veamos, primero, cómo llegó aquí. Llegó la mañana de Navidad, en compañía de un ganso gordo que, no me cabe duda, ahora mismo se está asando en la cocina de Peterson. Los hechos son los siguientes:

A eso de las cuatro de la mañana del día de Navidad, Peterson, que, como usted sabe, es un hombre muy honrado, regresaba de alguna pequeña celebración y se dirigía a su casa bajando por Tottenham Court Road. A la luz de los faroles vio a un hombre alto que caminaba delante de él, tambaleándose un poco y con un ganso blanco al hombro. Al llegar a la esquina de Goodge Street, se produjo una pelea entre este desconocido y un grupo de maleantes. Uno de estos le quitó el sombrero de un golpe; el desconocido levantó su bastón para defenderse y, al levantarlo sobre su cabeza, rompió la vidriera de la tienda que tenía detrás. Peterson había echado a correr para defender al desconocido contra sus agresores, pero el hombre, asustado por haber roto la vidriera y notando que una persona de uniforme corría hacia él, dejó caer el ganso y desapareció por el laberinto de calles que hay detrás de Tottenham Court Road.

También los matones huyeron al ver aparecer a Peterson, de manera que quedó dueño del campo de batalla y también del botín de guerra, formado por este destartalado sombrero y un impecable ejemplar de ganso de Navidad.

—¿Cómo es que no se los devolvió a su dueño?

—Mi querido amigo, ahí está el problema. Es cierto que en una tarjetita atada a la pata izquierda del ave decía «Para la señora de Henry Baker», y también es cierto que en el forro de este sombrero pueden leerse las iniciales «H. B.»; pero como en esta ciudad existen varios miles de Bakers y varios cientos de Henry Bakers, no resulta nada fácil devolverle a uno de ellos sus propiedades perdidas.

—¿Y qué hizo entonces Peterson?

—La misma mañana de Navidad me trajo el sombrero y el ganso, sabiendo que a mí me interesan hasta los problemas más insignificantes. Hemos guardado el ganso hasta esta mañana, cuando empezó a dar señales de que, a pesar de la helada, más valía comérselo sin retrasos. Por lo tanto, el hombre que lo encontró se lo ha llevado para que cumpla el destino final de todo ganso y yo sigo en poder del sombrero del desconocido caballero que se quedó sin su cena de Navidad.

—¿No puso ningún anuncio?

—No.

—¿Y qué pistas tiene de su identidad?

—Solo lo que podemos deducir.

—¿De su sombrero?

—Exactamente.

—Bromea. ¿Qué se podría sacar de esa ruina de sombrero?

—Aquí tiene mi lupa. Ya conoce mis métodos. ¿Qué puede deducir de la personalidad del hombre que llevaba esta prenda?

Tomé el sombrero entre mis manos y le di un par de vueltas de mala gana. Era un vulgar sombrero negro de copa redonda, duro y muy gastado. El forro había sido de seda roja, pero ahora estaba casi completamente descolorido. No llevaba el nombre del fabricante, pero, tal como Holmes había dicho, tenía garabateadas en un costado las iniciales «H. B.». El ala tenía unas perforaciones para colocar una goma elástica, pero faltaba el elástico. Por lo demás, estaba agujereado, lleno de polvo y cubierto de manchas, aunque parecía que habían intentado disimular las partes descoloridas pintándolas con tinta.

—No veo nada —dije, devolviéndoselo a mi amigo.

—Al contrario, Watson, lo tiene todo a la vista. Pero no es capaz de razonar a partir de lo que ve. Es usted demasiado tímido a la hora de hacer deducciones.

—Entonces, por favor, dígame qué deduce de este sombrero.

Me lo sacó de las manos y lo examinó con aquel aire introspectivo tan suyo.

—Quizás podría haber sido más sugerente —dijo—, pero aun así hay unas cuantas pistas muy claras y otras que presentan, por lo menos, un fuerte saldo de probabilidad. Por supuesto, salta a la vista que el propietario es un hombre de alta inteligencia y también que hace menos de tres años era bastante rico, aunque en la actualidad atraviesa unos malos momentos. Era previsor, pero ahora no lo es tanto, lo cual parece indicar una regresión moral que, unida a su caída económica, podría significar que sobre él actúa alguna influencia maligna, probablemente la bebida. Esto podría explicar también el hecho evidente de que su mujer ha dejado de amarlo.

—¡Pero... Holmes, por favor!

—Sin embargo, aún conserva un poco de amor propio —continuó, sin escuchar protestas—. Es un hombre que lleva una vida sedentaria, sale poco, está en muy mal estado físico, de edad madura y con el pelo gris, que se lo ha recortado hace pocos días y en el que se pone fijador. Estos son los datos más aparentes que se deducen de este sombrero. Además, dicho sea de paso, es sumamente improbable que tenga instalación de gas en su casa.

—Se burla usted de mí, Holmes.

—Para nada. ¿Es posible que aún ahora, cuando le he dado todos los resultados, sea incapaz de ver cómo los he obtenido?

—No cabe duda de que soy un estúpido, pero tengo que confesar que soy incapaz de seguirlo. Por ejemplo: ¿de dónde saca que el hombre es inteligente?

A modo de respuesta, Holmes se puso el sombrero en la cabeza. Le cubría por completo la frente y quedó apoyado en el puente de la nariz.

—Es una cuestión de capacidad cúbica —dijo—. Un hombre con un cerebro tan grande tiene que tener algo dentro.

—¿Y su declive económico?
—Este sombrero tiene tres años. Fue por entonces cuando estuvieron de moda estas alas planas y curvadas por los bordes. Es un sombrero de excelente calidad. Fíjese en la cinta de seda con remates y en la excelente calidad del forro. Si este hombre podía permitirse comprar un sombrero tan caro hace tres años y desde entonces no ha comprado otro, es indudable que se ha venido a menos.
—Bueno, sí, eso está claro. ¿Y eso de que era previsor y lo de la regresión moral?
Sherlock Holmes se largo a reír.
—Aquí está la precisión —dijo, señalando con el dedo el agujero para enganchar la goma sujeta sombreros—. Ningún sombrero se vende con esto. El hecho de que nuestro hombre lo haya mandado a poner es señal de un cierto nivel de previsión, ya que se tomó la molestia de adoptar una precaución contra el viento. Pero como vemos que desde entonces se le ha roto la goma y no se ha molestado en cambiarla, resulta evidente que ya no es tan previsor como antes, lo que demuestra claramente que su carácter se ha debilitado. Por otra parte, ha procurado disimular algunas de las manchas pintándolas con tinta, señal de que no ha perdido por completo su amor propio.
—Desde luego, es un razonamiento plausible.
—Los otros detalles, lo de la edad madura, el cabello gris, el reciente corte de pelo y el fijador, se advierten examinando con atención la parte inferior del forro. La lupa revela una gran cantidad de puntas de cabello, limpiamente cortadas por la tijera del peluquero. Todos están pegajosos y se nota un inconfundible olor a fijador. Este polvo, fíjese usted, no es el polvo gris y terroso de la calle, sino el polvo marrón de las casas, lo cual demuestra que ha estado colgado dentro de casa la mayor parte del tiempo. Y las manchas de sudor en su interior son una prueba palpable de que el propietario transpira abundantemente y, por lo tanto, difícilmente esté en buena forma física.
—Pero su mujer... dice usted que ha dejado de amarlo.
—Este sombrero no se ha cepillado en semanas. Cuando lo vea a usted, querido Watson, con polvo de una semana acumulado en el sombrero y su esposa le deje salir

en semejante estado, también sospecharé que ha tenido la desgracia de perder el cariño de ella.

—Pero podría tratarse de un soltero.

—No, llevaba a casa el ganso como ofrenda de paz a su mujer. Recuerde la tarjeta atada a la pata del ave.

—Tiene usted una respuesta para todo. Pero, ¿cómo demonios ha deducido que no hay instalación de gas en su casa?

—Una mancha de grasa, e incluso dos, pueden caer por casualidad; pero cuando veo nada menos que cinco, creo que existen pocas dudas de que este individuo entra en frecuente contacto con el sebo ardiendo; probablemente, sube las escaleras cada noche con el sombrero en una mano y una vela goteante en la otra. En cualquier caso, una luz de gas no produce manchas de sebo. ¿Está usted satisfecho?

—Bueno, es muy ingenioso —dije, riéndome—. Pero, ya que no se ha cometido ningún delito, como antes decíamos y no se ha producido ningún daño, salvo el extravío de un ganso, todo esto me parece un gasto innecesario de energía.

Sherlock Holmes había abierto la boca para responder cuando la puerta se abrió de par en par y Peterson el mensajero entró en la habitación con el rostro enrojecido y una expresión de asombro sin límites.

—¡El ganso, señor Holmes! ¡El ganso, señor! —decía jadeando.

—¿Qué pasa con él? ¿Ha vuelto a la vida y ha salido volando por la ventana de la cocina? —Holmes se acomodó en el sofá para ver mejor la cara del hombre.

—¡Mire, señor! ¡Vea lo que ha encontrado mi mujer en el buche! —extendió la mano y mostró en el centro de la palma una piedra azul de brillo cegador, bastante más pequeña que una arveja, pero tan pura y radiante que centelleaba como una luz eléctrica en el hueco oscuro de la mano.

Sherlock Holmes se sentó lanzando un silbido.

—¡Por Júpiter, Peterson! —exclamó—. ¡A eso le llamo encontrar un tesoro! Supongo que sabe lo que tiene en la mano.

—¡Un diamante, señor! ¡Una piedra preciosa! ¡Corta el cristal como si fuera masilla!

—Es más que una piedra preciosa. Es la piedra preciosa.

—¿No se referirá al carbunclo azul de la condesa de Morcar? —exclamé yo.

—Precisamente. No podría dejar de reconocer su tamaño y forma, después de haber estado leyendo el anuncio en el *Times* por tantos días seguidos. Es una piedra absolutamente única y sobre su valor solo se pueden hacer suposiciones, pero la recompensa que se ofrece, mil libras esterlinas, no llega ni a la vigésima parte de su precio en el mercado.

—¡Mil libras! ¡Santo Dios misericordioso! —el mensajero se desplomó sobre una silla, mirándonos a uno y a otro.

—Esa es la recompensa y tengo razones para creer que hay cuestiones sentimentales en la historia de esa piedra que harían que la condesa se desprendiera de la mitad de su fortuna con tal de recuperarla.

—Si no recuerdo mal, desapareció en el hotel Cosmopolitan —comenté.

—Exactamente, el 22 de diciembre, hace cinco días. John Horner, un plomero, fue acusado de haberla sustraído del joyero de la señora. Las pruebas en su contra eran tan sólidas que el caso ha pasado ya a los tribunales. Creo que tengo por aquí un informe. —Buscó entre los periódicos, consultando las fechas, hasta que seleccionó uno, lo dobló y leyó el siguiente párrafo:

> Robo de joyas en el hotel Cosmopolitan. John Horner, de 26 años, plomero, ha sido detenido bajo la acusación de haber sustraído, el 22 del corriente, del joyero de la condesa de Morcar, la valiosa piedra conocida como «el carbunclo azul». James Ryder, jefe de servicio del hotel, declaró que el día del robo había conducido a Horner al gabinete de la condesa de Morcar, para que soldara el segundo barrote de la rejilla de la chimenea, que estaba suelto. Permaneció un rato junto a Horner, pero al cabo de algún tiempo tuvo que ausentarse. Al regresar comprobó que Horner había desaparecido, que el escritorio había sido forzado y que el cofre marroquí en el que, según se supo luego, la condesa acostumbraba a guardar

la joya, estaba tirado, vacío, sobre el tocador. Ryder dio la alarma al instante y Horner fue detenido esa misma noche, pero no se pudo encontrar la piedra en su poder ni en su domicilio. Catherine Cusack, camarera de la condesa, declaró haber oído el grito de angustia de Ryder al descubrir el robo y haber corrido a la habitación, donde se encontró con la situación ya descrita por el anterior testigo. El inspector Bradstreet, de la División B, confirmó la detención de Horner, que se resistió violentamente y declaró su inocencia con mucha energía. Al comprobar que el detenido había sufrido una condena anterior por robo, el magistrado se negó a tratar sumariamente el caso, remitiéndolo a un tribunal superior. Horner, que dio muestras de intensa emoción durante los procedimientos, se desmayó al oír la decisión y tuvo que ser sacado de la sala.

—¡Hum! Hasta aquí, el informe de la policía —dijo Holmes, pensativo—. Ahora, la cuestión es dilucidar la cadena de acontecimientos que van desde un joyero desvalijado, en un extremo, al buche de un ganso en Tottenham Court Road, en el otro. Como ve, Watson, nuestras pequeñas deducciones han adquirido de pronto un aspecto mucho más importante y menos inocente. Aquí está la piedra; la piedra vino del ganso y el ganso vino del señor Henry Baker, el caballero del sombrero raído y todas las demás características con las que lo he estado aburriendo. Así que ahora tendremos que abocarnos a la tarea de localizar a este caballero y determinar el papel que ha desempeñado en este pequeño misterio. Y para eso, empezaremos por el método más sencillo, que sin duda consiste en poner un anuncio en todos los diarios de la tarde. Si eso falla, recurriremos a otros métodos.

—¿Y qué dirá?

—Alcánceme un lápiz y esa hoja de papel. Vamos a ver: «Encontrados un ganso y un sombrero negro de fieltro en la esquina de Goodge Street. El señor Henry Baker puede recuperarlos presentándose esta tarde a las 6.30 en el 221 B de Baker Street». Claro y conciso.

—Mucho. Pero, ¿lo verá él?

—Bueno, desde luego mirará los diarios, porque para un hombre pobre se trata de una pérdida importante. No cabe duda de que se asustó tanto al romper la vidriera y ver acercarse a Peterson que no pensó más que en huir; pero luego debe haberse arrepentido de aquel impulso que le hizo soltar el ave. Además, al incluir su nombre nos aseguramos de que lo vea, porque todos los que lo conozcan se lo harán notar. Aquí tiene, Peterson, corra a la agencia y asegúrese de que publiquen este anuncio en los diarios de la tarde.

—¿En cuáles, señor?

—Oh, pues en el *Globe*, el *Star*, el *Pall Mall*, la *St. James Gazette*, el *Evening News*, el *Standard*, el *Echo* y cualquier otro que se le ocurra.

—Muy bien, señor. ¿Y la piedra?

—Ah, sí, yo guardaré la piedra. Gracias. Y oiga, Peterson, en el camino de vuelta compre un ganso y tráigalo aquí, porque tenemos que darle uno a este caballero a cambio del que se está comiendo su familia.

Cuando el mensajero se hubo ido, Holmes levantó la piedra y la miró al trasluz.

—¡Qué maravilla! —dijo—. Fíjese cómo brilla y centellea. Por supuesto, esto es un imán para el crimen, al igual que todas las buenas piedras preciosas. Son el cebo favorito del diablo. En las piedras más grandes y más antiguas, se puede decir que cada faceta equivale a un crimen sangriento. Esta piedra aún no tiene ni veinte años de edad. La encontraron a orillas del río Amoy, en el sur de China y presenta la particularidad de poseer todas las características del carbunclo, salvo que es de color azul en lugar de rojo rubí. A pesar de su juventud, ya carga con un siniestro historial. Ha habido dos asesinatos, un atentado con vitriolo, un suicidio y varios robos, todo por culpa de estos doce quilates de carbón vegetal cristalizado. ¿Quién pensaría que tan hermoso juguete es un proveedor de clientes para el patíbulo y la cárcel? Lo guardaré en mi caja fuerte y le escribiré unas líneas a la condesa, avisándole de que lo tenemos.

—¿Cree que ese Horner es inocente?

—No lo puedo saber.

—Entonces, ¿cree que este otro, Henry Baker, tiene algo que ver con el asunto?

—Me parece mucho más probable que Henry Baker sea un hombre completamente inocente, que no tenía ni idea de que el ave que llevaba tenía un valor mucho más alto que si estuviera hecha de oro macizo. No obstante, eso lo comprobaremos mediante una sencilla prueba si recibimos respuesta a nuestro anuncio.

—¿Y hasta entonces no puede hacer nada?

—Nada.

—En tal caso, seguiré con mi ronda profesional, pero volveré esta tarde a la hora indicada, porque me gustaría presenciar la solución a un asunto tan intrincado.

—Estaré encantado de verle. Cenaré a las siete. Creo que hay una perdiz. Por cierto que, en vista de los recientes acontecimientos, quizás deba decirle a la señora Hudson que examine cuidadosamente la perdiz.

Me entretuve con un paciente y eran ya pasadas las seis y media cuando pude volver a Baker Street. Al acercarme a la casa vi a un hombre alto con boina escocesa y chaqueta abotonada hasta el mentón, que aguardaba en el brillante semicírculo de luz de la entrada. Justo cuando yo llegaba, la puerta se abrió y nos hicieron entrar juntos al departamento de Holmes.

—El señor Henry Baker, supongo —dijo Holmes, levantándose de su butaca y saludando al visitante con aquel aire de jovialidad espontánea que tan bien le salía—. Por favor, siéntese aquí junto al fuego, señor Baker. Hace frío esta noche y veo que su circulación se adapta mejor al verano que al invierno. Ah, Watson, llega usted justo. ¿Es este su sombrero, señor Baker?

—Sí, señor, es mi sombrero, sin duda alguna.

Era un hombre corpulento, de hombros curvados, cabeza voluminosa y un rostro amplio e inteligente, rematado por una barba puntiaguda, de color castaño canoso. Un toque de color en la nariz y las mejillas, junto con un ligero temblor en su mano extendida, me recordaron la suposición de Holmes acerca de sus hábitos. Su levita, negra y raída, estaba abotonada hasta arriba, con el cuello alzado y sus flacas muñecas salían de las mangas sin que se advirtieran indicios de puños ni de camisa. Hablaba en voz baja y entrecortada, eligiendo cuidadosamente sus palabras y en general daba la impresión de un hombre culto e instruido, maltratado por el destino.

—Hemos guardado estas cosas durante varios días —dijo Holmes— porque esperábamos ver un anuncio suyo, dándonos sus señas. No entiendo cómo no puso usted el anuncio.

Nuestro visitante emitió una risa avergonzada.

—No ando tan abundante de chelines como en otros tiempos —dijo—. Estaba convencido de que la pandilla de maleantes que me asaltó se había llevado mi sombrero y el ganso. No tenía intención de gastar dinero en un vano intento de recuperarlos.

—Es muy natural. A propósito del ave... nos vimos obligados a comerla.

—¡Se la comieron! —nuestro visitante estaba tan excitado que casi se levantó de la silla.

—Sí; de no hacerlo no la hubiera aprovechado nadie. Pero supongo que este otro ganso que hay sobre el aparador, que pesa aproximadamente lo mismo y está perfectamente fresco, servirá igual de bien para sus propósitos.

—¡Oh, desde luego, desde luego! —respondió el señor Baker con un suspiro de alivio.

—Por supuesto, aún tenemos las plumas, las patas, el buche y demás restos de su ganso, así que si usted quiere...

El hombre se rió de buena gana.

—Podrían servirme como recuerdo de la aventura —dijo—, pero aparte de eso, no veo de qué utilidad me iban a resultar los *disjecta membra* de mi difunto amigo. No, señor, creo que, con su permiso, limitaré mis atenciones a la excelente ave que veo sobre el aparador.

Sherlock Holmes me lanzó una intensa mirada de reojo, acompañada de un encogimiento de hombros.

—Pues aquí tiene su sombrero y aquí su ave —dijo—. Por cierto, ¿le importaría decirme dónde adquirió el otro ganso? Soy bastante aficionado a las aves de corral y pocas veces he visto una mejor criada.

—Desde luego, señor —dijo Baker, que se había levantado, con su recién recuperada propiedad bajo el brazo—. Algunos de nosotros frecuentamos la taberna Alpha, cerca del museo... Durante el día, sabe, nos encontramos en el museo mismo. Este año, el patrón, que se llama Windigate, estableció un Club del Ganso, en el que, pagando unos pocos peniques cada semana, recibiríamos un ganso por Navidad. Pagué religiosamente mis peniques y el resto ya lo conoce. Le estoy muy agradecido, señor, pues una boina escocesa no resulta adecuada ni para mis años ni para mi carácter discreto.

Con cómica pomposidad, nos dedicó una solemne reverencia y se fue por su camino.

—Con esto queda liquidado el señor Henry Baker —dijo Holmes, después de cerrar la puerta tras él—. Es indudable que no sabe nada del asunto. ¿Tiene hambre, Watson?

—No demasiada.

—Entonces, le propongo que aplacemos la cena y sigamos esta pista mientras aún esté fresca.

—Con mucho gusto.

Hacía una noche muy cruda, de manera que nos pusimos nuestros sobretodos y nos envolvimos el cuello con bufandas. En el exterior, las estrellas brillaban con luz fría en un cielo sin nubes y el aliento de los transeúntes despedía tanto humo como un disparo. Nuestras pisadas resonaban fuertes y secas mientras cruzábamos el barrio de los médicos, Wimpole Street, Harley Street y Wigmore Street, hasta desembocar en Oxford Street. Al cabo de un cuarto de hora nos encontrábamos en Bloomsbury, frente al bar Alpha, que es un pequeño establecimiento público situado en la esquina de una de las calles que se dirigen a Holborn. Holmes abrió la puerta del bar y pidió dos vasos de cerveza al dueño, un hombre de cara colorada y dientes blancos.

—Su cerveza debe ser excelente, si es tan buena como sus gansos —dijo.

—¡Mis gansos! —el hombre parecía sorprendido.

—Sí. Hace tan solo media hora, he estado hablando con el señor Henry Baker, que es miembro de su Club del Ganso.

—¡Ah, ya comprendo! Pero, verá, señor, los gansos no son míos.

—¿Ah, no? ¿De quién son, entonces?

—Bueno, le compré las dos docenas a un vendedor de Covent Garden.

—¿De verdad? Conozco a algunos de ellos. ¿Cuál fue?
—Se llama Breckinridge.
—¡Ah! No lo conozco. Bueno, a su salud, patrón y por la prosperidad de su casa. Buenas noches.

—Y ahora, vamos por el señor Breckinridge —continuó, abotonándose el sobretodo mientras salíamos al aire helado de la calle—. Recuerde, Watson, que aunque tengamos a un extremo de la cadena algo tan vulgar como un ganso, en el otro tenemos un hombre que se va a pasar siete años de trabajos forzados, a menos que podamos demostrar su inocencia. Es posible que nuestra investigación confirme su culpabilidad; pero, en cualquier caso, tenemos una línea de investigación que la policía no ha encontrado y que una increíble casualidad ha puesto en nuestras manos. Sigámosla hasta su último extremo. ¡Rumbo al sur, pues, y rápido!

Atravesamos Holborn, bajando por Endell Street y zigzagueamos por una serie de calles hasta llegar al mercado de Covent Garden. Uno de los puestos más grandes tenía encima el rótulo de Breckinridge y el dueño, un hombre con aspecto de caballo, de cara astuta y patillas recortadas, estaba ayudando a un muchacho a cerrar.

—Buenas noches y fresquitas —dijo Holmes.

El vendedor asintió y dirigió una mirada inquisitiva a mi compañero.

—Por lo que veo, se le han terminado los gansos —continuó Holmes, señalando los estantes de mármol vacíos.

—Mañana por la mañana le puedo ofrecer quinientos.
—Eso no me sirve.
—Bueno, quedan algunos marcados por la llamada de gas.
—Oiga, que vengo recomendado.
—¿Por quién?
—Por el dueño del Alpha.
—Ah, sí. Le envié un par de docenas.
—Y de muy buena calidad. ¿Dónde los consiguió?

Ante mi sorpresa, la pregunta provocó un estallido de cólera en el vendedor.

—Oiga usted, señor —dijo con la cabeza erguida y las manos en la cintura—. ¿Adónde quiere llegar? Me gustan las cosas claras.

—He sido bastante claro. Me gustaría saber quién le vendió los gansos que suministró al Alpha.

—Y yo no quiero decírselo. ¿Entendido?

—Oh, la cosa no tiene importancia. Pero no sé por qué se pone así por una nimiedad.

—¡Me pongo como quiero! ¡Y usted también se pondría así si lo fastidiasen tanto como a mí! Cuando pago buen dinero por un buen artículo, ahí debe terminar la cosa. ¿A qué viene tanto «¿Dónde están los gansos?» y «¿A quién le ha vendido los gansos?» y «¿Cuánto quiere usted por los gansos?» Cualquiera diría que no hay otros gansos en el mundo, a juzgar por el alboroto que se arma con ellos.

—Le aseguro que no tengo relación alguna con los que lo han estado interrogando —dijo Holmes con tono indiferente—. Si no nos lo quiere decir, la apuesta se queda en nada. Pero me considero un entendido en aves de corral y he apostado cinco libras a que el ave que me comí es de campo.

—Pues ha perdido usted sus cinco libras, porque fue criada en Londres —replicó el vendedor.

—No es así.

—Le digo que sí.

—No le creo.

—¿Se cree que sabe de aves más que yo, que vengo manejándolas desde que era un niño? Le digo que todos los gansos que le vendí al Alpha eran de Londres.

—No conseguirá convencerme.

—¿Quiere apostar algo?

—Es como robarle el dinero, porque me consta que tengo razón. Pero le apuesto un soberano, solo para que aprenda a no ser tan terco.

El vendedor se rió por lo bajo y dijo:

—Tráeme los libros, Bill.

El muchacho trajo un librito muy fino y otro muy grande con tapas grasientas, y los colocó juntos bajo la lámpara.

—Y ahora, señor sabelotodo —dijo el vendedor—, creía que no me quedaban gansos, pero ya verá cómo aún me queda uno en la tienda. ¿Ve este librito?

—Sí, ¿y qué?

—Es la lista de mis proveedores. ¿Ve? Pues bien, en esta página están los del campo y detrás de cada nombre hay un número que indica la página de su cuenta en el libro mayor. ¡Veamos ahora! ¿Ve esta otra página en tinta roja? Pues es la lista de mis proveedores de la ciudad. Ahora, fíjese en el tercer nombre. Léamelo.

—Señora Oakshott,117 Brixton Road... 249 —leyó Holmes.

—Exacto. Ahora, busque esa página en el libro mayor.

Holmes buscó la página indicada.

—Aquí está: señora Oakshott, 117 Brixton Road, proveedores de huevos y pollería.

—Muy bien. ¿Cuál es la última entrada?

—Veintidós de diciembre. Veinticuatro gansos a siete chelines y seis peniques.

—Exacto. Ahí lo tiene. ¿Qué pone debajo?

—Vendidos al señor Windigate, del Alpha, a doce chelines.

—¿Qué me dice ahora?

Sherlock Holmes parecía profundamente disgustado. Sacó un soberano del bolsillo y lo arrojó sobre el mostrador, retirándose con el aire de quien está tan fastidiado que incluso le faltan las palabras. A los pocos metros se detuvo bajo un farol y se echó a reír de aquel modo alegre y silencioso tan suyo.

—Cuando vea a un hombre con patillas recortadas de ese modo y los resultados de las carreras asomándole del bolsillo, puede estar seguro de que siempre se lo podrá llevar a una apuesta —dijo—. Me atrevería a decir que si le hubiera puesto delante cien libras, el tipo no me habría dado una información tan completa como la que le saqué haciéndole creer que me ganaba una apuesta. Bien, Watson, me parece que nos vamos acercando al final de nuestra investigación y lo único que queda por determinar es si debemos visitar a esta señora Oakshott esta misma noche o si lo dejamos para mañana. Por lo que dijo ese tipo tan malhumorado, está claro que hay otras personas interesadas en el asunto, aparte de nosotros y yo creo...

Sus comentarios se vieron interrumpidos de pronto por un fuerte griterío procedente del puesto que acabábamos de abandonar. Al darnos la vuelta, vimos a un sujeto pequeño y con cara de rata, de pie en el centro del círculo de luz proyectado por la lámpara colgante, mientras Breckinridge, enmarcado en la puerta de su establecimiento, agitaba ferozmente sus puños en dirección a aquella figura.

—¡Ya estoy harto de ustedes y sus gansos! —gritaba—. ¡Váyanse todos al diablo! Si vuelven a fastidiarme con sus tonterías, soltaré al perro. Que venga aquí la señora Oakshott y le contestaré, pero ¿a usted qué le importa? ¿Acaso le compré a usted los gansos?

—No, pero uno de ellos era mío —gimió el hombrecito.

—Pues pídaselo a la señora Oakshott.

—Ella me dijo que se lo pidiera a usted.

—Pues, por mí, se lo puede ir a pedir al rey de Prusia. Yo ya no aguanto más. ¡Largo de aquí!

Dio unos pasos hacia delante con gesto feroz y el preguntón se esfumó entre las tinieblas.

—Ajá, esto puede ahorrarnos una visita a Brixton Road —susurró Holmes—. Venga conmigo y veremos qué podemos sacarle a ese tipo.

Avanzando a largas zancadas entre los reducidos grupos de gente que aún rondaban en torno a los puestos iluminados, mi compañero no tardó en alcanzarlo y le tocó con la mano el hombro. El individuo se volvió bruscamente y pude ver a la luz de gas que de su cara había desaparecido todo rastro de color.

—¿Quién es usted? ¿Qué quiere? —preguntó con voz temblorosa.

—Perdone —dijo Holmes en tono suave—, pero no he podido evitar oír lo que le preguntaba hace un momento al vendedor de aves y creo que yo podría ayudarlo.

—¿Usted? ¿Quién es usted? ¿Cómo puede saber algo de este asunto?

—Me llamo Sherlock Holmes y mi trabajo consiste en saber lo que otros no saben.

—Pero usted no puede saber nada de esto.

—Perdóneme, pero lo sé todo. Anda usted buscando unos gansos que la señora Oakshott, de Brixton Road, vendió a un comerciante llamado Breckinridge y que este a su vez vendió al señor Windigate, del Alpha, y este a su club, uno de cuyos miembros es el señor Henry Baker.

—Ah, señor, es usted el hombre que necesito —exclamó el hombre, con las manos extendidas y los dedos temblorosos—. Me sería difícil explicarle cuánto interés tengo en este asunto.

Sherlock Holmes le hizo unas señas a un coche que pasaba.

—En tal caso, lo mejor será hablar de esto en una habitación cómoda y no en este mercado azotado por el viento —dijo—. Pero antes de seguir adelante, dígame por favor a quién tengo el placer de ayudar.

El hombre vaciló un instante.

—Me llamo John Robinson —respondió, mirando a los costados.

—No, no, el nombre verdadero —dijo Holmes en tono amable—. Siempre resulta incómodo hablar de negocios con un alias.

Un súbito rubor cubrió las blancas mejillas del desconocido.

—Está bien, mi verdadero nombre es James Ryder.

—Eso es. Jefe de servicio del hotel Cosmopolitan. Por favor, suba al coche y pronto podrá hablarle de todo lo que desea saber.

El hombre nos miraba con ojos medio asustados y medio esperanzados, como quien no está seguro de si le espera un golpe de suerte o una catástrofe. Subió por fin al coche y a la media hora ya estábamos de vuelta en la sala de estar de Baker Street. No se había pronunciado una sola palabra durante todo el trayecto, pero la respiración agitada de nuestro nuevo acompañante y su continuo abrir y cerrar de manos hablaban claramente de la tensión nerviosa que lo dominaba.

—¡Hemos llegado! —dijo Holmes alegremente cuando entramos en la habitación—. Un buen fuego es lo más adecuado para este tiempo. Parece que tiene frío, señor Ryder. Por favor, siéntese en el sillón de mimbre. Permita que me ponga las zapatillas antes de zanjar este asunto suyo. ¡Veamos! ¿Así que quiere saber lo que fue de aquellos gansos?

—Sí, señor.

—O más bien, deberíamos decir de aquel ganso. Me parece que lo que le interesaba era un ave concreta... blanca, con una franja negra en la cola.

Ryder se estremeció de emoción.

—¡Oh, señor! —exclamó—. ¿Puede decirme dónde fue a parar?

—Aquí.

—¿Aquí?

—Sí y resultó ser un ave de lo más notable. No me extraña que le interesara tanto. Puso un huevo después de muerta... el huevo azul más pequeño, precioso y brillante que jamás se ha visto. Lo tengo aquí en mi museo.

Nuestro visitante se puso de pie, tambaleándose y se aferró con la mano derecha a la repisa de la chimenea. Holmes abrió su caja fuerte y mostró el carbunclo azul, que brillaba como una estrella, con un resplandor frío que irradiaba en todas direcciones. Ryder se lo quedó mirando con las facciones contraídas, sin decidirse entre reclamarlo o ignorarlo.

—Se acabó el juego, Ryder —dijo Holmes muy tranquilo—. Sosténgase, hombre, que se va a caer al fuego. Ayúdelo a sentarse, Watson. Le falta sangre fría para meterse en robos con impunidad. Dele un trago de brandy. Así. Ahora parece un poco más humano. ¡Todo un mequetrefe, diría yo!

Durante un momento había estado a punto de desplomarse, pero el brandy hizo subir un toque de color a sus mejillas y permaneció sentado, mirando con ojos asustados a su acusador.

—Tengo ya en mis manos casi todos los eslabones y las pruebas que podría necesitar, así que es poco lo que puede usted decirme. No obstante, hay que aclarar ese poco para que el caso quede completo. ¿Había usted oído hablar de esta piedra de la condesa de Morcar, Ryder?

—Fue Catherine Cusack quien me habló de ella —dijo el hombre con voz quebrada.

—Ya veo. La doncella de la señora. Bien, la tentación de hacerse rico de golpe y con facilidad fue demasiado fuerte para usted, como lo ha sido antes para hombres mejores; pero no se ha mostrado muy escrupuloso en los métodos empleados. Me parece, Ryder, que tiene madera de villano miserable. Sabía que ese pobre plomero, Horner, había estado implicado hace tiempo en un asunto semejante, y que eso lo convertiría en el blanco de todas las sospechas. ¿Y qué hizo entonces? Usted y su cómplice Cusack simularon una pequeña avería en el cuarto de la señora y se las arreglaron para que hiciesen llamar a Horner. Y luego, después de que Horner se fuera, desvalijaron el joyero, dieron la alarma e hicieron detener a ese pobre hombre. A continuación...

De pronto, Ryder se dejó caer sobre la alfombra y se aferró a las rodillas de mi compañero.

—¡Por el amor de Dios, tenga compasión! —chillaba—. ¡Piense en mi padre! ¡En mi madre! Esto les rompería el corazón. Jamás hice nada malo antes y no lo volveré a hacer. ¡Lo juro! ¡Lo juro sobre la Biblia! ¡No me lleve a los tribunales! ¡Por el amor de Cristo, no lo haga!

—¡Vuelva a sentarse en la silla! —dijo Holmes rudamente—. Es muy bonito eso de llorar y arrastrarse ahora, pero no pensó usted en ese pobre Horner, preso por un delito del que no sabe nada.

—Huiré, señor Holmes. Saldré del país. Así tendrán que retirar los cargos contra él.

—¡Hum! Ya hablaremos de eso. Y ahora, oigamos la sincera versión del siguiente acto. ¿Cómo llegó la piedra al buche del ganso y cómo llegó el ganso al mercado público? Díganos la verdad, porque en ello reside su única esperanza de salvación.

Ryder se pasó la lengua por los labios resecos.

—Le diré lo que sucedió, señor —dijo—. Una vez detenido Horner, me pareció que lo mejor sería esconder la piedra cuanto antes, porque no sabía en qué momento se le podía ocurrir a la policía registrarme, a mí y a mi habitación. En el hotel no había ningún escondite seguro. Salí como si fuera a hacer diligencia y me fui a casa de mi hermana, que está casada con un tipo llamado Oakshott y vive en Brixton Road, donde engorda gansos para el mercado. Durante todo el camino, cada hombre que veía me parecía un policía o un detective y aunque hacía una noche bastante fría, antes de llegar a Brixton Road me sudaba toda la cara. Mi hermana me preguntó qué me ocurría, por estar tan pálido, pero le dije que estaba

173

nervioso por el robo de joyas en el hotel. Luego me fui al patio trasero y, mientras fumaba mi pipa, traté de decidir qué era lo que más me convenía hacer.

Una vez tuve un amigo llamado Maudsley que se fue por el mal camino y acaba de cumplir su condena en Pentonville. Un día nos encontramos y se puso a hablarme de las diversas clases de ladrones y cómo estos se deshacían de lo robado. Sabía que no me delataría, porque yo conocía un par de asuntitos suyos, así que decidí ir a Kilburn, que es donde vive y confiarle mi situación. Él me indicaría cómo convertir la piedra en dinero. Pero, ¿cómo llegar hasta él sin contratiempos? Pensé en la angustia que había pasado viniendo del hotel, pensando que en cualquier momento me podían detener y registrar, y que encontrarían la piedra en el bolsillo de mi chaleco. En aquel momento estaba apoyado en la pared, mirando a los gansos que correteaban alrededor de mis pies, y de pronto se me ocurrió una idea para burlar al mejor detective que haya existido en el mundo.

Unas semanas antes, mi hermana me había dicho que podía elegir uno de sus gansos como regalo de Navidad y yo sabía que siempre mantenía su palabra. Me llevaría ahora mismo mi ganso y en su interior ocultaría la piedra hasta Kilburn. Había en el patio un pequeño cobertizo y me metí detrás de él con uno de los gansos, un magnífico ejemplar, blanco y con una franja en la cola. Lo atrapé, le abrí el pico y le metí la piedra por ahí, tan abajo como pude llegar con los dedos. El pájaro tragó y sentí la piedra pasar por la garganta y llegar al buche. Pero el animal forcejeaba y aleteaba y mi hermana salió a ver qué pasaba. Cuando me di la vuelta para hablarle, el bicho se me escapó y regresó dando un pequeño vuelo entre sus compañeros.

—¿Qué estás haciendo con ese ganso, Jem? —preguntó mi hermana.

—Bueno —dije—, como dijiste que me ibas a regalar uno para Navidad, estaba mirando cuál es el más gordo.

—Oh, ya hemos apartado uno para ti —dijo ella—. Lo llamamos el ganso de Jem. Es aquel grande y blanco. En total hay veintiséis; o sea, uno para ti, otro para nosotros y dos docenas para vender.

—Gracias, Maggie —dije yo—. Pero, si te da lo mismo, prefiero ese otro que estaba mirando.

—El otro pesa por lo menos tres libras más —dijo ella— y lo hemos engordado especialmente para ti.

—No importa. Prefiero el otro y me lo voy a llevar ahora —dije.

—Bueno, como quieras —dijo ella, un poco enojada—. ¿Cuál es el que dices que quieres?

—Ese blanco con una raya en la cola, que está justo en medio.

—De acuerdo. Mátalo y te lo llevas.

Así lo hice, señor Holmes, y me llevé el ave hasta Kilburn. Le conté a mi amigo lo que había hecho, porque es de la clase de gente a la que se le puede contar una cosa así. Se rió hasta partirse el pecho y luego cogimos un cuchillo y abrimos el ganso. Se me cayó el corazón, porque allí no había ni rastro de la piedra y comprendí que había cometido una terrible equivocación. Dejé el ganso, corrí a casa de mi hermana y fui derecho al patio. No había ni un ganso a la vista.

—¿Dónde están todos, Maggie? —exclamé.

—Se los llevaron a la tienda.

—¿A qué tienda?

—A la de Breckinridge, en Covent Garden.

—¿Había otro con una raya en la cola, igual al que yo me llevé? —pregunté.

—Sí, Jem, había dos con raya en la cola. Jamás pude distinguirlos.

Entonces, naturalmente, lo comprendí todo y corrí a toda velocidad en busca de ese Breckinridge; pero ya había vendido todo el lote y se negó a decirme a quién. Ya lo han oído ustedes esta noche. Pues siempre ha sido igual. Mi hermana cree que me estoy volviendo loco. A veces, yo también lo creo. Y ahora... ahora soy un ladrón, estoy marcado y sin haber llegado a tocar la riqueza por la que vendí mi alma. ¡Que Dios se apiade de mí! ¡Que Dios se apiade de mí!

Estalló en llantos convulsivos, con la cara escondida entre las manos. Se produjo un largo silencio, quebrado tan solo por su agitada respiración y por el rítmico golpeteo de los dedos de Sherlock Holmes sobre el borde de la mesa.

Por fin, mi amigo se levantó y abrió la puerta de par en par.

—¡Váyase! —dijo.

—¿Cómo, señor? ¡Oh! ¡Dios le bendiga!

—Ni una palabra más. ¡Fuera de aquí!

Y no hicieron falta más palabras. Hubo una salida precipitada, un pataleo en la escalera, un portazo y el seco repicar de pies que corrían en la calle.

—Al fin y al cabo, Watson —dijo Holmes, estirando la mano en busca de su pipa de arcilla—, la policía no me paga para que cubra sus deficiencias. Si Horner corriera peligro, sería diferente, pero este individuo no declarará contra él y el proceso no seguirá adelante. Supongo que estoy indultando a un delincuente, pero también es posible que esté salvando un alma. Este tipo no volverá a equivocarse. Está demasiado asustado. Métalo en la cárcel y lo convertirá en carne de presidio para el resto de su vida. Además, estamos en época de perdón. La casualidad ha puesto en nuestro camino un problema de lo más curioso y extravagante y su solución es una recompensa suficiente. Si tiene usted la amabilidad de tirar de la campana, doctor, iniciaremos otra investigación, cuyo tema principal será también un ave de corral.

8

La banda de lunares

Repasando mis notas sobre los setenta curiosos casos en los que, durante los ocho últimos años, he estudiado los métodos de mi amigo Sherlock Holmes, he encontrado muchos trágicos, otros cómicos, un buen número de ellos que eran simplemente extraños, pero ninguno común, porque, trabajando como él trabajaba, más por amor a su arte que por una búsqueda de riquezas, se negaba a intervenir en ninguna investigación que no tendiera a lo insólito e incluso a lo fantástico. Sin embargo, entre todos estos casos tan variados, no recuerdo ninguno que presentara características más extraordinarias que el que afectó a una conocida familia de Surrey, los Roylott de Stoke Moran. Los acontecimientos en cuestión tuvieron lugar en los primeros tiempos de mi amistad con Holmes, cuando ambos compartíamos un departamento de solteros en Baker Street. Podría haberlo dado a conocer antes, pero en su momento se hizo una promesa de silencio, de la que no me he visto liberado hasta el mes pasado, debido a la prematura muerte de la dama a quien se hizo la promesa. Quizás convenga hacerlo público ahora, pues tengo motivos para creer que corren rumores sobre la muerte del doctor Grimesby Roylott que tienden a hacer que el asunto parezca aún más terrible de lo que fue en realidad.

Una mañana de principios de abril de 1883, me desperté y vi a Sherlock Holmes completamente vestido, parado junto a mi cama. Por lo general, se levantaba tarde y en vista de que el reloj de la repisa solo marcaba las siete y cuarto, lo miré parpadeando con cierta sorpresa y tal vez algo de resentimiento, porque yo era una persona de hábitos muy regulares.

—Lamento despertarlo, Watson —dijo—, pero esta mañana nos ha tocado a todos. A la señora Hudson la han despertado, ella se desquitó conmigo y yo con usted.

—¿Qué es lo que pasa? ¿Un incendio?

—No, un cliente. Parece que ha llegado una señorita en estado de gran excitación, que insiste en verme. Está aguardando en la sala de estar. Ahora bien, cuando las jovencitas vagan por la ciudad a estas horas de la mañana, despertando a la gente dormida y sacándola de la cama, hay que suponer que tienen que comunicar algo muy urgente. Si resultara ser un caso interesante, estoy seguro de que le gustaría seguirlo desde el principio. En cualquier caso, me pareció que debía llamarlo y darle esa oportunidad.

—Querido amigo, no me lo perdería por nada del mundo.

No existía para mí mayor placer que seguir a Holmes en todas sus investigaciones y admirar las rápidas deducciones, tan rápidas como las intuiciones, pero siempre fundadas en una base lógica, con las que desentrañaba los problemas que se le planteaban.

Me vestí a toda velocidad y a los pocos minutos estaba listo para acompañar a mi amigo a la sala de estar. Una dama vestida de negro y con el rostro cubierto por un espeso velo estaba sentada junto a la ventana y se levantó cuando entramos.

—Buenos días, señora —dijo Holmes animadamente—. Me llamo Sherlock Holmes. Este es mi íntimo amigo y colaborador, el doctor Watson, ante el cual puede hablar con tanta libertad como ante mí. Ajá, me alegro de comprobar que la señora Hudson ha tenido la buena idea de encender el fuego. Por favor, acérquese a él y pediré que le traigan una taza de chocolate, pues veo que está temblando.

—No es el frío lo que me hace temblar —dijo la mujer en voz baja, cambiando de asiento como se le sugería.

—¿Qué es, entonces?

—El miedo, señor Holmes. El terror —al hablar, alzó su velo y pudimos ver que efectivamente se encontraba en un lamentable estado de agitación, con la cara gris y desencajada, los ojos inquietos y asustados, como los de un animal acosado. Sus rasgos y su figura correspondían a una mujer de treinta años, pero su cabello presentaba prematuras mechas grises y su expresión denotaba cansancio y agobio. Sherlock Holmes la examinó de arriba a abajo con una de sus miradas rápidas que lo veían todo.

—No debe tener miedo —dijo en tono consolador, inclinándose hacia delante y palmeándole el antebrazo—. Pronto lo arreglaremos todo, no le quepa duda. Veo que ha venido usted en tren esta mañana.

—¿Es que acaso me conoce?

—No, pero estoy viendo la mitad de un billete de vuelta en la palma de su guante izquierdo. Ha salido muy temprano y todavía ha tenido que hacer un largo trayecto en un coche descubierto, por caminos accidentados, antes de llegar a la estación.

La dama se estremeció violentamente y se quedó mirando con asombro a mi compañero.

—No hay misterio alguno, querida señora —explicó Holmes sonriendo—. La manga izquierda de su saco tiene salpicaduras de barro nada menos que en siete sitios. Las manchas aún están frescas. Solo en un coche descubierto podría haberse salpicado así y eso solo si venía sentada a la izquierda del cochero.

—Sean cuales sean sus razones, ha acertado usted en todo —dijo ella—. Salí de casa antes de las seis, llegué a Leatherhead a las seis y veinte y tomé el primer tren a Waterloo. Señor, ya no puedo aguantar más esta tensión, me volveré loca si sigo así. No tengo a nadie a quien recurrir... solo hay una persona que me aprecia y el pobre no sería de gran ayuda. He oído hablar de usted, señor Holmes; me habló de usted la señora Farintosh, a la que ayudó cuando se encontraba en un grave apuro. Ella me dio su dirección. ¡Oh, señor! ¿No cree que podría ayudarme a mí también, o al menos arrojar un poco de luz sobre las densas tinieblas que me rodean? Por el momento, me resulta imposible retribuirle por sus servicios, pero dentro de uno o dos meses me voy a casar, podré disponer de mi renta y entonces verá usted que no soy desagradecida.

Holmes se dirigió a su escritorio, lo abrió y sacó un pequeño fichero que consultó a continuación.

—Farintosh —dijo—. Ah, sí, ya me acuerdo del caso; giraba en torno a una tiara de ópalos. Creo que fue antes de conocernos, Watson. Lo único que puedo decir, señora, es que tendré un gran placer en dedicar a su caso la misma atención que le dediqué al de su amiga. En cuanto a la retribución, mi profesión lleva en sí misma la recompensa; pero es usted libre de pagar los gastos en los que yo pueda incurrir, cuando le resulte más conveniente. Y ahora, le ruego que nos exponga todo lo que pueda servirnos de ayuda para formarnos una opinión sobre el asunto.

—¡Ay! —replicó nuestra visitante—. El mayor horror de mi situación consiste en que mis temores son tan inconcretos y mis sospechas se basan por completo en detalles tan pequeños y que a otra persona le parecerían triviales, que hasta el hombre a quien, entre todos los demás, tengo derecho a pedir ayuda y consejo, considera todo lo que le digo como fantasías de una mujer nerviosa. No lo dice así, pero puedo darme cuenta por sus respuestas consoladoras y sus ojos esquivos. Pero he oído decir, señor Holmes, que usted es capaz de penetrar en las múltiples maldades del corazón humano. Usted podrá indicarme cómo caminar entre los peligros que me amenazan.

—Soy todo oídos, señora.

—Me llamo Helen Stoner y vivo con mi padrastro, último superviviente de una de las familias sajonas más antiguas de Inglaterra, los Roylott de Stoke Moran, en el límite occidental de Surrey.

Holmes asintió con la cabeza.

—El nombre me resulta familiar —dijo.

—En otro tiempo, la familia era una de las más ricas de Inglaterra y sus propiedades se extendían más allá de los límites del condado, entrando por el norte en Berkshire y por el oeste en Hampshire. Sin embargo, en el siglo pasado hubo cuatro herederos seguidos de carácter desenfrenado y derrochador y un jugador terminó por completar, en tiempos de la Regencia, la ruina de la familia. No se salvó nada, con excepción de unas pocas hectáreas de tierra y la casa, de doscientos años de antigüedad, sobre la que pesa una fuerte hipoteca. Allí fue a vivir el último señor, viviendo la vida miserable de un mendigo aristócrata; pero su único hijo, mi padrastro, comprendiendo que debía adaptarse a las nuevas condiciones, consiguió un préstamo de un pariente, que le permitió estudiar medicina y emigró a Calcuta, donde, gracias a su talento profesional y a su fuerza de carácter, consiguió una numerosa clientela. Sin embargo, en un arrebato de cólera, provocado por una serie de robos cometidos en su casa, azotó hasta matarlo a un mayordomo indígena y se libró por muy poco de la pena de muerte. Tuvo que cumplir una larga condena, al cabo de la cual regresó a Inglaterra, convertido en un hombre huraño y desilusionado.

Durante su estancia en la India, el doctor Roylott se casó con mi madre, la señora Stoner, joven viuda del general de división Stoner, de la artillería de Bengala. Mi hermana Julia y yo éramos gemelas y solo teníamos dos años cuando nuestra madre se volvió a casar. Mi madre disponía de un capital considerable, con una renta que no bajaba de las mil libras al año y se lo confió por entero al doctor Roylott mientras viviésemos con él, estipulando que cada una de nosotras debía recibir cierta suma anual en caso de contraer matrimonio. Mi madre falleció poco después de nuestra llegada a Inglaterra... hace ocho años, en un accidente ferroviario cerca de Crewe. A su muerte, el doctor Roylott abandonó sus intentos de establecerse como médico en Londres y nos llevó a vivir con él a la mansión ancestral de Stoke Moran. El dinero que dejó mi madre bastaba para cubrir todas nuestras necesidades y no parecía existir obstáculo a nuestra felicidad.

Pero, en aquella época, nuestro padrastro experimentó un cambio terrible. En lugar de hacer amistades e intercambiar visitas con nuestros vecinos, que al principio se alegraron muchísimo de ver a un Roylott de Stoke Moran instalado de nuevo en la vieja mansión familiar, se encerró en la casa sin salir casi nunca, a no ser para enroscarse en furiosas disputas con cualquiera que se cruzase en su camino. El temperamento violento, casi maníaco, parece ser hereditario en los varones de la familia y en el caso de mi padrastro creo que se intensificó por su larga estancia en el trópico. Provocó varios incidentes bochornosos, dos de los cuales terminaron en el juzgado y acabó por convertirse en el terror del pueblo, de quien todos huían al verlo acercarse, pues tiene una fuerza extraordinaria y es absolutamente incontrolable cuando se enfurece.

La semana pasada tiró al herrero del pueblo al río, por encima de un parapeto y solo a base de pagar todo el dinero que pude reunir conseguí evitar una nueva vergüenza pública. No tiene ningún amigo, a excepción de los gitanos errantes, y a estos vagabundos les da permiso para acampar en las pocas hectáreas de tierra cubierta de zarzas que componen la estancia familiar, aceptando a cambio la hospitalidad de sus tiendas y yéndose a veces con ellos durante semanas enteras. También le apasionan los animales indios, que le envía un contacto en las colonias, y en la actualidad tiene un guepardo y un mandril que se pasean en libertad por sus tierras y que los aldeanos temen casi tanto como a su dueño.

Con esto que le digo podrá usted imaginar que mi pobre hermana Julia y yo no llevábamos una vida de placeres. Ningún criado quería servir en nuestra casa y durante mucho tiempo hicimos nosotras mismas todas las tareas domésticas. Cuando murió no tenía más que treinta años y, sin embargo, su cabello ya empezaba a blanquear, igual que el mío.

—Entonces, su hermana ha muerto.

—Murió hace dos años y es de su muerte de lo que vengo a hablarle. Comprenderá que, llevando la vida que he descrito, teníamos pocas posibilidades de conocer a gente de nuestra misma edad y posición. Sin embargo, teníamos una tía soltera, hermana de mi madre, la señorita Honoria Westphail, que vive cerca de Harrow y de vez en cuando se nos permitía hacerle breves visitas. Julia fue a su casa por Navidad, hace dos años, y allí conoció a un comandante de Infantería de Marina retirado, al que se prometió en matrimonio. Mi padrastro se enteró del compromiso cuando regresó mi hermana y no puso objeciones a la boda. Pero menos de quince días antes de la fecha fijada para la ceremonia, ocurrió el terrible suceso que me privó de mi única compañera.

Sherlock Holmes había permanecido recostado en su butaca con los ojos cerrados y la cabeza apoyada en una almohada, pero al oír esto entreabrió los párpados y miró de frente a su interlocutora.

—Le ruego que sea precisa en los detalles —dijo.

—Me resultará muy fácil, porque tengo grabados a fuego en la memoria todos los acontecimientos de aquel espantoso periodo. Como ya le he dicho, la mansión familiar es muy vieja y en la actualidad solo un ala está habitada. Los dormitorios de esta ala se encuentran en la planta baja y las salas en el bloque central del edificio. El primero de los dormitorios es el del doctor Roylott, el segundo el de mi hermana y el tercero el mío. No están comunicados, pero todos dan al mismo pasillo. ¿Me explico con claridad?

—Perfectamente.

—Las ventanas de los tres cuartos dan al jardín. La noche fatídica, el doctor Roylott se había retirado pronto, aunque sabíamos que no se había acostado porque a mi hermana le molestaba el fuerte olor de los cigarros indios que solía fumar. Por eso dejó su habitación y vino a la mía, donde se quedó bastante tiempo, hablando sobre su inminente boda. A las once se levantó para irse, pero en la puerta se detuvo y se giró para mirarme.

—Dime, Helen —dijo—. ¿Has oído a alguien silbar en medio de la noche?

—Nunca —respondí.

—¿No podrías ser tú, que silbas mientras duermes?

—Desde luego que no. ¿Por qué?

—Las últimas noches he oído claramente un silbido bajo, a eso de las tres de la mañana. Tengo el sueño muy ligero y siempre me despierta. No podría decir de dónde viene, quizás del cuarto de al lado, tal vez del jardín. Se me ocurrió preguntarte para ver si tú también lo habías oído.

—No, no lo he oído. Deben de ser esos horribles gitanos que hay en la huerta.

—Probablemente. Sin embargo, si suena en el jardín, me extraña que tú no lo hayas oído también.

—Es que yo tengo el sueño más pesado que tú.

—Bueno, en cualquier caso, no tiene gran importancia —me dirigió una sonrisa, cerró la puerta y pocos segundos después oí su llave girar en la cerradura.

—Caramba —dijo Holmes—. ¿Tenían la costumbre de cerrar siempre su puerta con llave por la noche?

—Siempre.

—¿Y por qué?

—Creo haber mencionado que el doctor tenía sueltos un guepardo y un mandril. No nos sentíamos seguras sin la puerta cerrada.

—Es natural. Por favor, siga con su relato.

—Aquella noche no pude dormir. Sentía la vaga sensación de que nos amenazaba una desgracia. Como recordará, mi hermana y yo éramos gemelas y ya sabe lo sutiles que son los lazos que atan a dos almas tan estrechamente unidas. Fue una noche terrible. El viento aullaba en el exterior y la lluvia caía con fuerza sobre las ventanas. De pronto, entre el estruendo de la tormenta, se oyó el grito desgarrado de una mujer aterrorizada. Supe que era la voz de mi hermana. Salté de la cama, me envolví en un chal y salí corriendo al pasillo. Al abrir la puerta, me pareció oír un silbido, como el que había descrito mi hermana y pocos segundos después un golpe metálico, como si se hubiese caído un objeto de metal. Mientras yo corría por el pasillo se abrió la cerradura del cuarto de mi hermana y la puerta giró lentamente. Me quedé mirando horrorizada, sin saber lo que iría a salir por ella. A la luz de la lámpara del pasillo, vi que mi hermana aparecía en el hueco, con la cara blanca de espanto y las manos extendidas en un pedido de socorro, toda su figura moviéndose de un lado a otro, como la de un borracho. Corrí hacia ella y la rodeé con mis brazos, pero en aquel momento parecieron ceder sus rodillas y cayó al suelo. Se estremecía como si sufriera horribles dolores, agitando convulsivamente los miembros. Al principio creí que no me había reconocido, pero cuando me incliné sobre ella gritó de pronto, con una voz que no olvidaré jamás: «¡Dios mío, Helen! ¡Ha sido la banda! ¡La banda de lunares!» Quiso decir algo más y señaló con el dedo en dirección al cuarto del doctor, pero una nueva convulsión se apoderó de ella y ahogó sus palabras. Corrí llamando a gritos a nuestro padrastro y me tropecé con él, que salía en bata de su habitación. Cuando llegamos junto a mi hermana, esta ya había perdido el conocimiento y aunque él le puso algo de brandy por la garganta y mandó a llamar al médico del pueblo, todos los esfuerzos fueron en vano, porque poco a poco se fue apagando y murió sin recuperar la conciencia. Este fue el espantoso final de mi querida hermana.

—Un momento —dijo Holmes—. ¿Está segura de lo del silbido y el sonido metálico? ¿Podría jurarlo?

—Eso mismo me preguntó el juez de instrucción del condado durante la investigación. Estoy convencida de que lo oí, a pesar de lo cual, entre el fragor de la tormenta y los crujidos de una casa vieja, podría haberme equivocado.

—¿Estaba vestida su hermana?

—No, estaba en camisón. En la mano derecha se encontró el extremo chamuscado de un fósforo y en la izquierda una caja de fósforos.

—Lo cual demuestra que encendió un fósforo y miró a su alrededor cuando se produjo la alarma. Eso es importante. ¿Y a qué conclusiones llegó el juez de instrucción?

—Investigó el caso minuciosamente, porque la conducta del doctor Roylott llevaba mucho tiempo dando que hablar en el condado, pero no pudo descubrir la causa de la muerte. Mi testimonio indicaba que su puerta estaba cerrada por dentro y las ventanas tenían postigos antiguos, con barras de hierro que se cerraban cada noche. Se examinaron cuidadosamente las paredes, comprobando que eran bien macizas por todas partes y lo mismo se hizo con el suelo, con idéntico resultado. La chimenea es bastante amplia, pero está enrejada con cuatro gruesos barrotes. Así pues, no cabe duda de que mi hermana se encontraba sola cuando le llegó la muerte. Además, no presentaba señales de violencia.

—¿Qué me dice del veneno?

—Los médicos investigaron esa posibilidad, sin resultados.

—¿De qué cree usted, entonces, que murió la desdichada señorita?

—Estoy convencida de que murió de puro y simple miedo o de un trauma nervioso, aunque no logro explicarme qué fue lo que la asustó.

—¿Había gitanos en la estancia en aquel momento?

—Sí, casi siempre hay algunos.

—Está bien. ¿Y qué le sugirió a usted su alusión a una banda... una banda de lunares?

—A veces he pensado que se trataba de un delirio sin sentido; otras veces, que debía referirse a una banda de gente, tal vez a los mismos gitanos de la estancia. No sé si los pañuelos de lunares que muchos de ellos llevan en la cabeza le podrían haber inspirado aquel extraño término.

Holmes movió la cabeza como quien no se da por satisfecho.

—Nos movemos en aguas muy profundas —dijo—. Por favor, continúe con su narración.

—Desde entonces han transcurrido dos años y mi vida ha sido más solitaria que nunca, hasta hace muy poco. Hace un mes, un amigo muy querido, al que conozco desde hace muchos años, me dio el honor de pedir mi mano. Se llama Armitage, Percy Armitage, segundo hijo del señor Armitage, de Crane Water, cerca de Reading. Mi padrastro no ha puesto inconvenientes al matrimonio y pensamos casarnos en primavera. Hace dos días se iniciaron unas reparaciones en el ala oeste del edificio y hubo que agujerear la pared de mi cuarto, por lo que me tuve que instalar en la habitación donde murió mi hermana y dormir en la misma cama en la que ella dormía. Imagínese mi escalofrío de terror cuando anoche, estando yo acostada pero despierta, pensando en su terrible final, oí de pronto en el silencio de la noche el suave silbido que había anunciado su propia muerte. Salté de la cama y encendí la lámpara, pero no vi nada anormal en la habitación. Estaba demasiado nerviosa como para volver a acostarme, así que me vestí y, en cuanto salió el sol, me fui a la calle, tomé un coche en la posada Crown, que está enfrente de casa y me planté en Leatherhead, de donde he llegado esta mañana, con el único objeto de venir a verlo y pedirle consejo.

—Ha hecho usted muy bien —dijo mi amigo—. Pero ¿me lo ha contado todo?

—Sí, todo.

—Señorita Stoner, no me lo ha dicho todo. Está usted encubriendo a su padrastro.

—¿Cómo? ¿Qué quiere decir?

Como respuesta, Holmes levantó el puño de encaje negro que adornaba la mano que nuestra visitante apoyaba en la rodilla. Impresos en su muñeca se veían cinco pequeños moretones, las marcas de cuatro dedos y un pulgar.

—La han tratado con brutalidad —dijo Holmes.

La dama se ruborizó intensamente y se cubrió la muñeca lastimada.

—Es un hombre duro —dijo— y seguramente no se da cuenta de su propia fuerza.

Se produjo un largo silencio, durante el cual Holmes apoyó el mentón en las manos y permaneció con la mirada fija en el fuego chispeante.

—Es un asunto muy complicado —dijo por fin—. Hay mil detalles que me gustaría conocer antes de decidir nuestro plan de acción, pero no podemos perder un solo instante. Si nos desplazáramos hoy mismo a Stoke Moran, ¿nos sería posible ver esas habitaciones sin que se enterase su padrastro?

—Precisamente dijo que hoy tenía que venir a Londres para algún asunto importante. Es probable que esté ausente todo el día y que pueda usted moverse sin molestias. Tenemos una sirvienta, pero es vieja y estúpida y no me será difícil sacarla del camino.

—Excelente. ¿Tiene algo en contra de este viaje, Watson?

—Nada en absoluto.

—Entonces, iremos los dos. Y usted, ¿qué va a hacer?

—Ya que estoy en Londres, hay un par de cositas que me gustaría hacer. Pero pienso volver en el tren de las doce, para estar allí cuando ustedes lleguen.

—Puede esperarnos a primera hora de la tarde. Yo también tengo un par de asuntos que atender. ¿No quiere quedarse a desayunar?

—No, tengo que irme. Me siento ya más aliviada desde que le he confiado mi problema. Espero volver a verle esta tarde —dejó caer el tupido velo negro sobre su rostro y se deslizó fuera de la habitación.

—¿Qué le parece todo esto, Watson? —preguntó Sherlock Holmes recostándose en su sillón.

—Me parece un asunto de lo más turbio y siniestro.

—Realmente turbio y siniestro.

—Sin embargo, si la señorita tiene razón al afirmar que las paredes y el suelo son sólidos y que la puerta, ventanas y chimenea son infranqueables, no cabe duda de que la hermana tenía que encontrarse sola cuando le llegó la muerte de manera tan misteriosa.

—¿Y qué me dice entonces de los silbidos nocturnos y de las intrigantes palabras de la mujer moribunda?

—No se me ocurre nada.

—Si combinamos los silbidos en la noche, la presencia de una banda de gitanos que cuentan con la amistad del viejo doctor, el hecho de que tenemos razones de sobra para creer que el doctor está muy interesado en impedir la boda de su hijastra, la alusión a una banda por parte de la moribunda, el hecho de que la señorita Helen Stoner oyera un golpe metálico, que pudo haber sido producido por una de esas barras de metal que cierran los postigos al caer de nuevo en su sitio, me parece que hay una buena base para pensar que podemos aclarar el misterio siguiendo esas líneas.

—Pero, ¿qué es lo que han hecho los gitanos?

—No tengo ni idea.

—Encuentro muchas objeciones a esa teoría.

—También yo. Precisamente por esa razón vamos a ir hoy a Stoke Moran. Quiero comprobar si las objeciones son definitivas o se les puede encontrar una explicación. Pero... ¿qué demonios?...

Lo que había provocado semejante exclamación de mi compañero fue el hecho de que nuestra puerta se abriera de golpe y un hombre gigantesco apareciera en el marco. Sus ropas eran una curiosa mezcla de lo profesional y lo agrícola: llevaba un sombrero negro de copa, una levita con faldas largas y un par de polainas altas, y hacía mover en la mano un látigo de caza. Era tan alto que su sombrero rozaba el marco alto de la puerta y tan ancho que la llenaba de lado a lado. Su rostro amplio, surcado por mil arrugas, tostado por el sol hasta adquirir un matiz amarillento y marcado por todas las malas pasiones, se volvía alternativamente de uno a otro de nosotros, mientras sus ojos, hundidos y pequeños y su nariz alta y huesuda, le daban cierto parecido grotesco con un ave de presa, vieja y feroz.

—¿Quién de ustedes es Holmes? —preguntó la aparición.

—Ese es mi nombre, señor, pero ya me lleva usted ventaja —respondió mi compañero muy tranquilo.

—Soy el doctor Grimesby Roylott, de Stoke Moran.

—Ah, ya —dijo Holmes suavemente—. Por favor, tome asiento, doctor.

—No me da la gana. Mi hijastra ha estado aquí. La he seguido. ¿Qué le ha contado?

—Hace algo de frío para esta época del año —dijo Holmes.

—¿Qué le ha contado? —gritó el viejo, enfurecido.

—Sin embargo, he oído que la cosecha de azafrán se presenta muy prometedora —continuó mi compañero, imperturbable.

—¡Ja! Con que no me escucha, ¿eh? —dijo nuestra nueva visita, dando un paso adelante y esgrimiendo su látigo de caza—. Ya lo conozco, rufián. He oído hablar de usted. Usted es Holmes, el entrometido.

Mi amigo sonrió.

—¡Holmes el fisgón!

La sonrisa se ensanchó.

—¡Holmes, la mascota de Scofand Yard!

Holmes soltó una risita cordial.

—Su conversación es de lo más amena —dijo—. Cuando se vaya, cierre la puerta, porque hay una leve corriente.

—Me iré cuando haya dicho lo que tengo que decir. No se atreva a meterse en mis asuntos. Me consta que la señorita Stoner ha estado aquí. La he seguido. Soy un hombre peligroso para quien me fastidia. ¡Fíjese!

Dio un rápido paso adelante, tomó el atizador y lo curvó con sus enormes manos morenas.

—¡Procure mantenerse fuera de mi alcance! —rugió. Y arrojando el hierro doblado a la chimenea, salió de la habitación a grandes pasos.

—Parece una persona muy simpática —dijo Holmes, riéndose—. Yo no tengo su corpulencia, pero si se hubiera quedado le habría podido demostrar que mis manos no son mucho más débiles que las suyas —y diciendo esto, levantó el atizador de hierro y con un súbito esfuerzo volvió a enderezarlo—. ¡Pensar que ha tenido la insolencia de confundirme con el cuerpo oficial de policía! No obstante, este incidente añade interés personal a la investigación y solo espero que nuestra amiga no sufra las consecuencias de su imprudencia al dejar que esa bestia le siguiera los pasos. Y ahora, Watson, pediremos el desayuno y después daré un paseo hasta Doctors' Commons, donde espero obtener algunos datos que nos ayuden en nuestra tarea.

Era casi la una cuando Sherlock Holmes regresó de su excursión. Traía en la mano una hoja de papel azul, repleta de cifras y anotaciones.

—He visto el testamento de la esposa fallecida —dijo—. Para determinar el valor exacto, me he visto obligado a averiguar los precios actuales de las inversiones que en él figuran. La renta total, que en la época en que murió la esposa era casi de 1.100 libras, en la actualidad, debido al descenso de los precios agrícolas, no pasa de las 750. En caso de contraer matrimonio, cada hija puede reclamar una renta de 250. Es evidente, por lo tanto, que si las dos chicas se hubieran casado, este payaso se quedaría con casi nada; y con que solo se casara una, ya notaría una pérdida importante. El trabajo de esta mañana no ha sido en vano, ya que ha quedado demostrado que el tipo tiene motivos fuertes para tratar de impedir que tal cosa ocurra. Y ahora, Watson, la cosa es demasiado grave como para andar perdiendo el tiempo, especialmente si tenemos en cuenta que el viejo ya sabe que nos interesamos por sus asuntos, así que, si está usted dispuesto, pediremos un coche para que nos lleve a Waterloo. Le agradecería mucho que se metiera el revólver en el bolsillo. Un Eley n.° 2 es un excelente argumento para tratar con caballeros que pueden hacer nudos con un atizador de hierro. Eso y un cepillo de dientes, creo yo, es todo lo que necesitamos.

En Waterloo tuvimos la suerte de conseguir un tren a Leatherhead y una vez allí alquilamos un coche en la posada de la estación y recorrimos cuatro o cinco millas por los encantadores caminos de Surrey. Era un día verdaderamente espléndido, con un sol resplandeciente y unas cuantas nubes algodonosas en el cielo. Los árboles y los arbustos de los lados empezaban a sacar sus primeros brotes y el aire olía agradablemente a tierra mojada. Para mí, al menos, existía un extraño contraste entre la dulce promesa de la primavera y la siniestra intriga en la que nos habíamos metido. Mi compañero iba sentado en la parte delantera, con los brazos cruzados, el sombrero caído sobre los ojos y la barbilla hundida en el pecho, sumido aparentemente en los más profundos pensamientos. Pero, de pronto, se levantó, me dio un golpecito en el hombro y señaló hacia los prados.

—¡Mire allá! —dijo.

Un parque con abundantes árboles se extendía en suave pendiente, hasta convertirse en bosque cerrado en su punto más alto. Entre las ramas sobresalían los frontones grises y el alto techo de una mansión muy antigua.

—¿Stoke Moran? —preguntó.

—Sí, señor; esa es la casa del doctor Grimesby Roylott —confirmó el cochero.

—Veo que están haciendo obras —dijo Holmes—. Es allí a donde vamos.

—El pueblo está allí —dijo el cochero, señalando un grupo de techos que se veía a cierta distancia a la izquierda—. Pero si quieren ir a la casa, les resultará más corto por esa escalerita de la vereda y luego por el camino que atraviesa el campo. Allí, por donde está paseando la señora.

—Y me imagino que esa señora es la señorita Stoner —comentó Holmes, haciendo visera con la mano sobre los ojos—. Sí, creo que lo mejor es que hagamos lo que usted dice.

Nos bajamos, pagamos el trayecto y el coche regresó traqueteando a Leatherhead.

—Me pareció conveniente —dijo Holmes mientras subíamos la escalera— que el cochero creyera que venimos aquí como arquitectos, o para algún otro asunto concreto. Puede que eso evite chismorreos. Buenas tardes, señorita Stoner. Ya ve que hemos cumplido con nuestra palabra.

Nuestro cliente de por la mañana había corrido a nuestro encuentro con la alegría reluciente en el rostro.

—Los he estado esperando ansiosamente —exclamó, estrechándonos afectuosamente las manos—. Todo ha salido de maravilla. El doctor Roylott se ha ido a Londres y no es probable que vuelva antes del anochecer.

—Hemos tenido el placer de conocer al doctor —dijo Holmes, y en pocas palabras le resumió lo ocurrido. La señorita Stoner palideció hasta los labios al oírlo.

—¡Cielo santo! —exclamó—. ¡Me ha seguido!

—Eso parece.

—Es tan astuto que nunca sé cuándo estoy a salvo de él. ¿Qué dirá cuando vuelva?

—Más vale que se cuide, porque puede encontrarse con que alguien más astuto que él le sigue la pista. Usted tiene que protegerse encerrándose con llave esta noche. Si se pone violento, la llevaremos a la casa de su tía de

Harrow. Y ahora, hay que aprovechar lo mejor posible el tiempo, así que, por favor, llévenos cuanto antes a las habitaciones que tenemos que examinar.

El edificio era de piedra gris manchada de liquen, con un bloque central más alto y dos alas curvadas, como las pinzas de un cangrejo, una a cada lado. En una de las alas, las ventanas estaban rotas y tapadas con tablas de madera y parte del techo se había hundido, dándole un aspecto ruinoso. El bloque central estaba algo mejor conservado, pero el ala derecha era relativamente moderna y las cortinas de las ventanas, junto con las espirales de humo azulado que salían de las chimeneas, demostraban que en ella residía la familia. En un extremo se habían levantado andamios y abierto algunos agujeros en el muro, pero en aquel momento no se veía ni rastro de los obreros. Holmes caminó lentamente de un lado a otro del césped mal cortado, examinando con gran atención la parte exterior de las ventanas.

—Supongo que esta corresponde a la habitación en la que usted dormía, la del centro a la de su difunta hermana y la que está pegada al edificio principal a la habitación del doctor Roylott.

—Exactamente. Pero ahora duermo en la del centro.

—Mientras duren las reformas, según tengo entendido. Por cierto, no parece que haya una necesidad urgente de reparaciones en ese extremo del muro.

—No había ninguna necesidad. Yo creo que fue una excusa para sacarme de mi habitación.

—¡Ah, eso es muy sugerente! Ahora, veamos: por la parte de atrás de este ala está el pasillo al que dan estas tres habitaciones. Supongo que tendrá ventanas.

—Sí, pero muy pequeñas. Demasiado pequeñas para que alguien pueda pasar por ellas.

—Puesto que ustedes dos cerraban sus puertas con llave por la noche, el acceso a sus habitaciones por ese lado es imposible. Ahora, ¿tendrá usted la bondad de entrar en su habitación y cerrar los postigos de la ventana?

La señorita Stoner hizo lo que le pedían y Holmes, tras haber examinado atentamente la ventana abierta, intentó por todos los medios abrir los postigos cerrados, pero no lo consiguió.

No existía ninguna rendija por la que pasar una navaja para levantar la barra de hierro. A continuación, examinó con la lupa las bisagras, pero eran de hierro macizo, firmemente empotrado en la recia pared.

—¡Hum! —dijo, rascándose la barbilla y algo perplejo—. Desde luego, mi teoría presenta ciertas dificultades. Nadie podría pasar con estos postigos cerrados. Bueno, veamos si el interior arroja alguna luz sobre el asunto.

Entramos por una puertita lateral al pasillo encalado al que se abrían los tres dormitorios. Holmes se negó a examinar la tercera habitación y pasamos directamente a la segunda, en la que dormía la señorita Stoner y en la que su hermana había encontrado la muerte. Era un cuartito muy cálido, de techo bajo y con una amplia chimenea al estilo rural. En una esquina había una cómoda de color castaño, en otra una cama chica con colcha blanca y a la izquierda de la ventana una mesa de tocador. Estos artículos, más dos sillas de mimbre, constituían todo el mobiliario de la habitación, aparte de una alfombra cuadrada de *Wilton* que había en el centro. El suelo y las paredes eran de madera de roble, oscura y carcomida, tan vieja y descolorida que debía remontarse a la construcción original de la casa. Holmes acercó una de las sillas a un rincón y se sentó en silencio, mientras sus ojos se desplazaban de un lado a otro, arriba y abajo, asimilando cada detalle de la habitación.

—¿Con qué comunica esta campana? —preguntó por fin, señalando un grueso cordón de campana que colgaba junto a la cama y cuya punta llegaba a apoyarse en la almohada.

—Con la habitación de la sirvienta.

—Parece más nueva que el resto de las cosas.

—Sí, la instalaron hace solo dos años.

—Supongo que por pedido de su hermana.

—No; que yo sepa, nunca la utilizó. Si necesitábamos algo, íbamos a buscarlo nosotras mismas.

—La verdad, me parece innecesario instalar aquí un llamador tan bonito. Discúlpeme unos minutos, mientras examino el suelo.

Se acostó boca abajo en el suelo, con la lupa en la mano y se arrastró velozmente de un lado a otro, inspeccionando atentamente las rendijas. A continuación hizo lo mismo con las tablas de madera que cubrían las paredes. Por último, se acercó a la cama y permaneció algún tiempo mirándola fijamente y examinando la pared de arriba a abajo. Para terminar, agarró el cordón de la campana y dio un fuerte tirón.

—¡Caramba, es simulado! —exclamó.
—¿Cómo? ¿No suena?
—No, ni siquiera está conectado a un cable. Esto es muy interesante. Fíjese en que está conectado a un gancho justo por encima del orificio de ventilación.
—¡Qué absurdo! ¡Jamás me había fijado!
—Es muy extraño —murmuró Holmes, tirando del cordón—. Esta habitación tiene uno o dos detalles muy curiosos. Por ejemplo, el constructor tenía que ser un estúpido para abrir un orificio de ventilación que da a otra habitación, cuando, con el mismo esfuerzo, podría haberlo hecho comunicar con el aire libre.
—Eso también es bastante moderno —dijo la señorita.
—Más o menos, de la misma época que la campana —aventuró Holmes.
—Sí, por entonces se hicieron varias pequeñas reformas.
—Y todas parecen de lo más interesante… cordones de campana sin campana y orificios de ventilación que no ventilan. Con su permiso, señorita Stoner, seguiremos con nuestras investigaciones en la habitación de más adentro.

La habitación del doctor Grimesby Roylott era más grande que la de su hijastra, pero su mobiliario era igual de escueto. Una cama turca, una pequeña estantería de madera llena de libros, en su mayoría de carácter técnico, una butaca junto a la cama, una vulgar silla de madera junto a la pared, una mesa camilla y una gran caja fuerte de hierro, eran los principales objetos que saltaban a la vista. Holmes recorrió despacio la habitación, examinándolos todos con el más vivo interés.

—¿Qué hay aquí? —preguntó, golpeando con los nudillos la caja fuerte.
—Papeles de negocios de mi padrastro.
—Eso significa que ha mirado usted dentro.

—Solo una vez, hace años. Recuerdo que estaba llena de papeles.

—¿Y no podría haber, por ejemplo, un gato?

—No. ¡Qué idea tan extraña!

—Pues mire en esto —y mostró un platito de leche que había encima de la caja.

—No, gato no tenemos, pero sí que hay un guepardo y un mandril.

—¡Ah, sí, claro! Al fin y al cabo, un guepardo no es más que un gato grandote, pero me atrevería a decir que con un platito de leche no bastaría, ni mucho menos, para satisfacer sus necesidades. Hay una cosa que quiero comprobar.

Se agachó ante la silla de madera y examinó el asiento con la mayor atención.

—Gracias. Esto queda claro —dijo levantándose y metiéndose la lupa en el bolsillo—. ¡Vaya! ¡Aquí hay algo muy interesante!

El objeto que le había llamado la atención era un pequeño látigo para perros que colgaba de una esquina de la cama. Su extremo estaba atado formando un lazo movedizo.

—¿Qué le sugiere esto, Watson?

—Es un látigo común y corriente. Aunque no sé por qué tiene este nudo.

—Eso no es tan corriente, ¿eh? ¡Ay, Watson! Vivimos en un mundo malvado y cuando un hombre inteligente dedica su talento al crimen, se vuelve aún peor. Creo que ya he visto suficiente, señorita Stoner, y, con su permiso, daremos un paseo por el jardín. Jamás había visto a mi amigo con un rostro tan sombrío y un ceño tan fruncido como cuando nos retiramos del escenario de la investigación. Habíamos recorrido el jardín varias veces de arriba a abajo, sin que ni la señorita Stoner ni yo nos atreviéramos a interrumpir el curso de sus pensamientos, cuando al fin Holmes salió de su ensimismamiento.

—Es absolutamente esencial, señorita Stoner —dijo—, que siga usted mis instrucciones al pie de la letra en todos los aspectos.

—Le aseguro que así lo haré.

—La situación es demasiado grave como para andar con vacilaciones. Su vida depende de que haga lo que le digo.

—Vuelvo a decirle que estoy en sus manos.

—Para empezar, mi amigo y yo tendremos que pasar la noche en su habitación.

Tanto la señorita Stoner como yo lo miramos asombrados.

—Sí, es preciso. Deje que le explique. Aquello de allá creo que es el hotel del pueblo, ¿no?

—Sí, el Crown.

—Muy bien. ¿Se verán desde allí sus ventanas?

—Desde luego.

—En cuanto regrese su padrastro, usted se retirará a su habitación, usando como pretexto un dolor de cabeza. Y cuando oiga que él también se retira a la suya, tiene que abrir la ventana, alzar el cierre, colocar una vela que nos sirva de señal y, a continuación, trasladarse con todo lo que vaya a necesitar a la habitación que ocupaba antes. Estoy seguro de que, a pesar de las reparaciones, podrá arreglárselas para pasar allí una noche.

—Oh, sí, sin problemas.

—El resto, déjelo en nuestras manos.

—Pero, ¿qué van a hacer?

—Vamos a pasar la noche en su habitación e investigar la causa de ese sonido que la ha estado molestando.

—Me parece, señor Holmes, que ya ha llegado usted a una conclusión —dijo la señorita Stoner, apoyando su mano sobre el brazo de mi compañero.

—Es posible.

—Entonces, por compasión, dígame qué ocasionó la muerte de mi hermana.

—Prefiero tener pruebas más firmes antes de hablar.

—Al menos, podrá decirme si mi opinión es acertada y murió de un susto.

—No, no lo creo. Creo que es probable que existiera una causa más tangible. Y ahora, señorita Stoner, tenemos que dejarla, porque si regresara el doctor Roylott y nos viera, nuestro viaje habría sido en vano. Adiós y sea valiente, porque si hace lo que le he dicho puede estar segura de que no tardaremos en librarla de los peligros que la amenazan.

Sherlock Holmes y yo no tuvimos dificultades para alquilar una habitación con sala de estar en el Crown. Las habitaciones se encontraban en la planta superior y desde nuestra ventana gozábamos de una espléndida vista de la entrada a la avenida y del ala deshabitada de la mansión de Stoke Moran. Al atardecer vimos pasar en un coche al doctor Grimesby Roylott, con su gigantesca figura sobresaliendo junto a la pequeña figura del muchacho que guiaba el coche. El cochero tuvo alguna dificultad para abrir las pesadas puertas de hierro y pudimos oír el áspero rugido del doctor y ver la furia con que agitaba los puños cerrados, amenazándolo. El vehículo siguió adelante y, pocos minutos más tarde, vimos una luz que brillaba de pronto entre los árboles, indicando que se había encendido una lámpara en uno de los salones.

—¿Sabe usted, Watson? —dijo Holmes mientras permanecíamos sentados en la oscuridad—. Siento ciertos escrúpulos de llevarlo conmigo esta noche. Hay un elemento de peligro indudable.

—¿Puedo servir de alguna ayuda?

—Su presencia puede resultar decisiva.

—Entonces iré, sin duda alguna.

—Es usted muy amable.

—Dice usted que hay peligro. Evidentemente, ha visto en esas habitaciones más de lo que pude ver yo.

—Eso no, pero supongo que yo habré deducido unas pocas cosas más que usted. Imagino, sin embargo, que vería usted lo mismo que yo.

—Yo no vi nada destacable, a excepción del cordón de la campana, cuya finalidad confieso que se me escapa por completo.

—¿Vio usted el orificio de ventilación?

—Sí, pero no me parece que sea tan insólito que exista una pequeña abertura entre dos habitaciones. Era tan pequeña que no podría pasar por ella ni una rata.

—Yo sabía que encontraríamos un orificio así antes de venir a Stoke Moran.

—¡Pero Holmes, por favor!

—Le digo que lo sabía. Recuerde usted que la chica dijo que su hermana podía oler el cigarro del doctor Roylott. Eso quería decir, sin lugar a dudas, que tenía que existir una comunicación entre las dos habitaciones. Y tenía que ser pequeña, o alguien se habría fijado en ella durante la investigación judicial. Deduje, pues, que se trataba de un orificio de ventilación.

—Pero, ¿qué tiene eso de malo?

—Bueno, por lo menos existe una curiosa coincidencia de fecha. Se abre un orificio, se instala un cordón y muere una señorita que dormía en la cama. ¿No le resulta llamativo?

—Hasta ahora no veo ninguna relación.

—¿No observó un detalle muy curioso en la cama?

—No.

—Estaba clavada al suelo. ¿Ha visto usted antes alguna cama sujeta de ese modo?

—No puedo decir que sí.

—La señorita no podía mover su cama. Tenía que estar siempre en la misma posición con respecto a la abertura y al cordón... podemos llamarlo así, porque, evidentemente, jamás se pensó en hacerlo campana.

—Holmes, creo que empiezo a entrever adónde quiere ir a parar —exclamé—. Tenemos el tiempo justo para impedir un crimen horrible.

—De lo más horrible. Cuando un médico se tuerce, es peor que ningún criminal. Tiene sangre fría y tiene conocimientos. Palmer y Pritchard estaban en la cumbre de su profesión. Este hombre aún va más lejos, pero creo, Watson, que podremos llegar más lejos que él. Pero ya tendremos horrores de sobra antes de que termine la noche; ahora, por amor de Dios, fumemos una pipa en paz y dediquemos el cerebro a ocupaciones más agradables durante unas horas.

A eso de las nueve, se apagó la luz que brillaba entre los árboles y todo quedó a oscuras en dirección a la mansión. Transcurrieron lentamente dos horas y, de pronto, justo al sonar las once, se encendió exactamente frente a nosotros una luz aislada y brillante.

—Esa es nuestra señal —dijo Holmes, poniéndose en pie de un salto—. Viene de la ventana del centro.

Al salir, Holmes intercambió algunas frases con el posadero, explicándole que íbamos a hacer una visita de última hora a un conocido y que era posible que pasáramos la noche en su casa. Un momento después avanzábamos por el oscuro camino, con el viento helado soplándonos en la cara y una lucecita amarilla parpadeando frente a nosotros en medio de las tinieblas para guiarnos en nuestra tétrica incursión.

No tuvimos dificultades para entrar en la estancia porque la reja tapia del parque estaba derruida por varios sitios. Nos abrimos camino entre los árboles, llegamos al jardín, lo cruzamos y nos disponíamos a entrar por la ventana cuando de un macizo de laureles salió disparado algo que parecía un niño deforme y repugnante, que se tiró sobre la hierba retorciendo los miembros y luego corrió a toda velocidad por el jardín hasta perderse en la oscuridad.

—¡Dios mío! —susurré—. ¿Ha visto eso?

Por un momento, Holmes se quedó tan sorprendido como yo y su mano se cerró como una presa sobre mi muñeca. Luego, se rió en voz baja y acercó los labios a mi oído.

—Es una familia encantadora —murmuró—. Eso era el mandril.

Me había olvidado de los extravagantes animalitos de compañía del doctor. Había también un guepardo, que podía caer sobre nuestros hombros en cualquier momento. Confieso que me sentí más tranquilo cuando, tras seguir el ejemplo de Holmes y quitarme los zapatos, me encontré dentro de la habitación. Mi compañero cerró los postigos sin hacer ruido, colocó la lámpara encima de la mesa y recorrió con la mirada la habitación.

Todo seguía igual que como lo habíamos visto durante el día. Luego se arrastró hacia mí y volvió a susurrarme al oído, en voz tan baja que a duras penas conseguí entender las palabras.

—El más ligero ruido sería fatal para nuestros planes.

Asentí para dar a entender que lo había oído.

—Tenemos que apagar la luz, o se vería por la abertura.

Asentí de nuevo.

—No se duerma. Su vida puede depender de ello. Tenga preparada la pistola por si acaso la necesitamos. Yo me sentaré junto a la cama y usted en esa silla.

Saqué mi revólver y lo puse en una esquina de la mesa.

Holmes había traído un bastón largo y fino que colocó en la cama, a su lado. Junto a él puso la caja de fósforos y un cabo de vela. Luego apagó la lámpara y quedamos sumidos en las tinieblas.

¿Cómo podría olvidar aquella angustiosa vigilia? No se oía ni un sonido, ni siquiera el de una respiración, pero yo sabía que a pocos pasos de mí se encontraba mi compañero, sentado con los ojos abiertos y en el mismo estado de excitación que yo. Los postigos no dejaban pasar ni un rayo de luz y esperábamos en la oscuridad más absoluta. De vez en cuando nos llegaba del exterior el grito de algún ave nocturna y en una ocasión oímos, al lado mismo de nuestra ventana, un prolongado gemido gatuno, que indicaba que, efectivamente, el guepardo andaba suelto. Cada cuarto de hora oíamos a lo lejos las graves campanadas del reloj de la iglesia. ¡Qué largos parecían aquellos cuartos de hora! Dieron las doce, la una, las dos, las tres y nosotros seguíamos sentados en silencio, aguardando lo que pudiera suceder.

De pronto se produjo un momentáneo resplandor en lo alto, en la dirección del orificio de ventilación, que se apagó inmediatamente; le siguió un fuerte olor a aceite quemado y metal recalentado. Alguien había encendido una linterna sorda en la habitación de al lado. Oí un suave rumor de movimiento y luego todo volvió a quedar en silencio, aunque el olor se hizo más fuerte. Permanecí media hora más con los oídos en tensión. De repente se oyó otro sonido... un sonido muy suave y acariciador, como el de un chorrito de vapor al salir de una tetera. En el instante mismo en que lo oímos, Holmes saltó de la cama, encendió una cerilla y golpeó furiosamente con su bastón el cordón de la campana.

—¿Lo ve, Watson? —gritaba—. ¿Lo ve?

Pero yo no veía nada. En el mismo momento en que Holmes encendió la luz, oí un silbido suave y muy claro, pero el repentino resplandor ante mis ojos hizo que me resultara imposible distinguir qué era lo que mi amigo golpeaba con tanta ferocidad. Pude percibir, no obstante, que su rostro estaba pálido como la muerte, con una expresión de horror y repugnancia.

Había dejado de dar golpes y levantaba la mirada hacia el orificio de ventilación, cuando, de pronto, el silencio de la noche se rompió con el alarido más espantoso que jamás he oído. Un grito cuya intensidad iba en aumento, un ronco aullido de dolor, miedo y furia, todo mezclado en un solo grito aterrador. Dicen que abajo, en el pueblo, e incluso en la lejana casa parroquial, aquel grito levantó a los que dormían de sus camas. A nosotros nos heló el corazón; yo me quedé mirando a Holmes y él a mí, hasta que los últimos ecos se extinguieron en el silencio del que habían surgido.

—¿Qué puede significar eso? —jadeé.

—Significa que todo ha terminado —respondió Holmes—. Y quizás, a fin de cuentas, sea lo mejor que podía ocurrir. Coja su pistola y vamos a entrar en la habitación del doctor Roylott.

Encendió la lámpara con expresión muy seria y salió al pasillo. Llamó dos veces a la puerta de la habitación sin que respondieran desde dentro. Entonces hizo girar el picaporte y entró, conmigo pegado a sus talones, con la pistola amartillada en la mano. Una escena extraordinaria se ofrecía ante nuestros ojos. Sobre la mesa había una linterna sorda con la pantalla a medio abrir, arrojando un brillante rayo de luz sobre la caja fuerte, cuya puerta estaba entreabierta. Junto a esta mesa, en la silla de madera, estaba sentado el doctor Grimesby Roylott, vestido con una larga bata gris, bajo la cual asomaban sus tobillos desnudos, con los pies enfundados en unas pantuflas rojas. Sobre su falda descansaba el corto mango del largo látigo que habíamos visto el día anterior, el curioso látigo con el lazo en la punta. Tenía la barbilla apuntando hacia arriba y los ojos fijos, con una mirada terriblemente rígida, en una esquina del techo. Alrededor de la frente llevaba una curiosa banda amarilla con lunares pardos que parecía atada con fuerza a la cabeza.

Al entrar nosotros, no se movió ni hizo sonido alguno.

—¡La banda! ¡La banda de lunares! —susurró Holmes.

Di un paso adelante. Al instante, el extraño turbante empezó a moverse y se desenroscó, apareciendo entre los cabellos la cabeza achatada en forma de rombo y el cuello hinchado de una horrenda serpiente.

—¡Una víbora de los pantanos! —exclamó Holmes—. La serpiente más mortífera de la India. Este hombre ha muerto a los diez segundos de ser mordido. ¡Qué gran verdad es que la violencia se vuelve contra el violento y que el maleante acaba por caer en la fosa que cava para otro! Volvamos a encerrar a este bicho en su caja y luego podremos llevar a la señorita Stoner a algún sitio más seguro e informar a la policía del condado lo que ha sucedido.

Mientras hablaba tomó rápidamente el látigo del regazo del muerto, pasó el lazo por el cuello del reptil, lo desprendió de su macabra percha y, llevándolo con el brazo bien extendido, lo arrojó a la caja fuerte, que cerró con fuerza.

Estos son los hechos verdaderos de la muerte del doctor Grimesby Roylott, de Stoke Moran. No es necesario que alargue un relato que ya es bastante extenso, explicando cómo comunicamos la triste noticia a la aterrorizada joven, cómo la llevamos en el tren de la mañana a casa de su tía de Harrow, o cómo el lento proceso de la investigación judicial llegó a la conclusión de que el doctor había encontrado la muerte mientras jugaba imprudentemente con una de sus peligrosas mascotas. Lo poco que aún me quedaba por saber del caso me lo contó Sherlock Holmes al día siguiente, durante el viaje de regreso.

—Yo había llegado a una conclusión absolutamente equivocada —dijo—, lo cual demuestra, querido Watson, que siempre es peligroso sacar deducciones a partir de datos insuficientes. La presencia de los gitanos y el empleo de la palabra «banda», que la pobre muchacha utilizó sin duda para describir el aspecto de lo que había entrevisto fugazmente a la luz de la cerilla, bastaron para lanzarme tras una pista completamente falsa. El único mérito que puedo atribuirme es el de haber reconsiderado inmediatamente mi postura cuando, pese a todo, se hizo evidente que el peligro que amenazaba al ocupante de la habitación, fuera el que fuera, no podía venir por la ventana ni por la puerta. Como ya le he comentado, en seguida me llamaron la atención el orificio de ventilación y el cordón que colgaba sobre la cama. Al descubrir que no tenía campana y que la cama estaba clavada al suelo, empecé a sospechar que el cordón pudiera servir de puente para que algo entrara por el agujero y llegara a la cama. Al instante se me ocurrió la idea de una serpiente y, sabiendo que el doctor disponía de un buen surtido de animales de la India, sentí que probablemente me encontraba sobre una buena pista. La idea de utilizar una clase de veneno que los análisis químicos no pudieran descubrir parecía digna de un hombre inteligente y despiadado, con experiencia en Oriente. Muy sagaz tendría que ser el juez de guardia capaz de descubrir los dos pinchazos que indicaban el lugar donde habían actuado los colmillos venenosos.

A continuación pensé en el silbido. Por supuesto, tenía que hacer volver a la serpiente antes de que la víctima pudiera verla a la luz del día. Probablemente, la tenía adiestrada, por medio de la leche que vimos, para que acudiera cuando él la llamaba. La hacía pasar por el orificio cuando le parecía más conveniente, seguro de que bajaría por la cuerda y llegaría a la cama. Podía morder a la durmiente o no; es posible que esta se librase todas las noches durante una semana, pero tarde o temprano tenía que caer.

Había llegado ya a estas conclusiones antes de entrar en la habitación del doctor. Al examinar su silla comprobé que tenía la costumbre de ponerse en pie sobre ella: evidentemente, tenía que hacerlo para llegar al respiradero. La visión de la caja fuerte, el plato de leche y el látigo con lazo, bastó para disipar las pocas dudas que pudieran quedarme. El golpe metálico que oyó la señorita Stoner lo produjo sin duda el padrastro al cerrar apresuradamente la puerta de la caja fuerte, tras meter dentro a su terrible ocupante. Una vez formada mi opinión, ya conoce usted las medidas que adopté para ponerla a prueba. Oí el silbido del animal, como sin duda lo oyó usted también, e inmediatamente encendí la luz y lo ataqué.

—Con el resultado de que volvió a meterse por el respiradero.

—Y también con el resultado de que, una vez del otro lado, se revolvió contra su amo.

Algunos golpes de mi bastón habían dado en el blanco y la serpiente debía estar de muy mal humor, así que atacó a la primera persona que vio. No cabe duda de que soy responsable indirecto de la muerte del doctor Grimesby Roylott, pero confieso que es poco probable que mi conciencia se sienta abrumada por ello.

9

El dedo pulgar del ingeniero

Entre todos los problemas que se le presentaron a mi amigo Sherlock Holmes durante los años que duró nuestra asociación, solo hubo dos que llegó a conocer por medio de mí: el del pulgar del señor Hatherley y el de la locura del coronel Warburton. Es posible que este último ofreciera más campo para un observador agudo y original, pero el otro tuvo un principio tan extraño y unos detalles tan dramáticos que quizás merezca más ser narrado, aunque ofreciera a mi amigo menos oportunidades para aplicar los métodos de razonamiento deductivo con los que obtenía tan espectaculares resultados. La historia, según tengo entendido, se ha contado más de una vez en los periódicos, pero, como sucede siempre con estas narraciones, su efecto es mucho menos intenso cuando se exponen en bloque, a media columna de letra impresa, que cuando los hechos evolucionan poco a poco ante tus propios ojos y el misterio se va aclarando progresivamente, a medida que cada nuevo descubrimiento permite acercarse un paso hacia la verdad completa. En su momento, las circunstancias del caso me impresionaron profundamente y el efecto apenas ha disminuido a pesar de los dos años transcurridos.

Los hechos que me dispongo a resumir ocurrieron en el verano del 89, poco después de haber contraído matrimonio. Había vuelto a ejercer la medicina y había abandonado por fin a Sherlock Holmes en sus habitaciones de Baker Street, aunque lo visitaba con frecuencia y a veces hasta lograba convencerlo de que renunciase a sus costumbres bohemias al punto de que él venía a visitarnos. Mi clientela aumentaba constantemente y, dado que no vivía muy lejos de la estación de Paddington, tenía algunos pacientes entre los ferroviarios. Uno de estos, al que había curado de una larga y dolorosa enfermedad, no se cansaba de alabar mis virtudes y tenía por costumbre enviarme a todo sufriente sobre el que tuviera la más mínima influencia.

Una mañana, poco antes de las siete, me despertó la doncella, que llamó a mi puerta para anunciar que dos hombres habían venido a Paddington y aguardaban en la sala de consulta. Me vestí a toda velocidad, porque sabía por experiencia que los accidentes de ferrocarril casi nunca son leves y bajé corriendo las escaleras.

Al llegar abajo, mi viejo aliado, el guardia, salió de la consulta y cerró con cuidado la puerta tras él.

—Lo tengo ahí. Está bien —susurró, señalando con el pulgar por encima del hombro.

—¿De qué se trata? —pregunté, pues su comportamiento parecía dar a entender que había encerrado en mi consulta a alguna extraña criatura.

—Es un nuevo paciente —siguió susurrando—. Me pareció conveniente traerlo yo mismo, así no se escapará. Ahí lo tiene, sano y salvo. Ahora tengo que irme, doctor. Tengo mis obligaciones al igual que usted —y el leal intermediario se fue sin darme ni tiempo para agradecerle sus servicios.

Entré en mi consultorio y me encontré con un caballero sentado junto a la mesa. Iba discretamente vestido, con un traje de tweed y una gorra de paño que había dejado encima de mis libros. Una de sus manos estaba envuelta en un pañuelo, todo manchado de sangre. Era joven, yo diría que no pasaría los veinticinco años, con un rostro muy varonil, pero estaba sumamente pálido y me dio la impresión de que sufría una terrible agitación, que solo podía controlar con toda su fuerza de voluntad.

—Lamento molestarlo tan temprano, doctor —dijo—, pero he sufrido un grave accidente durante la noche. He llegado en tren esta mañana y, al preguntar en Paddington dónde podría encontrar un médico, este señor tan amable me acompañó hasta aquí. Le di una tarjeta a la doncella, pero veo que se la ha dejado aquí en esta mesa.

Cogí la tarjeta y leí: «Victor Hatherley, ingeniero hidráulico, 16A Victoria Street (3.er piso)». Aquéllos eran el nombre, profesión y domicilio de mi visitante de aquella mañana.

—Siento haberlo hecho esperar —dije, sentándome en mi sillón de despacho—. Supongo que acaba de terminar un servicio nocturno, que ya de por sí es una ocupación monótona.

—Oh, esta noche no ha tenido nada de monótona —dijo, riéndose.

Se reía con toda el alma, en tono estridente, inclinándose hacia atrás en su asiento y agitándose desde los pies a la cabeza. Todos mis instintos médicos se alzaron contra aquella risa.

—¡Pare! —grité—. ¡Contrólese! —y le serví un poco de agua de una garrafa. No sirvió de nada. Era víctima de uno de esos ataques histéricos que sufren las personas de carácter fuerte después de haber pasado una grave crisis. Por fin consiguió serenarse, quedando exhausto y muy colorado.

—Estoy haciendo el ridículo —jadeó.

—Nada de eso. Tome esto —le puse al agua un poco de brandy y el color empezó a regresar a sus mejillas.

—Ya me siento mejor —dijo—. Y ahora, doctor, quizás pueda mirar mi dedo pulgar, o más bien el sitio en donde antes estaba mi pulgar.

Desenrolló el pañuelo y extendió la mano. Incluso mis nervios endurecidos se estremecieron al mirarla. Tenía cuatro dedos extendidos y una horrible superficie roja y esponjosa donde debería haber estado el pulgar. Se lo habían cortado o arrancado.

—¡Cielo santo! —exclamé—. Es una herida espantosa. Tiene que haber sangrado mucho.

—Ya lo creo. Al principio me desmayé y creo que debí estar mucho tiempo sin recobrar el sentido. Cuando recuperé el conocimiento, todavía estaba sangrando, así que me até un extremo del pañuelo a la muñeca y lo apreté ayudándome de un palito.

—¡Excelente! Usted debería haber sido médico.

—Verá, es una cuestión de hidráulica, así que entraba dentro de mi especialidad.

—Esto ha sido producido por un instrumento muy pesado y cortante —dije, examinando la herida.

—Algo así como una cuchilla de carnicero —dijo él.
—Supongo que fue un accidente.

—Nada de eso.

—¡Cómo! ¿Un ataque criminal?

—Ya lo creo que fue criminal.

—Me horroriza lo que dice.

Pasé una esponja por la herida, la limpié, la curé y, por último, la envolví en algodón y vendajes. Él lo aguantó sin siquiera pestañear, aunque se mordía el labio de vez en cuando.

—¿Qué tal? —pregunté cuando hube terminado.

—¡Fenomenal! ¡Entre el brandy y el vendaje, me siento un hombre nuevo! Estaba muy débil, pero es que lo he pasado muy mal.

—Quizás sea mejor que no hable del asunto. Es evidente que le altera los nervios.

—Oh, no, ya no. Tendré que contárselo todo a la policía, pero, entre nosotros, si no fuera por la convincente evidencia de esta herida mía, me sorprendería si creyeran mi declaración, porque se trata de una historia extraordinaria y no dispongo de nada que sirva de prueba para respaldarla. E, incluso si me creyeran, las pistas que puedo darles son tan imprecisas que difícilmente podrá hacerse justicia.

—¡Vaya! —exclamé—. Si tiene usted algo parecido a un problema que desea ver resuelto, le recomiendo encarecidamente que acuda a mi amigo, el señor Sherlock Holmes, antes de recurrir a la policía.

—Ya he oído hablar de él —respondió mi visitante— y me gustaría mucho que se ocupase de mi asunto, aunque desde luego tendré que ir también a la policía. ¿Podría usted hacerme una nota de presentación?

—Haré algo mejor. Lo acompañaré yo mismo a verlo.

—Le estaré inmensamente agradecido.

—Llamaré a un coche e iremos juntos. Llegaremos justo a tiempo para tomar un pequeño desayuno con él. ¿Está preparado?

—Sí. No estaré tranquilo hasta que haya contado mi historia.

—Entonces, mi doncella irá a buscar un coche y yo estaré con usted en un momento —corrí escaleras arriba, le expliqué el asunto en pocas palabras a mi esposa y en menos de cinco minutos estaba dentro de un coche con mi nuevo conocido, rumbo a Baker Street.

Tal como yo esperaba, Sherlock Holmes estaba en su sala de estar, cubierto con una bata, leyendo la columna de sucesos del *Times* y fumando su pipa de antes del desayuno, compuesta por todos los residuos que habían quedado de las pipas del día anterior, cuidadosamente secados y reunidos en una esquina de la repisa de la chimenea. Nos recibió con su habitual amabilidad, pidió más tocino y más huevos y compartimos un sustancioso desayuno. Al terminar invitó a nuestro nuevo conocido al sofá y puso al alcance de su mano una copa de brandy con agua.

—Se ve con facilidad que ha pasado por una experiencia poco corriente, señor Hatherley—dijo—. Por favor, recuéstese ahí y considérese por completo en su casa. Cuéntenos lo que pueda, pero deténgase cuando se fatigue y recupere fuerzas con un poco del estimulante.

—Gracias —dijo mi paciente—, pero me siento otro hombre desde que el doctor me vendó y creo que su desayuno ha completado la cura. Procuraré abusar lo menos posible de su valioso tiempo, así que empezaré inmediatamente a narrar mi extraordinaria experiencia.

Holmes se sentó en su butaca, con la expresión fatigada y somnolienta que enmascaraba su temperamento agudo y despierto, mientras yo me senté enfrente de él y ambos escuchamos en silencio el extraño relato que nuestro visitante nos fue contando.

—Deben ustedes saber —dijo— que soy huérfano y soltero y vivo solo en un departamento de Londres. Mi profesión es la de ingeniero hidráulico y adquirí una considerable experiencia en el tema durante los siete años de aprendizaje que pasé en Venner & Matheson, la conocida empresa de Greenwich. Hace dos años, habiendo cumplido mi contrato y disponiendo además de una buena suma de dinero que heredé con la muerte de mi pobre padre, decidí establecerme por mi cuenta y alquilé un despacho en Victoria Street.

Supongo que, al principio, emprender un negocio independiente es una experiencia terrible para todo el mundo. Para mí fue excepcionalmente duro. Durante dos años no he tenido más que tres consultas y un trabajo de poca monta y eso es absolutamente todo lo que mi profesión me ha proporcionado. Mis ingresos brutos ascienden a veintisiete libras y diez chelines. Todos los días, de nueve de la mañana a cuatro de la tarde, aguardaba en mi pequeño despacho, hasta que al final empecé a desanimarme y llegué a creer que nunca encontraría clientes.

Sin embargo, ayer, justo cuando estaba pensando en dejar la oficina, mi secretario entró a decir que había un caballero esperando para verme por una cuestión de negocios. Traía además una tarjeta con el nombre «Coronel Lysander Stark» grabado. Pisándole los talones entró el coronel mismo, un hombre de estatura muy superior a la media, pero extraordinariamente flaco. No creo haber visto nunca a un hombre tan delgado. Su cara estaba afilada hasta quedar reducida a la nariz y el mentón y la piel de sus mejillas estaba completamente tensa sobre sus huesos salientes. Sin embargo, esta escualidez parecía natural en él, no a causa de una enfermedad, porque su mirada era brillante, su paso vivo y su porte firme. Iba vestido con sencillez pero con pulcritud y su edad me pareció más cercana a los cuarenta que a los treinta.

—¿El señor Hatherley? —preguntó con un ligero acento alemán—. Me ha sido usted recomendado como una persona que no solo es competente en su profesión, sino también discreta y capaz de guardar un secreto.

Hice una inclinación, sintiéndome tan halagado como se sentiría cualquier joven ante semejante introducción.

—¿Puedo preguntar quién le ha dado esa imagen tan favorable de mí? —pregunté.

—Bueno, quizás sea mejor que no se lo diga por el momento. He sabido, por la misma fuente, que es usted huérfano y soltero y que vive solo en Londres.

—Eso es completamente cierto —dije—, pero perdóneme que le diga que no entiendo qué relación puede tener eso con mi competencia profesional. Tengo entendido que quería usted verme por un asunto profesional.

—En efecto. Pero ya verá que todo lo que digo guarda relación con eso. Tengo un encargo profesional para usted, pero el secreto absoluto es completamente esencial. Secreto ab-so-lu-to, ¿comprende? Y, por supuesto, es más fácil conseguirlo de un hombre que viva solo que de otro que viva con una familia.

—Si yo prometo guardar un secreto —dije—, puede estar absolutamente seguro de que así lo haré.

Mientras yo hablaba, él me miraba muy fijo y me pareció que jamás había visto una mirada tan inquisitiva y recelosa como la suya.

—Entonces, ¿lo promete?

—Sí, lo prometo.

—¿Silencio completo y absoluto, antes, durante y después? ¿Ningún comentario sobre el asunto, ni de palabra ni por escrito?

—Ya le he dado mi palabra.

—Muy bien —de pronto se levantó, atravesó la habitación como un rayo y abrió la puerta de par en par. El pasillo estaba vacío.

—Todo va bien —dijo, mientras volvía a sentarse—. Sé que a veces los empleados sienten curiosidad por los asuntos de sus jefes. Ahora podemos hablar con tranquilidad —acercó su silla a la mía y comenzó a mirarme con la misma mirada inquisitiva y dudosa.

Yo empezaba a experimentar una sensación de repulsión y de algo parecido al miedo ante las extrañas manías de aquel hombre esquelético. Ni siquiera el temor a perder un cliente impedía que diera muestras de impaciencia.

—Le ruego que exponga su asunto, señor —dije—. Mi tiempo es valioso.

Que Dios me perdone esta última frase, Holmes, pero las palabras salieron solas de mis labios.

—¿Qué le parecerían cincuenta guineas por una noche de trabajo? —preguntó.

—Maravilloso.

—He dicho una noche de trabajo, pero una hora sería más aproximado. Simplemente, quiero su opinión acerca de una prensa hidráulica que se ha estropeado. Si nos dice en qué consiste la avería, nosotros mismos la arreglaremos. ¿Qué le parece el encargo?

—El trabajo parece ligero y la paga generosa.

—Exacto. Nos gustaría que viniera esta noche, en el último tren.

—¿Adónde?

—A Eyford, en Berkshire. Es un pueblito cerca de los límites de Oxfordshire y a menos de siete millas de Reading. Hay un tren desde Paddington que lo dejará ahí a las once y cuarto aproximadamente.

—Muy bien.
—Yo mismo iré a esperarlo con un coche.
—Entonces, ¿hay que ir más lejos?
—Sí, nuestra pequeña empresa está fuera del pueblo, a más de siete millas de la estación de Eyford.
—Entonces no creo que podamos llegar antes de la medianoche. Supongo que no habrá posibilidad de regresar en tren y que tendré que pasar allí la noche.
—Sí, no tendremos problema alguno para prepararle una cama.
—Resulta bastante incómodo. ¿No podría ir a otra hora más conveniente?
—Nos ha parecido mejor que venga de noche. Para compensarlo por la incomodidad, le estamos pagando a usted, una persona joven y desconocida, unos honorarios con los que podríamos obtener el dictamen de las figuras más prestigiosas de su profesión. No obstante, si prefiere desentenderse del asunto, aún tiene tiempo de sobra para hacerlo.

Pensé en las cincuenta guineas y en lo bien que me vendrían.

—Nada de eso —dije—. Tendré mucho gusto en acomodarme a sus deseos. Sin embargo, me gustaría tener una idea más clara de lo que quieren que haga.

—Desde luego. Es muy natural que la promesa de secreto que le hemos exigido despierte su curiosidad. No tengo intención de comprometerlo en nada sin antes habérselo explicado todo. Supongo que estamos completamente a salvo de oídos indiscretos.

—Totalmente.

—Entonces, el asunto es el siguiente: probablemente está usted enterado de que la tierra de batán es un producto valioso, que solo se encuentra en uno o dos lugares de Inglaterra.

—Eso he oído.

—Hace algún tiempo adquirí una pequeña propiedad, muy pequeña, a diez millas de Reading y tuve la suerte de descubrir que en uno de mis campos había un yacimiento de tierra de batán. Sin embargo, al examinarlo comprobé que se trataba de un yacimiento relativamente pequeño, pero que formaba como un puente entre otros dos, mucho mayores, situados en las tierras de mis vecinos. Esta buena gente ignoraba por completo que su tierra contuviera algo valioso como una mina de oro. Naturalmente, me interesaba comprar sus tierras antes de que descubrieran su auténtico valor, pero, por desgracia, carecía del capital para hacerlo. Confié el secreto a unos pocos amigos y estos propusieron explotar, sin que nadie se enterara, nuestro pequeño yacimiento y de ese modo reunir el dinero que nos permitiría comprar los campos vecinos. Así lo hemos venido haciendo desde hace algún tiempo y para nuestro trabajo instalamos una prensa hidráulica. Esta prensa, como ya le he explicado, se ha estropeado y deseamos que usted nos aconseje al respecto. Sin embargo, guardamos nuestro secreto cuidadosamente y si se llegara a saber que a nuestra casa vienen ingenieros hidráulicos, a alguien podría despertarle curiosidad; y si se descubrieran los hechos, adiós a la posibilidad de hacernos con los campos y llevar a cabo nuestros planes. Por eso lo he hecho prometer que no le dirá a nadie que esta noche va a ir a Eyford. Espero haberme explicado con claridad.

—He comprendido perfectamente —dije—. Lo único que no logro entender es para qué les sirve una prensa hidráulica en la extracción de la tierra, que, según tengo entendido, se extrae de un pozo.

—¡Ah! —dijo como sin darle importancia—. Es que tenemos métodos propios. Comprimimos la tierra en forma de ladrillos para así poder sacarlos sin que se sepa qué son. Pero esos son detalles sin importancia. Ahora ya se lo he revelado todo, señor Hatherley, demostrándole que confío en usted —se levantó mientras hablaba—. Así pues, lo espero en Eyford a las once y cuarto.

—Estaré allí sin falta.

—Y no le diga una palabra a nadie —me dirigió una última mirada, larga e inquisitiva y después, dándome la mano con un apretón frío y húmedo, salió apurado del despacho.

Pues bien, cuando me puse a pensar en todo aquello con más calma, me sorprendió mucho, como podrán comprender, este repentino trabajo que se me había encomendado. Por una parte, como es natural, estaba contento, porque los honorarios eran, como mínimo, diez veces superiores a lo que yo habría pedido de haber tenido que poner precio a mis propios servicios y era posible que a consecuencia de este encargo surgieran otros. Pero, por otra parte, el aspecto y los modales de mi cliente me habían causado una desagradable impresión y no terminaba de convencerme de que su explicación sobre el asunto de la tierra bastara para justificar el hecho de hacerme ir a medianoche, y su extrema insistencia en que no le hablara a nadie del trabajo. Sin embargo, terminé por disipar todos mis temores, comí una buena cena, tomé un coche hacia Paddington y emprendí el viaje, habiendo obedecido al pie de la letra la orden de contener la lengua.

En Reading tuve que cambiar no solo de tren, sino también de estación, pero llegué a tiempo para tomar el último tren a Eyford, a cuya estación, mal iluminada, llegamos pasadas las once. Fui el único pasajero que bajó ahí, y en el andén no había nadie, excepto un mozo de equipajes medio dormido con una linterna. Sin embargo, al salir por la puerta vi que mi conocido de aquella mañana me esperaba entre las sombras al otro lado de la calle. Sin decir una palabra, me agarró del brazo y me hizo entrar a toda velocidad en un coche que esperaba con la puerta abierta. Levantó la ventanilla del otro lado, dio unos golpecitos en la madera y salimos a toda la velocidad de que era capaz el caballo.

—¿Un solo caballo? —interrumpió Holmes.

—Sí, solo uno.

—¿Se fijó usted en el color?

—Lo vi a la luz de los faroles cuando subía al coche. Era castaño.

—¿Parecía cansado o estaba fresco?

—Oh, fresco y reluciente.

—Gracias. Lamento haberlo interrumpido. Por favor, continúe su interesantísimo relato.

—Como le decía, salimos disparados y rodamos durante una hora por lo menos. El coronel Lysander Stark había dicho que estaba a solo siete millas, pero a juzgar por la velocidad que parecíamos llevar y por el tiempo que duró el trayecto, yo diría que más bien eran doce. Permaneció durante todo el viaje sentado a mi lado sin decir ni una palabra; y más de una vez, al mirar en su dirección, me di cuenta de que él me estaba mirando con gran intensidad. Las carreteras rurales no parecían encontrarse en muy buen estado en esa parte del mundo, porque los pozos nos hacían dar saltos tremendos. Intenté mirar por las ventanillas para ver por dónde íbamos, pero eran de cristal esmerilado y no se veía nada, excepto alguna luz borrosa y fugaz de vez en cuando. En un par de ocasiones, aventuré algún comentario para romper la monotonía del viaje, pero el coronel me respondió solo con monosílabos y la conversación decaía. Por fin, el traqueteo del camino fue dando lugar a la lisa uniformidad de un sendero de grava y el carruaje se detuvo. El coronel Lysander Stark saltó del coche y, cuando yo bajé tras él, me arrastró rápidamente hacia un porche que se abría ante nosotros. Podría decirse que pasamos directamente del coche al vestíbulo, de modo que no pude ni mirar fachada de la casa. En cuanto crucé el umbral, la puerta se cerró de golpe a nuestras espaldas y oí el lejano traqueteo de las ruedas del coche que se alejaba.

El interior de la casa estaba oscuro como la boca de un lobo y el coronel buscó a tientas unos fósforos, murmurando en voz baja. De pronto se abrió una puerta al otro lado del pasillo y un largo rayo de luz dorada se proyectó hacia nosotros. Se hizo más ancho y apareció una mujer con un farol en la mano, levantándolo por encima de la cabeza y adelantando la cara para mirarnos. Pude observar que era bonita y, por el brillo que provocaba la luz en su vestido negro, comprendí que la tela era de calidad. Dijo unas pocas palabras en un idioma extranjero, que por el tono parecían ser una pregunta y cuando mi acompañante respondió con un ronco monosílabo, se llevó tal sobresalto que casi se le cae el farol de la mano. El coronel Stark corrió hacia ella, le susurró algo al oído y luego, tras empujarla a la habitación de donde había salido, volvió hacia mí con el farol en la mano.

—¿Tendría la amabilidad de esperar en esta habitación unos minutos? —dijo, abriendo otra puerta. Era una habitación pequeña y discreta, amueblada con sencillez, con una mesa redonda en el centro, sobre la cual descansaban unos cuantos libros en alemán. El coronel Stark apoyó el farol encima de un armonio situado junto a la puerta—.

No lo haré esperar casi nada —dijo, desapareciendo en la oscuridad.

Eché una mirada a los libros que había sobre la mesa y, a pesar de mi desconocimiento del alemán, pude darme cuenta de que dos de ellos eran tratados científicos y que los demás eran de poesía. Me acerqué a la ventana con la esperanza de ver algo del campo, pero estaba cerrada con postigos de roble y barras de hierro. Reinaba en la casa un silencio sepulcral. En algún lugar del pasillo se oía el sonoro tic tac de un viejo reloj, pero por lo demás el silencio era de muerte. Empezó a apoderarse de mí una vaga sensación de inquietud. ¿Quiénes eran aquellos alemanes y qué estaban haciendo, viviendo en aquel lugar extraño y apartado? ¿Y dónde estábamos? A unas millas de Eyford, eso era todo lo que sabía, pero ignoraba si al norte, al sur, al este o al oeste. Por otra parte, Reading y posiblemente otras poblaciones de cierto tamaño se encontraban dentro de aquel radio, por lo que cabía la posibilidad de que la casa no estuviera tan aislada, después de todo. Sin embargo, el absoluto silencio no dejaba lugar a dudas de que nos encontrábamos en el campo. Caminé de un lado a otro de la habitación, tarareando una canción entre dientes para elevar los ánimos y sintiendo que me estaba ganando con creces mis honorarios de cincuenta guineas.

De pronto, sin ningún sonido preliminar en medio del silencio absoluto, la puerta de mi habitación se abrió lentamente. La mujer apareció en el hueco, con la oscuridad del vestíbulo a sus espaldas y la luz amarilla de mi farol cayendo sobre su hermoso y angustiado rostro. Se notaba a primera vista que estaba enferma de miedo y el solo hecho de advertirlo me provocó escalofríos. Levantó un dedo tembloroso para advertirme que guardara silencio y me susurró algunas palabras en un inglés defectuoso, mientras sus ojos miraban como los de un caballo asustado hacia la oscuridad que tenía detrás.

—Yo que usted me iría —dijo, haciendo un gran esfuerzo por hablar con calma—. Yo me iría. No me quedaría aquí. No es bueno para usted.

—Pero, señora —dije—, aún no he hecho lo que vine a hacer. No puedo irme en modo alguno hasta haber visto la máquina.

—No vale la pena que espere —continuó—. Puede salir por la puerta; nadie se lo impedirá —y entonces, viendo que yo sonreía y negaba con la cabeza, abandonó de pronto toda compostura y avanzó un paso con las manos entrelazadas—.

¡Por amor de Dios! —exclamó—. ¡Salga de aquí antes de que sea demasiado tarde!

Pero yo soy empecinado por naturaleza y basta que un asunto presente algún obstáculo para que sienta más ganas de meterme en él. Pensé en mis cincuenta guineas, en el fatigoso viaje y en la desagradable noche que parecía esperarme. ¿Y todo eso por nada? ¿Por qué habría de escaparme sin haber realizado mi trabajo y sin la paga que me correspondía? Aquella mujer, por lo que yo sabía, bien podía estar loca. Así que, con una expresión firme, aunque su comportamiento me había afectado más de lo que estaba dispuesto a confesar, volví a negar con la cabeza y declaré mi intención de quedarme donde estaba. Ella estaba a punto de insistir en sus súplicas cuando sonó un portazo en el piso de arriba y se oyó un ruido de pasos en las escaleras. La mujer escuchó un instante, levantó las manos en un gesto de desesperación y se esfumó tan súbita y silenciosamente como había venido.

Los que venían eran el coronel Lysander Stark y un hombre bajo y gordo, con una barba que crecía entre los pliegues de su papada y que me fue presentado como el señor Ferguson.

—Este es mi secretario y administrador —dijo el coronel—. Por cierto, tenía la impresión de haber dejado esta puerta cerrada. Espero que no le haya entrado frío.

—Al contrario —dije yo—. La abrí yo mismo, porque me sentía un poco acalorado.

Me dirigió una de sus miradas suspicaces.

—En tal caso —dijo—, quizás lo mejor sea ponernos manos a la obra. El señor Ferguson y yo lo acompañaremos a ver la máquina.

—Tendré que ponerme el sombrero.

—Oh, no hace falta, está en la casa.

—¿Cómo? ¿Extraen ustedes la tierra en la casa?

—No, no, aquí solo la comprimimos. Pero no se preocupe de eso. Lo único que queremos es que examine la máquina y nos diga lo que anda mal.

Subimos juntos al piso de arriba, primero el coronel con la lámpara, después el obeso administrador y yo cerrando la fila. La casa era un verdadero laberinto, con pasillos, corredores, estrechas escaleras de caracol y puertas bajas, con los umbrales desgastados por las generaciones que habían pasado por ellas. Por encima de la planta baja no había alfombras ni rastro de muebles, la pintura se desprendía de las paredes y la humedad producía manchones verdes. Procuré adoptar un aire tan despreocupado como me fue posible, pero no había olvidado las advertencias de la mujer, a pesar de no haber hecho caso de ellas, y no les sacaba el ojo de encima a mis dos acompañantes. Ferguson parecía un hombre huraño y callado, pero, por lo poco que había dicho, pude notar que por lo menos era un compatriota.

Por fin, el coronel Lysander Stark se detuvo ante una puerta baja y abrió el cierre. Daba a un cuartito cuadrado en el que apenas había sitio para los tres. Ferguson se quedó fuera y el coronel me hizo entrar.

—Ahora —dijo— estamos adentro de la prensa hidráulica y sería bastante desagradable que alguien la pusiera en funcionamiento. El techo de este cuartito es, en realidad, el extremo del pistón descendente y baja sobre este suelo metálico con una fuerza de muchas toneladas. Ahí afuera hay pequeñas columnas hidráulicas laterales, que reciben la fuerza y la transmiten y multiplican del modo que usted ya sabe. La verdad es que la máquina funciona, pero con cierta rigidez y ha perdido un poco de fuerza. ¿Tendrá la amabilidad de echarle un vistazo y explicarnos cómo podemos arreglarla?

Me dio su linterna y examiné con atención la máquina. Era verdaderamente gigantesca y capaz de ejercer una presión enorme. Sin embargo, cuando salí y accioné las palancas de control, supe al instante, por el siseo que producía, que había una pequeña fuga de agua por uno de los cilindros laterales. Un nuevo examen reveló que una de las bandas de caucho que rodeaban la cabeza de un eje se había achicado y no llenaba del todo el tubo por el que se deslizaba. Aquella, evidentemente, era la causa de la pérdida de potencia y así se lo hice ver a mis acompañantes, que escucharon con gran atención mis palabras e hicieron varias preguntas de tipo práctico sobre el modo de arreglar la avería. Después de explicárselo con toda claridad, volví a entrar en la cámara de la máquina y la miré bien como para satisfacer mi propia curiosidad. Se notaba a primera vista que la historia de la tierra de batán era pura mentira, porque sería absurdo utilizar una máquina tan potente para unos fines tan inadecuados. Las paredes eran de madera, pero el suelo era una gran plancha de hierro y cuando me agaché a examinarlo pude advertir una capa de sedimento metálico por toda su superficie. Estaba en cuclillas, rascándolo para ver qué era exactamente, cuando oí una ahogada exclamación en alemán y vi el rostro cadavérico del coronel que me miraba desde arriba.

—¿Qué está haciendo usted ahí? —preguntó.

Yo estaba furioso por haber sido engañado con una historia tan descabellada como la que me había contado y contesté:

—Estaba admirando su tierra de batán. Creo que podría aconsejarle mejor acerca de su máquina si conociera el propósito exacto para el que la utiliza.

En el mismo instante de pronunciar aquellas palabras, lamenté haber hablado con tanto atrevimiento. Su expresión se endureció y en sus ojos se encendió una luz siniestra.

—Muy bien —dijo—. Va usted a saberlo todo acerca de la máquina.

Dio un paso atrás, cerró de golpe la puerta e hizo girar la llave en la cerradura. Yo me lancé sobre la puerta y tiré del picaporte, pero estaba bien trabado y la puerta resistió todas mis patadas y empujones.

—¡Oiga! —grité—. ¡Eh, coronel! ¡Déjeme salir!

Y entonces, en el silencio de la noche, oí de pronto un sonido que me puso el corazón en la boca. Era el chasquido de las palancas y el siseo del cilindro defectuoso. Habían puesto en funcionamiento la máquina. La lámpara seguía en el suelo, donde la había apoyado para examinar el piso. A su luz pude ver que el techo negro descendía sobre mí, despacio y con sacudidas, pero, como yo sabía mejor que nadie, con una fuerza que en menos de un minuto me reduciría a una pulpa deforme. Me lancé contra la puerta gritando y ataqué la cerradura con las uñas. Imploré al coronel que me dejara salir, pero el implacable chasquido de las palancas ahogó mis gritos. El techo ya solo estaba a tres o cuatro palmos por encima de mi cabeza y levantando la mano podía tocar su dura y rugosa superficie. Entonces se me ocurrió de pronto que mi muerte sería más o menos dolorosa según la posición en que me encontrara. Si me acostaba boca abajo, el peso caería sobre mi columna vertebral y me estremecí al pensar en el terrible crujido. Tal vez fuera mejor ponerse al revés, pero, ¿tendría la suficiente sangre fría para quedarme acostado, viendo descender sobre mí aquella mortífera sombra negra? Ya me resultaba imposible permanecer de pie, cuando mis ojos captaron algo que inyectó en mi corazón un chorro de esperanza.

Ya he dicho que, aunque el suelo y el techo eran de hierro, las paredes eran de madera. Al echar una última y desesperada mirada a mi alrededor, descubrí una fina línea de luz amarillenta entre dos de las tablas, que se iba ensanchando cada vez más al apretar hacia atrás un pequeño panel. Durante un instante, casi no pude creer que allí se abría una puerta por la que podría escapar de la muerte. Un momento después me lancé a través de ella y caí, casi desmayado, al otro lado. El panel se había vuelto a cerrar detrás de mí, pero el crujido de la lámpara y, unos instantes después, el choque de las dos planchas de metal, me hicieron comprender por qué poco había escapado.

Un frenético tirón de la muñeca me devolvió la conciencia y me encontré tirado en el suelo de piedra de un estrecho pasillo. Una mujer se inclinaba sobre mí y tiraba de mi brazo con la mano izquierda, mientras sostenía una vela en la derecha. Era la misma buena amiga cuyas advertencias había rechazado tan estúpidamente.

—¡Vamos! ¡Vamos! —me gritaba sin aliento—. ¡Estarán aquí dentro de un momento! ¡Verán que no está usted ahí! ¡No pierda el tiempo! ¡Venga!

Al menos esta vez no me burlé de sus consejos. Me puse de pie, un poco tambaleante y corrí con ella por el pasillo, bajando luego por una escalera de caracol que conducía a otro pasillo más ancho. Justo cuando llegábamos ahí, oímos el ruido de unos pies que corrían y los gritos de dos voces, una de ellas respondiendo a la otra, en el piso en el que estábamos y en el de abajo. Mi guía se detuvo y miró a su alrededor como sin saber qué hacer. Entonces abrió una puerta que daba a un dormitorio, a través de cuya ventana se veía brillar la luna.

—¡Es su única oportunidad! —dijo—. Está bastante alto, pero quizás pueda saltar. Mientras ella hablaba, apareció una luz en el extremo opuesto del corredor y vi la flaca figura del coronel Lysander Stark corriendo hacia nosotros con un farol en una mano y un arma parecida a una cuchilla de carnicero en la otra. Atravesé corriendo la habitación, abrí la ventana y miré al exterior. ¡Qué tranquilo, atractivos y saludable se veía el jardín a la luz de la luna! Y no estaba a más de diez metros de distancia. Trepé a la ventana, pero no me decidí a saltar hasta haber oído lo que sucedía entre mi salvadora y el rufián que me perseguía. Si intentaba maltratarla, estaba decidido a volver en su ayuda, costara lo que costara. Apenas había tenido tiempo de pensar en esto cuando él llegó a la puerta, apartando de un empujón a la mujer; pero ella le rodeó el cuello con los brazos e intentó detenerlo.

—¡Fritz! ¡Fritz! —gritaba en inglés—. Recuerda lo que me prometiste después de la última vez. Dijiste que no volvería a ocurrir. ¡No dirá nada! ¡De verdad que no dirá nada!

—¡Estás loca, Elisa! —grito él, forcejeando para liberarse de ella—. ¡Será nuestra ruina! Este hombre ha visto demasiado. ¡Déjame pasar, te digo!

La tiró a un lado y, corriendo a la ventana, me atacó con su pesada arma. Yo me había descolgado y estaba agarrado con los dedos a la ranura de la ventana, con las manos sobre el alféizar, cuando cayó el golpe. Sentí un dolor apagado, mi mano se soltó y caí al jardín.

La caída fue violenta, pero no sufrí ningún daño. Me levanté y corrí entre los arbustos tan deprisa como pude, porque me daba cuenta de que aún no estaba fuera de peligro, ni mucho menos. Pero de pronto, mientras corría, me sentí terriblemente mareado y casi me desmayo. Me miré la mano, que palpitaba dolorosamente y entonces vi por vez primera que me habían cortado el dedo pulgar y que la sangre brotaba a chorros de la herida. Intenté vendármela con un pañuelo, pero entonces sentí un repentino zumbido en los oídos y caí desvanecido entre los rosales.

No podría decir cuánto tiempo estuve inconsciente. Tuvo que ser bastante tiempo, porque cuando recuperé el sentido la luna se había ocultado y empezaba a despuntar el sol de la mañana. Tenía las ropas empapadas de rocío y la manga del saco toda manchada con la sangre de la herida. El dolor de la herida me hizo recordar en un instante todos los detalles de mi aventura nocturna y me paré de un salto, con la sensación de que aún no me encontraba a salvo de mis perseguidores. Pero me llevé una gran sorpresa al mirar a mi alrededor y comprobar que no había ni rastro de la casa ni del jardín. Había estado tirado junto a un arbusto al lado de la carretera y un poco más abajo había un edificio largo que al acercarme resultó ser la misma estación a la que había llegado la noche antes. De no ser por la grave herida de mi mano, habría pensado que todo lo ocurrido durante aquellas terribles horas había sido una pesadilla.

Medio atontado, llegué a la estación y pregunté por el tren de la mañana. Salía uno para Reading en menos de una hora. Vi que estaba de servicio el mismo mozo que había visto al llegar. Le pregunté si había oído alguna vez hablar del coronel Lysander Stark. El nombre no le decía nada. ¿Se había fijado, la noche anterior, en el coche que me esperaba? No, no se había fijado. ¿Había una comisaría de policía cerca de la estación? Había una, a unas tres millas.

Era demasiado lejos para mí, con lo débil y enfermo que estaba. Decidí esperar hasta llegar a Londres para contarle mi historia a la policía. Eran poco más de las seis cuando llegué, pero fui antes que nada a que me curaran la herida y luego el doctor tuvo la amabilidad de traerme aquí. Pongo el caso en sus manos y haré exactamente lo que usted me aconseje.

Ambos guardamos silencio durante unos momentos después de escuchar este extraordinario relato. Entonces Sherlock Holmes sacó de un estante uno de los voluminosos libros en los que guardaba sus recortes.

—Aquí hay un anuncio que puede interesarle —dijo—. Apareció en todos los diarios hace aproximadamente un año. Escuche: «Desaparecido el 9 del corriente, el señor

Jeremiah Hayling, ingeniero hidráulico de 26 años. Salió de su domicilio a las diez de la noche y no se lo ha vuelto a ver. Vestía, etc.». ¡Ajá! Imagino que esta fue la última vez que el coronel tuvo que arreglar su máquina.

—¡Cielo santo! —exclamó mi paciente—. ¡Eso explica lo que dijo la mujer!

—Sin duda. Es evidente que el coronel es un hombre frío y temerario, absolutamente decidido a que nada se interponga en su juego, como aquellos piratas desalmados que no dejaban supervivientes en los barcos que interceptaban. Bueno, no hay tiempo que perder, así que, si se siente capaz, iremos ahora mismo a Scotland Yard, como paso previo a nuestra visita a Eyford.

Unas tres horas después, ya estábamos todos en el tren que sale de Reading con destino al pueblito de Berkshire. Éramos Sherlock Holmes, el ingeniero hidráulico, el inspector Bradstreet de Scodand Yard, un policía de civil y yo. Bradstreet había desplegado sobre el asiento un mapa militar de la región y estaba muy ocupado con su compás, trazando un círculo con Eyford como centro.

—Aquí lo tienen —dijo—. Este círculo tiene un radio de diez millas a partir del pueblo. El sitio que buscamos tiene que estar en algún punto cercano a esta línea. Dijo que son diez millas, ¿no es así, señor?

—Fue un trayecto de una hora, a alta velocidad.

—¿Y piensa que lo trajeron de vuelta mientras estaba inconsciente?

—Tuvo que ser así. Conservo solo un vago recuerdo de haber sido levantado y llevado a alguna parte.

—Lo que no termino de entender —dije yo— es por qué no lo mataron cuando lo encontraron sin dominio del sentido en el jardín. Puede que el asesino se ablandara ante las súplicas de la mujer.

—No me parece probable. Jamás en mi vida vi un rostro tan implacable.

—Bueno, pronto aclararemos eso —dijo Bradstreet—. Y ahora, una vez trazado el círculo, me gustaría saber en qué punto del mismo podremos encontrar a la gente que andamos buscando.

—Creo que podría señalarlo con el dedo —dijo Holmes tranquilamente.

—¡Válgame Dios! —exclamó el inspector—. ¡Ya se ha formado una opinión! Está bien, veamos quién está de acuerdo. Yo digo que está al sur, porque la región está menos poblada por esa parte.

—Y yo digo que al este —dijo mi paciente.

—Yo voto por el oeste —apuntó el policía de civil—. Por esa parte hay varios pueblitos muy tranquilos.

—Y yo voto por el norte —dije yo—, porque por ahí no hay colinas y nuestro amigo ha dicho que no sintió que el coche pasara por ninguna.

—Bueno —dijo el inspector empezándose a reír—. No puede haber más diversidad de opiniones. Hemos recorrido toda la brújula. ¿A quién apoya usted con el voto decisivo?

—Todos se equivocan.

—Pero… no es posible que nos equivoquemos todos.

—Oh, sí que lo es. Yo voto por este punto —colocó el dedo en el centro del círculo—. Aquí es donde los encontraremos.

—¿Y el recorrido de doce millas? —alegó Hatherley.

—Seis de ida y seis de vuelta. No puede ser más sencillo. Usted mismo dijo que el caballo se encontraba fresco y reluciente cuando subió al coche. ¿Cómo podría ocurrir eso si había recorrido doce millas por caminos accidentados?

—Desde luego, es un truco bastante verosímil —comentó Bradstreet, pensativo—. Y, por supuesto, no hay dudas sobre a qué se dedica esa banda.

—Absolutamente ninguna —corroboró Holmes—. Son falsificadores de moneda a gran escala y utilizan la máquina para prensar la aleación con la que sustituyen a la plata.

—Hace bastante tiempo que sabemos de la existencia de una banda muy hábil —dijo el inspector—. Están poniendo en circulación monedas de media corona a millares. Hemos seguido su pista hasta Reading, pero no pudimos pasar de ahí; han borrado sus huellas de una manera que habla de verdaderos expertos. Pero ahora, gracias a este golpe de suerte, creo que los atraparemos.

Pero el inspector se equivocaba, porque aquellos criminales no estaban destinados a caer en manos de la justicia. Cuando entrábamos en la estación de Eyford vimos una gigantesca columna de humo que ascendía desde detrás de una pequeña arboleda cercana y se cernía sobre el paisaje como una inmensa pluma de avestruz.

—¿Un incendio en una casa? —preguntó Bradstreet, mientras el tren arrancaba de nuevo para seguir su camino.

—Sí, señor —dijo el jefe de estación.

—¿A qué hora se inició?

—He oído que durante la noche, señor, pero ha ido empeorando y ahora toda la casa está en llamas.

—¿De quién es la casa?

—Del doctor Becher.

—Dígame —interrumpió el ingeniero—, ¿este doctor Becher es alemán, muy flaco y con la nariz larga y afilada?

El jefe de estación se rió con ganas.

—No, señor, el doctor Becher es inglés y no hay en toda la parroquia un hombre con el chaleco mejor forrado. Pero en su casa vive un caballero, creo que un paciente, que sin dudas es extranjero y al que, por su aspecto, no le vendría mal un buen filete de Berkshire.

Aún no había terminado de hablar el jefe de estación y ya todos corríamos en dirección al incendio. La carretera remontaba una pequeña colina y desde lo alto pudimos ver frente a nosotros un gran edificio encalado del que brotaban llamas por todas sus ventanas y aberturas, mientras en el jardín tres mangueras de incendios se esforzaban en vano por dominar el fuego.

—¡Esa es! —gritó Hatherley, tremendamente excitado—. ¡Ahí está el sendero de grava y esos son los rosales donde me caí. Aquella ventana del segundo piso es desde donde salté!

—Bueno, por lo menos ha conseguido vengarse —dijo Holmes—. No cabe duda de que fue su lámpara de aceite, al ser aplastada por la prensa, la que prendió un fuego en las paredes de madera; pero ellos estaban tan ocupados persiguiéndole que no se dieron cuenta a tiempo. Ahora abra bien los ojos, por si puede reconocer entre toda esa gente a sus amigos de anoche, aunque mucho me temo que a estas horas se encontrarán por lo menos a cien millas de aquí.

Los temores de Holmes se confirmaron, porque hasta hoy no se ha vuelto a saber ni una palabra de la hermosa mujer, del siniestro alemán y del sombrío inglés. A primera hora de aquella mañana, un campesino se había cruzado con un coche que circulaba apresuradamente en dirección a Reading, cargado con varias personas y varias cajas muy voluminosas, pero allí se perdió la pista de los fugitivos y ni siquiera el ingenio de Holmes fue capaz de descubrir el menor indicio de su paradero. Los bomberos se sorprendieron mucho ante los extraños dispositivos que encontraron en la casa y aún más al descubrir un pulgar humano recién cortado en el borde de una ventana del segundo piso. Hacia el atardecer sus esfuerzos dieron por fin resultado y lograron dominar el fuego, pero no sin que antes se desplomara el tejado y la casa entera quedara tan reducida a ruinas que, exceptuando algunos cilindros retorcidos y algunas tuberías de hierro, no quedaba ni un rastro de la maquinaria que tan cara había salido a nuestro desdichado ingeniero. En un cobertizo exterior se encontraron grandes cantidades de níquel y estaño, pero ni una sola moneda, lo cual podría explicar aquellas cajas tan abultadas que ya hemos mencionado.

La manera en que nuestro ingeniero hidráulico fue trasladado desde el jardín hasta el punto donde recuperó el conocimiento habría quedado siempre cubierta de misterio, de no ser por el blando musgo del jardín, que nos reveló una sencilla historia. Era evidente que había sido transportado por dos personas, una de ellas con los pies muy pequeños y la otra con pies extraordinariamente grandes. En definitiva, parecía bastante probable que el silencioso inglés, menos audaz o menos asesino que su compañero, hubiera ayudado a la mujer a trasladar al hombre inconsciente fuera del peligro.

—¡Buen negocio el que he hecho! —dijo nuestro ingeniero en tono de queja mientras ocupábamos nuestros asientos para regresar a Londres—. He perdido un dedo, he perdido unos honorarios de cincuenta guineas... ¿y qué es lo que he ganado?

—Experiencia —dijo Holmes, riéndose—. En cierto modo, puede resultarle muy valiosa. No tiene más que ponerla en palabras para ganarse una reputación de excelente conversador para el resto de su vida.

10

El aristócrata solterón

Hace ya largo tiempo que el matrimonio de *lord* St. Simon y la curiosa manera en que terminó dejaron de ser temas de interés en los selectos círculos en los que se mueve el infortunado novio. Nuevos escándalos lo han eclipsado y sus detalles más picantes han acaparado los rumores, desviándolos de este drama que ya tiene cuatro años de antigüedad. No obstante, como tengo razones para creer que los hechos completos no se han revelado nunca al público en general y dado que mi amigo Sherlock Holmes desempeñó un importante papel en el esclarecimiento del asunto, considero que ninguna biografía suya estaría completa sin un breve resumen de este notable episodio.

Pocas semanas antes de mi propia boda, cuando aún compartía con Holmes el departamento de Baker Street, mi amigo regresó a casa después de un paseo y encontró una carta esperándole encima de la mesa. Yo me había quedado en casa todo el día, porque el tiempo se había puesto de repente muy lluvioso, con fuertes vientos de otoño y la bala que me había traído dentro del cuerpo como recuerdo de mi campaña de Afganistán palpitaba con obstinada persistencia. Acostado en un sillón y con una pierna encima de la otra, me había rodeado de una nube de periódicos hasta que, saturado al fin de noticias, los tiré a un costado y me quedé recostado e inerte, contemplando el escudo y las iniciales del sobre que había encima de la mesa y preguntándome perezosamente quién sería aquel noble que le escribía a mi amigo.

—Tiene una carta de lo más elegante —comenté cuando entró—. Si no recuerdo mal, las cartas de esta mañana eran de un pescadero y de un aduanero del puerto.

—Sí, desde luego, mi correspondencia tiene el encanto de la variedad —respondió él, sonriendo—. Y, por lo general, las más humildes son las más interesantes. Esta parece una de esas molestas convocatorias sociales que lo obligan a uno a aburrirse o a mentir.

Rompió el sobre y miró al contenido.

—¡Ah, caramba! ¡Después de todo, puede que resulte interesante!

—¿No es un acto social, entonces?

—No, es algo estrictamente profesional.

—¿Y de un cliente noble?

—Uno de los grandes de Inglaterra.

—Querido amigo, le felicito.

—Le aseguro, Watson, sin falsa modestia, que la categoría de mi cliente me importa mucho menos que el interés que ofrezca su caso. Sin embargo, es posible que esta nueva investigación no carezca de interés. Ha leído usted con atención los últimos periódicos, ¿no es cierto?

—Eso parece —dije sonriendo y señalando una enorme pila que había en un rincón—. No tenía otra cosa que hacer.

—Es una suerte, porque así quizás pueda ponerme al corriente. Yo no leo más que los sucesos y los anuncios personales. Son siempre instructivos. Pero si usted ha seguido de cerca los últimos acontecimientos, habrá leído acerca de *lord* St. Simon y su boda.

—Oh, sí, y con el mayor interés.

—Estupendo. La carta que tengo en la mano es de *lord* St. Simon. Se la voy a leer y, a cambio, usted repasará esos periódicos y me mostrará todo lo que tenga que ver con el asunto. Esto es lo que dice:

> Querido señor Sherlock Holmes:
> *Lord* Backwater me asegura que puedo confiar plenamente en su juicio y discreción. Así pues, he decidido hacerle una visita para consultarlo con respecto al dolorosísimo suceso acaecido en relación con mi boda. El señor Lestrade, de Scotland Yard, se encuentra ya trabajando en el asunto, pero me ha asegurado que no hay inconveniente alguno en que usted coopere, e incluso cree que podría resultar de alguna ayuda. Pasaré a verlo a las cuatro de la tarde y le agradecería que aplazara cualquier otro compromiso que pudiera tener a esa hora, ya que el asunto es de extrema importancia. Suyo,
> Robert St. Simon.

—Está fechada en Grosvenor Mansions, escrita con pluma de ave y el noble señor ha tenido la desgracia de mancharse de tinta la parte de afuera de su meñique derecho —comentó Holmes, volviendo a doblar la carta.

—Dice que viene a las cuatro y ahora son las tres. Falta una hora para que venga.

—Entonces, tengo el tiempo justo, contando con su ayuda, para ponerme al corriente del tema. Repase esos periódicos y ordene los artículos por fecha, mientras yo miro quién es nuestro cliente —sacó un volumen de tapas rojas de una hilera de libros de referencia que había junto a la repisa de la chimenea—. Aquí está —dijo, sentándose y abriéndolo sobre sus rodillas—. «Robert Walsingham de Vere St. Simon, segundo hijo del duque de *Balmoral*...» ¡Hum! Escudo: Campo de azur, con tres abrojos en jefe sobre banda de sable. Nacido en 1846. Tiene, pues, cuarenta y un años, que es una edad madura para casarse. Fue subsecretario de las colonias en una administración anterior. El duque, su padre, fue durante algún tiempo ministro de Asuntos Exteriores. Han heredado sangre de los Plantagenet por vía directa y de los Tudor por vía materna. ¡Ajá! Bueno, en todo esto no hay nada que resulte muy instructivo. Creo que dependo de usted, Watson, para obtener datos más sólidos.

—Me resultará muy fácil encontrar lo que busco —dije yo—, porque los hechos son bastante recientes y el asunto me llamó la atención. Sin embargo, no me atrevía a hablarle del tema, porque sabía que tenía una investigación entre manos y que no le gusta que se entrometan otras cosas.

—Ah, se refiere usted al insignificante problema del furgón de muebles de Grosvenor Square. Eso ya está aclarado... aunque la verdad es que era evidente desde un principio. Por favor, alcánceme los resultados de su selección de prensa.

—Aquí está la primera noticia que he podido encontrar. Está en la columna personal del *Morning Post* y, como ve, lleva fecha de hace unas semanas. «Se ha concertado una boda», dice que «si los rumores son ciertos, tendrá lugar dentro de muy poco, entre *lord* Robert St. Simon, segundo hijo del duque de Balmoral y la señorita Hatty

Doran, hija única de Aloysius Doran, de San Francisco, California, EE.UU». Eso es todo.

—Escueto y al grano —comentó Holmes, extendiendo hacia el fuego sus largas y delgadas piernas.

—En la sección de sociedad de la misma semana apareció un párrafo ampliando el anterior. ¡Ah, aquí está!:

> Pronto será necesario imponer medidas de protección arancelaria sobre el mercado matrimonial, en vista de que el principio de libre comercio parece actuar decididamente en contra de nuestro producto nacional. Una tras otra, las grandes casas nobles de Gran Bretaña van cayendo en manos de nuestras bellas primas rubias del otro lado del Atlántico. Durante la última semana se ha producido una importante incorporación a la lista de premios obtenidos por estas encantadoras invasoras. *Lord* St. Simon, que durante más de veinte años se había mostrado inmune a las flechas del pequeño Dios, ha anunciado de manera oficial su próximo enlace con la señorita Hatty Doran, la fascinante hija de un millonario californiano. La señorita Doran, cuya atractiva figura y bello rostro atrajeron mucha atención en las fiestas de Westbury House, es hija única y se rumorea que su dote está muy por encima de las seis cifras y que aún podría aumentar en el futuro. Teniendo en cuenta que es un secreto a voces que el duque de Balmoral se ha visto obligado a vender su colección de pintura en los últimos años y que *lord* St. Simon carece de propiedades, si exceptuamos la pequeña finca de Birchmoor, parece evidente que la heredera californiana no es la única que sale ganando con una alianza que le permitirá realizar la fácil y habitual transición de dama republicana a aristócrata británica.

—¿Algo más? —preguntó Holmes, bostezando.

—Oh, sí, mucho. Hay otro párrafo en el *Morning Post* diciendo que la boda sería un acto absolutamente privado, que se celebraría en San Jorge, en Hanover Square, que solo se invitaría a media docena de amigos íntimos y que luego todos se reunirían en una casa amueblada de Lancaster Gate, alquilada por el señor Aloysius Doran. Dos días después... es decir, el miércoles pasado... hay una breve noticia de que la boda se ha celebrado y que los novios pasarían la luna de miel en casa de *lord* Backwater, cerca de Petersfield. Estas son todas las noticias que se publicaron antes de la desaparición de la novia.

—¿Antes de qué? —preguntó Holmes con sobresalto.

—De la desaparición de la dama.

—¿Y cuándo desapareció?

—Durante el almuerzo de boda.

—Caramba. Esto es más interesante de lo que yo pensaba; y de lo más dramático.

—Sí, a mí me pareció fuera de lo normal.

—Muchas novias desaparecen antes de la ceremonia y alguna que otra durante la luna de miel, pero no recuerdo nada tan súbito como esto. Por favor, deme más detalles.

—Le advierto que son muy incompletos.

—Quizás podamos hacer que lo sean menos.

—Lo poco que se sabe viene todo seguido en un solo artículo publicado ayer por la mañana, que voy a leérselo. Se titula «Extraño incidente en una boda de alta sociedad».

> La familia de *lord* Robert St. Simon ha quedado sumida en la mayor consternación por los extraños y dolorosos sucesos ocurridos en relación con su boda. La ceremonia, tal como se anunciaba brevemente en la prensa de ayer, se celebró anteayer por la mañana, pero hasta hoy no había sido posible confirmar los extraños rumores que circulaban de manera insistente. A pesar de los esfuerzos de los amigos por silenciar el asunto, este ha atraído de tal modo la atención del público que de nada serviría fingir desconocimiento de un tema que está en todas las conversaciones.
>
> La ceremonia, que se celebró en la iglesia de San Jorge, en Hanover Square, tuvo lugar en privado, asistiendo tan solo el padre de la novia, señor Aloysius Doran, la duquesa de Balmoral, *lord* Backwater, *lord* Eustace y lady Clara St. Simon (hermano menor y hermana del novio) y lady Alicia Whittington. A continuación, el cortejo se dirigió a la casa del señor Aloysius Doran, en Lancaster Gate, donde se había preparado un almuerzo. Parece que allí se produjo un pequeño incidente, provocado por una

mujer cuyo nombre no se ha podido confirmar, que intentó penetrar por la fuerza en la casa tras el cortejo nupcial, alegando ciertos reclamos que tenía que hacerle a *lord* St. Simon. Tras una larga y bochornosa escena, el mayordomo y un lacayo consiguieron expulsarla La novia, que afortunadamente había entrado en la casa antes de esa desagradable interrupción, se había sentado a almorzar con los demás cuando se quejó de una repentina indisposición y se retiró a su habitación. Como su prolongada ausencia empezaba a provocar comentarios, su padre fue a buscarla; pero la doncella le dijo que solo había entrado un momento en su habitación para coger un abrigo y un sombrero y que luego había salido a toda prisa por el pasillo. Uno de los lacayos declaró haber visto salir de la casa a una señora cuya vestimenta respondía a la descripción, pero se negaba a creer que fuera la novia, por estar convencido de que esta se encontraba con los invitados. Al comprobar que su hija había desaparecido, el señor Aloysius Doran, acompañado por el novio, se puso en contacto con la policía sin perder el tiempo y ahora se están llevando a cabo intensas investigaciones, que probablemente no tardarán en esclarecer este misterioso asunto. Sin embargo, a últimas horas de esta noche todavía no se sabía nada del paradero de la dama desaparecida. Los rumores se han desatado y se dice que la policía ha detenido a la mujer que provocó el incidente, en la creencia de que, por celos o algún otro motivo, pueda estar relacionada con la misteriosa desaparición de la novia.

—¿Y eso es todo?

—Solo hay una notita en otro de los periódicos, pero bastante sugerente.

—¿Qué dice?

—Que la señorita Flora Millar, la dama que provocó el incidente, había sido detenida. Parece que es una antigua bailarina del *Allegro* y que conocía al novio desde hace varios años. No hay más detalles y el caso queda ahora todo en sus manos... Al menos, tal como lo ha expuesto al público la prensa.

—Parece tratarse de un caso sumamente interesante. No me lo perdería por nada del mundo. Pero creo que llaman a la puerta, Watson, y dado que el reloj marca poco más de las cuatro, no me cabe duda de que aquí llega nuestro aristocrático cliente. No se le ocurra irse, Watson, porque me interesa mucho tener un testigo, aunque solo sea para confirmar mi propia memoria.

—El señor Robert St. Simon —anunció nuestro botones, abriendo la puerta de par en par, para dejar entrar a un caballero de rostro agradable y expresión inteligente, altivo y pálido, quizás con algo de petulancia en el gesto de la boca y con la mirada firme y abierta de quien ha tenido la suerte de nacer para mandar y ser obedecido. Aunque sus movimientos eran vivos, su aspecto general daba una errónea impresión de edad, porque iba ligeramente encorvado y se le doblaban un poco las rodillas al caminar. Además, al quitarse el sombrero de ala ondulada, vimos que sus cabellos tenían las puntas grises y empezaban a clarear en la parte de arriba. En cuanto a su ropa, era perfecta hasta rayar con la afectación: cuello alto, levita negra, chaleco blanco, guantes amarillos, zapatos de charol y polainas de color claro. Entró despacio en la habitación, girando la cabeza de izquierda a derecha y balanceando en la mano derecha el cordón del que colgaban sus anteojos con marco de oro.

—Buenos días, *lord* St. Simon —dijo Holmes, levantándose y haciendo una reverencia—. Por favor, siéntese en la butaca de mimbre. Este es mi amigo y colaborador, el doctor Watson. Acérquese un poco al fuego y hablaremos del asunto.

—Un asunto sumamente doloroso para mí, como podrá usted imaginar, señor Holmes. Me ha herido en lo más hondo. Tengo entendido, señor, que ya ha intervenido en varios casos delicados, parecidos a este, aunque supongo que no afectarían a personas de la misma clase social.

—En efecto, voy descendiendo.
—¿Cómo dice?
—Mi último cliente de este tipo fue un rey.
—¡Caramba! No tenía idea. ¿Y qué rey?
—El rey de Escandinavia.
—¿Cómo? ¿También desapareció su esposa?

—Como usted comprenderá —dijo Holmes suavemente—, aplico a los asuntos de mis otros clientes la misma reserva que prometo aplicar a los suyos.

—¡Naturalmente! ¡Tiene razón, mucha razón! Le pido mil perdones. En cuanto a mi caso, estoy dispuesto a proporcionarle cualquier información que pueda ayudarlo para formarse una opinión.

—Gracias. Conozco todo lo que ha aparecido en la prensa, pero nada más. Supongo que puedo considerarlo correcto... Por ejemplo, este artículo sobre la desaparición de la novia.

El señor St. Simon le echó un vistazo.

—Sí, es más o menos correcto en lo que dice.

—Pero hace falta mucha información complementaria para que alguien pueda adelantar una opinión. Creo que el modo más directo de conocer los hechos sería preguntárselos a usted.

—Adelante.

—¿Cuándo conoció usted a la señorita Hatty Doran?

—Hace un año, en San Francisco.

—¿Estaba de viaje por los Estados Unidos?

—Sí.

—¿Fue entonces cuando se prometieron?

—No.

—¿Pero su relación era amistosa?

—A mí me divertía estar con ella y ella se daba cuenta de que yo me divertía.

—¿Es muy rico su padre?

—Dicen que es el hombre más rico de la costa oeste.

—¿Y cómo adquirió su fortuna?

—Con las minas. Hace unos pocos años no tenía nada. Entonces, encontró oro, invirtió y subió como un cohete.

—Veamos: ¿qué impresión tiene usted del carácter de la señorita... es decir, de su esposa?

El noble aceleró el balanceo de sus anteojos y se quedó mirando al fuego.

—Verá usted, señor Holmes —dijo—. Mi esposa tenía ya veinte años cuando su padre se hizo rico. Se había pasado la vida correteando por un campamento minero y vagando por bosques y montañas, de manera que su educación se la debe más a la naturaleza que a los maestros de escuela. Es lo que en Inglaterra llamaríamos una chica traviesa, con un carácter fuerte, impetuoso y libre, no sujeta a tradiciones de ningún tipo. Es impetuosa... hasta diría que volcánica. Toma decisiones con rapidez y no vacila en llevarlas a la práctica. Por otra parte, yo no le habría dado el apellido que tengo el honor de llevar —soltó una tos solemne— si no pensara que tiene un fondo de nobleza. Creo que es capaz de sacrificios heroicos y que cualquier acto deshonroso la repugnaría.

—¿Tiene una fotografía suya?

—He traído esto.

Abrió un medallón y nos mostró el retrato de una mujer muy hermosa. No se trataba de una fotografía, sino de una miniatura sobre marfil y el artista había sacado el máximo provecho al cabello negro, los ojos grandes y oscuros y la exquisita boca. Holmes lo miró con gran atención durante un buen rato. Luego cerró el medallón y se lo devolvió a *lord* St. Simon.

—Así pues, la joven vino a Londres y aquí reanudaron sus relaciones.

—Sí, su padre la trajo a pasar la última temporada en Londres. Nos vimos varias veces, nos comprometimos y por fin nos casamos.

—Tengo entendido que la novia aportó una dote considerable.

—Una dote común. Pero no mayor de lo habitual en mi familia.

—Y, por supuesto, la dote es ahora suya, puesto que el matrimonio es un hecho consumado.

—La verdad, no he hecho averiguaciones al respecto.

—Es muy natural. ¿Vio usted a la señorita Doran el día antes de la boda?

—Sí.

—¿Estaba ella de buen humor?

—Mejor que nunca. No paraba de hablar de la vida que llevaríamos en el futuro.

—Vaya, vaya. Eso es muy interesante. ¿Y la mañana de la boda?

—Estaba animadísima... Por lo menos, hasta después de la ceremonia.

—¿Y después observó usted algún cambio en ella?

—Bueno, a decir verdad, fue entonces cuando advertí las primeras señales de que su temperamento es un poco violento. Pero el incidente fue demasiado trivial como para mencionarlo y no puede tener ninguna relación con el caso.

—A pesar de todo, le ruego que nos lo cuente.

—Oh, es una tontería. Cuando íbamos hacia la sacristía se le cayó el ramo. Pasaba en aquel momento por la primera fila de reclinatorios y se le cayó en uno de ellos. Hubo un instante de vacilación, pero el caballero del reclinatorio se lo devolvió y no parecía que se hubiera estropeado con la caída. Aun así, cuando le mencioné el asunto, me contestó bruscamente; y luego, en el coche, camino a casa, parecía absurdamente agitada por aquella insignificancia.

—Vaya, vaya. Dice usted que había un caballero en el reclinatorio. Según eso, había algo de público en la boda, ¿no?

—Oh, sí. Es imposible evitarlo cuando la iglesia está abierta.

—El caballero en cuestión, ¿no sería amigo de su esposa?

—No, no; le he llamado caballero por cortesía, pero era una persona bastante vulgar. Apenas me fijé en su aspecto. Pero creo que nos estamos desviando del tema.

—Así pues, la señora St. Simon regresó de la boda en un estado de ánimo menos alegre que el que tenía al ir. ¿Qué hizo al entrar de nuevo en casa de su padre?

—La vi mantener una conversación con su doncella.

—¿Y quién es esta doncella?

—Se llama Alice. Es norteamericana y vino de California con ella.

—¿Una doncella de confianza?

—Quizás demasiado. A mí me parecía que su señora le permitía excesivas libertades. Aunque, por supuesto, en América estas cosas se ven de un modo diferente.

—¿Cuánto tiempo estuvo hablando con esta Alice?

—Oh, unos minutos. Yo tenía otras cosas en que pensar.

—¿No oyó lo que decían?

—La señora St. Simon dijo algo acerca de «pisarle una denuncia». Solía utilizar esa jerga de los mineros para hablar. No tengo ni idea de lo que quiso decir con eso.

—A veces, la jerga norteamericana resulta muy expresiva. ¿Qué hizo su esposa cuando terminó de hablar con la doncella?

—Entró en el comedor.

—¿De su brazo?

—No, sola. Era muy independiente en pequeños detalles como esos. Y luego, cuando llevábamos unos diez minutos sentados, se levantó apurada, murmuró unas palabras de disculpa y salió de la habitación. Ya no la volvimos a ver.

—Pero, según tengo entendido, esta doncella, Alice, ha declarado que su esposa fue a su habitación, se puso un abrigo largo para tapar el vestido de novia, se puso un sombrero y salió de la casa.

—Exactamente. Y más tarde la vieron entrando en Hyde Park en compañía de Flora Millar, una mujer que ahora está detenida y que ya había provocado un incidente en casa del señor Doran aquella misma mañana.

—Ah, sí. Me gustaría conocer algunos detalles sobre esta dama y sus relaciones con usted.

Lord St. Simon se encogió de hombros y levantó las cejas.

—Durante algunos años hemos mantenido relaciones amistosas... podría decirse que muy amistosas. Ella trabajaba en el Allegro. La he tratado con generosidad y no tiene ningún motivo razonable de queja contra mí, pero ya sabe usted cómo son las mujeres, señor Holmes. Flora era encantadora, pero demasiado atolondrada y sentía devoción por mí. Cuando se enteró de que me iba a casar, me escribió unas cartas terribles y, a decir verdad, la razón de que la boda se celebrara en intimidad fue que yo temía que diese un escándalo en la iglesia. Se presentó en la puerta de la casa del señor Doran cuando nosotros acabábamos de volver, e intentó abrirse paso a empujones, pronunciando frases muy injuriosas contra mi esposa, e incluso amenazándola, pero yo había previsto la posibilidad de que ocurriera algo semejante y había dado instrucciones al servicio, que no tardó en expulsarla. Se tranquilizó en cuanto vio que no sacaría nada con armar un alboroto.

—¿Su esposa oyó todo esto?

—No, gracias a Dios, no lo oyó.

—¿Pero más tarde la vieron paseando con esta misma mujer?

—Sí. Y al señor Lestrade, de Scotland Yard, eso le parece muy grave. Cree que Flora atrajo con engaños a mi esposa hacia alguna terrible trampa.

—Bueno, es una suposición que entra dentro de lo posible.

—¿También usted lo cree?

—No dije que fuera probable. ¿Le parece probable a usted?

—Yo no creo que Flora sea capaz de hacer daño a una mosca.

—No obstante, los celos pueden provocar extraños cambios en el carácter. ¿Podría decirme cuál es su propia teoría acerca de lo sucedido?

—Bueno, en realidad he venido aquí en busca de una teoría, no a exponer la mía. Le he dado todos los datos. Sin embargo, ya que lo pregunta, puedo decirle que se me ha pasado por la cabeza la posibilidad de que la emoción de la boda y la conciencia de haber dado un salto social tan inmenso le hayan provocado a mi esposa algún pequeño trastorno nervioso de naturaleza transitoria.

—En pocas palabras, que sufrió un arrebato de locura.

—Bueno, la verdad, si consideramos que ha vuelto la espalda… no digo a mí, sino a algo a lo que tantas otras han aspirado sin éxito… me resulta difícil hallar otra explicación.

—Bien, desde luego, también es una hipótesis concebible —dijo Holmes sonriendo—. Y ahora, *lord* St. Simon, creo que ya dispongo de casi todos los datos. ¿Puedo preguntar si en la mesa estaban ustedes sentados de modo que pudieran ver por la ventana?

—Podíamos ver el otro lado de la calle y el parque.

—Perfecto. En tal caso, creo que no necesito entretenerlo más tiempo. Ya me comunicaré con usted.

—Si es que tiene la suerte de resolver el problema —dijo nuestro cliente, levantándose de su asiento.

—Ya lo he resuelto.

—¿Eh? ¿Cómo dice?

—Digo que ya lo he resuelto.

—Entonces, ¿dónde está mi esposa?

—Ese es un detalle que no tardaré en proporcionarle.

Lord St. Simon meneó la cabeza.

—Me temo que esto necesite de cabezas más inteligentes que la suya o la mía —comentó y tras una pomposa inclinación, al estilo antiguo, salió de la habitación.

—El bueno de *lord* St. Simon me hace un gran honor al colocar mi cabeza al mismo nivel que la suya —dijo Sherlock Holmes, riéndose—. Después de tanto interrogatorio, no me vendrá mal un poco de whisky con soda. Ya había sacado mis conclusiones sobre el caso antes de que nuestro cliente entrara en la habitación.

—¡Pero Holmes!

—Tengo en mi archivo varios casos similares, aunque, como le dije antes, ninguno tan precipitado. Todo el interrogatorio sirvió únicamente para convertir mis conjeturas en certeza. En ocasiones, la evidencia circunstancial resulta muy convincente, como cuando uno se encuentra una trucha en la leche, por citar el ejemplo de Thoreau.

—Pero yo he oído todo lo que ha oído usted.

—Pero sin disponer del conocimiento de otros casos anteriores, que a mí me ha sido muy útil. Hace años se dio un caso muy semejante en Aberdeen y en Munich, al año siguiente de la guerra franco-prusiana, ocurrió algo muy parecido. Es uno de esos casos... Pero ¡caramba, aquí viene Lestrade! Buenas tardes, Lestrade. Encontrará usted otro vaso encima del aparador y aquí en la caja tiene cigarros.

El inspector de policía vestía saco y corbata marineras, que le daban un aspecto decididamente náutico y llevaba en la mano una bolsa de lona negra. Con un breve saludo, se sentó y encendió el cigarro que le ofrecían.

—¿Qué lo trae por aquí? —preguntó Holmes con un brillo malicioso en los ojos—. Parece usted descontento.

—Y estoy descontento. Es este caso infernal de la boda de St. Simon. No le encuentro ni pies ni cabeza al asunto.

—¿De verdad? Me sorprende.

—¿Cuándo se ha visto un asunto tan difícil? Todas las pistas se me deshacen entre los dedos. He estado todo el día trabajando en eso.

—Y parece que ha salido mojadísimo del empeño —dijo Holmes, tocándole la manga de la chaqueta marinera.

—Sí, es que he estado dragando el Serpentine.

—¿Y para qué, en nombre de todos los santos?

—En busca del cuerpo de lady St. Simon.

Sherlock Holmes se reclinó en su asiento y rompió en carcajadas.

—¿Y no se le ha ocurrido dragar el fondo de la fuente de Trafalgar Square?

—¿Por qué? ¿Qué quiere decir?

—Pues que tiene usted tantas posibilidades de encontrar a la dama en un sitio como en otro.

Lestrade le dirigió a mi compañero una mirada de furia.

—Supongo que usted ya lo sabe todo —se burló.

—Bueno, acabo de enterarme de los hechos, pero ya he llegado a una conclusión.

—¡Ah, claro! Y no cree usted que el Serpentine tenga nada que ver en el asunto.

—Lo considero muy improbable.

—Entonces, tal vez tenga usted la bondad de explicar cómo es que encontramos esto en él —y diciendo esto, abrió la bolsa y volcó en el suelo su contenido; un vestido de novia de seda tornasolada, un par de zapatos de raso blanco, una guirnalda y un velo de novia, todo descolorido y empapado. Encima del montón colocó un anillo de boda nuevo—. Aquí tiene, maestro Holmes. A ver cómo casca usted esta nuez.

—Vaya, vaya —dijo mi amigo, lanzando al aire anillos de humo azulado—. ¿Ha encontrado usted todo eso al dragar el Serpentine?

—No, lo encontró un guarda del parque, flotando cerca de la orilla. Han sido identificadas como las prendas que vestía la novia y me pareció que si la ropa estaba allí, el cuerpo no se encontraría muy lejos.

—Según ese brillante razonamiento, todos los cadáveres deben encontrarse cerca de un ropero. Y dígame, por favor, ¿qué esperaba obtener con todo esto?

—Alguna prueba que complicara a Flora Millar en la desaparición.

—Me temo que le va a resultar difícil.

—¿Conque eso se teme, eh? —exclamó Lestrade, algo enojado—. Pues yo me temo, Holmes, que sus deducciones y sus inferencias no le sirven de gran cosa. Ha cometido dos faltas en otros tantos minutos. Este vestido acusa a la señorita Flora Millar.

—¿Y de qué manera?

—En el vestido hay un bolsillo. En el bolsillo hay un tarjetero. En el tarjetero hay una nota. Y aquí está la nota —la apoyó de un manotazo en la mesa, delante de él—. Escuche esto: «Nos veremos cuando todo esté arreglado. Ven en seguida. F H. M.». Pues bien, desde un principio mi teoría ha sido que lady St. Simon fue atraída con engaños por Flora Millar y que esta, sin duda con ayuda de algunos cómplices, es responsable de su desaparición. Aquí, firmada con sus iniciales, está la nota que sin duda le pasó disimuladamente en la puerta y que sirvió de anzuelo para atraerla hasta sus manos.

—Muy bien, Lestrade —dijo Holmes, riendo—. Es usted fantástico. Déjeme verlo —miró el papel con indiferencia, pero algo le llamó la atención al instante, haciéndole emitir un grito de satisfacción.

—¡Esto sí que es importante! —dijo.

—¡Vaya! ¿Le parece?

—Ya lo creo. Lo felicito calurosamente.

Lestrade se levantó con aire triunfal e inclinó la cabeza para mirar.

—¡Pero...! —exclamó—. ¡Si lo está usted mirando por el otro lado!

—Al contrario, este es el lado bueno.

—¿El lado bueno? ¡Está loco! ¡La nota escrita a lápiz está por aquí!

—Pero por aquí hay algo que parece un fragmento de una factura de hotel, que es lo que me interesa y mucho.

—Eso no significa nada. Ya me había fijado —dijo Lestrade—. «4 de octubre, habitación 8 chelines, desayuno

2 chelines y 6 peniques, cóctel l chelín, comida 2 chelines y 6 peniques, vaso de jerez 8 peniques». Yo no veo nada ahí.

—Probablemente, no. Pero aun así, es muy importante. También la nota es importante, o al menos lo son las iniciales, así que lo felicito de nuevo.

—Ya he perdido bastante tiempo —dijo Lestrade, poniéndose de pie—. Yo creo en el trabajo duro y no en sentarme junto a la chimenea imaginando bellas teorías. Buenos días, señor Holmes, y ya veremos quién llega antes al fondo del asunto —tomó las prendas, las metió otra vez en la bolsa y se dirigió a la puerta.

—Le voy a dar una pequeña pista, Lestrade —dijo Holmes lentamente—. Voy a decirle la verdadera solución del asunto. Lady St. Simon es un mito. No existe ni existió nunca semejante persona.

Lestrade miró con tristeza a mi compañero. Luego se volvió a mí, se dio tres golpecitos en la frente, meneó solemnemente la cabeza y se fue con apuro.

Apenas se había cerrado la puerta tras él, cuando Sherlock Holmes se levantó y se puso su abrigo.

—Algo de razón tiene este buen hombre en lo que dice sobre el trabajo de campo —comentó—. Así pues, Watson, creo que tendré que dejarlo algún tiempo solo con sus periódicos.

Eran más de las cinco cuando Sherlock Holmes se fue, pero no tuve tiempo de aburrirme, porque antes de que transcurriera una hora llegó un mensajero con una gran caja plana, que desenvolvió con ayuda de un muchacho que lo acompañaba. Al poco tiempo y con gran asombro de mi parte, sobre nuestra modesta mesa de caoba se desplegaba una cena fría totalmente epicúrea. Había un par de cuartos de perdiz fría, un faisán, un pastel de foie gras y varias botellas añejas, cubiertas de telarañas. Tras extender todas aquellas delicias, los dos visitantes se esfumaron como si fueran genios de las *Mil y Una Noches*, sin dar explicaciones, aparte de que las viandas estaban pagadas y que les habían encargado llevarlas a nuestra dirección.

Poco antes de las nueve, Sherlock Holmes entró apurado en la sala. Traía una expresión seria, pero había un brillo en sus ojos que me hizo pensar que no le habían fallado sus suposiciones.

—Veo que han traído la cena —dijo, frotándose las manos.

—Parece que espera invitados. Han traído bastante para cinco personas.

—Sí, me parece muy posible que caiga por aquí alguna visita —dijo—. Me sorprende que *lord* St. Simon no haya llegado aún. ¡Ajá! Creo que oigo sus pasos en la escalera.

Era, en efecto, nuestro visitante de por la mañana, que entró como una huracán, balanceando sus lentes con más fuerza que nunca y con una expresión de absoluto desconcierto en sus aristocráticas facciones.

—Veo que mi mensajero dio con usted —dijo Holmes.

—Sí y debo confesar que el contenido del mensaje me dejó absolutamente perplejo. ¿Tiene usted un buen fundamento para lo que dice?

—El mejor que se podría tener.

Lord St. Simon se dejó caer en un sillón y se pasó la mano por la frente.

—¿Qué dirá el duque —murmuró— cuando se entere de que un miembro de su familia ha sido sometido a semejante humillación?

—Ha sido puro accidente. Yo no veo que haya ninguna humillación.

—Ah, usted mira las cosas desde otro punto de vista.

—Yo no creo que se pueda culpar a nadie. A mi entender, la dama no podía actuar de otro modo, aunque la brusquedad de su proceder sea, sin duda, lamentable. Al carecer de madre, no tenía a nadie que la aconsejara en esa crisis.

—Ha sido una grosería, señor, un desaire público —dijo *lord* St. Simon, golpeando con los dedos sobre la mesa.

—Debe ser indulgente con esta pobre muchacha, colocada en una situación sin precedentes.

—Nada de indulgencias. Estoy verdaderamente indignado y he sido víctima de un abuso vergonzoso.

—Creo que ha sonado el timbre —dijo Holmes—. Sí, se oyen pasos en el vestíbulo. Si yo no puedo convencerle de que considere el asunto con mejores ojos, *lord* St. Simon, he traído un abogado que quizás tenga más éxito.

Abrió la puerta e hizo entrar a una dama y a un caballero.

—*Lord* St. Simon —dijo—: permítame que le presente al señor Francis Hay Moulton y señora. A la señora creo que ya la conoce.

Al ver a los recién llegados, nuestro cliente se puso de pie en un salto y permaneció muy rígido, con la mirada gacha y la mano metida bajo la pechera de su levita, convertido en la viva imagen de la dignidad ofendida. La dama se había adelantado rápidamente para ofrecerle la mano, pero él siguió negándose a levantar la vista. Posiblemente, ello le ayudó a mantener su resolución, pues la mirada suplicante de la mujer era difícil de resistir.

—Estás enfadado, Robert —dijo ella—. Bueno, supongo que te sobran motivos.

—Por favor, no te molestes en ofrecer disculpas —dijo *lord* St. Simon en tono amargado.

—Oh, sí, ya sé que te he tratado muy mal y que debería haber hablado contigo antes de irme; pero estaba como atontada y desde que vi aquí a Frank, no supe lo que hacía ni lo que decía. No me explico cómo no caí desmayada delante mismo del altar.

—¿Desea usted, señora Moulton, que mi amigo y yo salgamos de la habitación mientras usted se explica?

—Si se me permite dar una opinión —intervino el caballero desconocido—, ya ha habido demasiado secreto en este asunto. Por mi parte, me gustaría que Europa y América enteras oyeran las explicaciones.

Era un hombre de baja estatura, fibroso, tostado por el sol, de expresión avispada y movimientos ágiles.

—Entonces, contaré nuestra historia sin más preámbulo —dijo la señora—. Frank y yo nos conocimos en el 81, en el campamento minero de McQuire, cerca de las Rocosas, donde papá explotaba una mina. Nos hicimos novios, Frank y yo, pero un día papá dio con una buena venta y se llenó de dinero, mientras el pobre Frank tenía una mina que fue a menos y acabó en nada. Cuanto más rico se hacía papá, más pobre era Frank. Llegó un momento en que papá se negó a que nuestro compromiso siguiera adelante y me llevó a San Francisco, pero Frank no se dio por vencido y me siguió hasta allí; nos vimos sin que papá supiera nada. De haberlo sabido, se habría puesto furioso, así que lo organizamos todo nosotros solos. Frank dijo que también él se haría rico y que no volvería a buscarme hasta que tuviera tanto dinero como papá. Yo prometí esperarlo hasta el fin de los tiempos y juré que mientras él viviera no me casaría con ningún otro. Entonces, él dijo: «¿Por qué no nos casamos ahora mismo y así estaré seguro de ti? No revelaré que soy tu marido hasta que vuelva a reclamarte». En fin, discutimos el asunto y resultó que él ya lo tenía todo arreglado, con un cura esperando y todo, de manera que nos casamos allí mismo; y después, Frank se fue a buscar fortuna y yo me volví con papá.

Lo siguiente que supe de Frank fue que estaba en Montana; después oí que andaba buscando oro en Arizona y más tarde tuve noticias suyas desde Nuevo México. Y un día apareció en los periódicos un largo reportaje sobre un campamento minero atacado por los indios apaches y allí estaba el nombre de mi Frank entre las víctimas. Caí desmayada y estuve muy enferma durante meses. Papá pensó que estaba tísica y me llevó a la mitad de los médicos de San Francisco. Durante más de un año no llegaron más noticias y ya no dudé de que Frank estaba muerto de verdad. Entonces apareció en San Francisco *lord* St. Simon, nosotros vinimos a Londres, se organizó la boda y papá estaba muy contento, pero yo seguía convencida de que ningún hombre en el mundo podría ocupar en mi corazón el puesto de mi pobre Frank.

Aun así, de haberme casado con *lord* St. Simon, le habría sido leal. No tenemos control sobre nuestro amor, pero sí sobre nuestras acciones. Fui con él al altar con la intención de ser para él tan buena esposa como me fuera posible. Pero puede imaginarse lo que sentí cuando, al acercarme al altar, giré la mirada hacia atrás y vi a Frank mirándome desde el primer reclinatorio. Al principio, lo tomé por un fantasma; pero cuando lo miré de nuevo seguía allí, como preguntándome con la mirada si me alegraba de verlo o lo lamentaba. No sé cómo no me caí al suelo. Sé que todo me daba vueltas y las palabras del sacerdote me sonaban en los oídos como el zumbido de una abeja. No sabía qué hacer. ¿Debía interrumpir la ceremonia y hacer un escándalo en la iglesia? Me volví a mirarlo y me pareció que se daba cuenta de lo que yo pensaba, porque se llevó los dedos a los labios para indicarme que permaneciera callada. Luego lo vi garabatear en un papel y supe que me estaba escribiendo una nota. Al pasar junto a su reclinatorio, camino de la salida, dejé caer mi ramo junto a él y él me metió la nota en la mano al devolverme las flores. Eran solo unas palabras diciéndome que me reuniera con él cuando él me diera la señal. Por supuesto, ni por un momento dudé de que mi principal obligación era para con él y estaba dispuesta a hacer cualquier cosa que él me indicara.

Cuando llegamos a casa, se lo conté a mi doncella, que lo había conocido en California y siempre le tuvo simpatía. Le ordené que no dijera nada y que preparase mi abrigo y unas cuantas cosas para llevarme. Sé que tendría que habérselo dicho a *lord* St. Simon, pero resultaba muy difícil hacerlo delante de su madre y de todos aquellos grandes personajes. Decidí irme primero y dar explicaciones después. No llevaba ni diez minutos sentada a la mesa cuando vi a Frank por la ventana, al otro lado de la calle. Me hizo una seña y echó a andar hacia el parque. Yo me levanté, me puse el abrigo y salí tras él. En la calle se me acercó una mujer que me dijo no sé qué acerca de *lord* St. John... Por lo poco que entendí, me pareció que también ella tenía su pequeño secreto anterior a la boda... Pero conseguí librarme de ella y pronto alcancé a Frank. Nos metimos en un coche y fuimos a un departamento que tenía alquilado en Gordon Square y allí se celebró mi verdadera boda, después de tantos años de espera. Frank había caído prisionero de los apaches, había escapado, llegó a San Francisco, averiguó que yo lo había creído muerto y me había venido a Inglaterra, me siguió hasta aquí y me encontró la mañana misma de mi segunda boda.

—Lo leí en un periódico —explicó el norteamericano—. Venía el nombre y la iglesia, pero no la dirección de la novia.

—Entonces discutimos lo que debíamos hacer y Frank era partidario de decirlo todo, pero a mí me daba tanta vergüenza que prefería desaparecer y no volver a ver a nadie; en última instancia, escribirle unas líneas a papá para hacerle saber que estaba viva. Me resultaba espantoso pensar en todos aquellos personajes de la nobleza, sentados a la mesa y esperando mi regreso. Frank cogió mis ropas y demás cosas de novia, hizo un bulto con todas ellas y las tiró en algún lugar en donde nadie las encontrara, para que no me siguieran la pista por ellas. Lo más seguro hubiera sido que nos fuéramos a París mañana, pero este caballero, el señor Holmes, vino a vernos esta tarde y nos hizo ver con toda claridad que yo estaba equivocada y Frank tenía razón y tanto secreto no hacía sino empeorar nuestra situación. Entonces nos ofreció la oportunidad de hablar a solas con *lord* St. Simon y por eso hemos venido sin perder el tiempo a su casa. Ahora, Robert, ya sabes todo lo que ha sucedido; lamento mucho haberte hecho daño y espero que no pienses muy mal de mí.

Lord St. Simon no había suavizado en lo más mínimo su rígida actitud y había escuchado el largo relato con el ceño fruncido y los labios apretados.

—Perdonen —dijo—, pero no acostumbro a discutir de mis asuntos más íntimos de una manera tan pública.

—Entonces, ¿no me perdonas? ¿No me darás la mano antes de que me vaya?

—Oh, desde luego, si eso le proporciona algún placer —extendió la mano y estrechó fríamente la que le tendían.

—Tenía la esperanza —surgió Holmes— de que me acompañaran en una cena amistosa.

—Creo que eso ya es pedir demasiado —respondió su señoría—. Quizás no me quede más remedio que aceptar el curso de los acontecimientos, pero no esperarán que me ponga a celebrarlo. Con su permiso, creo que voy a despedirme. Muy buenas noches a todos —hizo una amplia reverencia que nos abarcó a todos y salió con grandes pasos de la habitación.

—Entonces, espero que al menos ustedes me honren con su compañía —dijo Sherlock Holmes—. Siempre es un placer conocer a un norteamericano, señor Moulton; soy de los que opinan que la estupidez de un monarca y las torpezas de un ministro en tiempos lejanos no impedirán que nuestros hijos sean algún día ciudadanos de una única nación que abarcará todo el mundo, bajo una bandera que combinará los colores de la *Union Jack* con las Barras y Estrellas.

—Ha sido un caso interesante —comentó Holmes cuando nuestros visitantes se hubieron ido—, porque demuestra con toda claridad lo sencilla que puede ser la explicación de un asunto que a primera vista parece casi inexplicable. No podríamos encontrar otro más inexplicable. Y no encontraríamos una explicación más natural que la serie de acontecimientos narrada por esta señora, aunque los resultados no podrían ser más extraños si se miran, por ejemplo, desde el punto de vista del señor Lestrade, de Scotland Yard.

—Así pues, no se equivocaba usted.

—Desde un principio había dos hechos que me resultaron evidentes. El primero, que la novia había ido por su propia voluntad a la boda; el otro, que se había arrepentido a los pocos minutos de regresar a la casa. Evidentemente, algo había ocurrido durante la mañana que la hizo cambiar de opinión. ¿Qué podía haber sido? No podía haber hablado con nadie, porque todo el tiempo estuvo acompañada del novio. ¿Acaso había visto a alguien? De ser así, tenía que haber sido alguien procedente de América, porque llevaba demasiado poco tiempo en nuestro país como para que alguien hubiera podido adquirir tal influencia sobre ella al punto de que su simple visión la indujera a cambiar tan radicalmente de planes. Como ve, ya hemos llegado, por un proceso de exclusión, a la idea de que la novia había visto a un americano. ¿Quién podía ser este americano y por qué ejercía tanta influencia sobre ella? Podía tratarse de un amante; o podía tratarse de un marido. Sabíamos que había pasado su juventud en ambientes muy rudos y en condiciones poco normales. Hasta aquí había llegado antes de escuchar el relato de *lord* St. Simon. Cuando este nos habló de un hombre en un reclinatorio, del cambio de humor de la novia, del truco tan transparente de coger una nota dejando caer un ramo de flores, de la conversación con la doncella y confidente y de la significativa alusión a «pisarle la denuncia», que en la jerga de los mineros significa apoderarse de lo que otro ha reclamado con anterioridad, la situación se me volvió absolutamente transparente. Ella se había fugado con un hombre y este hombre tenía que ser un amante o un marido anterior; y lo más probable parecía lo último.

—¿Y cómo demonios consiguió localizarlos?

—Podría haber resultado difícil, pero el amigo Lestrade tenía en sus manos una información cuyo valor desconocía. Las iniciales, desde luego, eran muy importantes, pero aún más importante era saber que hacía menos de una semana que nuestro hombre había pagado su cuenta en uno de los hoteles más selectos de Londres.

—¿De dónde sacó lo de selecto?

—Por lo selecto de los precios. Ocho chelines por una cama y ocho peniques por una copa de jerez indicaban que se trataba de uno de los hoteles más caros de Londres. No hay muchos que cobren esos precios. En el segundo que visité, en Northumberland Avenue, pude ver en el libro de registros que el señor Francis H. Moulton, caballero norteamericano, se había ido el día anterior; y al examinar su factura, me encontré con las mismas cuentas que habíamos visto en la copia. Había dejado dicho que se le enviara su a correspondencia al 226 de Gordon Square, así que ahí me encaminé, tuve la suerte de encontrar en casa a la pareja de enamorados y me atreví a ofrecerles algunos consejos paternales, indicándoles que sería mucho mejor, en todos los aspectos, que aclararan un poco su situación, tanto al público en general como a *lord* St. Simon en particular. Los invité a que se encontraran aquí con él y, como ve, conseguí que también él acudiera a la cita.

—Pero con resultados no demasiado buenos —comenté yo—. Su conducta no fue muy agradable.

—¡Ah, Watson! —dijo Holmes sonriendo—. Puede que tampoco usted se comportara muy elegantemente si, después de todo el trabajo que representa buscarse una novia y casarse, se encontrara privado en un mismo instante de esposa y de fortuna. Creo que debemos ser clementes al juzgar a *lord* St. Simon y dar gracias a nuestra buena estrella, porque no es probable que lleguemos a encontrarnos en su misma situación. Acerque su silla y páseme el violín; el único problema que aún nos queda por resolver es cómo pasar estas tristes tardes de otoño.

11

La corona de esmeraldas

—Holmes —le dije una mañana, mientras contemplaba la calle desde nuestro ventanal—, ahí viene un loco. ¡Qué vergüenza que su familia le deje salir a la calle sin compañía!

Mi amigo se levantó perezosamente de su sillón y miró sobre mi hombro, con las manos metidas en los bolsillos de su bata. Era una mañana fresca y luminosa de febrero y la nieve del día anterior aún permanecía sobre el suelo, en una espesa capa que brillaba bajo el sol invernal. En el centro de la calle Baker Street, el tráfico había formado una franja terrosa y amarronada, pero a ambos lados de la calle y en los bordes de las veredas aún seguía tan blanca como cuando cayó. El pavimento gris estaba limpio y barrido, pero aún resultaba peligrosamente resbaladizo, por lo que se veían menos peatones que de costumbre. En realidad, por la parte que llevaba a la estación del metro no venía nadie, a excepción del solitario caballero cuya excéntrica conducta me había llamado la atención.

Se trataba de un hombre de unos cincuenta años, alto, corpulento y de aspecto imponente, con un rostro enorme, de rasgos muy marcados y una figura impresionante. Iba vestido en un estilo serio, pero lujoso: levita negra, sombrero reluciente, polainas impecables de color oscuro y pantalones grises perla de muy buen corte. Sin embargo, su manera de caminar contrastaba absurdamente con la dignidad de su atuendo y sus facciones, porque venía a toda velocidad, dando saltitos de vez en cuando, como los que da un hombre cansado y poco acostumbrado a someter sus piernas a tanto esfuerzo. Y mientras corría, levantaba y bajaba las manos, movía de un lado a otro la cabeza y deformaba su cara con las más extraordinarias contorsiones.

—¿Qué demonios puede pasarle? —pregunté—. Está mirando los números de las casas.

—Me parece que viene aquí —dijo Holmes, frotándose las manos.

—¿Aquí?

—Sí, y yo diría que viene a hacerme una consulta. Creo reconocer los síntomas. ¡Ajá! ¿No se lo dije? —mientras Holmes hablaba, el hombre, respirando con fuerza y resoplando, llegó corriendo a nuestra puerta y tiró de la campana hasta que las llamadas resonaron en toda la casa.

Unos instantes después estaba ya en nuestra habitación, todavía resoplando y gesticulando, pero con una expresión tan intensa de dolor y desesperación en los ojos que nuestras sonrisas se trasformaron al instante en espanto y compasión. Durante un rato fue incapaz de articular una sola palabra y siguió caminando de un lado a otro, tirándose de los pelos como una persona arrastrada más allá de los límites de la razón. De pronto, se paró de un salto y se golpeó la cabeza contra la pared con tal fuerza que tuvimos que correr en su ayuda y arrastrarlo al centro de la habitación. Sherlock Holmes le empujó hacia una butaca y se sentó a su lado, dándole palmaditas en la mano y tratando de tranquilizarlo con la charla suave y amena que tan bien sabía emplear y que tan excelentes resultados le había dado en otras ocasiones.

—Ha venido a contarme su historia, ¿no es así? —decía—. Ha venido con tanto apuro que está cansado. Por favor, espere hasta haberse recuperado y entonces tendré mucho gusto en considerar cualquier pequeño problema que quiera plantearme.

El hombre permaneció sentado algo más de un minuto con el pecho agitado, luchando contra sus emociones. Por fin, se pasó un pañuelo por la frente, apretó los labios y giró su rostro hacia nosotros.

—¿No es verdad que han pensado que era un loco? —dijo.

—Se nota que tiene algún gran apuro —respondió Holmes.

—¡Bien sabe Dios que es así! ¡Un apuro que me tiene totalmente trastornada la razón, una desgracia inesperada y terrible! Podría haber soportado la deshonra pública, aunque mi reputación ha sido siempre intachable. Y una desgracia privada puede ocurrirle a cualquiera. Pero las dos cosas juntas y de una manera tan espantosa han conseguido destrozarme el alma. Y además no soy yo solo. Esto afectará a los más altos personajes del país, a menos que se le encuentre una salida a este horrible asunto.

—Cálmese, por favor —dijo Holmes— y explíqueme con claridad quién es usted y qué le ha ocurrido.

—Es posible que mi nombre les resulte familiar —respondió nuestro visitante—. Soy Alexander Holder, de la firma bancaria Holder & Stevenson, de Threadneedle Street.

Efectivamente, conocíamos bien aquel nombre, perteneciente al socio más antiguo del segundo banco más importante de la ciudad de Londres. ¿Qué podía haber ocurrido para que uno de los ciudadanos más prominentes de Londres quedara reducido a aquella patética condición? Esperamos llenos de curiosidad hasta que, con un nuevo esfuerzo, reunió fuerzas para contar su historia.

—Estoy convencido de que el tiempo es oro —dijo—, y por eso vine corriendo en cuanto el inspector de policía me sugirió que buscara su cooperación. He venido en metro hasta Baker Street y he tenido que correr desde la estación porque los coches van muy despacio con esta nieve. Por eso me he quedado sin aliento, porque no estoy acostumbrado a hacer ejercicio. Ahora ya me siento mejor y le expondré los hechos del modo más breve y claro que me sea posible.

Naturalmente, ustedes ya saben que para la prosperidad de una empresa bancaria es importante saber tanto invertir provechosamente nuestros fondos, como ampliar nuestra clientela y el número de depositarios. Uno de los sistemas más lucrativos de invertir dinero es en forma de préstamos, cuando la garantía no ofrece dudas. En los últimos años hemos hecho muchas operaciones de esta clase y son muchas las familias de la aristocracia a las que hemos adelantado grandes sumas de dinero, con la garantía de sus cuadros, bibliotecas o vajillas de plata.

Ayer por la mañana, me encontraba en mi despacho del banco cuando uno de los empleados me trajo una tarjeta. Di un salto al leer el nombre, que era nada menos que... bueno, quizá sea mejor que no diga más, ni siquiera a usted... Basta con decir que se trata de un nombre conocido en todo el mundo... uno de los nombres más importantes, más nobles, más ilustres de Inglaterra. Me sentí abrumado por el honor e intenté decírselo cuando entró, pero él fue directamente al grano del negocio, con el aire de quien quiere despachar cuanto antes una tarea desagradable.

—Señor Holder —dijo—, se me ha informado de que presta dinero.

—La firma lo hace cuando la garantía es buena —respondí yo.

—Me es absolutamente imprescindible —dijo— disponer pronto de cincuenta mil libras. Por supuesto, podría obtener una suma diez veces superior a esa insignificancia pidiendo prestado a mis amigos, pero prefiero llevarlo como una operación comercial y ocuparme del asunto personalmente. Como comprenderá, en mi posición no conviene deber favores.

—¿Puedo preguntar durante cuánto tiempo necesitará usted esa suma? —pregunté.

—El lunes que viene cobraré una suma importante y entonces podré, con toda seguridad, devolverle lo que me adelante, más los intereses que considere adecuados. Pero me resulta imprescindible disponer del dinero en el acto.

—Tendría mucho gusto en prestárselo yo mismo, de mi propio bolsillo y sin más trámites, pero la cantidad excede un poco mis posibilidades. Por otra parte, si lo hago en nombre de la firma, entonces, en consideración a mi socio, tendría que insistir en que, aun tratándose de usted, se tomaran todas las garantías pertinentes.

—Lo prefiero así, de lejos —dijo él, tomando una caja de tafilete negro que había dejado junto a su silla—. Supongo que habrá oído hablar de la corona de esmeraldas.

—Una de las más preciadas joyas del Imperio —respondí yo.

—En efecto —abrió la caja y allí, embutida en blando terciopelo de color carne, apareció la magnífica joya que acababa de nombrar—. Son treinta y nueve esmeraldas enormes —dijo—, y el precio de la montura de oro es incalculable. La tasación más baja fijará el precio de la corona en más del doble de la suma que le pido. Estoy dispuesto a dejársela como garantía.

Tomé en mis manos el precioso estuche y miré con cierta perplejidad a mi ilustre cliente.

—¿Duda usted de su valor? —preguntó.
—En absoluto. Solo dudo...
—...de que yo obre correctamente al dejarla aquí. Puede usted estar tranquilo. Ni en sueños se me ocurriría hacerlo si no estuviese absolutamente seguro de poder recuperarla en cuatro días. Es una mera formalidad. ¿Le parece suficiente garantía?
—Más que suficiente.
—Se dará cuenta, señor Holder, de que con esto le doy una enorme prueba de la confianza que tengo en usted, basada en las referencias que me han dado. Confío en que no solo será discreto y se abstendrá de todo comentario sobre el asunto, sino que además y por encima de todo, cuidará de esta corona con toda clase de precauciones, porque no hace falta que le diga que habría un escándalo tremendo si sufriera el menor daño. Cualquier desperfecto sería casi tan grave como perderla por completo, ya que no existen en el mundo esmeraldas como estas, y sería imposible reemplazarlas. No obstante, se la dejo con absoluta confianza y vendré a buscarla personalmente el lunes por la mañana.

Viendo que mi cliente estaba deseoso de irse, no dije nada más; llamé al cajero y le di orden de que le pagara cincuenta mil libras en billetes. Sin embargo, cuando me quedé solo con el precioso estuche encima de la mesa, delante de mí, no pude evitar pensar con cierta inquietud en la inmensa responsabilidad que había aceptado tomar. No cabía duda de que, por tratarse de una propiedad de la nación, el escándalo sería terrible si le ocurriera alguna desgracia. Empecé a lamentar el haber aceptado quedarme con ella, pero ya era demasiado tarde como para cambiar las cosas, así que la guardé en mi caja de seguridad privada y volví a mi trabajo.

Al llegar la noche, me pareció que sería una imprudencia dejar un objeto tan valioso en el despacho. No sería la primera vez que se fuerza la caja de un banquero. ¿Por qué no habría de pasarle a la mía? Entonces decidí que durante los días siguientes llevaría siempre la corona conmigo, para que nunca estuviera fuera de mi control. Con esa intención, llamé a un coche y me hice conducir a mi casa de Streatham, llevando conmigo la joya. No respiré tranquilo hasta que la subí al piso de arriba y la guardé bajo llave en el escritorio de mi gabinete.

Y ahora, unas palabras acerca del personal de mi casa, señor Holmes, porque quiero que comprenda perfectamente la situación. Mi mayordomo y mi lacayo duermen fuera de casa y se los puede descartar por completo. Tengo tres doncellas, que llevan bastantes años conmigo y cuya honradez está por encima de toda sospecha. Una cuarta doncella, Lucy Parr, lleva solo unos meses a mi servicio. Sin embargo, traía excelentes referencias y siempre ha cumplido a la perfección. Es una muchacha muy bonita y de vez en cuando atrae a algunos admiradores que merodean alrededor de la casa. Es el único inconveniente que le hemos encontrado, pero por lo demás consideramos que es una chica excelente en todos los aspectos.

Eso en cuanto al servicio. Mi familia es tan reducida que no tardaré mucho en describirla. Soy viudo y tengo un solo hijo, Arthur, que ha sido una decepción para mí, señor Holmes, una terrible decepción. Sin duda, toda la culpa es mía. Todos dicen que lo he mimado demasiado y es muy probable que así sea. Cuando falleció mi querida esposa, todo mi amor se centró en él. No podía soportar que la sonrisa se borrara de su rostro ni por un instante. Jamás le negué ningún capricho. Tal vez habría sido mejor para los dos que yo me hubiera mostrado más severo, pero lo hice con la mejor intención.

Naturalmente, yo tenía la intención de que fuese mi sucesor en el negocio, pero no tenía madera de financiero. Era alocado, indisciplinado y, para ser sincero, no se le podían confiar sumas importantes de dinero. Cuando era joven se hizo miembro de un club aristocrático y allí, gracias a su carácter simpático, no tardó en trabar amistad con gente de bolsillos bien llenos y costumbres caras. Se aficionó a jugar a las cartas y a apostar en las carreras, y continuamente acudía a mí, suplicando que le diese un adelanto de su asignación para poder saldar sus deudas de honor. Más de una vez intentó romper con aquellas peligrosas compañías, pero la influencia de su amigo *sir* George Burnwell siempre logró hacerlo volver.

A decir verdad, a mí no me extrañaba que un hombre como *sir* George Burnwell tuviera tanta influencia sobre él, porque lo trajo muchas veces a casa e incluso a mí me resultaba difícil resistirme a la fascinación de su trato. Es mayor que Arthur, un hombre de mundo de pies a cabeza, que ha estado en todas partes y lo ha visto todo, conversador brillante y con un gran atractivo personal. Sin embargo, cuando pienso en él fríamente, lejos del encanto de su presencia, estoy convencido, por su manera cínica de hablar y por la mirada que he advertido en sus ojos, que no se puede confiar en él. Eso es lo que pienso y así piensa también mi pequeña Mary, que posee una gran intuición femenina para la cuestión del carácter.

Y solo me queda describirla a ella. Mary es mi sobrina; pero cuando falleció mi hermano hace cinco años, dejándola sola, yo la adopté y desde entonces es como una hija. Es el sol de la casa: dulce, cariñosa, hermosa, excelente administradora y ama de casa, y al mismo tiempo tan tierna, discreta y gentil como puede ser una mujer. Es mi mano derecha. No sé lo que haría sin ella. Solo en un punto se ha opuesto a mis deseos. Mi hijo le ha pedido dos veces que se case con él, porque la ama apasionadamente, pero ella lo ha rechazado las dos veces. Creo que si alguien puede volverlo al buen camino es ella; y ese matrimonio podría haber cambiado por completo la vida de mi hijo. Pero, ¡ay!, ya es demasiado tarde. ¡Demasiado tarde, sin remedio!

Y ahora que ya conoce a la gente que vive bajo mi techo, señor Holmes, proseguiré con mi doloroso relato.

Aquella noche, después de cenar, mientras tomábamos café en la sala de estar, les conté a Arthur y Mary lo sucedido y les hablé del precioso tesoro que teníamos en casa, omitiendo únicamente el nombre de mi cliente. Estoy seguro de que Lucy Parr, que nos había servido el café, había salido ya de la habitación, pero no puedo asegurar que la puerta estuviera completamente cerrada. Mary y Arthur se mostraron muy interesados y quisieron ver la famosa corona, pero a mí me pareció mejor no moverla de donde estaba.

—¿Dónde la has guardado? —preguntó Arthur.

—En mi escritorio.

—Bueno, Dios quiera que no entren ladrones en casa esta noche —dijo.

—Está cerrado con llave —indiqué.

—Bah, ese escritorio se abre con cualquier llave vieja. Cuando era pequeño, yo la abría con la llave del armario de baúles.

Esa era su manera normal de hablar, así que no le presté mucha atención a lo que decía. Sin embargo, aquella noche me siguió a mi habitación con una expresión muy seria.

—Escucha, papá —dijo con una mirada baja—. ¿Puedes dejarme doscientas libras?

—¡No, no puedo! —respondí irritado—. ¡Ya he sido demasiado generoso contigo en cuestiones de dinero!

—Has sido muy amable —dijo él—, pero necesito ese dinero, o jamás podré volver a asomar la cara por el club.

—¡Me parece estupendo! —exclamé yo.

—Sí, papá, pero no querrás que quede deshonrado —dijo—. No podría soportar la deshonra. Tengo que reunir ese dinero como sea y si tú no me lo das, tendré que recurrir a otros medios.

Yo me sentía indignado, porque era la tercera vez que me pedía dinero en un mes.

—¡No recibirás de mí una sola moneda! —grité y él me hizo una reverencia y salió de mi cuarto sin decir una sola palabra más.

Después de que se fuera, abrí mi escritorio, comprobé que el tesoro seguía a salvo y lo volví a cerrar con llave. Luego di una vuelta por la casa para verificar que todo estaba cerrado. Es una tarea que suelo delegar a Mary, pero aquella noche me pareció mejor realizarla yo mismo. Al bajar las escaleras encontré a Mary junto a la ventana del vestíbulo, que cerró y aseguró cuando yo me acercaba.

—Dime, papá —dijo algo preocupada, o así me pareció—. ¿Le has dado permiso a Lucy, la doncella, para salir esta noche?

—Desde luego que no.

—Acaba de entrar por la puerta de atrás. Estoy segura de que solo ha ido hasta la puerta lateral para ver a alguien, pero no me parece nada prudente y habría que prohibírselo.

—Tendrás que hablar con ella por la mañana. O, si lo prefieres, le hablaré yo. ¿Estás segura de que todo está cerrado?

—Segurísima, papá.

—Entonces, buenas noches —le di un beso y volví a mi habitación. No tardé en dormirme.

Señor Holmes, estoy esforzándome por contarle todo lo que pueda tener alguna relación con el caso, pero le ruego que no vacile en preguntar si hay algún detalle que no queda claro.

—Al contrario, su exposición está siendo extraordinariamente lúcida.

—Ahora llego a una parte de mi historia que quiero que lo sea especialmente. Yo no tengo el sueño pesado y, sin duda, la ansiedad que sentía hizo que aquella noche fuera aún más ligero que de costumbre. A eso de las dos de la mañana, me despertó un ruido en la casa. Cuando me desperté del todo ya no se oía, pero me había dado la impresión de que se trataba de una ventana que se cerraba con cuidado. Escuché con toda mi atención. De pronto, con gran espanto, oí el sonido inconfundible de unos pasos sigilosos en la habitación de al lado. Me deslicé fuera de la cama, temblando de miedo y miré por la esquina de la puerta del gabinete.

—¡Arthur! —grité—. ¡Miserable ladrón! ¿Cómo te atreves a tocar esa corona?

La luz de gas estaba a media potencia, como yo la había dejado y mi desdichado hijo, vestido solo con camisa y pantalones, estaba de pie junto a la luz, con la corona en las manos. Parecía estar torciéndola o aplastándola con todas sus fuerzas. Al oír mi grito la dejó caer y se puso tan pálido como un muerto. La levanté y la examiné. Le faltaba uno de los extremos de oro, con tres de las esmeraldas.

—¡Canalla! —grité, enloquecido de rabia—. ¡La has roto! ¡Me has deshonrado para siempre! ¿Dónde están las joyas que has robado?

—¡Robado! —exclamó.

—¡Sí, ladrón! —rugí yo, sacudiéndole por los hombros.

—No falta ninguna. No puede faltar ninguna.

—¡Faltan tres! ¡Y tú sabes qué ha sucedido con ellas! ¿Tengo que llamarte mentiroso, además de ladrón? ¿Acaso no te acabo de pillar intentando arrancar otro trozo?

—Ya he recibido suficientes insultos —dijo él—. No pienso aguantarlo más. Ya que prefieres insultarme, no diré una palabra más del asunto. Me iré de tu casa por la mañana y me abriré camino por mis propios medios.

—¡Saldrás de casa en manos de la policía! —grité yo, medio loco de dolor y de ira—. ¡Haré que el asunto sea investigado a fondo!

—Por mi parte no averiguarás nada —dijo él, con una pasión de la que no lo habría creído capaz—. Si decides llamar a la policía, que averigüen ellos lo que puedan.

Para entonces, toda la casa estaba revolucionada, porque yo, llevado por la cólera, había levantado mucho la voz. Mary fue la primera en entrar corriendo a la habitación y, al ver la corona y la cara de Arthur, comprendió de inmediato todo lo sucedido y, dando un grito, cayó inconsciente al suelo. Hice que la doncella avisara a la policía y puse inmediatamente la investigación en sus manos. Cuando el inspector y un agente de uniforme entraron a la casa, Arthur, que había estado todo el tiempo silencioso y con los brazos cruzados, me preguntó si tenía la intención de acusarlo de robo. Le respondí que había dejado de ser un asunto privado para convertirse en público, puesto que la corona destrozada era propiedad de la nación. Yo estaba decidido a que la ley se cumpliera hasta el final.

—Al menos —dijo—, no me hagas detener ahora mismo. Te conviene tanto como a mí dejarme salir de casa cinco minutos.

—Sí, para que puedas escaparte, o tal vez para poder esconder lo que has robado —respondí yo.

Y a continuación, dándome cuenta de la terrible situación en la que se encontraba, le imploré que recordara que no solo estaba en juego mi honor, sino también el de alguien mucho más importante que yo; y que su conducta podía provocar un escándalo capaz de conmocionar a la nación entera. Podía evitar todo aquello con solo decirme qué había hecho con las tres piedras que faltaban.

—Más vale que afrontes la situación —le dije—. Te han sorprendido con las manos en la masa y confesar no agravará tu culpa. Si procuras repararla en la medida de lo posible, diciéndonos dónde están las esmeraldas, todo quedará perdonado y olvidado.

—Guárdate tu perdón para el que te lo pida —respondió, apartándose de mí con un gesto de desprecio.

Me di cuenta de que estaba demasiado empecinado como para que mis palabras lo influyeran. Solo podía hacer una cosa. Llamé al inspector y lo dejé en sus manos. Se llevó a cabo un registro inmediato, no solo de su persona, sino también de su habitación y de todo rincón de la casa donde pudiera haber escondido las gemas. Pero no se encontró ni rastro de ellas y el miserable de mi hijo se negó a abrir la boca, a pesar de todas nuestras súplicas y amenazas. Esta mañana lo han encerrado en una celda y yo, tras pasar por todas las formalidades policíacas, he venido corriendo a verlo a usted, para rogarle que aplique su talento a la resolución del misterio. La policía ha confesado abiertamente que no sabe qué hacer. Puede usted gastar todo lo que le parezca necesario. Ya he recibido una recompensa de mil libras. ¡Dios mío! ¿Qué voy a hacer? He perdido mi honor, mis joyas y mi hijo en una sola noche. ¡Oh, qué puedo hacer!

Se llevó las manos a la cabeza y empezó a tambalear de adelante hacia atrás, hablando consigo mismo, como un niño que no encuentra palabras para expresar su dolor.

Sherlock Holmes permaneció callado unos minutos, con el ceño fruncido y los ojos clavados en el fuego de la chimenea.

—¿Recibe muchas visitas? —preguntó al fin.

—Ninguna, exceptuando a mi socio con su familia y, de vez en cuando, algún amigo de Arthur. *Sir* George Burnwell ha estado varias veces en casa últimamente. Y me parece que nadie más.

—¿Sale mucho?

—Arthur sale. Mary y yo nos quedamos en casa. A ninguno de los dos nos gustan las reuniones sociales.

—Eso es poco común en una joven.

—Es una chica muy tranquila. Además, ya no es tan joven. Tiene veinticuatro años.

—Por lo que me ha dicho, este suceso la ha afectado mucho.

—¡De un modo terrible! ¡Está aun más afectada que yo!

—¿Ninguno de los dos duda de la culpabilidad de su hijo?

—¿Cómo podríamos dudar, si yo mismo lo vi con mis propios ojos con la corona en la mano?

—Eso no puede considerarse una prueba concluyente. ¿Estaba estropeado también el resto de la corona?

—Sí, estaba toda retorcida.

—¿Y no cree que es posible que estuviera tratando de enderezarla?

—¡Dios lo bendiga! Está usted haciendo todo lo que puede por él y por mí. Pero es una tarea demasiado ardua. Al fin y al cabo, ¿qué estaba haciendo allí? Y si sus intenciones eran honradas, ¿por qué no lo dijo?

—Exactamente. Y si era culpable, ¿por qué no inventó una mentira? Su silencio me parece un arma de doble filo. El caso presenta varios detalles muy curiosos. ¿Qué opinó la policía del ruido que lo despertó a usted?

—Opinan que pudo haberlo provocado Arthur al cerrar la puerta de su habitación.

—¡Bonita explicación! Como si un hombre que se propone cometer un robo fuera dando portazos para despertar a toda la casa. ¿Y qué han dicho de la desaparición de las piedras?

—Todavía están investigando las tablas del suelo y agujereando muebles con la esperanza de encontrarlas.

—¿No se les ha ocurrido buscar fuera de la casa?

—Oh, sí, se han mostrado extraordinariamente enérgicos. Han examinado el jardín pulgada a pulgada.

—Dígame, querido señor —dijo Holmes—, ¿no le empieza a parecer evidente que este asunto tiene mucha más hondura que la que usted o la policía imaginaron en un principio? A usted le parecía un caso muy sencillo; a mí me parece enormemente complicado. Considere todo lo que implica su teoría: supone que su hijo se levantó de la cama, se arriesgó a ir a su gabinete, forzó el escritorio, sacó la corona, rompió un trocito de la misma, se fue a algún otro sitio en donde escondió tres de las treinta y nueve gemas, tan hábilmente que nadie ha sido capaz de encontrarlas y luego regresó con las treinta y seis restantes al gabinete, donde se exponía con toda seguridad a ser descubierto. Ahora yo le pregunto: ¿se sostiene semejante teoría?

—Pero, ¿qué otra puede haber? —exclamó el banquero con un gesto de desesperación— Si sus motivos eran honrados, ¿por qué no los explica con claridad?

—En averiguarlo consiste nuestra tarea —replicó Holmes—. Así pues, señor Holder, si le parece bien iremos a Streatham juntos y dedicaremos una hora a examinar más de cerca los detalles.

Mi amigo insistió en que yo los acompañara en la expedición, a lo cual accedí de buena gana, ya que la historia que acababa de escuchar había despertado mi curiosidad y mi simpatía. Confieso que la culpabilidad del hijo del banquero me parecía tan evidente como a su infeliz padre, pero aun así, era tal la fe que tenía en el buen criterio de Holmes que me parecía que, mientras él no se mostrara satisfecho con la explicación oficial, aún existía una base para la esperanza. Durante todo el trayecto al suburbio del sur, Holmes apenas pronunció palabra y permaneció todo el tiempo con el mentón sobre el pecho, sumido en profundas reflexiones. Nuestro cliente parecía haber recobrado el ánimo con el leve destello de esperanza que se le había ofrecido, e incluso se enfrascó en una inconexa charla conmigo acerca de sus asuntos comerciales. Un rápido trayecto en ferrocarril y una corta caminata nos llevaron a Fairbank, la modesta residencia del gran financiero.

Fairbank era una mansión cuadrada de gran tamaño, construida en piedra blanca y un poco retirada de la ruta. Atravesando un césped cubierto de nieve, un camino de dos pistas para carruajes conducía a las dos grandes puertas de hierro que cerraban la entrada. A la derecha había un pequeño bosque del que salía un estrecho sendero con dos árboles bien cuidados a los lados, que llevaba desde la carretera hasta la puerta de la cocina y servía como entrada de servicio. A la izquierda salía un sendero que conducía a los establos y que no formaba parte de la finca, sino que se trataba de un camino público, aunque poco transitado. Holmes nos abandonó ante la puerta y empezó a caminar muy despacio: dio la vuelta a la casa, volvió a la parte delantera, recorrió el sendero de los proveedores y dio la vuelta al jardín por detrás, hasta llegar al sendero que llevaba a los establos. Tardó tanto tiempo que el señor Holder y yo entramos al comedor y esperamos junto a la chimenea a que regresara. Allí nos encontrábamos, sentados en silencio, cuando se abrió una puerta y entró una mujer joven. Era de estatura bastante superior a la media, delgada, con el pelo y los ojos oscuros, que parecían aún más oscuros por el contraste con la absoluta palidez de su piel. No creo haber visto nunca una palidez tan mortal en el rostro de una mujer. También sus labios parecían desprovistos de sangre, pero sus ojos estaban rojos de tanto llorar. Al avanzar en silencio por la habitación, emanaba una sensación de sufrimiento que me impresionó mucho más que la descripción que había hecho el banquero por la mañana y que resultaba especialmente sorprendente en ella, porque se veía claramente que era una mujer de carácter fuerte, con inmensa capacidad para dominarse. Despreocupándose de mi presencia, se dirigió directamente a su tío y le pasó la mano por la cabeza, en una dulce caricia femenina.

—Habrás dado la orden de que dejen libre a Arthur, ¿verdad, papá? —preguntó.

—No, hija mía, no. El asunto debe investigarse a fondo.

—Pero estoy segura de que es inocente. Ya sabes cómo es la intuición femenina. Sé que no ha hecho nada malo.

—¿Y por qué calla, si es inocente?

—¿Quién sabe? Tal vez porque le molestó que sospecharas de él.

—¿Cómo no iba a sospechar, si yo mismo lo vi con la corona en las manos?

—¡Pero si solo la había cogido para mirarla! ¡Oh, papá, créeme, por favor, es inocente! Da por terminado el asunto y no digas más. ¡Es tan terrible pensar que nuestro querido Arthur está en la cárcel!

—No daré por terminado el asunto hasta que aparezcan las piedras. ¡No lo haré, Mary! Tu cariño por Arthur te ciega y no te deja ver las terribles consecuencias que esto tendrá para mí. Lejos de silenciar el asunto, he traído de Londres a un caballero para que lo investigue más a fondo.

—¿Este caballero? —preguntó ella, girando para mirarme.

—No, su amigo. Ha querido que lo dejáramos solo. Ahora anda por el sendero del establo.

—¿El sendero del establo? —la muchacha enarcó las cejas—. ¿Qué espera encontrar ahí? Ah, supongo que es este señor. Confío, caballero, en que logre demostrar lo que tengo por seguro que es la verdad: que mi primo Arthur es inocente de este robo.

—Comparto plenamente su opinión, señorita, y, al igual que usted, yo también confío en que lograremos demostrarlo —respondió Holmes, retrocediendo hasta la alfombra para quitarse la nieve de los zapatos—. Creo que tengo el honor de dirigirme a la señorita Mary Holder. ¿Puedo hacerle una o dos preguntas?

—Por favor, hágalas, si con ello ayudamos a aclarar este horrible caso.

—¿No escuchó usted nada anoche?

—Nada, hasta que mi tío empezó a hablar a gritos. Al oír eso, vine corriendo.

—Usted se encargó de cerrar las puertas y ventanas. ¿Aseguró todas las ventanas?

—Sí.

—¿Seguían bien cerradas esta mañana?

—Sí.

—¿Una de sus doncellas tiene novio? Creo que usted le comentó a su tío que anoche había salido para encontrarse con él.

—Sí y es la misma chica que sirvió en la sala de estar y pudo oír los comentarios de mi tío acerca de la corona.

—Ya veo. Usted supone que ella salió para contárselo a su novio y que entre los dos planearon el robo.

—¿Pero de qué sirven todas esas vagas teorías? —exclamó el banquero con impaciencia—. ¿No le he dicho que vi a Arthur con la corona en las manos?

—Aguarde un momento, señor Holder. Ya llegaremos a eso. Volvamos a esa muchacha, señorita Holder. Me imagino que la vio usted volver por la puerta de la cocina.

—Sí; cuando fui a comprobar si la puerta estaba cerrada, me tropecé con ella, que estaba entrando. También vi al hombre en la oscuridad.

—¿Lo conoce?

—Oh, sí; es el señor que nos trae las verduras. Se llama Francis Prosper.

—¿Estaba a la izquierda de la puerta... es decir, en el sendero y un poco alejado de la puerta?

—Sí.

—¿Y tiene una pata de palo?

Algo parecido al miedo asomó en los negros y expresivos ojos de la muchacha.

—Vaya, ni que fuera usted un mago —dijo—. ¿Cómo sabe eso?

La muchacha sonreía, pero en el rostro enjuto y preocupado de Holmes no apareció sonrisa alguna.

—Ahora me gustaría mucho subir al piso de arriba —dijo—. Probablemente tendré que volver a examinar la casa por fuera. Quizá sea mejor que, antes de subir, eche una mirada a las ventanas de abajo.

Caminó rápidamente de una ventana a otra, deteniéndose solo en la más grande, que se abría en el vestíbulo y daba al sendero de los establos. La abrió y examinó atentamente el marco con su potente lupa.

—Ahora vamos arriba —dijo por fin.

El gabinete del banquero era un cuartito amueblado con sencillez, con una alfombra gris, un gran escritorio y un espejo alargado. Holmes caminó directamente al escritorio y examinó la cerradura.

—¿Qué llave emplearon para abrirlo? —preguntó.

—La misma que indicó mi hijo: la del armario del trastero.

—¿La tiene aquí?

—Es esa que está encima de la mesita.

Sherlock Holmes tomó la llave y abrió el escritorio.

—Es un cierre silencioso —dijo—. No me extraña que no lo despertara. Supongo que este es el estuche de la corona. Tendremos que mirarlo.

Abrió la caja, sacó la corona y la colocó sobre la mesa. Era un magnífico ejemplar del arte de la joyería y sus treinta y seis piedras eran las más hermosas que yo había visto jamás. Uno de sus lados tenía el borde torcido y roto y le faltaba una esquina con tres piedras.

—Ahora, señor Holder —dijo Holmes—, aquí tiene la esquina simétrica a la que se ha perdido. Haga usted el favor de arrancarla.

El banquero retrocedió horrorizado.

—Ni en sueños me atrevería a intentarlo —dijo.

—Entonces, lo haré yo —con un gesto repentino, Holmes tiró de la esquina con todas sus fuerzas, pero sin resultado—. Creo que la siento ceder un poco —dijo—, pero, aunque tengo una fuerza extraordinaria en los dedos, tardaría muchísimo tiempo en romperla. Un hombre de una fuerza normal sería incapaz de hacerlo. ¿Y qué cree que sucedería si la rompiera, señor Holder? Sonaría como un tiro de revólver. ¿Quiere hacerme creer que todo esto sucedió a pocos metros de su cama y que usted no escuchó nada?

—No sé qué pensar. Me siento a oscuras.

—Puede que se vaya iluminando a medida que avanzamos. ¿Qué piensa usted, señorita Holder?

—Confieso que sigo compartiendo la perplejidad de mi tío.

—Cuando vio a su hijo, no llevaba puestos zapatos o sandalias, ¿verdad?

—No llevaba más que los pantalones y la camisa.

—Gracias. No cabe duda de que hemos tenido una suerte extraordinaria en esta investigación, y si no logramos aclarar el asunto será exclusivamente por culpa nuestra. Con su permiso, señor Holder, ahora continuaré mis investigaciones en el exterior.

Insistió en salir solo, explicando que toda pisada innecesaria haría más difícil su tarea. Estuvo ocupado durante más de una hora y cuando por fin regresó traía los pies cargados de nieve y la expresión de su cara tan inescrutable como siempre.

—Creo que ya he visto todo lo que había que ver, señor Holder —dijo—. Le resultaré más útil si regreso a mis habitaciones.

—Pero las piedras, señor Holmes, ¿dónde están?

—No puedo decírselo.

El banquero se retorció las manos.

—¡No las volveré a ver! —gimió—. ¿Y mi hijo? ¿Me da usted esperanzas?

—Mi opinión no se ha alterado en nada.

—Entonces, por el amor de Dios, ¿qué siniestro negocio ha ocurrido en mi casa esta noche?

—Si puede venir a visitarme en mi domicilio de Baker Street mañana por la mañana, entre las nueve y las diez, tendré mucho gusto en hacer lo posible por aclararlo. Doy por supuesto que me concede carta blanca para actuar en su nombre, con tal de que recupere las gemas, sin poner límites a los gastos que yo le haga pagar.

—Daría toda mi fortuna por recuperarlas.

—Muy bien. Seguiré estudiando el asunto mientras tanto. Adiós. Es posible que tenga que volver aquí antes de que anochezca.

Para mí, era evidente que mi compañero se había formado ya una opinión sobre el caso, aunque ni remotamente conseguía imaginar a qué conclusiones habría llegado. Durante nuestro viaje de regreso a casa, intenté varias veces sondearlo al respecto, pero él siempre desvió la conversación hacia otros temas, hasta que por fin me di por vencido. Todavía no eran las tres cuando llegamos de vuelta a nuestras habitaciones. Holmes se metió corriendo en la suya y salió a los pocos minutos, vestido como un vulgar holgazán. Con un saco desastroso, el cuello levantado, corbata roja y botas muy gastadas, era un ejemplar perfecto de la clase.

—Creo que esto servirá —dijo mirándose en el espejo que había sobre la chimenea—. Me gustaría que viniera conmigo, Watson, pero me temo que no puede ser. Puede que esté sobre la buena pista y puede que esté siguiendo un fuego fatuo, pero pronto no tendremos dudas. Espero volver en pocas horas.

Cortó una rodaja de carne de una pieza que había sobre el aparador, la metió entre dos rebanadas de pan y, guardándose la improvisada comida en el bolsillo, emprendió su expedición.

Yo estaba terminando de tomar el té cuando regresó; se notaba que venía de un humor excelente y traía en la mano una vieja bota de caucho. La tiró a un rincón y se sirvió una taza de té.

—Solo vengo de pasada —dijo—. Tengo que irme en seguida.

—¿Adónde?

—Oh, al otro lado del West End. Puede que tarde algo en volver. No me espere si se hace muy tarde.

—¿Qué tal le ha ido hasta ahora?

—Más o menos. No tengo motivos de queja. He vuelto a estar en Streatham, pero no llamé a la casa. Es un problema simpático y no me lo habría perdido por nada del mundo. Pero no puedo quedarme aquí parloteando; tengo que quitarme estas deplorables ropas y recuperar mi respetable personalidad.

Por su manera de comportarse, se notaba que tenía más motivos de satisfacción que lo que daban a entender sus palabras. Le brillaban los ojos e incluso tenía un toque de color en sus pálidas mejillas. Subió corriendo al piso de arriba y a los pocos minutos oí un portazo en el vestíbulo que me indicó que había reemprendido su apasionante cacería. Esperé hasta la medianoche, pero como no daba señales de regresar me retiré a mi habitación. No era nada raro que, cuando seguía una pista, estuviera ausente durante días enteros, así que su tardanza no me extrañó. No sé a qué hora llegó, pero cuando bajé a desayunar, allí estaba Holmes con una taza de café en una mano y el periódico en la otra, tan flamante y arreglado como siempre.

—Perdóneme que haya empezado a desayunar sin usted, Watson —dijo—, pero ya recordará que estamos citados con nuestro cliente a primera hora.

—Pues son ya más de las nueve —respondí—. No me extrañaría que el que llega fuera él. Me ha parecido oír la puerta.

Era, en efecto, nuestro amigo el financiero. Me impresionó el cambio que había experimentado, porque su cara, normalmente amplia y maciza, se veía ahora deshinchada y fláccida y sus pelos parecían un poco más blancos. Entró con un aire fatigado y abandonado, que resultaba aún más penoso que la violenta entrada del día anterior y se dejó caer pesadamente en la butaca que acerqué para él.

—No sé qué habré hecho para merecer este castigo —dijo—. Hace tan solo dos días, yo era un hombre feliz y próspero, sin una sola preocupación en el mundo. Ahora me espera una vejez solitaria y deshonrosa. Las desgracias vienen una tras otra. Mi sobrina Mary me ha abandonado.

—¿Que lo ha abandonado?

—Sí. Esta mañana vimos que no había dormido en su cama; su habitación estaba vacía y en la mesita del vestíbulo había una nota para mí. Anoche, movido por la pena y no en tono de enfado, le dije que si se hubiera casado con mi hijo, él no se habría descarriado. Posiblemente fue una insensatez decir eso. En la nota que me dejó hace alusión a este comentario mío:

> Queridísimo tío:
> Me doy cuenta de que yo he sido la causa de que sufras este disgusto y de que, si hubiera obrado de diferente manera, esta terrible desgracia podría no haber ocurrido. Con este pensamiento en la cabeza, ya no podré ser feliz viviendo bajo tu techo y considero que debo dejarte para siempre. No te preocupes por mi futuro, que eso ya está arreglado. Y, sobre todo, no me busques, pues sería tarea inútil y no me favorecería en nada. En la vida o en la muerte, te quiere siempre,
> Mary

—¿Qué quiere decir esta nota, señor Holmes? ¿Cree usted que quiere suicidarse?

—No, no, nada de eso. Quizá sea esta la mejor situación posible. Me parece, señor Holder, que sus dificultades están a punto de terminar.

—¿Cómo puede decir eso? ¡Señor Holmes! ¡Usted ha averiguado algo, usted sabe algo! ¿Dónde están las piedras?

—¿Le parecería excesivo pagar mil libras por cada una?

—Pagaría diez mil.

—No será necesario. Con tres mil bastará. Y supongo que habrá que añadir una pequeña recompensa. ¿Ha traído su talonario? Aquí tiene una pluma. Lo mejor será que haga un cheque por cuatro mil libras.

Con expresión atónita, el banquero extendió el cheque solicitado. Holmes se acercó a su escritorio, sacó un trozo triangular de oro con tres piedras preciosas y lo arrojó sobre la mesa.

Nuestro cliente se apoderó de él con un grito de alegría.

—¡Lo tiene! —jadeó—. ¡Estoy salvado! ¡Estoy salvado!

La reacción de alegría era tan apasionada como lo había sido su desconsuelo anterior y apretaba contra el pecho las gemas recuperadas.

—Todavía debe algo, señor Holder —dijo Sherlock Holmes en tono más bien severo.

—¿Qué debo? —tomó la pluma—. Dígame la cantidad y la pagaré.

—No, su deuda no es conmigo. Le debe usted las más humildes disculpas a ese noble muchacho, su hijo, que se ha comportado en todo este asunto de un modo que a mí me enorgullecería si fuera mi propio hijo, si es que alguna vez llego a tener uno.

—Entonces, ¿no fue Arthur quien las robó?

—Se lo dije ayer y se lo repito hoy: no fue él.

—¡Con qué seguridad lo dice! En tal caso, ¡vayamos ahora mismo a decirle que ya se ha descubierto la verdad!

—Él ya lo sabe. Después de haberlo resuelto todo, tuve una entrevista con él y, al comprobar que no estaba dispuesto a explicarme lo sucedido, se lo expliqué yo a él, ante lo cual no tuvo más remedio que reconocer que yo tenía razón y añadir los poquísimos detalles que yo aún no veía muy claros. Sin embargo, con la noticia que usted le llevará esta mañana tal vez rompa su silencio.

—¡Por amor del cielo, explíqueme todo este extraordinario misterio!

—Voy a hacerlo, explicándole además los pasos por los que llegué a la solución. Y permítame empezar por lo que a mí me resulta más duro decirle y a usted le resultará más duro escuchar: *sir* George Burnwell y su sobrina Mary se entendían y se han fugado juntos.

—¿Mi Mary? ¡Imposible!

—Por desgracia, es más que posible; es seguro. Ni usted ni su hijo conocían la verdadera personalidad de este hombre cuando lo admitieron en su círculo familiar. Es uno de los hombres más peligrosos de Inglaterra... un jugador arruinado, un canalla sin ningún escrúpulo, un hombre sin corazón ni conciencia. Su sobrina no sabía nada sobre esta clase de hombres. Cuando él le susurró al oído sus promesas de amor, como había hecho con otras cien antes que con ella, ella se sintió halagada, pensando que había sido la única en llegar a su corazón. El diablo sabe lo que le diría, pero acabó convirtiéndola en su instrumento y se veían casi todas las noches.

—¡No puedo creerlo y me niego a creerlo! —exclamó el banquero con el rostro pálido.

—Entonces, le explicaré lo que sucedió en su casa aquella noche. Cuando pensó que usted se había retirado a dormir, su sobrina bajó en silencio y habló con su amante a través de la ventana que da al sendero de los establos. El hombre estuvo allí tanto tiempo que dejó pisadas que atravesaron toda la capa de nieve. Ella le habló de la corona. Su maligno afán de oro se encendió al oír la noticia y sometió a la muchacha a su voluntad. Estoy seguro de que ella lo quería a usted, pero hay mujeres en las que el amor de un amante apaga todos los demás amores y me parece que su sobrina es de esta clase. Apenas había terminado de escuchar las órdenes de *sir* George, vio que usted bajaba por las escaleras y cerró apresuradamente la ventana. Entonces le habló de la escapada de una de las doncellas con su novio el de la pata de palo, que era absolutamente cierta.

En cuanto a su hijo Arthur, se fue a la cama después de hablar con usted, pero no pudo dormir por los nervios que le producía su deuda en el club. A mitad de la noche, oyó unos pasos furtivos junto a su puerta; se levantó para asomarse y quedó muy sorprendido al ver a su prima avanzando con gran sigilo por el pasillo, hasta desaparecer en el gabinete. Petrificado de asombro, el muchacho se puso encima algunas ropas y aguardó en la oscuridad para ver qué sucedía con aquel extraño asunto. Al poco rato, ella salió de la habitación y, a la luz de la lámpara del pasillo, su hijo vio que llevaba en las manos la preciosa corona. La muchacha bajó hasta la planta baja y su hijo, temblando de horror, corrió a esconderse detrás de la cortina que hay junto a la puerta de su habitación, desde donde podía ver lo que ocurría en el vestíbulo. Así vio cómo ella abría la ventana sin hacer ruido, le entregaba la corona a alguien que aguardaba en la oscuridad y, tras volver a cerrar la ventana, regresaba a toda velocidad a su habitación, pasando muy cerca de donde él se escondía.

Mientras ella estuvo a la vista, él no se atrevió a hacer nada, pues ello comprometería de un modo terrible a la mujer que amaba. Pero en el instante en que desapareció, comprendió la tremenda desgracia que aquello representaba para usted y se propuso remediarlo a toda costa. Descalzo como estaba, corrió escaleras abajo, abrió la ventana, saltó a la nieve y corrió por el sendero, donde distinguió una figura oscura que se alejaba a la luz de la luna. *Sir* George Burnwell intentó escapar, pero Arthur lo alcanzó y ambos se trabaron en un forcejeo, su hijo tirando de un lado de la corona y su oponente del otro. En la pelea, su hijo golpeó a *sir* George y lo hirió encima del ojo. Entonces se oyó un fuerte chasquido y su hijo, viendo que tenía la corona en las manos, corrió de vuelta a la casa, cerró la ventana, subió al gabinete y allí se dio cuenta de que la corona se había torcido durante la tarea. Estaba intentando enderezarla cuando usted apareció en escena.

—¿Es posible? —dijo el banquero, sin aliento.

—Entonces, usted lo irritó con sus insultos, precisamente cuando él sentía que merecía su más encendida gratitud. No podía explicar la verdad de lo ocurrido sin delatar a una persona que, desde luego, merecía que él no le tuviera tanta consideración. A pesar de todo, adoptó la postura más caballerosa y guardó el secreto para protegerla.

—¡Y por eso ella dio un grito y se desmayó al ver la corona! —exclamó el señor Holder— ¡Oh, Dios mío! ¡Qué ciego y estúpido he sido! ¡Y él pidiéndome que lo dejara salir cinco minutos! ¡Lo que quería el pobre muchacho era ver si el trozo que faltaba había quedado en el lugar de la pelea! ¡De qué modo tan cruel le he malinterpretado!

—Cuando yo llegué a la casa —continuó Holmes—, lo primero que hice fue examinar atentamente los alrededores, por si había huellas en la nieve que pudieran ayudarme. Sabía que no había nevado desde la noche anterior y que la fuerte helada habría conservado las huellas. Miré el sendero de los proveedores, pero lo encontré todo pisoteado e indescifrable. Sin embargo, un poco más allá, al otro lado de la puerta de la cocina, había estado una mujer hablando con un hombre, una de cuyas pisadas indicaba que tenía una pata de palo. Se notaba incluso que los habían interrumpido, porque la mujer había vuelto corriendo a la puerta, como demostraban las pisadas con la punta del pie muy marcada, mientras la pata de palo se quedaba esperando un poco, para después alejarse. Pensé que podía tratarse de la doncella de la que me habían hablado y de su novio y un par de preguntas me lo confirmaron. Inspeccioné el jardín sin encontrar nada más que pisadas sin rumbo fijo, que debían ser de la policía; pero cuando llegué al sendero de los establos, encontré escrita en la nieve una larga y complicada historia.

Había una doble línea de pisadas de un hombre con botas y una segunda línea, también doble, que, como comprobé con satisfacción, correspondían a un hombre con los pies descalzos. Por lo que usted me había contado, quedé convencido de que pertenecían a su hijo. El primer hombre había caminado en los dos sentidos, pero el segundo había corrido a gran velocidad y sus huellas, superpuestas a las de las botas, demostraban que corría detrás del otro. Las seguí en una dirección y comprobé que llegaban hasta la ventana del vestíbulo, donde el de las botas había permanecido tanto tiempo que dejó la nieve completamente pisada. Luego las seguí en la otra dirección, hasta unos cien metros hacia adelante. Allí, el de las botas se había dado la vuelta y las huellas en la nieve parecían indicar que se había producido una pelea. Incluso habían caído unas gotas de sangre, que confirmaban mi teoría. Después, el de las botas siguió corriendo por el sendero; una pequeña mancha de sangre indicaba que era él el que había resultado herido. Su pista se perdía al llegar a la ruta, donde habían limpiado la nieve del pavimento.

Sin embargo, al entrar en la casa, recordará usted que examiné con la lupa el marco de la ventana del vestíbulo y pude advertir al instante que alguien había pasado por ella. Se notaba la huella dejada por un pie mojado al entrar. Ya me empezaba a formar una opinión de lo que había ocurrido. Un hombre había aguardado fuera de la casa junto a la ventana. Alguien le había entregado la joya; su hijo había sido testigo del robo, había salido en persecución del ladrón, había luchado con él, los dos habían tirado de la corona y la unión de sus fuerzas provocó daños que ninguno de ellos habría podido causar por sí solo. Su hijo había regresado con la corona, pero dejando un pedazo en manos de su adversario. Hasta ahí, estaba claro. Ahora la cuestión era: ¿quién era el hombre de las botas y quién le entregó la corona?

Una vieja máxima mía dice que, cuando has eliminado lo imposible, lo que queda, por muy improbable que parezca, tiene que ser la verdad. Ahora bien, yo sabía que no fue usted quien entregó la corona, así que solo quedaban su sobrina y las doncellas. Pero si hubieran sido las doncellas, ¿por qué permitiría su hijo que lo acusaran a él? No tenía ninguna razón posible. Sin embargo, sabíamos que amaba a su prima y allí teníamos una excelente explicación de por qué guardaba silencio, sobre todo teniendo en cuenta que se trataba de un secreto deshonroso. Cuando recordé que usted la había visto junto a aquella misma ventana y que se había desmayado al ver la corona, mis conjeturas se convirtieron en verdades.

¿Y quién podía ser su cómplice? Evidentemente, un amante, porque, ¿quién otro podría pesar más que el amor y la gratitud que sentía por usted? Yo sabía que ustedes salían poco y que su círculo de amistades era reducido; pero entre ellas estaba *sir* George Burnwell. Yo ya había oído hablar de él, como hombre de mala reputación entre las mujeres. Tenía que haber sido él el que llevaba aquellas botas y el que se había quedado con las piedras perdidas. Aun sabiendo que Arthur lo había descubierto, se consideraba a salvo porque el muchacho no podía decir una palabra sin comprometer a su propia familia.

En fin, ya se imaginará las medidas que adopté a continuación. Me dirigí, disfrazado de vago, a la casa de *sir* George, me las arreglé para entablar conversación con su lacayo, me enteré de que su señor se había hecho una herida en la cabeza la noche anterior y, por último, al precio de seis chelines, conseguí la prueba definitiva comprándole un par de zapatos viejos de su amo. Me fui con ellos a Streatham y comprobé que coincidían exactamente con las huellas.

—Ayer por la tarde vi a un vagabundo harapiento por el sendero —dijo el señor Holder.

—Precisamente. Ese era yo. Ya tenía a mi hombre, así que volví a casa y me cambié de ropa. Tenía que actuar con mucha delicadeza, porque estaba claro que había que evitar las denuncias para evitar el escándalo y sabía que un canalla tan astuto como él se daría cuenta de que teníamos las manos atadas por ese lado. Fui a verlo. Al principio, como era de esperar, lo negó todo. Pero luego, cuando le di todos los detalles de lo que había ocurrido, se puso violento y se aferró a un palo de la pared. Sin embargo, yo conocía al hombre y le puse una pistola en la sien antes de que pudiera golpear. Entonces se volvió un poco más razonable. Le dije que le pagaríamos un rescate por las piedras que tenía en su poder: mil libras por cada una. Aquello provocó en él los primeros indicios de pesar. «¡Maldita sea! —dijo—. ¡Y yo que he vendido las tres por seiscientas!» No tardé en sacarle la dirección del comprador, prometiéndole que no presentaríamos ninguna denuncia. Me fui a buscarlo y, tras mucho regateo, le saqué las piedras a mil libras cada una. Luego fui a visitar a su hijo, le dije que todo había quedado aclarado y por fin me acosté a eso de las dos, después de lo que bien puedo llamar una dura jornada.

—¡Una jornada que ha salvado a Inglaterra de un gran escándalo público! —dijo el banquero, parándose—. Señor, no encuentro palabras para darle las gracias, pero ya comprobará que no soy desagradecido. Su habilidad ha superado con creces todo lo que me habían contado de usted. Y ahora, debo volver al lado de mi querido hijo para pedirle perdón por lo mal que lo he tratado. En cuanto a mi pobre Mary, lo que usted me ha contado me ha llegado al alma. Supongo que ni siquiera usted, con todo su talento, puede informarme de dónde se encuentra ahora.

—Creo que podemos afirmar sin temor a equivocarnos —replicó Holmes —que está allí donde se encuentre *sir* George Burnwell. Y es igualmente seguro que, por graves que sean sus pecados, pronto recibirán un castigo más que suficiente.

12

El misterio de Copper Beeches

—El hombre que ama su profesión en sí misma —comentó Sherlock Holmes, dejando a un lado la hoja de anuncios del *Daily Telegraph*— suele encontrar los placeres más intensos en sus manifestaciones más humildes y menos importantes. Me complace advertir, Watson, que hasta ahora ha sabido ver esa gran verdad y que en las pequeñas crónicas de nuestros casos que ha tenido la bondad de redactar, debo decir que, embelleciéndolas en algunos puntos, no ha dado preferencia a los tantos casos célebres y procesos llamativos en los que he intervenido, sino más bien a incidentes que pueden haber sido triviales, pero que daban lugar al uso de las facultades de deducción y síntesis que he convertido en mi especialidad.

—Y, sin embargo —dije yo, sonriendo—, no me considero definitivamente absuelto de la acusación de sensacionalismo que se ha lanzado contra mis crónicas.

—Tal vez haya cometido un error —apuntó él, tomando una brasa con las pinzas y encendiendo con ellas la larga pipa de cerezo que sustituía a la de arcilla, cuando se sentía más dado a la polémica que a la reflexión—. Quizá se haya equivocado al intentar añadir color y vida a sus descripciones, en lugar de limitarse a exponer directamente los razonamientos de causa y efecto, que son en realidad lo único verdaderamente digno de mención en el asunto.

—Me parece que en ese aspecto le he hecho plena justicia —comenté, algo fríamente, porque me daba rechazo el egoísmo que, como había observado más de una vez, constituía un importante factor en el singular carácter de mi amigo.

—No, no es cuestión de vanidad o egoísmo —dijo él, respondiendo, como tenía por costumbre, a mis pensamientos más que a mis palabras—. Si reclamo plena justicia para mi arte, es porque se trata de algo impersonal...

algo que está más allá de mí. El delito es algo común y corriente. La lógica es una rareza. Por lo tanto, hay que poner el acento en la lógica y no en el delito. Usted ha sintetizado lo que debía haber sido un curso académico, reduciéndolo a una serie de cuentos.

Era una mañana fría de principios de primavera y después del desayuno nos sentamos a ambos lados de un chispeante fuego en el viejo departamento de Baker Street. Una espesa niebla se extendía entre las hileras de casas y las ventanas de la vereda de enfrente parecían borrones oscuros entre las densas espirales amarillentas. Teníamos encendida la luz de gas, que caía sobre el mantel arrancando reflejos de la porcelana y el metal, pues aún no habían levantado la mesa. Sherlock Holmes había estado callado toda la mañana, zambulléndose continuamente en las columnas de anuncios de una larga serie de periódicos, hasta que por fin, renunciando aparentemente a su búsqueda, había emergido, no de muy buen humor, para darme una charla sobre mis defectos literarios.

—Por otra parte —comentó tras una pausa, durante la cual estuvo fumando de su larga pipa y contemplando el fuego—, difícilmente se le puede acusar de sensacionalista, porque entre los casos por los que ha tenido la bondad de interesarse hay una elevada proporción que no tratan de ningún delito, en el sentido legal de la palabra. El asunto en el que intenté ayudar al rey de Bohemia, la curiosa experiencia de la señorita Mary Sutherland, el problema del hombre del labio retorcido y el incidente de la boda del noble, fueron todos casos que escapaban al alcance de la ley. Pero, al evitar lo sensacional, me temo que puede usted haber bordeado lo trivial.

—Puede que el desenlace lo fuera —respondí—, pero sostengo que los métodos fueron originales e interesantes.

—Psé. Querido amigo, ¿qué le importa al público, al gran público despistado, que sería incapaz de distinguir a un tejedor por sus dientes o a un compositor por su pulgar izquierdo, los matices más delicados del análisis y la deducción? Aunque, la verdad, si es usted trivial no es por culpa suya, porque ya pasaron los tiempos de los grandes casos. El hombre, o por lo menos el criminal, ha perdido toda iniciativa y originalidad. Y mi humilde consultorio parece estar convirtiéndose en una agencia para recuperar lápices extraviados y ofrecer consejo a señoritas de internado. Creo que por fin hemos tocado fondo. Esta nota que he recibido esta mañana marca, a mi entender, mi punto cero. Léala —me tiró una carta arrugada.

Estaba fechada en *Montague Place* la noche anterior y decía:

> Querido señor Holmes:
> Tengo mucho interés en consultarle acerca de si debería o no aceptar un empleo de institutriz que se me ha ofrecido. Si no tiene inconveniente, pasaré a visitarlo mañana a las diez y media. Suya afectísima,
> Violet Hunter.

—¿Conoce usted a esta joven? —pregunté.
—No.
—Pues ya son las diez y media.
—Sí y sin duda es ella la que acaba de llamar a la puerta.
—Quizá resulte ser más interesante de lo que cree. Acuérdese del asunto del carbunclo azul, que al principio parecía una tontería y se acabó convirtiendo en una investigación seria. Puede que ocurra lo mismo en este caso.
—¡Ojalá sea así! Pero pronto saldremos de dudas, porque, si no me equivoco, aquí la tenemos.

Mientras hablaba se abrió la puerta y una joven entró en la habitación. Iba vestida de un modo sencillo, pero con buen gusto; tenía un rostro expresivo e inteligente, pecoso como un huevo y actuaba con los modales desenvueltos de una mujer que ha tenido que abrirse camino en la vida.

—Estoy segura de que me perdonará por molestarlo —dijo mientras mi compañero se levantaba para saludarla—. Pero me ha ocurrido una cosa muy extraña y, como no tengo padres ni familiares a los que pedirles consejo, pensé que tal vez usted tendría la amabilidad de indicarme qué debo hacer.

—Siéntese, por favor, señorita Hunter. Tendré mucho gusto en hacer lo que pueda para servirla.

Me di cuenta de que a Holmes le habían impresionado favorablemente los modales y la manera de hablar de su nuevo cliente. La contempló del modo detallado que era habitual en él y luego se sentó a escuchar su caso con los párpados caídos y las puntas de los dedos juntas.

—He trabajado cinco años como institutriz —dijo— en la familia del coronel Spence Munro, pero hace dos meses el coronel fue destinado a Halifax, Nueva Escocia, y se llevó a sus hijos a América, de modo que me quedé sin empleo. Puse anuncios y respondí a otros anuncios, pero sin éxito. Al final empezó a acabárseme el poco dinero que tenía ahorrado y me devanaba los sesos sin saber qué hacer.

Existe en el West End una agencia para institutrices muy conocida, llamada Westway's, por la que solía pasarme una vez a la semana para ver si había surgido algo que pudiera convenirme. Westway era el apellido del fundador de la empresa, pero quien la dirige en realidad es la señorita Stoper. Se sienta en un pequeño despacho y las mujeres que buscan empleo aguardan en una antesala y van pasando una a una. Ella consulta sus ficheros y mira a ver si tiene algo que pueda interesarlas.

Pues bien, cuando me pasé por allí la semana pasada me hicieron entrar en el despacho como de costumbre, pero vi que la señorita Stoper no estaba sola. Junto a ella se sentaba un hombre gordo, con la cara sonriente y con una enorme papada que le caía en pliegues sobre el cuello; llevaba un par de anteojos sobre la nariz y miraba con mucho interés a las mujeres que iban entrando. Al llegar yo, dio un salto en su asiento y se volvió rápidamente hacia la señorita Stoper.

—¡Esta servirá! No podría pedirse nada mejor. ¡Estupenda! ¡Estupenda!

—Parecía entusiasmado y se frotaba las manos con alegría. Se trataba de un hombre tan contento que daba gusto mirarlo.

—¿Busca trabajo, señorita?
—Sí, señor.
—¿Como institutriz?
—Sí, señor.
—¿Y qué salario pide?
—En mi último empleo, en casa del coronel Spence Munro, cobraba cuatro libras al mes.

—¡Puf! ¡Denigrante! ¡Sencillamente denigrante! —exclamó, moviendo sus rollizas manos, como arrebatado por la indignación—. ¿Cómo se le puede ofrecer una suma tan lamentable a una dama con semejantes atractivos y cualidades?

—Es posible, señor, que mis cualidades sean menores de lo que usted imagina —dije yo—. Un poco de francés, un poco de alemán, música y dibujo...

—¡Puf, puf! —exclamó—. Eso está fuera de toda duda. Lo que interesa es si usted posee o no el porte y la distinción de una dama. En eso radica todo el asunto. Si no los posee, entonces no está capacitada para educar a un niño que algún día puede desempeñar un importante papel en la historia de la nación. Pero si los tiene, ¿cómo podría un caballero pedirle que aceptara nada por debajo de tres cifras? Si trabaja para mí, señora, comenzará con un salario de cien libras al año.

Como podrá imaginar, señor Holmes, estando sin recursos como yo estaba, aquella oferta me pareció casi demasiado buena para ser verdad. Sin embargo, el caballero, advirtiendo tal vez mi expresión de incredulidad, abrió su cartera y sacó un billete.

—Es también mi costumbre —dijo, sonriendo del modo más amable, hasta que sus ojos quedaron reducidos a dos ranuras que brillaban entre los pliegues blancos de su cara— pagar medio salario por adelantado a mis jóvenes empleadas, para que puedan hacer frente a los pequeños gastos del viaje y el vestuario.

Me pareció que nunca había conocido a un hombre tan fascinante y tan considerado. Como ya tenía algunas deudas con los proveedores, aquel adelanto me venía muy bien; sin embargo, toda la transacción tenía algo innatural que me hizo necesitar saber algo más antes de comprometerme.

—¿Puedo preguntar dónde vive, señor? —dije.

—En Hampshire. Un lugar encantador en el campo, llamado Copper Beeches, cinco millas más allá de Winchester. Es una región preciosa, querida señorita y la vieja casa de campo es sencillamente maravillosa.

—¿Y mis obligaciones, señor? Me gustaría saber en qué consistirían.

—Un niño. Un niñito travieso, de solo seis años. ¡Tendría que verlo matando cucarachas con una zapatilla! ¡Plaf, plaf, plafl ¡Tres cucarachas en un abrir y cerrar de ojos! —se reclinó en su asiento y volvió a reírse hasta que los ojos se le hundieron en la cara de nuevo.

Quedé un poco perpleja ante la forma de divertirse del niño, pero la risa del padre me hizo pensar que tal vez estuviera bromeando.

—Entonces, ¿mi única tarea sería ocuparme de este niño?

—No, no, no la única, querida señorita, no la única —respondió—. Su tarea consistirá, como sin duda ya habrá imaginado, en obedecer todas las pequeñas órdenes que mi esposa le pueda dar, siempre que se trate de órdenes que una dama pueda obedecer con dignidad. No verá usted ningún inconveniente en ello, ¿verdad?

—Estaré encantada de poder ser útil.

—Perfecto. Por ejemplo, en la cuestión del vestuario. Somos algo maniáticos, ¿sabe? Maniáticos pero buena gente. Si le pidiéramos que se pusiera un vestido que nosotros le proporcionáramos, no se opondría a nuestro capricho, ¿verdad?

—No —dije yo, bastante sorprendida por sus palabras.

—O que se sentara en un sitio, o en otro; eso no le resultaría ofensivo, ¿verdad?

—Oh, no.

—O que se cortara el cabello muy corto antes de presentarse en nuestra casa...

Yo no daba crédito a mis oídos. Como puede observar, señor Holmes, mi pelo es algo exuberante y de un tono castaño bastante peculiar. Han llegado a describirlo como artístico. Ni en sueños pensaría en sacrificarlo así sin más.

—Me temo que eso es del todo imposible —dije. Él me estaba observando atentamente con sus pequeños ojos y pude advertir que al oír mis palabras pasó una sombra por su rostro.

—Y yo me temo que es del todo esencial —dijo—. Se trata de un pequeño capricho de mi esposa y los caprichos de las damas, señorita, los caprichos de las damas hay que satisfacerlos. ¿No está dispuesta a cortarse el pelo?

—No, señor, la verdad es que no —respondí con firmeza.

—Ah, muy bien. Entonces, no hay más que hablar. Es una pena, porque en todos los demás aspectos habría servido de maravilla. Dadas las circunstancias, señorita Stoper, tendré que examinar a otras de sus señoritas.

La directora de la agencia había permanecido durante toda la entrevista ocupada con sus papeles, sin dirigirnos la palabra a ninguno de los dos, pero en aquel momento me miró con tal expresión de disgusto que no pude evitar sospechar que mi negativa le había hecho perder una espléndida comisión.

—¿Desea que sigamos manteniendo su nombre en nuestras listas? —preguntó.

—Si no tiene inconveniente, señorita Stoper.

—Pues, la verdad, me parece bastante inútil, viendo el modo en que rechaza las mejores ofertas —dijo secamente—. No esperará que nos esforcemos por encontrarle otra ganga como esta. Buenos días, señorita Hunter —hizo sonar un gong que tenía sobre la mesa y el botones me acompañó a la salida.

Pues bien, cuando regresé a mi alojamiento y encontré la despensa medio vacía y dos o tres facturas sobre la mesa, empecé a preguntarme si no habría cometido una estupidez.

Al fin y al cabo, si aquella gente tenía manías extrañas y esperaba que se obedecieran sus caprichos más extravagantes, al menos estaban dispuestos a pagar por sus excentricidades.

Hay muy pocas institutrices en Inglaterra que ganen cien libras al año. Además, ¿de qué me serviría el pelo? A muchas mujeres les queda bien tenerlo corto y yo podía ser una de ellas. Al día siguiente ya tenía la impresión de haber cometido un error y un día después estaba plenamente convencida. Estaba casi decidida a tragarme mi orgullo hasta el punto de regresar a la agencia y preguntar si el puesto estaba aún disponible, cuando recibí esta carta del caballero en cuestión. La he traído y se la voy a leer:

The Copper Beeches, cerca de Winchester.
Querida señorita Hunter: La señorita Stoper ha tenido la amabilidad de darme su dirección y le escribo desde aquí

para preguntarle si ha reconsiderado su posición. Mi esposa tiene mucho interés en que venga, pues le agradó la descripción que yo le hice de usted. Estamos dispuestos a pagarle treinta libras al trimestre, o ciento veinte al año, para compensarle por las pequeñas molestias que puedan ocasionarle nuestros caprichos. Al fin y al cabo, tampoco exigimos demasiado. A mi esposa le encanta un cierto tono del azul eléctrico y le gustaría que usted llevase un vestido de ese color por las mañanas. Sin embargo, no tiene que incurrir en gastos para comprarlo, ya que tenemos uno que pertenece a mi querida hija Alice (actualmente en Filadelfia), que creo que le sentará muy bien. En cuanto a lo de sentarse en un sitio o en otro, o practicar los entretenimientos que se le indiquen, no creo que ello pueda ocasionarle molestias. Y con respecto a su cabello, no cabe duda de que es una lástima, especialmente si se tiene en cuenta que no pude evitar fijarme en su belleza durante nuestra breve entrevista, pero me temo que debo mantenerme firme en este punto y solamente confío en que el aumento de salario pueda compensar la pérdida. Sus obligaciones en lo referente al niño son muy simples. Le ruego que haga lo posible por venir; yo la esperaría con un coche en Winchester. Hágame saber en qué tren llega. Suyo, con afecto,
Jephro Rucastle

Esta es la carta que acabo de recibir, señor Holmes, y ya he tomado la decisión de aceptar. Sin embargo, me pareció que antes de dar el paso definitivo debía someter el asunto a su consideración.

—Bien, señorita Hunter, si su decisión está tomada, eso deja terminado el asunto —dijo Holmes sonriente.

—¿Usted no me aconsejaría rechazar?

—Confieso que no me gustaría que una hermana mía aceptara ese empleo.

—¿Qué significa todo esto, señor Holmes?

—¡Ah! Carezco de datos. No puedo decirlo. ¿Tiene usted alguna opinión?

—Bueno, a mí me parece que solo existe una explicación posible. El señor Rucastle parecía ser un hombre muy amable y bondadoso. ¿No es posible que su esposa esté loca, que él desee mantenerlo en secreto por miedo a que la internen en un asilo y que le siga la corriente en todos sus caprichos para evitar una crisis?

—Es una posible explicación. De hecho, tal como están las cosas, es la más probable. Pero, en cualquier caso, no parece un sitio muy adecuado para una joven.

—Pero, ¿y el dinero, señor Holmes? ¿Y el dinero?

—Sí, desde luego, la paga es buena... demasiado buena. Eso es lo que me inquieta. ¿Por qué iban a darle ciento veinte al año cuando tendrían institutrices para elegir por cuarenta? Tiene que existir una razón muy fuerte.

—Pensé que si le explicaba las circunstancias, usted lo entendería, si más adelante solicitaba su ayuda. Me sentiría mucho más segura sabiendo que una persona como usted me cubre las espaldas.

—Oh, puede irse convencida de ello. Le aseguro que su pequeño problema promete ser el más interesante que se me ha presentado en varios meses. Algunos aspectos resultan verdaderamente originales. Si tuviera dudas o se viera en peligro...

—¿Peligro? ¿En qué peligro está pensando?

Holmes movió la cabeza con seriedad.

—Si pudiéramos definirlo, dejaría de ser un peligro —dijo—. Pero a cualquier hora, de día o de noche, un telegrama suyo bastará para que vaya en su ayuda.

—Con eso me basta —se levantó muy animada de su asiento, habiéndose borrado la ansiedad de su rostro—. Ahora puedo ir a Hampshire mucho más tranquila. Escribiré de inmediato al señor Rucastle, sacrificaré mi pobre cabello esta noche y me iré hacia Winchester mañana —con unas frases de agradecimiento para Holmes, nos deseó buenas noches y se fue apurada.

—Por lo menos —dije, mientras oíamos sus pasos rápidos y firmes por las escaleras—, parece una jovencita perfectamente capaz de cuidar de sí misma.

—Y le va a hacer falta —dijo Holmes muy serio—. O me equivoco, o recibiremos noticias suyas antes de que pasen unos días.

No tardó en cumplirse la predicción de mi amigo. Transcurrieron dos semanas, durante las cuales pensé más de una vez en ella, preguntándome en qué extraño callejón del ser humano se había introducido aquella mujer solitaria. El insólito salario, las curiosas condiciones, lo liviano del trabajo, todo apuntaba hacia algo anormal, aunque estaba fuera de mis posibilidades determinar si se trataba de una manía inofensiva o de una conspiración, si el hombre era un filántropo o un criminal. En cuanto a Holmes, noté que muchas veces se quedaba sentado durante media hora o más, con el ceño fruncido y aire abstraído, pero cada vez que yo mencionaba el asunto, él lo descartaba con un gesto de la mano. «¡Datos, datos, datos!» —exclamaba con impaciencia—. «¡No puedo hacer ladrillos sin arcilla!». Y, sin embargo, siempre terminaba murmurando que no le gustaría que una hermana suya hubiera aceptado semejante empleo.

El telegrama que al fin recibimos llegó una noche, justo cuando yo me disponía a acostarme y Holmes se preparaba para uno de los experimentos nocturnos en los que frecuentemente se enfrascaba; en aquellas ocasiones, yo lo dejaba solo por la noche, inclinado sobre un tubo de ensayo, y lo encontraba en la misma posición cuando bajaba a desayunar por la mañana. Abrió el sobre amarillo y, tras mirar al mensaje, me lo alcanzó.

—Consulte el horario de trenes en la guía —dijo, volviéndo a enfrascarse en sus experimentos químicos.

La llamada era breve y urgente:

«Por favor, esté en el Hotel Black Swan de Winchester mañana a mediodía. ¡No deje de venir! No sé qué hacer. Hunter».

—¿Viene conmigo?
—Me gustaría.
—Entonces consulte el horario.
—Hay un tren a las nueve y media —dije, consultando la guía—. Llega a Winchester a las once y media.
—Nos servirá perfectamente. Quizá sea mejor que aplace mi análisis de las acetonas, porque mañana puede que necesitemos estar en plena forma.

A las once de la mañana del día siguiente nos acercábamos ya a la antigua capital inglesa. Holmes había permanecido todo el viaje sumido en la lectura de los diarios de la mañana, pero en cuanto pasamos los límites de Hampshire los dejó a un lado y se puso a contemplar el paisaje. Era un hermoso día de primavera, con un cielo azul claro, salpicado de nubes algodonosas que se desplazaban de oeste a este. Resplandecía un sol muy brillante, a pesar de lo cual el aire tenía un frescor estimulante, que aguzaba la energía humana. Por toda la campiña, hasta las ondulantes colinas de la zona de Aldershot, los techitos rojos y grises de las granjas asomaban entre el verde claro del paisaje primaveral.

—¡Qué hermoso y fresco se ve todo! —exclamé con el entusiasmo de quien acaba de escapar de las nieblas de Baker Street.

Pero Holmes movió la cabeza con gran seriedad.

—Ya sabe usted, Watson —dijo—, que una de las maldiciones de una mente como la mía es que tengo que mirarlo todo desde el punto de vista de mi especialidad. Usted mira esas casas dispersas y se siente impresionado por su belleza. Yo las miro y el único pensamiento que me viene a la cabeza es lo aisladas que están y la impunidad con que puede cometerse un crimen en ellas.

—¡Cielo santo! —exclamé—. ¿Quién sería capaz de asociar la idea de un crimen con estas preciosas casitas?

—Siempre me han infundido un cierto horror. Tengo la convicción, Watson, basada en mi experiencia, de que las calles más sórdidas y miserables de Londres no cuentan con un historial delictivo tan terrible como el de la sonriente y hermosa campiña inglesa.

—¡Me horroriza!

—Pero la razón es evidente. En la ciudad, la presión de la opinión pública puede lograr lo que la ley es incapaz de conseguir. No hay callecita tan miserable como para que los gritos de un niño maltratado o los golpes de un marido borracho no despierten la atención y la indignación del vecindario; y además, toda la maquinaria de la justicia está siempre tan a mano que basta una palabra de queja para ponerla en marcha y no hay más que un paso entre el delito y el banquillo. Pero fíjese en esas casas solitarias, cada una en sus propios campos, en su mayor parte llenas de gente pobre e ignorante que sabe muy poco de la ley. Piense en los actos de crueldad infernal, en las maldades ocultas que pueden cometerse en estos lugares, año tras año, sin que nadie se entere. Si esta dama que ha solicitado nuestra ayuda se hubiera ido a vivir a Winchester, no temería por ella. Son las cinco millas de campo las que crean el peligro. Aun así, resulta claro que no se encuentra amenazada personalmente.

—No. Si puede venir a Winchester a recibirnos, también podría escapar.

—Exacto. Se mueve con libertad.

—Pero entonces, ¿qué es lo que sucede? ¿No se le ocurre ninguna explicación?

—Se me han ocurrido siete explicaciones diferentes, cada una de las cuales está formada por los pocos datos que conocemos. Pero, ¿cuál es la acertada? Eso solo puede determinarlo la nueva información que sin duda nos espera. Bueno, ahí se ve la torre de la catedral y pronto nos enteraremos de lo que la señorita Hunter tiene que contarnos.

El Black Swan era una posada de cierta fama situada en High Street, a muy poca distancia de la estación y allí estaba la joven esperándonos. Había reservado una habitación y nuestro almuerzo nos esperaba en la mesa.

—¡Cómo me alegro de que hayan venido! —dijo fervientemente—. Los dos han sido muy amables. Les digo de verdad que no sé qué hacer. Sus consejos tienen un valor inmenso para mí.

—Por favor, explíquenos lo que ha ocurrido.

—Eso haré y más vale que me apure, porque he prometido al señor Rucastle estar de vuelta antes de las tres. Me dio permiso para venir a la ciudad esta mañana, aunque no se imagina a qué he venido.

—Oigámoslo todo con un riguroso orden —dijo Holmes, estirando hacia el fuego sus largas y delgadas piernas y disponiéndose a escuchar.

—En primer lugar, puedo decir que, en conjunto, el señor y la señora Rucastle no me tratan mal. Debo decirlo. Pero no los entiendo y no me siento tranquila con ellos.

—¿Qué es lo que no entiende?

—Los motivos de su conducta. Pero se lo voy a contar tal como ocurrió. Cuando llegué, el señor Rucastle me recibió aquí mismo y me llevó en su coche a Copper Beeches. Tal como él había dicho, está en un sitio precioso, pero la casa en sí no es bonita. Es un bloque cuadrado y grande, revocado pero todo manchado por la humedad y el aislamiento. A su alrededor hay bosques a tres de sus lados y por el otro hay un campo en subida, que baja hasta la carretera de Southampton, la cual hace una curva a unas cien yardas de la puerta principal. Este terreno de adelante pertenece a la casa, pero los bosques de alrededor forman parte de las propiedades de *lord* Southerton. Un pequeño bosque de hayas cobrizas plantadas frente a la puerta delantera da nombre a la casa.

El propio señor Rucastle, tan amable como de costumbre, conducía el carruaje y aquella tarde me presentó a su mujer y al niño. La conjetura que nos pareció tan probable allá en su casa de Baker Street resultó falsa, señor Holmes. La señora Rucastle no está loca. Es una mujer callada y pálida, mucho más joven que su marido; no llegará a los treinta años, cuando el marido no puede tener menos de cuarenta y cinco. He deducido de sus conversaciones que llevan casados unos siete años, que él era viudo cuando se casó con ella y que la única descendencia que tuvo con su primera esposa fue esa hija que ahora está en Filadelfia. El señor Rucastle me dijo confidencialmente que se fue porque no soportaba a su madrastra. Dado que la hija tendría por lo menos veinte años, me imagino perfectamente que se sintiera incómoda con la joven esposa de su padre.

La señora Rucastle me pareció tan falta de viveza de mente como de cara. No me cayó ni bien ni mal. Es como si no existiera. Se nota a primera vista que siente devoción por su marido y su hijito. Sus ojos grises pasaban continuamente del uno al otro, pendiente de sus más mínimos deseos y anticipándose a ellos si podía. Él la trataba con cariño, a su manera bulliciosa y exuberante y en conjunto parecían una pareja feliz. Y, sin embargo, esta mujer tiene una pena secreta. A menudo se queda sumida en profundos pensamientos, con una expresión tristísima en el rostro. Más de una vez la he sorprendido llorando. A veces he pensado que era el carácter de su hijo lo que la preocupaba, pues jamás en mi vida he conocido criatura más malcriada y con peores instintos. Es pequeño para su edad, con una cabeza desproporcionadamente grande. Toda su vida parece transcurrir en una alternancia de arranques salvajes e intervalos de negra melancolía. Su único concepto de la diversión parece consistir en hacer sufrir a cualquier criatura más débil que él y despliega un considerable talento para la búsqueda y la captura de ratones, pajaritos e insectos. Pero prefiero no hablar del niño, señor Holmes, que en realidad tiene muy poco que ver con mi historia.

—Me gusta oír todos los detalles —comentó mi amigo—, tanto si le parecen relevantes como si no.

—Procuraré no omitir nada de importancia. Lo único desagradable de la casa, que me llamó la atención apenas llegué, es el aspecto y la conducta de los sirvientes. Hay solo dos, marido y mujer. Toller, que así se llama, es un hombre tosco y grosero, con pelo y patillas grises y que huele constantemente a licor. Desde que estoy en la casa lo he visto dos veces completamente borracho, pero el señor Rucastle parece no darse cuenta. Su esposa es una mujer muy alta y fuerte, con cara avinagrada, tan callada como la señora Rucastle, pero mucho menos tratable. Son una pareja muy desagradable, pero afortunadamente me paso la mayor parte del tiempo en el cuarto del niño y en el mío, que están uno al lado del otro en una esquina del edificio.

Los dos primeros días después de mi llegada a Copper Beeches, mi vida transcurrió con tranquilidad; al tercer día, la señora Rucastle bajó inmediatamente después del desayuno y le susurró algo al oído a su marido.

—Oh, sí —dijo él, volviéndose hacia mí—. Le estamos muy agradecidos, señorita Hunter, por acceder a nuestros caprichos hasta el punto de cortarse el pelo. Veamos ahora cómo le sienta el vestido azul eléctrico. Lo encontrará extendido sobre la cama de su habitación y si tiene la bondad de ponérselo se lo agradeceremos muchísimo.

El vestido que encontré esperándome tenía una tonalidad azul bastante curiosa. El material era excelente, una especie de lana cruda, pero presentaba señales inequívocas de haber sido usado. No me habría quedado mejor ni aunque me lo hubieran hecho a la medida. Tanto el señor como la señora Rucastle se mostraron tan encantados al verme con él, que me pareció que exageraban en su alegría. Estaban aguardándome en la sala de estar, que es una habitación muy grande, que ocupa la parte delantera de la casa, con tres ventanales hasta el suelo. Cerca del ventanal del centro habían instalado una silla, con el respaldo hacia afuera. Me pidieron que me sentara en ella y, a continuación, el señor Rucastle empezó a pasear de un extremo al otro de la habitación contándome algunos de los chistes más graciosos que he oído en mi vida. No se puede imaginar lo cómico que estuvo; me reí hasta quedar agotada. Sin embargo, la señora Rucastle, que evidentemente no tiene sentido del humor, ni siquiera llegó a sonreír; se quedó sentada con las manos en la falda y con una expresión de tristeza y ansiedad en el rostro. Al cabo de una hora, más o menos, el señor Rucastle comentó de pronto que ya era hora de iniciar las tareas cotidianas y que debía cambiarme de vestido y acudir al cuarto del pequeño Edward.

Dos días después se repitió la misma representación, en circunstancias exactamente iguales. Una vez más me cambié de vestido, volví a sentarme en la silla y volví a partirme de risa con los graciosísimos chistes de mi patrón, que parece disponer de un repertorio inmenso y los cuenta de un modo inimitable. A continuación, me entregó una novela de tapas amarillas y, tras correr un poco mi silla hacia un lado, de manera que mi sombra no cayera sobre las páginas, me pidió que le leyera en voz alta. Leí durante unos diez minutos, empezando en medio de un capítulo y de pronto, a mitad de una frase, me ordenó que lo dejara y que me cambiara de vestido.

Puede usted imaginarse, señor Holmes, la curiosidad que yo sentía acerca del significado de estas extravagantes representaciones. Me di cuenta de que siempre ponían mucho cuidado en que yo estuviera de espaldas a la ventana y empecé a morirme de ganas de ver lo que sucedía a mis espaldas. Al principio me pareció imposible, pero pronto se me ocurrió una manera de conseguirlo. Se me había roto el espejito de bolsillo y eso me dio la idea de esconder un pedacito de espejo en el pañuelo. La vez siguiente, en medio de una carcajada, me llevé el pañuelo a los ojos y con un poco de maña me las arreglé para ver lo que había detrás de mí. Confieso que me sentí decepcionada. No había nada.

Al menos, esa fue mi primera impresión. Sin embargo, al mirar de nuevo me di cuenta de que había un hombre parado en la carretera de Southampton; un hombre de baja estatura, barbudo y con un traje gris, que parecía estar mirándome. La carretera es una vía importante y siempre suele haber gente en ella. Sin embargo, este hombre estaba apoyado en la reja que rodea nuestro campo y miraba con mucho interés. Bajé el pañuelo y encontré los ojos de la señora Rucastle fijos en mí, con una mirada sumamente inquisitiva. No dijo nada, pero estoy convencida de que había adivinado que yo tenía un espejo en la mano y había visto lo que había detrás de mí. Se levantó al instante.

—Jephro —dijo—, hay un impertinente en la carretera que está mirando a la señorita Hunter.

—¿No será algún amigo suyo, señorita Hunter? —preguntó él.

—No; no conozco a nadie por aquí.

—¡Válgame Dios, qué impertinencia! Tenga la bondad de darse la vuelta y hacerle un gesto para que se vaya.

—¿No sería mejor no darnos por enterados?

—No, no; porque lo tendríamos rondando por aquí a todas horas. Haga el favor de darse la vuelta e indíquele que se marche, así.

Hice lo que me pedían y al instante la señora Rucastle bajó la persiana. Esto sucedió hace una semana y desde entonces no me he vuelto a sentar en la ventana ni me he puesto el vestido azul, ni he visto al hombre de la carretera.

—Continúe, por favor —dijo Holmes—. Su narración promete ser de lo más interesante.

—Me temo que le va a parecer bastante inconexa y lo más probable es que exista poca relación entre los diferentes incidentes que narro. El primer día que pasé en Copper Beeches, el señor Rucastle me llevó a un pequeño cobertizo cerca de la puerta de la cocina. Al acercarnos, oí un ruido de cadenas y el sonido de un animal grande que se movía.

—Mire por aquí —dijo el señor Rucastle, indicándome entre dos tablas—. ¿No es una preciosidad?

Miré por la rendija y distinguí dos ojos que brillaban y una figura confusa agazapada en la oscuridad.

—No se asuste —dijo mi patrón, riéndose ante mi sobresalto—. No es más que Carlo, mi mastín. He dicho mío, pero en realidad el único que puede controlarlo es el viejo Toller, mi mayordomo. Solo le damos de comer una vez al día y no mucho, de manera que siempre está tan agresivo como una salsa picante. Toller lo deja suelto a la noche y que Dios tenga piedad del intruso al que le hinque el diente. Por lo que más quiera, bajo ningún pretexto ponga los pies fuera de la casa por la noche, porque se jugaría usted la vida.

No se trataba de una advertencia sin fundamento, porque dos noches después se me ocurrió asomarme a la ventana de mi cuarto a eso de las dos de la madrugada. Era una hermosa noche de luna y el césped de adelante de la casa se veía plateado y casi tan iluminado como de día. Me encontraba absorta en la apacible belleza de la escena cuando sentí que algo se movía entre las sombras de las hayas cobrizas. Por fin salió a la luz de la luna y vi lo que era: un perro gigantesco, tan grande como un ternero, de piel leonada, colmillos colgantes, hocico negro y huesos grandes y salientes. Atravesó lentamente el césped y desapareció en las sombras del otro lado. Aquel terrible y silencioso centinela me provocó un escalofrío como no creo que pudiera causarme ningún ladrón.

Y ahora voy a contarle una experiencia muy extraña. Como ya sabe, me corté el pelo en Londres y lo había guardado, hecho un gran rollo, en el fondo de mi baúl. Una noche, después de acostar al niño, me puse a inspeccionar los muebles de mi habitación y ordenar mis cosas. Había en el cuarto un viejo escritorio, con los dos cajones superiores vacíos y el de abajo cerrado con llave. Ya había llenado de ropa los dos primeros cajones y aún me quedaba mucha por guardar; como es natural, me molestaba no poder utilizar el tercer cajón. Pensé que quizás estuviera cerrado por olvido, así que saqué mi juego de llaves e intenté abrirlo. La primera llave entró a la perfección y el cajón se abrió. En su interior no había más que una cosa, pero estoy segura de que jamás adivinaría usted qué era. Era mi mata de pelo.

La saqué y la examiné. Tenía la misma tonalidad y la misma textura. Pero entonces se me hizo lo imposible de ese hecho. ¿Cómo podía estar mi pelo guardado en aquel cajón? Con las manos temblándome, abrí mi baúl, volqué su contenido y saqué del fondo mi propia cabellera. Coloqué una junto a otra y le aseguro que eran idénticas. ¿No era extraordinario? Me sentí desconcertada e incapaz de comprender el significado de todo eso. Volví a meter la misteriosa mata de pelo en el cajón y no les dije nada a los Rucastle, porque sentí que quizás había obrado mal al abrir un cajón que ellos habían dejado cerrado.

Como habrá podido notar, señor Holmes, yo soy observadora por naturaleza y no tardé en armarme en la cabeza un plano bastante exacto de toda la casa. Sin embargo, había un ala que parecía completamente deshabitada. Frente a las habitaciones de los Toller había una puerta que conducía a ese sector, pero estaba siempre cerrada con llave. Sin embargo, un día, al subir las escaleras, me encontré con el señor Rucastle que salía por aquella puerta con las llaves en la mano y una expresión en el rostro que lo convertía en una persona totalmente diferente del hombre alegre y jovial al que yo estaba acostumbrada. Traía las mejillas enrojecidas, la frente arrugada por la ira y las venas de las sienes hinchadas de furia. Cerró la puerta y pasó junto a mí sin mirarme ni dirigirme la palabra.

Esto despertó mi curiosidad, así que cuando salí a dar un paseo con el niño, me acerqué a un sitio desde el que podía ver las ventanas de este sector de la casa. Eran cuatro en hilera, tres de ellas simplemente sucias y la cuarta cerrada. Evidentemente, allí no vivía nadie. Mientras paseaba de un lado a otro, dirigiendo miradas furtivas a las ventanas, el señor Rucastle vino hacia mí, tan alegre y jovial como de costumbre.

—¡Ah! —dijo—. No me considere un maleducado por haber pasado junto a usted sin saludarla, querida señorita. Estaba preocupado por asuntos de negocios.

—Le aseguro que no me ha ofendido —respondí—. Por cierto, parece que tiene usted ahí una serie completa de habitaciones y una de ellas cerrada completamente.

—Uno de mis hobbies es la fotografía —dijo— y allí tengo instalado mi cuarto oscuro. ¡Vaya, vaya! ¡Qué jovencita tan observadora nos ha tocado! ¿Quién lo hubiera creído? ¿Quién lo hubiera creído?

Hablaba en tono de broma, pero sus ojos no bromeaban al mirarme. Leí en ellos algo de sospecha y disgusto, pero nada de bromas.

Bien, señor Holmes, desde el momento en que comprendí que había algo en aquellas habitaciones que yo no debía conocer, ardí en deseos de entrar en ellas. No se trataba de simple curiosidad, aunque no me falta. Era más bien una especie de sentido del deber... Tenía la sensación de que de mi entrada allí se derivaría algún bien. Dicen que existe la intuición femenina; posiblemente era eso lo que yo sentía. En cualquier caso, la sensación era real y yo estaba atenta a la menor oportunidad de traspasar la puerta prohibida.

La oportunidad no llegó hasta ayer. Puedo decirle que, además del señor Rucastle, tanto Toller como su mujer tienen algo que hacer en esas habitaciones deshabitadas y una vez vi a Toller entrando por la puerta con una gran bolsa de lona negra. Últimamente, Toller está bebiendo mucho y ayer por la tarde estaba completamente borracho; y cuando subí las escaleras, encontré la llave en la puerta. Sin duda, debió olvidarla ahí. El señor y la señora Rucastle estaban en la planta baja y el niño estaba con ellos, así que disponía de una oportunidad magnífica. Hice girar con cuidado la llave en la cerradura, abrí la puerta y me deslicé a través de ella.

Frente a mí se extendía un pequeño pasillo, sin empapelado y sin alfombra, que doblaba en ángulo recto al otro extremo. A la vuelta de esta esquina había tres puertas seguidas; la primera y la tercera estaban abiertas y las dos daban a habitaciones vacías, polvorientas y desarregladas, una con dos ventanas y la otra solo con una, tan cubiertas de suciedad que la luz crepuscular apenas conseguía abrirse paso a través de ellas. La puerta del centro estaba cerrada y trabada por fuera con uno de los barrotes de una cama de hierro, uno de cuyos extremos estaba sujeto con un candado a una argolla en la pared y el otro atado con una cuerda. También la cerradura estaba cerrada y la llave no estaba allí. Indudablemente, esta puerta atrancada correspondía a la ventana cerrada que yo había visto desde afuera; y, sin embargo, por el resplandor que se filtraba por debajo, se notaba que la habitación no estaba a oscuras. Evidentemente, había una claraboya que dejaba entrar luz por arriba. Mientras estaba en el pasillo mirando aquella puerta siniestra y preguntándome qué secreto ocultaba, oí de pronto ruido de pasos dentro de la habitación y vi una sombra que cruzaba de un lado a otro en la pequeña rendija de luz que brillaba bajo la puerta. Al ver eso, se apoderó de mí un terror loco e irrazonable, señor Holmes. Mis nervios, que ya estaban sensibilizados, me fallaron de repente, di media vuelta y empecé a correr. Corrí como si detrás de mí hubiera una mano espantosa tratando de agarrar la falda de mi vestido. Atravesé el pasillo, crucé la puerta y fui a parar directamente en los brazos del señor Rucastle, que esperaba fuera.

—¡Vaya! —dijo sonriendo—. ¡Así que era usted! Me lo imaginé al ver la puerta abierta.

—¡Estoy asustadísima! —gemí.

—¡Querida señorita! ¡Querida señorita! —no se imagina usted con qué dulzura y amabilidad lo decía—. ¿Qué es lo que la ha asustado, querida señorita?

Pero su voz era demasiado dulce, se estaba excediendo. Al instante me puse en guardia contra él.

—Fui tan tonta que me metí en el ala vacía —respondí—. Pero está todo tan solitario y tan siniestro con esta luz mortecina que me asusté y corrí. ¡Hay un silencio tan terrible!

—¿Solo ha sido eso? —preguntó, mirándome con insistencia.

—¿Pues qué se había creído? —pregunté a mi vez.

—¿Por qué cree que tengo cerrada esta puerta?

—Le aseguro que no lo sé.

—Pues para que no entren los que no tienen nada que hacer ahí. ¿Entiende? —seguía sonriendo de la manera más amistosa.

—Le aseguro que de haberlo sabido...

—Bien, pues ya lo sabe. Y si vuelve a poner el pie en este umbral... —en un instante, la sonrisa se endureció hasta convertirse en una mueca de rabia y me miró con cara de demonio— ...la echaré al mastín.

Estaba tan aterrada que no sé ni lo que hice. Supongo que salí corriendo hasta mi habitación. Lo siguiente que recuerdo es que estaba tirada en mi cama, temblando de pies a cabeza. Entonces me acordé de usted, señor Holmes. No podía seguir viviendo allí sin que alguien me aconsejara. Me daba miedo la casa, el dueño, la mujer, los criados, hasta el niño... Todos me parecían horribles. Si pudiera usted venir aquí, todo iría bien. Naturalmente, podría haber huido de la casa, pero mi curiosidad era casi tan fuerte como mi miedo. No tardé en tomar una decisión: enviarle un telegrama. Me puse el sombrero y la capa, me acerqué a la oficina de telégrafos, que está como a media milla de la casa y al regresar ya me sentía mucho mejor. Al acercarme a la puerta, me asaltó la terrible sospecha de que el perro estuviera suelto, pero me acordé de que Toller se había emborrachado aquel día hasta quedar sin sentido y sabía que era la única persona de la casa que tenía alguna influencia sobre aquella fiera y podía atreverse a dejarla suelta. Entré sin problemas y permanecí despierta durante media noche de la alegría que me daba el pensar en verlo a usted. No fue difícil conseguir el permiso para venir a Winchester esta mañana, pero tengo que estar de vuelta antes de las tres, porque el señor y la señora Rucastle van a salir de visita y estarán fuera toda la tarde, así que tengo que cuidar del niño. Y ya le he contado todas mis aventuras, señor Holmes. Ojalá pueda decirme qué significa todo esto y, sobre todo, qué debo hacer.

Holmes y yo habíamos escuchado con atención el extraordinario relato. Al llegar a este punto, mi amigo se puso de pie y empezó a caminar por la habitación, con las manos en los bolsillos y una expresión de profunda seriedad en su rostro.

—¿Toller está todavía borracho? —preguntó.

—Sí. Esta mañana escuché a su mujer decirle a la señora Rucastle que no podía hacer nada con él.

—Eso está bien. ¿Y los Rucastle van a salir esta tarde?

—Sí.

—¿Hay algún sótano con una buena cerradura?

—Sí, la bodega.

—Me parece, señorita Hunter, que hasta ahora se ha comportado usted como una mujer valiente y sensata. ¿Se siente capaz de realizar una hazaña más? No se lo pediría si no la considerara una mujer bastante excepcional.

—Lo intentaré. ¿De qué se trata?

—Mi amigo y yo llegaremos a Copper Beeches a las siete. A esa hora, los Rucastle estarán fuera y Toller, si tenemos suerte, seguirá incapaz. Solo queda la señora Toller, que podría dar la alarma. Si usted pudiera enviarla a la bodega con cualquier pretexto y luego cerrarla con llave, nos facilitaría inmensamente las cosas.

—Lo haré.

—¡Excelente! En tal caso, consideremos detenidamente el asunto. Por supuesto, solo existe una explicación posible. La han llevado allí para suplantar a alguien y este alguien está prisionero en esa habitación. Hasta aquí, resulta evidente. En cuanto a la identidad de la prisionera, no me cabe duda de que se trata de la hija, la señorita Alice Rucastle si no recuerdo mal, la que le dijeron que se había ido a América. Está claro que la eligieron a usted porque se parece a ella en la estatura, la figura y el color del cabello. A ella se lo habían cortado, posiblemente con motivo de alguna enfermedad, y, naturalmente, había que sacrificar también el suyo. Por una curiosa casualidad, encontró usted su cabellera. El hombre de la carretera era, sin duda, algún amigo de ella, posiblemente su novio; y al verla a usted, tan parecida a ella y con uno de sus vestidos, quedó convencido, primero por sus risas y luego por su gesto de desprecio, de que la señorita Rucastle era absolutamente feliz y ya no quería sus atenciones. Al perro lo sueltan por las noches para impedir que él intente comunicarse con ella. Todo esto está bastante claro. El aspecto más grave del caso es el carácter del niño.

—¿Qué tiene que ver eso? —exclamé.

—Querido Watson: usted mismo, en su práctica médica, está continuamente sacando deducciones sobre las tendencias de los niños, mediante el estudio de sus padres. ¿No comprende que el procedimiento inverso es igualmente válido? Con mucha frecuencia he obtenido los primeros indicios fiables sobre el carácter de los padres estudiando a sus hijos. El carácter de este niño es anormalmente cruel, por puro amor a la crueldad y tanto si lo ha heredado de su sonriente padre, que es lo más probable, como si lo heredó de su madre, no presagia nada bueno para la pobre muchacha.

—Estoy convencida de que tiene razón, señor Holmes —exclamó nuestro cliente—. Me han venido a la cabeza mil detalles que me convencen de que ha dado en el clavo. ¡Oh, no perdamos un instante y vayamos a ayudar a esta pobre mujer!

—Debemos actuar con prudencia, porque nos enfrentamos a un hombre muy astuto. No podemos hacer nada hasta las siete. A esa hora estaremos con usted y no tardaremos mucho en resolver el misterio.

Fieles a nuestra palabra, llegamos a Copper Beeches a las siete en punto, tras dejar nuestro carruaje en un bar del camino. El grupo de hayas, cuyas hojas oscuras brillaban como metal bruñido a la luz del sol poniente, habría bastado para identificar la casa aunque la señorita Hunter no hubiera estado aguardando sonriente en el umbral de la puerta.

—¿Lo ha conseguido? —preguntó Holmes.

Se oyeron unos fuertes golpes desde algún lugar de los sótanos.

—Esa es la señora Toller desde la bodega —dijo la señorita Hunter—. Su marido sigue roncando, tirado en la cocina. Aquí están las llaves, que son duplicados de las del señor Ruscastle.

—¡Lo ha hecho de maravilla! —exclamó Holmes con entusiasmo—. Indíquenos el camino y pronto veremos el final de este siniestro enredo.

Subimos las escaleras, abrimos la puerta, recorrimos un pasillo y nos encontramos ante la puerta atrancada que la señorita Hunter había descrito. Holmes cortó la cuerda y retiró el barrote. A continuación, probó varias llaves en la cerradura, pero no consiguió abrirla.

Del interior no llegaba ningún sonido y la expresión de Holmes se ensombreció ante aquel silencio.

—Espero que no hayamos llegado demasiado tarde —dijo—. Creo, señorita Hunter, que será mejor que no entre con nosotros. Ahora, Watson, acerque el hombro y veamos si podemos abrirnos paso.

Era una puerta vieja y destartalada que cedió a nuestro primer intento. Nos precipitamos juntos en la habitación y la encontramos desierta. No había más muebles que una cama, una mesita y un cesto de ropa blanca. La claraboya del techo estaba abierta y la prisionera había desaparecido.

—Aquí se ha cometido alguna infamia —dijo Holmes—. Nuestro amigo adivinó las intenciones de la señorita Hunter y se ha llevado a su víctima a otra parte.

—Pero, ¿cómo?

—Por la claraboya. Ahora veremos cómo se las arregló —subió hasta el techo—. ¡Ah, sí! —exclamó—. Aquí veo el extremo de una escalera de mano apoyada en el borde. Así es como lo hizo.

—Pero eso es imposible —dijo la señorita Hunter—. La escalera no estaba ahí cuando se marcharon los Rucastle.

—Él volvió y se la llevó. Ya le digo que es un tipo astuto y peligroso. No me sorprendería mucho que esos pasos que se oyen por la escalera sean suyos. Creo, Watson, que más vale que tenga preparada su pistola.

Apenas había terminado de pronunciar estas palabras cuando apareció un hombre en la puerta de la habitación, un hombre muy gordo y corpulento con un grueso bastón en la mano. Al verlo, la señorita Hunter soltó un grito y se tiró contra la pared, pero Sherlock Holmes dio un salto adelante y le hizo frente.

—¿Dónde está su hija, canalla?

El gordo miró en torno suyo y después hacia la claraboya abierta.

—¡Soy yo quien hace las preguntas! —chilló—. ¡Ladrones! ¡Espías y ladrones! ¡Pero los he atrapado! ¡Los tengo en mi poder!—dio media vuelta y corrió escaleras abajo, tan deprisa como pudo.

—¡Ha ido a buscar el perro! —gritó la señorita Hunter.

—Tengo mi revólver —dije yo.

—Más vale que cerremos la puerta principal —gritó Holmes y todos bajamos corriendo las escaleras.

Apenas habíamos llegado al vestíbulo cuando oímos el ladrido de un perro y a continuación un grito de agonía, junto con un gruñido horrible que causaba espanto escuchar. Un hombre de edad avanzada, con el rostro colorado y las piernas temblorosas, llegó tambaleándose por una puerta lateral.

—¡Dios mío! —exclamó—. ¡Alguien ha soltado al perro y lleva dos días sin comer!

—¡Deprisa, deprisa, o será demasiado tarde!

Holmes y yo nos abalanzamos fuera y doblamos la esquina de la casa, con Toller siguiéndonos los pasos. Allí estaba la enorme y hambrienta fiera, con el hocico hundido en la garganta de Rucastle, que se retorcía en el suelo dando alaridos. Corrí hacia ella y le volé los sesos. Se desplomó con sus blancos y afilados dientes aún clavados en la papada del hombre. Nos costó mucho trabajo separarlos. Llevamos a Rucastle, vivo, pero horriblemente mutilado, a la casa, y lo acostamos sobre el sofá del cuarto de estar. Tras enviar a Toller, que se había despejado de golpe, a que informara a su esposa de lo sucedido, hice lo que pude por aliviar su dolor. Estábamos todos reunidos en torno al herido cuando se abrió la puerta y entró en la habitación una mujer alta y demacrada.

—¡Señora Toller! —exclamó la señorita Hunter.

—Sí, señorita. El señor Rucastle me sacó de la bodega cuando volvió, antes de subir a buscarlos. ¡Ah, señorita! Es una pena que no me informara de sus planes, porque yo podía haberle dicho que se molestaba en vano.

—¿Ah, sí? —dijo Holmes, mirándola intensamente—. Está claro que la señora Toller sabe más del asunto que ninguno de nosotros.

—Sí, señor. Sé bastante y estoy dispuesta a contar lo que sé.

—Entonces, hágame el favor de sentarse y oigámoslo, porque hay varios detalles en los que debo confesar que aún estoy a oscuras.

—Pronto se lo aclararé todo —dijo ella—. Y lo habría hecho antes si hubiera podido salir de la bodega. Si esto pasa a manos de la policía y los jueces, recuerden ustedes que yo fui la única que les ayudó y que también era amiga de la señorita Alice.

Nunca fue feliz en casa, la pobre señorita Alice, desde que su padre se volvió a casar. Se la menospreciaba y no se la tenía en cuenta para nada. Pero cuando las cosas se le pusieron verdaderamente mal fue después de conocer al señor Fowler en casa de unos amigos. Por lo que he podido saber, la señorita Alice tenía ciertos derechos propios en el testamento, pero como era tan callada y paciente, nunca dijo una palabra del asunto y lo dejaba todo en manos del señor Rucastle. Él sabía que no tenía nada que temer de ella. Pero en cuanto surgió la posibilidad de que se presentara un marido a reclamar lo que le correspondía por ley, el padre pensó que había llegado el momento de poner fin a la situación. Intentó que ella le firmara un documento autorizándole a disponer de su dinero, tanto si ella se casaba como si no. Cuando ella se negó, él siguió acosándola hasta que la pobre chica enfermó de fiebre cerebral y pasó seis semanas entre la vida y la muerte. Por fin se recuperó, aunque quedó reducida a una sombra de lo que era y con su precioso cabello cortado. Pero aquello no supuso ningún cambio para su joven galán, que se mantuvo tan fiel como pueda serlo un hombre.

—Ah —dijo Holmes—. Creo que lo que ha tenido usted la amabilidad de contarnos aclara bastante el asunto y que puedo deducir lo que falta. Supongo que entonces el señor Rucastle recurrió al encierro.

—Sí, señor.

—Y se trajo de Londres a la señorita Hunter para librarse de la desagradable insistencia del señor Fowler.

—Así es, señor.

—Pero el señor Fowler, perseverante como todo buen marino, cercó la casa, habló con usted y, mediante ciertos argumentos, monetarios o de otro tipo, consiguió convencerla de que sus intereses coincidían con los suyos.

—El señor Fowler es un caballero muy amable y generoso —dijo la señora Toller tranquilamente.

—Y de este modo, se las arregló para que a su marido no le faltara bebida y para que hubiera una escalera preparada en el momento en que sus señores se ausentaran.

—Ha acertado; ocurrió tal y como usted lo dice.

—Desde luego, le debemos unas disculpas, señora Toller —dijo Holmes—. Nos ha aclarado sin lugar a dudas todo lo que nos tenía desconcertados. Aquí llegan el médico y la señora Rucastle. Creo, Watson, que lo mejor será que acompañemos a la señorita Hunter de regreso a Winchester, ya que me parece que nuestro derecho a permanecer aquí es bastante discutible en estos momentos.

Y así quedó resuelto el misterio de la siniestra casa con las hayas cobrizas frente a la puerta. El señor Rucastle sobrevivió, pero quedó destrozado para siempre y solo se mantiene vivo gracias a los cuidados de su devota esposa. Siguen viviendo con sus viejos criados, que probablemente saben tanto sobre el pasado de Rucastle que a este le resulta difícil despedirlos. El señor Fowler y la señorita Rucastle se casaron en Southampton con una licencia especial al día siguiente de su fuga y en la actualidad él ocupa un cargo oficial en la isla Mauricio. Mi amigo Holmes, con gran desilusión para mí, no manifestó más interés por la señorita Violet Hunter en cuanto la joven dejó de constituir el centro de uno de sus problemas. En la actualidad dirige una escuela privada en Walsall, donde creo que ha obtenido un considerable éxito.

Alberto Laiseca

Alberto Laiseca es un escritor argentino especializado en el género de terror. En su país ha presentado diversos programas y ciclos relacionados con este género en radio y televisión. Así, recibió el premio Martín Fierro por su producción *Cuentos de terror*. Como autor ha publicado, entre otras, *Los Soria, Manual sadomasoporno, Matando enanos a garrotazos, La hija de Kheops, La mujer en la muralla, El jardín de las máquinas parlantes,* o *El gusano máximo de la vida misma*. En 2009 fue nominado a los premios Clarín por su actuación en la película *El artista*. En la actualidad es profesor de talleres de narrativa.

Alberto Laiseca siempre ha sido un autor que rompe moldes, burlándose de la seriedad del mundo literario. Ya lo hizo en 1991 al publicar la obra *Por favor ¡plágienme!* y lo repite en 2010 con su original y diferente revisión de las obras de Conan Doyle para Ediciones Nowtilus. Un resultado que no puede dejar indiferente al lector.